唐代文學研究綱要

羅聯添 編著

臺灣學生書局印行

弁言

民國八十三年八月，羅師聯添先生自臺灣大學中文系退休後，即著手整理書稿，陸續完成《中國文學論著集目正編》（臺北：五南圖書出版公司，八十五年七月）、《唐代四家詩文論集》（臺北：學海出版社，八十五年十二月）、《中國文學論著集目續編》（臺北：五南圖書出版公司，八十六年十二月）、《韓愈傳》（臺北：國家出版社，修訂三版，八十七年三月）等書。其後更以緬懷感念之情，悉心董理臺靜農先生手稿墨蹟，費時多年，而後《臺靜農先生學術藝文編年考釋》上下二巨冊（臺北：臺灣學生書局，九十八年九月）得以付梓問世，嘉惠學術藝文界。民國一百年秋，更編輯當年臺大授課講義為《韓柳文析論綱要暨研究資料》，交由臺灣學生書局出版。

先生任教臺大期間，所授課程實以「韓柳文研究」、「唐代文學研究」為主。數十年前，並無電腦可用，先生乃一一手抄古書原文，標立題旨，以便授課。當年手抄、剪貼與筆札等資料繁富，而講學日久，頗有課堂討論後之發明，或發現問題有待深入探究者，即撰述成文，隨後並累積結集成書。其有初現觀點，而未及論述完足者，不忍捨棄，因再整理補正，彙為手稿，收入本書。蓋資料查考不易，既得資料，先生即考訂之，研析之，講解之；當年從學受業弟子，習染沾溉，得悟治學方法與論文撰述要領，獲益良多。

「韓柳文」成書之後，先生再著手「唐代文學研究」之整編。先委由弟子紀秋薌女士逐文打字繕稿，校對再三，而因卷帙龐大，三年五載猶未竟其全功。蓋數十年之手稿，文字串雜者有之，體例不一者有之，原稿出處已不詳，又或當年思考進路至今記憶模糊者亦有之。於是先生再約集受業弟子方介、王基倫、兵界勇、李貞慧、康韻梅、黃奕珍、蕭麗華、謝佩芬等教授（依姓名筆畫序），齊整體例，查考出處，重新校閱一過，並得書局編輯陳蕙文女士之助，始得以完成。諸弟子或調整章節次序，或再作考訂討論，而苦於原稿內容歷經多次增補，或有文句插補跳脫者，或有原意難以索解者，故而綱要體例殊難一致，紕漏瑕疵在所難免，有賴高明之指正。

本書討論之問題頗多，如〈唐代作家傳記考辨〉一文，其中考辨歐陽詹、韋應物事蹟甚詳；先生又自言關於韓愈籍貫之討論，較早年《韓愈研究》一書更加豐富。〈李杜比較論〉一文，先生自言陸續增添補充資料，足以別成一文而未果。〈王孟相關問題〉一文，比較了劉維崇《王維評傳》與莊申《王維研究》二書，揚其所長，揭其所短，示後人以研究門徑。〈再論「退之服硫黃」〉一文，破除盲從歧見與謬說，極具價值。〈白居易詩文集版本流傳〉一文，指明數篇非出自樂天之贗品，可供學界參考。〈「長恨歌」結構與主題〉一文，早年曾經發表，尤得唐代文學專家王夢鷗教授之激賞肯定，於是再廣納各家說法，使論證更為周延。先生於本書各篇，時加案語，提出明確之結論，論點多有可採者，聊舉數端如上所述而已。眾弟子校讀再三，可以想見先生當年用心鑽研，嚴謹講學之手采，誠足為後學之典範也。受業弟子王基倫等謹述。

中華民國百〇三年七月二十五日

（本文承蒙前國立臺灣大學中國文學系黃啟方教授賜正，並得羅聯添教授過目校正，謹此致謝。）

唐代文學研究綱要

目　次

上編　要籍目錄暨問題討論

壹、總論（研究主題一——十二）

一、文史研究方法與學術論著的寫作

(一)參考論著

1.《中國歷史研究法》　梁啟超（商務　一九二二）

2.《中國歷史研究法補編》　梁啟超（商務　一九三三）

3.《中國歷史研究法》　錢穆（三民　一九六九）

4.《歷史方法論》　姚從吾（《姚從吾先生全集(一)》　正中　一九七一）

5.《史學與史學方法》　許冠三（環宇　一九七一）

6.《史學方法論叢》　黃俊傑編譯（學生　一九七七）

7.〈胡適對史學方法論及文化史的見解和貢獻〉　蔡學海（《大陸雜誌》第六十七卷二期）

8.《中國文學史論文選集》　羅聯添編（學生　一九七九）

9.《史學方法論》　杜維運（華世　一九八五　四——八章、十四章）

㈡問題討論

1. 傳統文史研究方法與西方科學方法。

2. 作家外緣與內在研究。

3. 學術論著的特質。

4. 報導文章與學術論著。

二、唐代文學研究重要書目暨部分參考書提要

㈠書目及提要

1.《唐代文學論著集目》（增訂補編本） 羅聯添（王國良補編 學生書局）

2. 參考文獻目錄及提要

㈡問題討論

1. 目錄索引與學術研究。

2. 取晉・劉昫等《舊唐書》、宋・歐陽脩等《新唐書》本紀一節、〈地理志〉、〈職官志〉各一段比較其異同得失。

3. 宋・姚鉉《唐文粹》、宋・李昉《文苑英華》、清・董誥《全唐文》、清・彭定球等編《全唐詩》的使用價值。

4. 取四、五種唐代文史典籍撰作提要（作者、寫作時代、內容、價值）。

三、唐宋雜說筆記的內容性質和價值

㈠參考論著

1.〈唐宋三十四種雜史筆記解題〉 羅聯添（《書目季刊》十二卷一、二期合刊，收入《唐

代文學論集》）

2.〈唐代三條文學資料考辨〉　羅聯添（《書目季刊》十三卷一期，收入《唐代文學論集》）

3.〈唐代詩人軼事考辨〉　羅聯添（《國立編譯館館刊》八卷一期，收入《唐代文學論集》）

4.〈古今誹韓考辨〉　鄭騫（《書目季刊》十一卷四期）

5.隋唐五代及兩宋雜史筆記目錄（唐百十二種，宋三百七十七種）　羅聯添編（講義）

6.雜說筆記性質價值概說　羅聯添編（講義）

7.唐宋雜史筆記總目索引（《筆記小說大觀》總目　新興書局）

(二)問題討論

1.唐宋雜史筆記提要。

2.從唐・劉肅《大唐新語》、唐・李肇《唐國史補》、唐・孟棨《本事詩》、宋・洪邁《容齋隨筆》等書中，選二、三則有關唐代文學資料加以考辨或印證。

3.雜說筆記見重於史家舉例。

4.再論退之服硫黃　羅聯添編（講義）。

5.《唐語林校證》　周勛初（北京中華）。

四、作家傳記研究

(一)參考論著

1.〈傳記的特質和撰寫方法〉　杜維運（《史學方法論》十五章）

2.《傳記學》　王元（牧童出版社）

3.《什麼是傳記文學》　毛子水等（傳記文學出版社）

4.〈兩唐書杜甫傳補正〉　胡傳安（《大陸雜誌》三〇卷九、十、十一期）
5.〈兩唐書李賀傳考辨〉　葉慶炳（《淡江學報》七期，收入《唐詩散論》，洪範書局）
6.〈兩唐書白居易傳考辨〉　葉慶炳（《淡江學報》六期，同前）
7.〈白香山年譜考辨〉　羅聯添（《大陸雜誌》三十一卷三期）
8.《唐五代人物傳記資料綜合索引》　傅璇琮等（文史哲）
9.〈試論陳子昂之立身行事與其家學之關係〉　戴景賢（《書目季刊》十五卷一期）
10.〈牛李黨爭問題再探討〉　羅聯添（《唐代文學論集》　學生書局）
11.唐代作家傳記辨證　羅聯添編（講義）
12.《唐才子傳校箋》　傅璇琮等（北京中華　一九八七）

(二)問題討論

1.任選一作家以《舊唐書》列傳為主，取《新唐書》列傳、元・辛文房《唐才子傳》暨近今學者所撰年譜傳記或其他資料，加以比勘，論其異同，辨其虛實。
2.《唐才子傳》取材來源及其價值。
3.宋・計有功《唐詩紀事》作家小傳在傳記學上的意義與價值。
4.唐・林寶《元和姓纂》、宋・歐陽脩等《新唐書・宰相世系表》、清・徐松《登科記考》三書與傳記研究的關係。

五、唐代文化、政教、科舉與歷史

(一)參考文獻與論著

1.〈唐代文化約論〉　嚴耕望（韓復智編《中國通史論文選輯》下）

2.〈唐型文化與宋型文化〉　傅樂成（《漢唐史論集》　聯經）

3.《唐代長安與西域文明》　向達（明文書局）

4.〈唐代三教講論考〉　羅香林（《唐代文化史》　商務）

5.《唐代政教史》　劉伯驥（臺灣中華）

6.〈唐代的政教關係〉　李樹桐（《唐史新論》　臺灣中華）

7.〈唐代之貢舉制度〉　顧立三（《國立編譯館館刊》五卷一期）

8.《新唐書》卷四四——四五〈選舉志〉

9.〈唐代銓選制度述論〉　任育才（《唐史研究論集》　鼎文書局）

10.《進士與文學社會》　羅龍治（臺大文史叢刊）

11.〈唐代進士科試詩賦的開始及其相關問題〉　羅聯添（《史學集刊》十七期，收入《唐代文學論集》）

12.〈從兩個觀點試釋唐宋精神的差異〉　羅聯添（《唐代文學論集》）

13.〈唐代文化特質及其地位〉　羅聯添編（講義）

14.〈唐代考試制度——貢舉、銓選與制舉〉　羅聯添編（講義）

15.〈中國韻文裡頭所表現的情感〉　梁啟超（臺灣中華）

16.《唐代科舉與文學》　傅璇琮（陝西人民出版社　一九八六）

17.《唐代科舉與文學》書評　徐志平（《漢學研究》十卷一期　一九九二年六月）

(二)問題討論

1.盛唐詩歌顯示盛唐氣象。

2. 從唐代寫景詩論四唐文學特色。
3. 三教講論對唐代文化的影響。
4. 唐代考試制度與文學興盛。
5. 從四唐詩論時代與人心。

六、唐代文學與地理

㈠參考文獻與論著

1. 《元和郡縣志》　唐・李吉甫（商務）
2. 《長安志》　宋・宋敏求
3. 《河南志》　清・徐松
4. 《唐兩京城坊考》　清・徐松
5. 《唐代的長安與洛陽地圖》　日本京都人文科學研究所
6. 《唐代人文地理》（《中國歷史地理》第二冊）　嚴耕望（中華文化出版事業委員會）
7. 《唐代交通圖考》　嚴耕望（十冊　史語所）
8. 《唐代之交通》　陶希聖編（食貨出版社）

㈡問題討論

1. 白居易有〈長樂亭留別〉詩（《白氏長慶集》卷五七）、祖詠有〈長樂驛留別盧象裴總〉詩（《全唐詩》卷一三一）、李商隱有〈雨中長樂水館送趙十五傍不及〉詩（《李義山詩集》）是長樂驛亭為唐人送別之地，試指出其地理位置。
2. 唐詩地名考釋。

3.李益有〈鹽州過胡兒飲馬泉〉詩，又有〈夜上受降城聞笛〉詩云：「回樂峰前沙似雪，受降城外月如霜」，試說明「飲馬泉」、「回樂峰」的地理位置。

4.舉十首含有地名的唐詩考察其地理位置與環境。

七、唐人生活

(一)參考文獻與論著

1.〈唐人的生活〉 傅樂成（《漢唐史論集》 聯經）

2.〈唐人喜愛牡丹考〉 李樹桐（《唐史新論》 臺灣中華）

3.〈唐代唱和詩的源流和發展〉 姚垚（《書目季刊》十五卷一期）

4.〈唐代的妓女〉 宋德熹（《史原》第十期）

5.〈從唐詩看唐代民俗活動〉 羅聯添編（講義）

6.唐代士人有關歌舞妓作品

7.唐人執事時間與休假 羅聯添編（講義）

8.唱和活動 羅聯添編（講義）

9.唱和作品：《文苑英華》卷一六八——一七九應制詩十二卷，卷二四一——二四六收文士唱和詩六卷。

10.文人社交活動：《文苑英華》卷二一四——二一六收宴集詩一九一首，卷二六六——二八八送行留別詩一五四七首。

11.〈張籍「上韓昌黎書」的幾個問題〉（博簺之戲） 羅聯添

12.文人遊樂（嗜好、娛樂等） 《文苑英華》卷二一二——二一三收有關音樂、歌、舞、歌妓詩一四九首。

13.《歷代社會風俗事物考》　尚秉和（商務）

㈡問題討論

1. 擇一詩人（李白、白居易、元稹、劉禹錫、杜牧、李商隱等）據其有關歌、舞、樂、妓作品考釋其遊樂生活。

2. 從唐代文人宴集詩考釋其社交活動。

3. 唐代文人的休閒活動考略：彈棋、博簺之戲、登臨覽勝（樂遊原、曲江）等。

4. 唐代文人與茶酒。

八、唐代文士風習之一——隱逸、操守、朋黨

㈠參考論著

1.〈唐人習業山林寺院之風尚〉　嚴耕望（《唐史研究叢稿》　新亞研究所）

2.〈論唐代的隱逸風氣〉　劉翔飛（《書目季刊》十二卷四期）

3.《唐代政治史述論稿》（中篇〈政治革命與黨派分野〉）　陳寅恪（《陳寅恪先生全集》）

4.〈唐代士風與文學〉　臺靜農（《中國文學史論文選集》㈢　學生書局）

5.《牛李黨爭與唐代文學》　傅錫壬（東大圖書）

6.〈唐代的科舉制度與士風〉　李樹桐（《唐史新論》　臺灣中華）

7. 論所謂「文士齷齪」　羅聯添編（講義）

㈡問題討論

1. 唐代士子習業山林寺院的原因探討。

2.隱逸風氣與文學發展。
3.文士與朋黨的關係。
4.科學制度與社會風氣。
5.武后重視進士科原因及其影響。

九、唐代文士風習之二——投書與行卷

(一)參考論著

1.〈唐代士風與文學〉(進士科與士風——行卷) 臺靜農(《中國文學史論文選集》(三) 學生書局)
2.〈長恨歌箋證〉 陳寅恪(《元白詩箋證稿》《陳寅恪先生全集》)
3.〈論《雲麓漫鈔》所述傳奇與行卷之關係〉 馮承基(《大陸雜誌》三五卷八期)
4.〈唐代的投卷〉 美國梅爾(譯文見《中國古典小說研究專集二》)
5.《唐代進士行卷與文學》 程千帆(字會昌)(上海古籍出版社 一九八〇)
6.〈論唐人上書與行卷〉 羅聯添(《鄭因百先生八十壽慶論文集》 收入《唐代文學論集》)
7.〈唐人上書措辭與作法分析〉 方介(《國立編譯館館刊》十六卷一期)
8.《唐代科舉與文學》 傅璇琮(陝西人民出版社 一九八六)

(二)問題討論

1.上書到行卷的演變。
2.以獻詩代上書行卷的情況。

3.唐代進士行卷與文學興盛。
4.行卷與傳奇小說。
5.上書行卷的演變（宋代上書行卷情況）。
6.上書行卷與士風。

十、唐代文士風習之三——文士服食、遊士

(一)參考論著

1.〈寒食散考〉　余嘉錫（《論學雜著》　河洛）
2.〈文人與藥〉　王瑤（《中古文人生活》　三人行出版社）
3.唐代文士服食　羅聯添編（講義）
4.唐代遊士　羅聯添編（講義）
5.唐代詩人與道教有關資料
6.〈魏晉風度及文章與藥及酒之關係〉　周樹人（《文學研究叢編・第一輯》　木鐸）
7.〈書「宋人畫南唐耿先生煉雪圖」之所見〉　臺靜農（《中外文學》三卷八期）
8.〈嘯的傳說及其對文學的影響〉　李豐楙（《中國古典小說研究專集》五）

(二)問題討論

1.選一詩人（如李白、杜甫、王維、白居易等）據其詩文探討其與道家思想、道教的關係。
2.鍊丹服食的淵源與目的。
3.唐代文人與道士、鍊師。
4.唐代遊士產生原因及漫遊目的。

十一、詩文校勘與訓詁

㈠參考文獻與論著

1.《斠讎學》　王叔岷（《史語所專刊》之三七）
2.〈古書中的校勘訓詁問題〉　王叔岷（《慕廬演講稿》　藝文）
3.《韓集舉正》　宋・方崧卿（《四庫全書》）
4.《韓集校詮》　童第德（北京中華）
5.《羣書拾補》　清・盧文弨（《抱經堂叢書》）
6.《元白詩箋證稿》　陳寅恪（《陳寅恪先生全集》）
7.〈「滕王閣序」的兩個問題〉　屈萬里（《書傭論學集》　開明，又《屈萬里先生全集》）
8.《白氏文集》（附校勘記）　平岡武夫等（日本京都大學人文科學研究所，一九七一）
9.《白居易散文校記》　羅聯添（《臺大文史哲學報》十九期，單行本，學海書局出版）
10.〈唐代詩文集的校勘問題〉　羅聯添（《國立編譯館館刊》十二卷二期，收入《唐代文學論集》）
11. 白居易詩文校勘三則　羅聯添編（講義）
12. 唐代詩文校勘舉隅　羅聯添編（講義）
13.《詩詞曲語辭典》　張相（藝文）
14.《敦煌變文字義通釋》　蔣禮鴻（北京中華）
15.《唐詩三百首集釋》　鴛湖散人（藝文）
16.《唐宋詩舉要》　高步瀛

17.景印宋本《劉賓客文集》（故宮）
18.景印宋本《昌黎集》（故宮）
19.景印宋本《新刊校定集注杜詩》（故宮）
20.詩文訓詁與歧義異解　羅聯添編（講義）

(二)問題討論

1.斠讎方法與態度。
2.斠讎、訓詁與學術研究。
3.評《白氏文集》的校定。
4.〈琵琶行〉、〈長恨歌〉校勘問題。
5.「宋本唐人詩文集」考異。
6.唐代詩文訓詁問題。

十二、唐代聲名不稱於後的詩人

(一)參考文獻與論著

1.唐代聲名不稱於後的詩人考略　羅聯添編（講義）
2.《唐詩紀事》
3.唐人詩文集
4.各家詩文集序
5.《全唐詩》、《全唐文》
6.《舊唐書・經籍志》、《新唐書・藝文志》

7.《唐人選唐詩》今人輯（河洛）
8.《唐集敘錄》　萬曼（明文）
9.〈敦煌唐人陷蕃詩集殘卷作者（馬雲奇）的新探測〉　潘重規（《漢學研究》三卷一期）

(二)問題討論

1. 聲名不稱於後的詩人考述。
2. 郎士元考述。
3. 唐代女詩人。
4. 杜荀鶴的生平與作品。

貳、唐詩與作家（研究主題十三——十五）

十三、唐詩的形成、發展演變及其分期問題

(一)參考論著

1.《詩式》卷四〈論齊梁詩〉
2.〈唐詩之因革〉　紀庸（《中國文學史論文選集(三)》）
3.〈中國詩何以走上律的路〉　朱光潛（《中國文學史論文選集(二)》）
4.〈唐至五代詩學〉　黃節（《中國文學史論文選集續編》）
5.〈唐詩形成的研究〉　方瑜（嘉新水泥公司文化基金會）
6.《唐人絕句研究》　黃盛雄（文史哲出版社）
7. 唐詩形成分期　羅聯添編（講義）

8. 〈初唐詩重探〉　呂正惠（《清華學報》十八卷二期）
9. 初唐詩歌的發展演變（〈唐代詩歌的發展〉　臺靜農《臺大中文學報》四期）
10. 《河嶽英靈集研究》　李珍華、傅璇琮（北京中華）
11. 《大曆時代詩人研究》　王小玲（臺大中研所碩士論文）
12. 《大曆詩風》　蔣寅（上海古籍　一九九二）
13. 《元和詩人研究》　呂正惠（東吳中研所博士論文）
14. 〈元和文壇的新風貌〉　周勛初（《唐代文學研究》一九九三）
15. 〈唐「詩人主客圖」試析〉　王夢鷗（《傳統文學論衡》時報文化）

㈡問題討論

1. 唐詩因革探討。
2. 唐詩律絕形成。
3. 六朝駢賦與唐代律詩關係。
4. 唐代古體詩的發展與演變。
5. 唐代近體詩發展演變探討。

十四、唐代比興詩

㈠參考文獻與論著

1. 〈比興〉　朱自清（《朱自清古典文學論文集》　源流）
2. 〈論屈原文學的比興作風〉　游國恩（《中國文學史論文選集續編》）
3. 〈釋詩的比興——重新奠定中國詩的欣賞〉　徐復觀（《中國文學論集》　學生書局）

4.〈屈原作品中隱喻和象徵的探討〉　彭毅（《文學評論》一集）
5.〈就有關蔡文姬及其所作的詩歌論中國詩的女性形象〉　呂福克（《臺大文史哲學報》三十三期）
6.《詩比興箋》　清・陳沆
7.唐代比興詩探討（講義）

㈡問題討論
1.比興的意義與演變。
2.唐人比興觀念。
3.唐詩比興的題材。
4.釋一家比興作品。
5.唐代閨怨詩比興義探討。
6.清・陳沆《詩比興箋》問題。

十五、唐詩與禪學、佛教

㈠參考文獻與論著
1.〈禪家的語言〉　朱自清（《朱自清古典文學論文集》　源流）
2.〈禪宗的思想〉　巴壺天（《國學論文選集》　學生書局）
3.《隋唐佛教史稿》　湯用彤（木鐸）
4.《唐代的文學與佛教》　平野顯照著　張桐生譯（業強出版社）
5.《禪學與唐宋詩學》　杜松柏（黎明）

6.《禪與詩》　杜松柏（弘道）
7.〈唐代佛教之地理分布〉　嚴耕望（《民主評論》四卷二四期）
8.唐詩僧作品（《全唐詩》卷八〇六——八三七）
9.唐詩人有關禪佛作品　羅聯添編（講義）
10.〈嚴羽以禪喻詩試解〉　王夢鷗（《古典文學論探索》　正中）
11.《唐代文學與佛教》　孫昌武（陝西人民出版社　一九八五）
12.〈明鏡與泉流——論南宗禪影響於詩的一個側面〉　孫昌武（《東方學報・京都》第六十三冊　一九九一年三月）
13.《唐代詩歌與禪學》　蕭麗華（東大圖書　一九九七）

(二)問題討論

1.唐代禪佛對詩的影響。
2.唐詩的禪趣。
3.釋唐代一首禪趣詩。
4.「以詩為禪」與「以禪入詩」。
5.杜甫〈江亭〉詩句：「水流心不競，雲在意俱遲。」或謂饒有禪趣，試言其故。

參、詩人及作品（研究主題十六——二十六）

十六、王、孟及其作品

(一)參考文獻與論著

1.《王維評傳》 劉維崇（正中）
2.《王維研究》 莊申（香港萬有圖書公司）
3.〈試論王維詩中的世界〉 柯慶明（《中外文學》六卷一、二期）
4.《王維詩研究》 陳貽焮等箸（《唐詩研究論文集》第二集）
5.《詩佛王維研究》 楊文雄（文史哲）
6.〈說王、孟、韋、柳〉 夏敬觀（《唐詩說》 河洛）
7.《百種詩話類編》（王、孟部分） 臺靜農（藝文）
8.《王右丞集箋注》 清・趙殿成
9.《孟浩然詩說》 蕭繼宗（商務）
10.〈孟浩然事蹟繫年〉 楊承祖（《漢學論文集》、《許詩英先生六秩誕辰論文集》）
11.〈孟浩然與王維的詩風——以用事觀點論二家五律〉 簡錦松（《中外文學》八卷一、二期）
12.王、孟三個問題 羅聯添編（講義）
13.〈唐詩自然派的詩人——王維、孟浩然〉 臺靜農（《臺大中文學報》四期，一九九一年六月）

(二)問題討論

1.「王維研究」與「王維評傳」比較評論。
2.王維的道、佛思想。
3.孟浩然與道、佛兩家關係。

4.王、孟二家詩風異同比較。

5.王、孟二家詩評論分析。

十七、李白研究

(一)參考文獻與論著

1.《李太白集注》　清·王琦

2.《李白集校注》　瞿蛻園

3.《李白全集編年注釋》　安旗主編(成都　巴蜀書社　一九九〇)

4.〈李太白氏族之疑問〉　陳寅恪(《陳寅恪先生全集》)

5.〈李白出生地——碎葉〉　饒宗頤(《選堂集林·史林》中冊)

6.〈關於「李白的姓氏籍貫種族的問題」〉　麥朝樞(《李白研究論文集》)

7.《李白研究論文集》(北京中華)(香港中國語文學社　易名《唐詩研究論文集》第二集)

8.《李太白研究》　夏敬觀等　(里仁)

9.《李白評傳》　劉維崇(商務)

10.〈說李白〉　夏敬觀(《唐詩說》　臺北　河洛圖書出版社　一九七五,亦見《中國文學史論文選集(三)》)

11.《李白學刊》第一、二輯(上海三聯書店　一九八九、一九九〇)

12.《李白詩文繫年》　詹鍈(見《李白研究論文集》)

13.《李白年譜》　安旗(文津)

14.《李白詩論叢》　俞平伯等(香港文苑)

15.《詩人李白》 王瑤（新月）
16.《李白叢考》 郁賢皓
17.〈舉足但看萬嶺低——論李白的詩〉 黃國彬（《中國三大詩人新論》 源流）
18.《李白與中國傳統文化》 葛景春（群玉堂 一九九一年九月）
19.〈李白果真出身隴西李氏嗎？〉 施逢雨（《清華學報》新十八卷二期，一九八八年十二月）
20.《百種詩話類編》（李白部分）
21.〈李白先祖「隋末以罪徙西域」辨〉 金榮華（《第一屆國際唐代學術會議論文集》）
22.李白三個問題考察 羅聯添編（講義）
23.李白〈蜀道難〉寫作年代及其寓意 羅聯添編（講義）
24.李白七絕的特點 羅聯添編（講義）

㈡問題討論

1.李白氏族與家世問題。
2.李白出身與生活環境。
3.李白的道家思想。
4.李白與道士。
5.李白想像詭奇的作品。
6.李白「述情詩」兩大主題：「懷才不遇」與「人生如夢」。
7.釋所謂李白「集復古之大成」。

8.王安石云：「清水出芙蓉，天然去雕飾，此李白所得也。」試釋其含義。

9.釋杜甫所謂「李侯有佳句，往往似陰鏗」。

10.李白詩評論分析。

11.評今代幾種李白傳記。

12.李白詩出縱橫家（劉師培《論文雜記》：「太白之詩超然飛騰，不愧仙才，是為縱橫家之詩。」）

十八、杜甫研究

(一)參考文獻與論著

1.《杜甫評傳》　劉維崇（商務）

2.《少陵先生年譜會箋》　聞一多（《古典新義》）

3.《杜甫年譜》　四川省文史研究館　劉孟伉主編（學海　一九七八）

4.《杜少陵先生評傳》　朱偰

5.《杜甫：中國最偉大的詩人》　洪煨蓮（業）（英文本）

6.《杜甫》　汪中（河洛）

7.〈杜甫「忤下考功第」的年歲與地點〉　羅聯添（《書目季刊》十七卷三期，收入《唐代文學論集》）

8.〈杜甫政治生涯的新探討——東川奔走真相的解釋〉　楊承祖（《鄭因百先生八十壽慶論文集》）

9.〈從世故與真淳論杜甫的人格特性〉　楊承祖（《第一屆國際唐代學術會議論文集》，一

九八九年二月）
10.〈說杜甫〉　夏敬觀（《唐詩說》　《中國文學史論文選集(三)》）
11.《杜甫傳記唐宋資料考辨》　陳文華（文史哲）
12.《杜詩欣賞》　孫克寬（學生書局：其中〈杜詩風格與特質〉見《中國文學史論文選集(三)》）
13.〈論杜甫的詩〉　黃國彬（《中國三大詩人新論》　源流）
14.〈論杜甫七律之演進及其承先啟後之成就〉　葉嘉瑩（《杜甫秋興八首集說・序》）
15.〈杜甫詩研究〉（《唐詩研究論文集》第二集）
16.《杜甫研究論文集》一、二、三輯
17.《詩聖杜甫對後世詩人的影響》　胡傳安（幼獅）
18.〈杜詩用事後人誤為史實例〉　楊承祖（《史語所集刊》五四卷一期）
19.〈杜詩引得序〉（《杜詩集》版本源流　洪業　成文）
20.《杜詩卷》（宋人評論杜甫資料）
21.《杜甫秋興八首集說》　葉嘉瑩（國立編譯館中華叢書）
22.《百種詩話類編》（杜甫部分）
23.《九家集注杜詩》三十六卷　郭知達集注（宋理宗寶慶元年（一二二五）刻　宋大字本二十卷　宋仁宗嘉祐四年（一〇五九）王淇刻本）
24.《杜甫詩集》：宋本（故宮景印）、宋大字本、叢刊本《分門集注杜工部詩》、清・仇兆鰲《杜詩詳註》、清・浦起龍《讀杜心解》、清・楊倫《杜詩鏡銓》等

25. 杜甫與道佛　羅聯添編（講義）
26. 〈杜甫古風所表現的「詩律細」〉　李立信（《第一屆國際唐代學術會議論文集》）

㈡問題討論

1. 杜甫律詩「尺幅千里」的境界。
2. 杜詩作法與結構。
3. 釋「語不驚人死不休」。
4. 論「晚節漸於詩律細」。
5. 歷代對杜甫的評價。
6. 杜詩的影響。
7. 杜詩的特質。
8. 從唐人選唐詩考察杜甫在唐代詩壇的地位。
9. 杜甫詩集版本與注本。
10. 律聖與詩史。
11. 論杜詩氣象。
12. 杜甫傳記若干問題。

十九、李杜比較研究

㈠參考論著

1. 〈評李杜詩〉　傅庚生（《中國文學史論文選集(二)》）
2. 〈李杜交遊與詩風比較〉　吳天任（《中國文學史論文選集(二)》）

3.〈李杜比較〉 黃國彬（《中國三大詩人新論》二六九——三九七頁 源流）
4.〈李杜比較〉 楊啟高（《唐代詩學》 正中）
5.〈李杜比較觀〉 葉慶炳（《唐詩散論》 洪範）
6.李杜比較論 羅聯添編（講義）
7.《李白與杜甫》 郭鼎堂（沫若）

(二)問題討論

1.李杜思想、性情與才力。
2.李杜寫作態度。
3.李杜詩體裁與題材。
4.「飄逸」、「沈鬱」兩種風格形成的原因。
5.李杜兩家詩的成就與影響。
6.歷代對李杜詩評價比較。
7.申論楊啟高所謂「李集復古之大成、杜開革新之局面」。

二十、邊塞詩人：岑參與高適

(一)參考文獻與論著

1.《岑嘉州集》（《四部叢刊》）
2.〈岑嘉州繫年考證〉 聞一多（《清華學報》八卷二期，一九三三年）
3.《岑嘉州詩校注》 阮廷瑜（國立編譯館中華叢書）
4.〈岑詩繫年〉 李嘉言（《唐詩研究論文集(二)》）

5. 〈岑參評傳及其詩〉　陳秀清（《藝術學報》第四期）
6. 《盛唐邊塞詩人之研究》　孫述山（輔仁大學碩士論文）
7. 〈略談岑參和他的詩〉　劉開揚（《唐詩研究論文集》）
8. 〈談岑參的邊塞詩〉　陳貽焮（《唐詩論叢》）
9. 《高常侍詩校注》　阮廷瑜（國立編譯館中華叢書）
10. 〈高適年譜〉　阮廷瑜（見校注本）
11. 〈高適繫年考證〉　彭蘭（《文史》第三輯）
12. 《高適詩集編年箋注》　劉開揚（漢京）
13. 〈論盛唐的邊塞詩〉　沈玉成等（《唐詩研究論文集》）

㈡問題討論

1. 邊塞詩中地名考證。
2. 岑、高兩家邊塞詩風格的異同。
3. 邊塞詩反映盛唐氣象。
4. 邊塞詩的主題。
5. 中晚唐的邊塞詩。
6. 律體、古體邊塞詩比較。

二十一、自然詩派與樂府詩人：韋、柳與張、王

㈠參考文獻與論著

1. 〈韋應物傳〉　萬曼（《國文月刊》六〇期、六一期）

2.〈韋應物事蹟繫年〉　羅聯添（《唐代詩文六家年譜》）
3.〈韋應物繫年考證〉　傅璇琮（《唐代詩人叢考》）
4.〈論韋應物的興諷詩〉　湯擎民（《文學研究叢編》第二輯）
5.《韋江州集》（《四部叢刊》）
6.〈說王孟韋柳〉　夏敬觀（《中國文學史論文選集(三)》）
7.《柳河東集》（世界、河洛）
8.《柳宗元集》（標點本）（漢京、北京中華）
9.《柳宗元事蹟繫年暨資料類編》　羅聯添（國立編譯館中華叢書）
10.〈從元遺山論詩絕句談謝靈運與柳宗元的詩與人〉　葉嘉瑩（《中國古典詩歌評論集》源流）
11.〈柳宗元詩中的寫景與抒情〉　方瑜（《臺靜農先生八十壽慶論文集》）
12.〈張籍年譜〉　羅聯添（《唐代詩文六家年譜》）
13.〈張文昌詩〉　錢鍾書（《談藝錄》）
14.〈試論張籍詩的現實意義〉　張國偉（《唐詩研究論文集》　北京　一九五九）
15.〈張籍生平二三事考辨〉　郭文鎬（《唐代文學研究》　山西　一九八七）
16.《張司業集》（《四部叢刊》、《四庫全書》）
17.《張文昌文集》　張籍（《續古逸叢書》）
18.王建詩六卷（標點本）（《全唐文》卷二九七——三〇二）
19.〈關於王建的幾個問題〉　卞孝萱（《唐詩研究論文集》三集）

20.〈王建詩傳繫年筆記〉　長田夏樹（《神戶外大論叢》十二卷三期，一九六一年八月）

21.《王司馬集》八卷（《四庫全書》）

22.《王建詩集》（北京中華　一九五九）

㈡問題討論

1.安史之亂韋應物的行踪。

2.從韋應物家世出身論其「一字都不識，飲酒肆頑癡」。

3.申論白居易〈與元九書〉：「近歲韋蘇州歌行，才麗之外，頗近興諷」。

4.闡明陶韋、王韋、韋柳詩風的異同。

5.詮釋元好問〈論詩絕句〉（二十）「謝客風容映古今，發源誰似柳州深？朱絃一拂遺音在，卻是當年寂寞心。」

6.釋柳宗元〈江雪〉詩。

7.歷代評論柳宗元詩的分析。

8.柳宗元貶官前後詩歌作品的比較。

9.張籍與韓愈、白居易之交誼。

10.韓、白對張籍作品的評價。

11.錢鍾書評「其（張籍）詩自以樂府為冠，世擬之白樂天、王建，則似未當。」（《談藝錄》）試商榷其當否？

12.張籍出韓愈之門，而詩近白居易之原因。

13.王建、張籍樂府詩比較。

14.王建百首宮詞探討。
15.王建、張籍的交遊。

二十二、奇詭派詩人：韓愈與孟郊

㈠參考文獻與論著

1.《五百家注昌黎文集》（《四庫全書》）
2.《韓昌黎詩繫年集釋》　錢仲聯（學海、世界）
3.〈說韓愈〉　夏敬觀（《唐詩說》）
4.《韓愈研究》（增訂本）　羅聯添
5.〈關於韓愈的詩〉　錢東甫（《唐詩論文集》）
6.〈談韓愈的詩〉　鄧潭洲（《唐詩論文集》）
7.〈論「以文為詩」〉　朱自清（《朱自清古典文學論文集》　源流　一九八二）
8.〈論韓愈的幾個問題〉　江辛眉（《文學研究叢編》二輯）
9.《韓詩論稿》　閻琦
10.〈韓愈以文為詩說〉　程千帆（《古代文學理論研究叢刊》第一輯、《程千帆詩論選集》山西人民出版社　一九九〇年）
11.《孟東野詩集》十卷（《四部叢刊》）
12.《唐孟郊年譜》　華忱之（北大圖書館印）
13.〈說孟郊〉　夏敬觀（《唐詩說》）
14.〈論孟郊〉　劉開揚（《唐詩研究論文集》）

15.〈關於孟郊的生平及其創作〉　華忱之（北大圖書館印）
16.《孟郊研究》　尤信雄（文津）

(二)問題討論

1. 論韓詩奇險的想像。
2. 論韓愈「以文為詩」。
3. 韓詩受杜詩的影響。
4. 歷代對韓詩的評論。
5. 韓愈七古似太白。
6. 釋韓愈所謂「東野動驚俗，天葩吐奇芬」。
7. 韓、孟聯句。
8. 歷代對孟郊詩的評價。
9. 據韓愈〈醉贈張秘書〉所謂「險語破鬼膽，高詞媲皇墳。至寶不雕琢，神功謝鋤耘。」論韓愈險怪、平淡兩種境界。

二十三、淺近派詩人：元白與劉禹錫

(一)參考文獻與論著

1. 宋紹興本《白氏長慶集》
2. 《白居易集》（標點本）
3. 《白居易集》（標點校注本）
4. 《白香山詩集》（清汪立名）

5. 《白氏文集》校定本（日本京都人文科學研究所）
6. 白居易詩文集版本流傳（講義）
7. 《白居易評傳》 劉維崇（商務）
8. 《白居易年譜》 朱金城（上海古籍出版社）
9. 《白樂天年譜》 羅聯添（國立編譯館中華叢書）
10. 《元白詩箋證稿》 陳寅恪（《陳寅恪先生全集》）
11. 〈說元白〉 夏敬觀（《唐詩說》 《中國文學史論文選集(三)》）
12. 〈讀長恨歌〉 夏承燾（《國文月刊》第七十八期）
13. 〈閒適詩初論〉 楊承祖（《臺靜農先生八十壽慶論文集》）
14. 〈長恨歌與長恨歌傳「共同機構」問題及其主題探討〉 羅聯添（《唐代文學論集》）
15. 〈長恨歌的結構與主題補說〉 王夢鷗（《聯合文學》二卷六期 一九八六）
16. 〈白居易詩評論的分析〉 羅聯添（《唐代文學論集》）
17. 〈白居易與佛道關係重探〉 羅聯添（《唐代文學論集》）
18. 《白居易的生平與時代》 韋理（英文）
19. 《白居易詩評述彙編》 陳友琴
20. 《白居易研究》 花房英樹
21. 琵琶行與琵琶引 羅聯添編（講義）
22. 《元氏長慶集》（《四部叢刊》）
23. 《元微之年譜》 薛鳳生（學生書局）

24.《元稹評傳》　劉維崇
25.〈豔詩及悼亡詩〉　陳寅恪（《陳寅恪先生全集》）
26.《劉夢得文集》（故宮景印、宋本、叢刊本）
27.〈劉夢得年譜〉　羅聯添（《唐代詩文六家年譜》）
28.《劉禹錫年譜》　卞孝萱（北京中華　一九六三）
29.《劉禹錫研究》　張肖梅（臺灣大學中文所碩士論文）
30.〈劉夢得的土風樂府與竹枝詞〉　方瑜
31.〈略談劉禹錫及其詩歌創作〉　陳友琴（《文學研究叢編》）

㈡問題討論

1.白居易佛道思想作品編年。
2.白居易感傷詩探討。
3.白居易雜律詩探討。
4.陳寅恪先生謂「白居易詩足當詩史，比之少陵之作，殊無愧色。」試為詮釋申論之。
5.評《白居易的生平與時代》。
6.元稹詩體裁與題材。
7.元稹詩「淫靡」說之商榷。
8.元稹為人評論再探討。
9.論元稹諷諭詩。
10.元、白詩歌相互競勝與影響。

11.「元輕白俗」一說的由來與商榷。
12.唐人對元、白詩的評論。
13.宋人對元、白詩的評論。
14.〈連昌宮詞〉與〈長恨歌〉。
15.琵琶歌與〈琵琶行〉。
16.元、白新樂府比較。
17.元、白唱和與韓、孟唱和。
18.劉禹錫懷古詩。
19.從劉禹錫詩作的題材、內容論其詩風演變。
20.從「元白」並稱到「劉白」唱和。
21.元、白詩詮釋功臣：陳寅恪先生研究元、白詩的方法與成就。

二十四、李賀

(一)參考文獻與論著

1.《李賀詩集》　葉蔥奇（里仁）
2.《唐集敘錄》　萬曼（明文）
3.〈李賀年譜〉　朱自清（《朱自清全集》）
4.《李賀年譜會箋》　錢仲聯（《夢苕盦專著二種》　中國社科院　一九八四）
5.〈李賀的生平及其詩〉　鄭騫（因百）（《景午叢編》《中國文學史論文選集・續編》）
6.《李長吉歌詩彙解》　清・王琦

7.〈李賀詩論〉　錢鍾書（《談藝錄》）
8.〈李賀感諷詩第三首及其英譯〉　鄭騫（《景午叢編》）
9.《中晚唐三家詩析論》　方瑜
10.〈論李賀的詩〉　陳貽焮（《唐詩研究論文集》三）
11.〈國際漢學與李賀研究〉　莊申（《書目季刊》九卷四期）
12.《李賀詩研究》　楊文雄（文史哲）
13.〈永嘉室札記〉　鄭騫（《書目季刊》七卷一期）
14.李賀詩無理問題（講義）
15.《李賀詩傳》　劉衍

(二)問題討論

1.錢鍾書稱李賀「只知花草蜂蝶，懷抱不深」，鄭騫謂李詩「幅度深而不廣，波瀾壯而不濶」，二家所見是否有當，試加申論。
2.李賀詩常表現的主題。
3.李賀詩風有「牛鬼蛇神」之說，試從其家庭背景、生活環境及其個人體質、心理狀態、遭遇、交遊、思想觀念等探討其形成原因。
4.歷代評論李賀詩。
5.李賀感諷詠懷詩試論。
6.李賀詩的特殊作法。

二十五、杜牧

㈠參考文獻與論著

1.《樊川文集》（《四部叢刊》）
2.《樊川詩集注》 清·馮集梧注（嘉慶辛酉（一八〇一）吳序）
3.《唐集敘錄》 萬曼（明文）
4.〈杜牧年譜〉 繆鉞
5.《杜牧研究》 謝錦桂毓（商務）
6.《杜牧》 顏崑陽（國家）
7.《杜牧生平及其詩之析論》 丘柳漫（臺大中文所碩士論文）
8.〈說杜牧〉 夏敬觀（《唐詩說：續唐詩說》）
9.〈杜牧詩簡論〉 繆鉞（《唐詩研究論文集》）
10.《杜牧研究資料彙編》 譚黎、宗慕（藝文）

㈡問題討論

1. 評「杜牧」與「杜牧研究」。
2. 志士與才子。
3. 曠達與抑鬱——杜牧性格兩極化問題。
4. 小杜學老杜。
5. 杜牧詩的特徵。
6. 申論小杜詩「雄姿英發」（清·劉熙載《藝概》評語）。
7. 歷代評論杜牧詩分析。

8.唐・于鄴〈揚州夢記〉考辨。

二十六、李商隱及其詩

㈠參考文獻與論著

1.《玉谿生詩詳注》三卷　清・馮浩
2.《李商隱詩集疏注》　葉蔥奇（里仁）
3.《玉谿生年譜會箋》　張爾田（臺灣中華）
4.〈玉谿生年譜會箋平質〉　岑仲勉（見《會箋》）
5.《李商隱評傳》　劉維崇（黎明）
6.〈說李商隱〉　夏敬觀（《中國文學史論文選集㈢》）
7.〈論李義山詩〉　繆鉞（《詩詞散論》，收入《中國文學史論文選集・續編》）
8.〈李商隱詩之淵源及其發展〉　勞榦（《中國文學史論文選集㈢》）
9.〈李商隱詩新詮〉　《李商隱和他的詩》　朱偰
10.〈李義山詩辨正〉　張采田（見《年譜會箋》）
11.《李義山詩析論》　張淑香（藝文）
12.〈李義山的詠史詩〉　方瑜（《沾衣花雨集》）
13.〈義山學杜〉　錢鍾書（《談藝錄》）
14.〈試論李商隱的七言律詩〉　蕭艾（《唐詩研究論文集》）
15.李義山詩評論的分析　羅聯添編（講義）
16.《李商隱詩研究論文集》　中山大學中文系編

17.〈李義山詩的境界〉　劉若愚（《唐詩論文選集》）
18.〈論李商隱的政治詩〉　劉開揚（《唐詩論文集》）

㈡問題討論

1. 李義山律詩的新境界。
2. 李義山隱晦原因探討。
3. 李義山與屈原作品。
4. 李義山詩與杜甫、李賀。
5. 李義山詩常表現的主題。
6. 李義山的議論詩。
7. 李義山的艷情詩。
8. 李義山的無題詩。
9. 李義山詩箋注問題。
10. 李義山詩境與詞的關係。
11. 李義山詩與西崑體。
12.〈李義山詩辨正〉讀後。

肆、古文與駢文（研究主題二十七——三十一）

二十七、隋唐五代古文發展演變

㈠參考論著

1.〈雜論唐五代古文運動〉　錢穆（《中國學術思想史論叢(四)》　東大圖書）
2.〈唐宋古文運動的發展與演變〉　羅聯添（《唐代文學論集》）
3.〈論唐代古文運動〉　羅聯添（《唐代文學論集》）
4.〈古文運動的意義與成就〉　羅聯添（增訂本《韓愈研究》）
5.《古文通論》　馮書耕、金仞千（國立編譯館中華叢書）
6.《唐代古文運動探究》　黃春貴（漢京）
7.《唐代古文運動論稿》　劉國盈（唐代文學研究叢書）
8.〈唐代古文運動與佛教〉　孫昌武（《唐代文學與佛教》）

(二)問題討論

1.唐代古文發展分期。
2.唐宋古文的差異。
3.蕭穎士、獨孤及、李華、梁肅、元結等在唐代古文發展的地位。
4.皇甫湜、孫樵古文特色及晚唐古文衰落的原因。
5.唐代古文流別。

二十八、韓愈古文研究

(一)參考文獻與論著

1.宋本《昌黎先生集》（故宮影印）
2.《五百家注本昌黎文集》（《四庫全書》）
3.《朱文公校韓昌黎先生集》（《四部叢刊》）

4.《韓昌黎文集校注》 馬其昶（漢京、世界）
5.《韓昌黎集》（河洛）
6.《韓集校注》 童第德（北京中華）
7.《唐集敘錄》 萬曼（明文）
8.韓昌黎集刊注本 羅聯添編（講義）
9.《韓愈古文校注彙輯》 羅聯添等編（國立編譯館、鼎文書局）
10.《韓愈》 李長之
11.《韓愈傳》 羅聯添（河洛、國家）
12.增訂本《韓愈研究》 羅聯添（學生書局）（傳記研究、交遊、學術思想、倡導古文意義及功績、文學觀念與理論、韓文評論、後人對韓文評價）
13.《韓愈志》 錢基博（商務）
14.〈韓愈評〉 陳登原（《韓愈論評》）
15.〈論韓愈〉 陳寅恪（《中國文學史論文選集(三)》）
16.〈唐代文學史兩個問題探討〉 羅聯添（《唐代文學論集》）
17.〈張籍上韓昌黎書的幾個問題〉 羅聯添（《唐代文學論集》）
18.《韓文四論》 蘇文擢（自印本）
19.〈韓愈文學的評價〉 黃雲眉（《韓柳文學研究叢刊》一）
20.〈論韓文謀篇造句修辭的特色〉 李英（《新潮》第三十四期）
21.《韓愈散文藝術論》 孫昌武（南開）

22.〈韓愈冢墓碑誌文與前人之異同及其對後世之影響〉　葉國良（《石學蠡探》　大安）
23.《韓愈資料彙編》　吳文治（學海影印）
24.韓愈古文分析　羅聯添編（講義）
25.《非韓》三十篇　宋・釋契嵩（四庫本《鐔津文集》卷十七）
26.韓愈與禪學　蔡涵墨（英文）
27.〈論韓愈古文幾個問題〉　羅聯添（《漢學研究》九卷二期，一九九一年十二月）

㈡問題討論

1.韓愈「以文為詩」與「以詩為文」。
2.韓文的比興。
3.鄭騫先生謂「盛唐以前之文，無論駢散，皆有醇美安雅之氣質。自韓昌黎出，矯揉造作，逞態弄姿，客氣盛而真氣衰矣。」（〈永嘉餘札〉《書目季刊》八卷三期），錢穆則以為韓文「剝落藻采，遺棄韻律，洗脂留髓，略貌存神，而文學之園地轉更開拓、文學之情趣轉更活潑。」（見〈雜論唐代古文運動〉）二者立說相反、試加詮釋並申論。
4.韓文「尺水興波」與杜詩「尺幅千里」。
5.韓文修辭問題。
6.陳寅恪〈論韓愈〉一文之商権。
7.契嵩《非韓》平議。
8.韓文兩系——李翱與皇甫湜古文。
9.韓愈「文起八代之衰」與「兼八代之美」問題探討。

10. 韓愈與孟子。
11. 韓愈在北宋地位。
12. 韓文評論分析。
13. 韓文分析（主題、結構、修辭）。

二十九、柳宗元及其古文

(一)參考文獻與論著

1. 《增廣注釋音辨柳先生集》（《四部叢刊》）
2. 《五百家注柳先生文集》二十一卷（《四庫全書》）
3. 《柳河東集》 明・蔣之翹輯注（世界 河洛）
4. 《柳宗元集》 吳文治校注標點（漢京 北京中華）
5. 《唐集敘錄》 萬曼（明文）
6. 〈柳集版本會要〉（《柳宗元事蹟繫年暨資料類編》附錄）
7. 《柳宗元傳論》 孫昌武（北京人民文學）
8. 《柳宗元評傳》 吳文治（北京中華）
9. 《柳宗元事蹟繫年暨資料類編》 羅聯添（國立編譯館中華叢書）
10. 〈柳宗元的生活體驗及其山水記〉 清水茂（《中國文學史論文選集(三)》）
11. 〈柳宗元二篇山水記的分析〉 羅聯添（《中國文學史論文選集(三)》）
12. 〈柳宗元二篇議論文分析〉 羅聯添（《中外文學》九卷七期）
13. 《柳文探微》（《柳文指要》） 章行嚴（華正）

14.〈《柳文探微》(《指要》)小識〉 張之淦(《大陸雜誌》六五卷三、四期)
15.〈柳宗元的思想背景〉 方介(《書目季刊》十五卷一期)
16.〈柳宗元的中道思想〉 方介(《書目季刊》十五卷二期)
17.〈柳宗元的經、史、文學思想〉 方介(《國立編譯館館刊》十一卷一期)
18.〈柳宗元文學的評價〉 黃雲眉(《韓柳文學研究叢刊》)
19.柳文分析 羅聯添編(講義)

㈡問題討論

1.《柳文指要》一書的基本觀念及其問題。
2.柳宗元的山水記與山水詩。
3.柳宗元辨偽書與〈非國語〉對後世學術思想的影響。
4.柳宗元七篇人物傳析論。
5.柳宗元山水記評論分析。
6.柳文評論問題。
7.柳宗元與佛教。

三十、韓柳及其古文比較

㈠參考論著

1.〈韓柳交遊〉 羅聯添(《韓愈研究》)
2.韓、柳比較評論 羅聯添編(講義)
3.〈論韓愈和柳宗元的散文〉 任訪秋(《中國古典散文研究論文集》)

4.同專題二十八、二十九

5.韓、柳交誼及其相角作品之研究　羅聯添編（講義）

6.《韓柳古文新論》　王基倫（里仁）

(二)問題討論

1.「韓文自經中來，柳文自史中來」一說考辨。

2.韓、柳古文體裁比較。

3.韓、柳古文寫作相互爭勝。

4.韓愈〈伯夷頌〉與柳宗元〈伊尹五就桀贊〉。

5.韓愈〈送董邵南序〉與柳宗元〈送徐從事北遊序〉。

6.韓愈〈張中丞傳後序〉與柳宗元〈段太尉逸事狀〉。

7.韓愈〈圬者王承福傳〉與柳宗元〈梓人傳〉。

8.韓愈〈貓相乳說〉與柳宗元〈鶻說〉。

9.韓愈〈原道〉與柳宗元〈封建論〉。

10.韓愈〈復讎狀〉與柳宗元〈駁復讎議〉。

11.韓、柳書牘比較。

12.韓、柳贈序比較。

13.韓、柳碑誌比較。

14.韓、柳議論文比較。

三十一、燕、許大手筆與陸贄駢文、樊南四六

㈠參考文獻與論著

1.《張說之集》（《四庫全書》本三十卷　《四部叢刊》本二十五卷）

2.《評注陸宣公集》　宋·郎曄注（臺灣中華）

3.《樊南文集詳注》　清·馮浩（《四部叢刊》）

4.《張說年譜》　陳祖言（香港中文大學出版社　一九八四）

5.《張說研究》　王毓秀（臺大中文所碩士論文　一九八〇）

6.《陸宣公年譜》　嚴一萍（藝文）

7.《陸宣公學記》　劉昭仁（學海）

8.《陸宣公之言論及其文學》　謝武雄（政大中文所碩士論文　一九七五）

㈡問題討論

1.陸贄駢文特徵。

2.陸贄駢文與「燕、許大手筆」。

3.「燕、許大手筆」與四傑駢文。

4.古文家對陸贄駢文的評論。

5.陸贄駢文論說事理「氣盛言直」。

6.簡論李商隱「四六文」。

7.樊南四六與陸贄駢體比較。

伍、文學理論

三十二、隋唐五代文學理論的發展演變

㈠參考文獻與論著

1.《隋唐五代文學批評資料彙編》 羅聯添輯（成文）
2.《中國歷代文論選》 郭紹虞（華正、木鐸）
3.《百種詩話類編》 臺靜農編（藝文）
4.《中國文學批評史》（隋唐部分） 郭紹虞
5.《中國文學批評史》（隋唐部分） 羅根澤
6.〈詩文評的發展〉 朱自清（《朱自清古典文學論文集》）
7.〈司空圖詩論綜述〉 朱東潤（《中國文學史論文選集㈢》）
8.《古典文學論探索》 王夢鷗（正中）
9.〈隋唐文學理論的發展與演變〉 羅聯添（《唐代文學論集》）
10.〈唐「詩人主客圖」試析〉 王夢鷗（《傳統文學論衡》 時報文化）

㈡問題討論

1. 郭（郭紹虞）、羅（羅根澤）二家《中國文學批評史》「隋唐文學批評」比較研究。
2. 各家文學理論探討。
3. 曹植〈與楊德祖書〉云：「蓋有南威之容，乃可以論於淑媛；有龍淵之利，乃可以議於斷割。」試據以申論文評家應有的修養與態度。

陸、傳奇小說

三十三、唐人傳奇小說問題探討

㈠參考論著

1. 《唐人傳奇小說》（校錄、考證）　汪國垣（世界）
2. 〈唐之傳奇文〉　周樹人（《中國小說史略》）
3. 〈唐之傳奇集及雜劇〉　周樹人（《中國小說史略》）
4. 《唐代小說研究》　劉開榮（商務）
5. 〈韓愈與唐代小說〉　陳寅恪（《中國文學史論文選集㈢》）
6. 〈論碑傳文及傳奇文〉　臺靜農（《傳記文學》四卷三期）
7. 〈佛教故實與中國小說〉　臺靜農（《中國文學史論文選集㈢》）
8. 〈論《雲麓漫鈔》所述傳奇與行卷之關係〉　馮承基（《中國文學史論文選集㈢》）
9. 〈唐人傳奇與溫卷〉　羅聯添（〈唐代文學史兩個問題探討〉之二）（《唐代文學論集》）
10. 〈〈虬髯客傳〉考〉　饒宗頤（《中國文學史論文選集㈢》）
11. 〈讀〈東城老父傳〉〉　陳寅恪（《陳寅恪先生全集》）
12. 〈讀〈鶯鶯傳〉〉　陳寅恪（《陳寅恪先生全集》）
13. 〈《纂異記》與傳奇校釋〉　王夢鷗（《唐人小說研究》　藝文）
14. 〈陳翰《異聞集》校補考釋〉　王夢鷗（《唐人小說研究》二集　藝文）
15. 〈《順宗實錄》與《續玄怪錄》〉　陳寅恪（《陳寅恪先生全集》）
16. 〈《玄怪錄》及其後繼作品辨略〉　王夢鷗（《唐人小說研究》四集　藝文）
17. 〈謝小娥故事正確性之探討〉　王夢鷗（《唐人小說研究》四集　藝文））

18.〈〈虬髯客傳〉與唐之創業傳說〉　王夢鷗（《唐人小說研究》四集　藝文）
19.〈〈霍小玉傳〉之作者及其故事背景〉　王夢鷗（《書目季刊》七卷一期）
20.〈〈李娃傳〉寫成年代的商榷〉　王夢鷗（《中外文學》一卷四期）
21.〈讀〈李娃傳〉〉　戴望舒（《漢學論叢》　巴黎大學　一九五一）
22.《唐代傳奇研究》　劉瑛（正中）
23.《六朝隋唐仙道類小說研究》　李豐楙（學生書局）
24.《唐人傳奇》　李宗為（北京中華　一九八四）

(二)問題討論

1.傳奇與志怪。
2.傳奇與歷史社會。
3.宋．洪邁謂「唐人小說與律詩可稱一代之奇」，試申論其意義。
4.明．胡應麟謂「唐人乃作意好奇，假小說以寄筆端。」（明．胡應麟《少室山房筆叢》）試申論之。
5.傳奇與碑傳的關係。
6.〈李娃傳〉寫作年代再商榷。
7.吳宏一〈唐傳奇〈孫恪〉故事背景探微〉（《中國文哲研究集刊》第二期，一九九二年三月）再商榷。
8.論楊貴妃不死傳說的虛構。

柒、變文

三十四、唐代俗講與變文

㈠參考文獻與論著

1. 〈唐代俗講考〉　向達（《中國文學史論文選集㈢》）（又見《唐代長安與西域文明》）
2. 〈唐代俗講之科範與體裁〉　孫楷第（《國學季刊》六十三　《中國文學史論文選集續編》）
3. 《敦煌變文集》（上下）王重民（世界）
4. 《敦煌變文集》　潘重規
5. 《敦煌講經變文研究》　羅宗濤（文史哲）
6. 《敦煌變文論輯》　潘重規
7. 《敦煌變文論文錄》　周紹良
8. 《敦煌變文字義通釋》　蔣禮鴻（北京中華）
9. 《莫高窟年表》　姜亮夫（華世）

㈡問題討論（略）

捌、樂府詞

三十五、樂府詞的創始與演進

㈠參考文獻與論著

1.《敦煌雲謠集新書》　潘重規（石門圖書公司）
2.《花間集》（《四部叢刊》）
3.〈詞體之演進〉　龍沐勛（《中國文學史論文選集(二)》）
4.〈溫庭筠、韋莊與詞的創始〉　鄭騫（《中國文學史論文選集(二)》）
5.〈由敦煌曲看詞的起源〉　林玫儀（《詞學考詮》　聯經）
6.〈論敦煌曲的社會性〉　林玫儀（《詞學考詮》　聯經）

(二)問題討論（略）

下編甲　綜論綱要暨參考資料

壹、唐代文學特色

一、溫厚豪邁

梁啟超〈中國韻文裏頭所表現的情感〉文中「粗獷表情法」云：

經南北朝幾百年民族的化合作用，到唐朝算是告一段落，唐朝的文學，用溫柔敦厚的底子，加上許多慷慨悲歌的新成分，不知不覺便產生出一種異彩來。盛唐各大家……，他們的價值，在能洗卻南朝的鉛華靡曼。參以伉爽直率，卻又不是北朝粗獷一路，拿歐洲來比方，好像古代希臘羅馬文明，攙入些森林裏頭日耳曼蠻人色彩，便開闢一個新天地。（梁啟超，《中國韻文裏頭所表現的情感》，臺北：臺灣中華書局，一九七六年臺三版，三七頁。）

案：梁氏觀察新銳，體會精微，簡言之：唐代文學特色，即洗卻南朝鉛華，以溫柔敦厚作底子，參以慷慨悲歌，伉爽直率，遂產生異采。

二、氣勢宏偉

寫景攝取大景物，抒情、敘事多以廣闊空間作背景。舉例如下：

(一)唐太宗〈飲馬長城窟行〉：「塞外悲風切，交河冰已結。瀚海百重波，陰山千里雪。迥戍危烽火，層巒引高節。悠悠捲旆旌，飲馬出長城。……」〈春日望海〉：「披襟眺滄海，憑軾玩春芳。積流橫地紀，疏派引天潢。仙氣凝三嶺，和風扇八荒。……」〈帝京篇〉十首之一：「秦川雄帝宅，函谷壯皇居。綺殿千尋起，離宮百雉餘。……」（以上俱見清・彭定球等編：《全唐詩》卷一）

(二)唐玄宗〈春臺望〉：「暇景屬三春，高臺聊四望。目極千里際，山川一何壯。太華見重巖，終南分疊嶂。郊原紛綺錯，參差多異狀。……」（《全唐詩》卷三）

(三)王績〈野望〉：「東皋薄暮望，徙倚欲何依。樹樹皆秋色，山山惟落暉。……」（唐・王績撰，康金聲、夏連保校注：《王績詩文集校注》卷中）

(四)王勃〈送杜少府之任蜀州〉：「城闕輔三秦，風煙望五津。與君離別意，同是宦遊人。……」〈山中〉：「長江悲已滯，萬里念將歸。況屬高風晚，山山黃葉飛。」（以上參見唐・王勃撰，何林天校注：《重訂新校王子安集》）

(五)陳子昂〈感遇〉之三十四：「……自言幽燕客，結髮事遠遊。……。避仇至海上，被役此邊州。故鄉三千里，遼水復悠悠。每憤胡兵入，常為漢國羞。何知七十戰，白首未封侯。」

〈登幽州臺歌〉：「前不見古人，後不見來者。念天地之悠悠，獨愴然而涕下。」

〈度荊門望楚〉：「遙遙去巫峽，望望下章臺。巴國山川盡，荊門煙霧開。……」

〈晚次樂鄉縣〉：「故鄉杳無際，日暮且孤征。川原迷舊國，道路入邊城。……」

〈送魏大將軍〉：「匈奴猶未滅，魏絳復從戎。悵別三河道，言追六郡雄。雁山橫代北，狐塞接雲中。勿使燕然上，唯留漢將功。」（以上參見唐·陳子昂撰，彭慶生註釋：《陳子昂詩注》）

（六）張若虛〈春江花月夜〉：「春江潮水連海平，海上明月共潮生。灩灩隨波千萬里，何處春江無月明。江流宛轉繞芳甸，月照花林皆似霰。……。斜月沉沉藏海霧，碣石瀟湘無限路。不知乘月幾人歸，落月搖情滿江樹。」（參見王啟興、張虹注，《賀知章、包融、張旭、張若虛詩注》）

（七）張九齡〈望月懷遠〉：「海上生明月，天涯共此時。情人怨遙夜，竟夕起相思。……」（《全唐詩》卷四十八）

（八）孟浩然〈望洞庭湖贈張丞相〉：「八月湖水平，涵虛混太清。氣蒸雲夢澤，波撼岳陽城。欲濟無舟楫，端居恥聖明。坐觀垂釣者，空有羨魚情。」（參見唐·孟浩然撰，徐鵬校注：《孟浩然集校注》卷三）

〈宿建德江〉：「移舟泊煙渚，日暮客愁新。野曠天低樹，江清月近人。」（《孟浩然集校注》卷四）

（九）王之渙〈涼州詞〉：「黃河遠上白雲間，一片孤城萬仞山。羌笛何須怨楊柳，春風不度玉門關。」（《全唐詩》卷二五三）

〈登鸛鵲樓〉：「白日依山盡，黃河入海流。欲窮千里目，更上一層樓。」（同前）

（十）祖詠〈望薊門〉：「燕臺一去客心驚，笳鼓喧喧漢將營。萬里寒光生積雪，三邊曙色動危

旌。沙場烽火連胡月，海畔雲山擁薊城。少小雖非投筆吏，論功還欲請長纓。」（《全唐詩》卷一三〇）

案：唐人心胸廣大，自負不凡，意氣昂揚，此詩可見。

(十一)王灣〈次北固山下〉：「客路青山外，行舟綠水前。潮平兩岸闊，風正一帆懸。海日生殘夜，江春入舊年。鄉書何處達，歸雁洛陽邊。」（《全唐詩》卷一一五）

(十二)王昌齡〈從軍行〉七首其四：「青海長雲暗雪山，孤城遙望玉門關。黃沙百戰穿金甲，不破樓蘭終不還。」（參見唐·王昌齡撰，胡問濤、羅琴校注：《王昌齡集編年校注》）

王昌齡〈從軍行〉七首其五：「大漠風塵日色昏，紅旗半卷出轅門。前軍夜戰洮河北，已報生擒吐谷渾。」（同前）

(十三)王維〈終南山〉：「太乙近天都，連山接海隅。白雲回望合，青靄入看無。分野中峰變，陰晴眾壑殊。欲投人宿處，隔水問樵夫。」（唐·王維撰，楊文生編：《王維詩集箋注》卷三）

〈漢江臨汎〉：「楚塞三湘接，荊門九脈通。江流天地外，山色有無中。郡邑浮前浦，波瀾動遠空。襄陽好風日，留醉與山翁。」（《王維詩集箋注》卷四）

〈使至塞上〉：「單車欲問邊，屬國過居延。征蓬出漢塞，歸雁入胡天。大漠孤煙直，長河落日圓。蕭關逢候騎，都護在燕然。」（同前）

(十四)李白〈行路難〉：「欲渡黃河冰塞川，將登太行雪滿山。……長風破浪會有時，直掛雲帆濟滄海。」（參見唐·李白撰，清·王琦注：《李太白集》卷三）

〈西嶽雲臺歌送丹丘子〉：「西嶽崢嶸何壯哉，黃河如絲天際來。黃河萬里觸山動，盤渦轂轉秦地雷。榮光休氣紛五彩，千年一清聖人在。巨靈咆哮擘兩山，洪波噴流射東海。三峰卻

立如欲摧，翠崖丹谷高掌開。……」（《李太白集》卷七）

〈橫江詞〉六首其四：「海神來過惡風迴，浪打天門石壁開。浙江八月何如此，濤似連山噴雪來。」（同前）

〈廬山謠寄盧侍御虛舟〉：「登高壯觀天地間，大江茫茫去不還。黃雲萬里動風色，白波九道流雪山。……」（《李太白集》卷十四）

〈黃鶴樓送孟浩然之廣陵〉：「故人西辭黃鶴樓，煙花三月下揚州。孤帆遠影碧空盡，唯見長江天際流。」（《李太白集》卷十五）

〈望廬山瀑布〉二首其一：「西登香爐峰，南見瀑布水。掛流三千丈，噴壑數千里。欻如飛電來，隱若白虹起。初驚河漢落，半灑雲天裏。仰觀勢轉雄，壯哉造化功。……」（《李太白集》卷二十一）

〈望天門山〉：「天門中斷楚江開，碧水東流至此迴，兩岸青山相對出，孤帆一片日邊來。」（同前）

(十五)高適〈燕歌行〉：「大漠窮秋塞草腓，孤城落日鬥兵稀。身當恩遇恆輕敵，力盡關山未解圍。鐵衣遠戍辛勤久，玉箸應啼別離後。少婦城南欲斷腸，征人薊北空回首。邊庭飄颻那可度？絕域蒼茫更何有？」（參見唐·高適撰，孫欽善校注：《高適集校注》）

(十六)常建〈塞下曲〉四首其一：「玉帛朝回望帝鄉，烏孫歸去不稱王。天涯靜處無征戰，兵氣銷為日月光。」（《全唐詩》卷一四四）

(十七)岑參〈白雪歌送武判官歸京〉：「北風捲地白草折，胡天八月即飛雪。忽如一夜春風來，千樹萬樹梨花開。……瀚海闌干百丈冰，愁雲慘澹萬里凝。……」（參見唐·岑參撰，陳鐵民、

侯忠義校注：《岑參集校注》卷二）

〈逢入京使〉：「故園東望路漫漫，雙袖龍鍾淚不乾。馬上相逢無紙筆，憑君傳語報平安。」（同前）

〈春夢〉：「洞房昨夜春風起，遙憶美人湘江水，枕上片時春夢中，行盡江南數千里。」（同前）

（十八）杜甫〈望嶽〉：「岱宗夫如何？齊魯青未了。造化鍾神秀，陰陽割昏曉，盪胸生層雲，決眥入歸鳥。會當凌絕頂，一覽眾山小。」（參見唐・杜甫撰，仇兆鰲注：《杜詩詳註》卷一）

〈同諸公登慈恩寺塔〉：「七星在北戶，河漢聲西流。羲和鞭白日，少昊行清秋。秦山忽破碎，涇、渭不可求。俯視但一氣，焉能辨皇州。迴首叫虞舜，蒼梧雲正愁。」（《杜詩詳註》卷二）

〈後出塞〉五首其二：「朝進東門營，暮上河陽橋。落日照大旗，馬鳴風蕭蕭。平沙列萬幕，部伍各見招。中天懸明月，令嚴夜寂寥。悲笳數聲動，壯士慘不驕。借問大將誰，恐是霍嫖姚。」（《杜詩詳註》卷四）

〈秦州雜詩〉二十首其七：「莽莽萬重山，孤城山谷間。無風雲出塞，不夜月臨關。……」（《杜詩詳註》卷七）

〈登樓〉：「花近高樓傷客心，萬方多難此登臨。錦江春色來天地，玉壘浮雲變古今。北極朝廷終不改，西山寇盜莫相侵。可憐後主還祠廟，日暮聊為梁父吟。」（《杜詩詳註》卷十三）

〈旅夜書懷〉：「細草微風岸，危檣獨夜舟。星垂平野闊，月湧大江流。名豈文章著？官應

老病休，飄飄何所似，天地一沙鷗。」（《杜詩詳註》卷十四）

〈登岳陽樓〉：「昔聞洞庭水，今上岳陽樓。吳楚東南坼，乾坤日夜浮。親朋無一字，老病有孤舟。戎馬關山北，憑軒涕泗流。」（《杜詩詳註》卷二十二）

〈秋興〉八首其一：「江間波浪兼天湧，塞上風雲接地陰。叢菊兩開他日淚，孤舟一繫故園心。寒衣處處催刀尺，白帝城高急暮砧。」（《杜詩詳註》卷十七）

〈登高〉：「風急天高猿嘯哀，渚清沙白鳥飛回。無邊落木蕭蕭下，不盡長江滾滾來。」（《杜詩詳註》卷二十）

（十九）劉長卿〈別嚴士元〉：「……日斜江上孤帆影，草綠湖南萬里情。東道若逢相識問，青袍今已誤儒生。」（《全唐詩》卷一五一）

（二十）李賀〈南園〉十三首其五：「男兒何不帶吳鉤，收取關山五十州。請君暫上凌煙閣，若箇書生萬戶侯。」（參見唐・李賀撰，吳企明箋注：《李長吉歌詩編年箋注》卷四）

〈秦王飲酒〉：「秦王騎虎游八極，劍光照空天自碧。羲和敲日玻璃聲，劫灰飛盡古今平。……」（《李長吉歌詩編年箋注》卷三）

〈昌谷北園新筍〉四首其二：「斫取青光寫楚辭，膩香春粉黑離離。無情有恨何人見？露壓煙啼千萬枝。」（《李長吉歌詩編年箋注》卷四）

（二十一）柳宗元〈與浩初上人同看山寄京華親故〉：「海畔尖山似劍芒，秋來處處割愁腸。若為化得身千億，散上峰頭望故鄉。」（《柳宗元集》卷四十二）

〈登柳州城樓寄漳汀封連四州〉：「城上高樓接大荒，海天愁思正茫茫。驚風亂颭芙蓉水，密雨斜侵薜荔牆。嶺樹重遮千里目，江流曲似九回腸。共來百越文身地，猶自音書滯一

鄉。」（同前）

〈別舍弟宗一〉：「零落殘魂倍黯然，雙垂別淚越江邊。一身去國六千里，萬死投荒十二年。桂嶺瘴來雲似墨，洞庭春盡水如天。欲知此後相思夢，長在荊門郢樹煙。」（同前）

〈江雪〉：「千山鳥飛絕，萬徑人蹤滅。孤舟蓑笠翁，獨釣寒江雪。」（《柳宗元集》卷四十三）

（二十二）韓愈〈山石〉：「天明獨去無道路，出入高下窮煙霏。山紅澗碧紛爛漫，時見松櫪皆十圍。當流赤足蹋澗石，水聲激激風吹衣。人生如此自可樂，豈必局束為人鞿？嗟哉吾黨二三子，安得至老不更歸？」（參見唐・韓愈撰，錢仲聯集釋：《韓昌黎詩繫年集釋》卷二）

〈聽穎師彈琴〉：「昵昵兒女語，恩怨相爾汝。劃然變軒昂，勇士赴敵場。浮雲柳絮無根蒂，天地闊遠任飛揚。……」（《韓昌黎詩繫年集釋》卷九）

〈早春呈水部張十八員外〉：「天街小雨潤如酥，草色遙看近卻無。最是一年春好處，絕勝煙柳滿皇都。」（《韓昌黎詩繫年集釋》卷十二）

〈岳陽樓別竇司直〉：「洞庭九州間，厥大誰與讓？南匯群涯水，北注何奔放。瀦為七百里，吞吐各殊狀。自古澄不清，環混無歸向，炎風日搜攪，幽怪多冗長。軒然大波起，宇宙隘而妨，巍峨拔嵩華，騰踔較健壯。聲音一何宏，轟輵車萬輛。……」（《韓昌黎詩繫年集釋》卷三）

（二十三）劉禹錫〈石頭城〉：「山圍故國周遭在，潮打空城寂寞回。淮水東邊舊時月，夜深還過女牆來。」（參見唐・劉禹錫著：《劉禹錫集箋證》卷二十四）

（二十四）賈島〈憶江上吳處士〉：「閩國揚帆後，蟾蜍虧復圓。秋風吹渭水，落葉滿長安。此地聚會夕，當時雷雨寒。蘭橈殊未返，消息海雲端。」（參見唐・賈島撰，李嘉言新校：《長江集新

校》卷五）

（二十五）李紳〈宿揚州〉：「江橫渡闊煙波晚，潮過金陵落葉秋。嘹唳塞鴻經楚澤，淺深紅樹見揚州。夜橋燈火連星漢，水郭帆檣近斗牛。今日市朝風俗變，不須開口問迷樓。」（《全唐詩》卷四八一）

（二十六）白居易〈江樓夕望招客〉：「海天東望夕茫茫，山勢川形闊復長。燈火萬家城四畔，星河一道水中央。風吹古木晴天雨，月照平沙夏夜霜。能就江樓消暑否，比君茅舍較清涼。」（參見唐・白居易撰，朱金城箋校：《白居易集箋校》卷二十）

〈餘杭形勝〉：「餘杭形勝四方無，州傍青山縣枕湖，繞郭荷花三十里，拂城松樹一千株，夢兒亭古傳名謝，教妓樓新道姓蘇，獨有使君年太老，風光不稱白髭鬚。」（同前）

（二十七）杜牧〈長安秋望〉：「樓倚霜樹外，鏡天無一毫。南山與秋色，氣勢兩相高。」（參見唐・杜牧撰，清・馮集吾注：《樊川詩集注》卷二）

〈江南春絕句〉：「千里鶯啼綠映紅，水村山郭酒旗風。南朝四百八十寺，多少樓臺煙雨中。」（《樊川詩集注》卷三）

〈題宣州開元寺水閣閣下宛溪夾溪居人〉：「六朝文物草連空，天淡雲閑今古同。鳥去鳥來山色裏，人歌人哭水聲中。深秋簾幕千家雨，落日樓臺一笛風。惆悵無因見范蠡，參差煙樹五湖東。」（同前）

（二十八）溫庭筠〈利州南渡〉：「澹然空水對斜暉，曲島蒼茫接翠微。波上馬嘶看棹去，柳邊人歇待船歸。數叢沙草群鷗散，萬頃江田一鷺飛。誰解乘舟尋范蠡，五湖煙水獨忘機。」（參見唐・溫庭筠撰，劉學鍇校注：《溫庭筠全集校注》卷四）

〈蘇武廟〉：「蘇武魂銷漢使前，古祠高樹兩茫然。雲邊雁斷胡天月，隴上羊歸塞草煙。迴日樓臺非甲帳，去時冠劍是丁年。茂陵不見封侯印，空向秋波哭逝川。」（《溫庭筠全集校注》卷八）

（二十九）李商隱〈安定城樓〉：「迢遞高城百尺樓，綠楊枝外盡汀洲。賈生年少虛垂淚，王粲春來更遠遊。永憶江湖歸白髮，欲迴天地入扁舟。」（參見唐·李商隱撰，劉學鍇、余恕誠著：《李商隱詩歌集解》第一冊）

〈霜月〉：「初聞征雁已無蟬，百尺樓臺水接天。青女素娥俱耐冷，月中霜裡鬥嬋娟。」（《李商隱詩歌集解》第四冊）

案：唐人志氣宏大眼光高遠，個個自負不凡，意氣昂揚。李白〈古風〉五十九首之三十九：「登高望四海，天地何漫漫。」李白〈登高丘而望遠〉：「登高丘，望遠海。」李白〈酬崔五郎中〉：「起舞拂長劍，四座皆揚眉。」登高山、望遠海，撫長劍、一揚眉，正可描述唐人氣派，有此氣派，在詩歌中自然流露雄偉不凡氣象。

三、悲憫與兼濟

唐代文人放眼天下，關懷整個社會人生，文學作品中時時流露悲憫不忍人的心情，與兼濟天下的胸襟，這是受儒、釋兩家思想文化薰染浸漬而成，唐詩人有不少為同情少婦、征人、寒士、貧女、孤兒、棄婦而作的詩篇，更有無數為田夫野老、採珠海人、採玉老夫、牢獄囚犯的痛苦而呼籲打抱不平的作品，唐代樂府詩甚多此類之作。如杜甫〈茅屋為秋風所破歌〉云：「安得廣廈千萬間，大庇天下寒士俱歡顏。」（《杜詩詳註》卷十）又如白居易新樂府十首〈秦中吟〉中有為同情寒士、貧女而作，其〈新製綾襖成感而有詠〉：「百姓多寒無可救，一身獨暖亦何情。心中為念農桑苦，耳裡如聞飢凍聲。爭得大裘長萬丈，與君都蓋洛陽城。」（《白居易集箋校》卷二十八）又〈新製布裘〉詩：「丈夫貴兼濟，豈獨善一身，安得萬里裘，蓋裹週四垠；穩暖皆如我，天下無寒人。」（《白居易集箋校》卷一）與杜甫同一情意。〈與元九書〉云：「古人云窮則獨善其身，達則兼善天下，僕雖不肖，常師此語。……故僕志在兼濟，行在獨善。」（《白居易集箋校》卷四十五）白居易尤可作為典型代表。

此外，陳子昂〈感遇詩〉，韋應物〈採玉行〉，李賀〈採玉歌〉、〈感諷詩〉，王建〈海人謠〉，張籍〈野老歌〉、〈征婦怨〉，柳宗元〈田家詩〉，元稹〈田家詩〉等作，亦莫不有同一情懷。

四、儒學的盛衰

太宗尊儒學

(一)太宗開文學館、置學士，講論經義，太宗親與。《舊唐書》卷一八九上〈儒學上〉：「至三年，太宗討平東夏，海內無事，乃銳意經籍，於秦府開文學館，廣引文學之士，下詔以府屬杜如晦等十八人為學士，給五品珍膳，分為三番，更直宿於閣下。及即位，又於正殿之左，置弘文學館，精選天下文儒之士虞世南、褚亮、姚思廉等，各以本官兼署學士，令更日宿直。聽朝之暇，引入內殿，講論經義，商略政事，或至夜分乃罷。又召勳賢三品已上子孫，為弘文館學生。」

(二)國子監立周公孔子廟各一，尊孔子為先聖。《舊唐書》卷一八九上〈儒學上〉：「貞觀二年，停以周公為先聖，始立孔子廟堂於國學，以宣父為先聖，顏子為先師。」

(三)國子學生徒八千餘人。濟濟洋洋焉，儒學之盛，古昔未之有也。《舊唐書》卷一八九上〈儒學上〉：「大徵天下儒士，以為學官。數幸國學，令祭酒、博士講論；畢，賜以束帛。學生能通一大經已上，咸得署吏。又於國學增築學舍一千二百間，太學、四門博士亦增置生員，其書算各置博士、學生，以備藝文，凡三千二百六十員。其玄武門屯營飛騎，亦給博士，授以經業；有能通經者，聽之貢舉。是時四方儒士，多抱負典籍，雲會京師。俄而高麗及百濟、新羅、高昌、吐蕃等諸國酋長，亦遣子弟請入於國學之內。鼓篋而升講筵者，濟濟洋洋焉，儒學之盛，古昔未之有也。」

(四)顏師古考定《五經》、國子祭酒，孔穎達撰《五經正義》。《舊唐書》卷一八九上〈儒學上〉：「太宗又以經籍去聖久遠，文字多訛謬，詔前中書侍郎顏師古考定《五經》，頒於天下，命學者習焉。又以儒學多門，章句繁雜，詔國子祭酒孔穎達與諸儒撰定《五經》義疏，凡一百七十卷，名曰《五經正義》，令天下傳習。」

(五)拔擢前代儒學後人。《舊唐書》卷一八九上〈儒學上〉：「十四年，詔曰：『梁皇侃、褚仲都，周熊安生、沈重，陳沈文阿、周弘正、張譏，隋何妥、劉炫等，並前代名儒，經術可紀。加以所在學徒，多行其疏，宜加優異，以勸後生。可訪其子孫見在者，錄名奏聞，當加引擢。』二十一年，又詔曰：『左丘明、卜子夏、公羊高、穀梁赤、伏勝、高堂生、戴聖、毛萇、孔安國、劉向、鄭眾、杜子春、馬融、盧植、鄭玄、服虔、何休、王肅、王弼、杜元凱、范寧等二十一人，並用其書，垂於國胄。既行其道，理合褒崇。自今有事太學，可與顏子俱配享孔子廟堂。』其尊重儒道如此。」

始衰於武后

(一)武后時代：《五經正義》權威性動搖。

(二)武后倡佛教，母楊氏信佛，《大雲經》予女性當政理論支持（參見〈武后與佛教〉一文）。

(三)武后拔擢進士，形成新勢力集團，以與山東儒學世家對抗。

再衰於安史之亂

《舊唐書》卷四十六〈經籍志．序〉：「祿山之亂，兩都覆沒，乾元舊籍，亡散殆盡。肅宗、代宗崇重儒術，屢詔購募。文宗時，鄭覃侍講禁中，以經籍道喪，屢以為言。詔令祕閣搜訪遺文，日令添寫。……」

大衰於中唐

(一)科學興盛，重詩賦不重經學：輕明經，重進士，有「三十老明經，五十少進士」之說。（見《唐國史補》）。唐康駢《劇談錄．元相國謁李賀》載元稹明經擢第身分見李賀，受輕視云：「明經及第，何事看李賀？」（收於《歷代筆記小說集成》之三《唐人筆記小說》）

(二)佛老盛行：韓愈〈原道〉：「不入於老，則入於佛。入於彼，必出於此。入者主之，出者奴之；入者附之，出者汙之。噫！後之人其欲聞仁義道德之說，孰從而聽之？」（《韓集》卷十一）張籍〈上韓昌黎書〉：「至於人情，則溺乎異學，而不由乎聖人之道，使君臣父子夫婦朋友之義沉於世，而邦家繼亂，固仁人之所痛也。」

(三)學校荒廢，無師傳道授業：

1. 韓愈〈請復國子監生徒狀〉：「國家典章，崇重庠序。近日趨競，未復本源。至使公卿子

孫，恥遊太學；工商凡冗，或處上庠。」（《韓集》卷三十七）

2.韓愈〈潮州請置鄉校牒〉：「此州學廢日久，進士、明經，百十年間，不聞有業成貢於王庭，試於有司者。人吏目不識鄉飲酒之禮，耳未嘗聞〈鹿鳴〉之歌，忠孝之行不勸，亦縣之恥也。」（《韓集》集外文卷五）

3.劉禹錫〈奏記丞相府論學事〉：「今之膠庠，不聞弦歌，而室廬圮廢，生徒衰少，非學官不欲振學也，病無貲財以給其用。鰥生今有一見，使大學立富。……今夫子之教日頹靡，而以非禮之祀媚之，斯儒者所宜憤悱也。……」（《劉禹錫集箋證》卷二十）

4.韓愈〈師說〉：「師者，所以傳道授業解惑也，……道之所存，師之所存也。嗟乎！師道之不傳也久矣！欲人之無惑也難矣！」（《韓集》卷十二）

從〈經籍志〉與〈儒學傳〉考察儒學興衰

(一)《舊唐書》卷四十六〈經籍志〉著錄：經籍十二家五百七十五部六千二百四十一卷，儒學二十八部七七六卷，共六〇三部，七〇一七卷。史八四四部，一七九四六卷，道釋一二五部九六〇卷，文集八九二部，一二三八〇卷。

(二)《舊唐書》卷一八九〈儒學傳〉。儒學人物四四人，《舊唐書》卷一九一〈方技（僧）傳〉，僧二十九人，隱逸二十一人，同書卷一九〇〈文苑傳〉，文士一〇四人。

韓愈復興儒學

(一)作〈原道〉，闢佛老。

(二)作〈師說〉，「抗顏而為師」（柳宗元〈答韋中立論師道書〉語，《柳集》卷三十四）。

㈢立道統，尊孟子。

㈣提出大學篇正心、誠意之說。

㈤〈進學解〉：「觝排異端，攘斥佛老。補苴罅漏，張皇幽眇。尋墜緒之茫茫，獨旁搜而遠紹。障百川而東之，迴狂瀾於既倒：先生之於儒，可謂有勞矣。」（《韓集》卷十二）

貳、唐代比興詩探討

綱要

一、比興意義

㈠「比」與「興」

「比」	「興」
比物	託事
取比斥言（貶）	取善事喻勸（褒）
喻類	有感
附理：寫物附意	起情、託喻（環譬託諷）
顯	隱
因物喻志	文已盡意有餘（情趣）
直比	託喻
取象	取義

㈡比興連稱

1. 比物（松柏比君子），託事（忠貞）。

2. 內容：諷諭。

3. 作法：興發於此，義歸於彼（言在此、意在彼）。

㈢歸納說明

1. 比多兼興，即比物多託事；興必有比，即託事必比物，故後世皆比興連稱不分。

2. 《詩經》，興必兼比，《楚辭》，比多兼興。

二、比興方式

㈠明比（淺顯的比興）

㈡隱喻（隱微的比興）

1. 點明、提示。（如例十一）

2. 可推想而知。（例三、四、五、六、七、八）

3. 難以推知（本事見筆記、詩話）。（例九、十、十二、十三、十四）

三、比興問題

㈠〈節婦吟〉比興問題

㈡結論：

1. 唐人以詩歌抒情達意，詩歌成為唐人普通語言，正如周代四言詩成為普通語言。

2. 唐人用詩歌比興方法把庸俗化為美感，把醜陋或難以啟齒的事物化為藝術品。

3. 講比興，討論其本義，並非降低其意境與情味。

4.作者並無意要表現知性與感性、個人意識與共同意識的衝突。意識衝突是西方文學觀念，無須把這種觀念強加古人。

5.重視比興但不穿鑿附會，無中生有。（朱自清：《朱自清古典文學論文集》二七六——二八四頁）

一、比興意義

(一)《周禮・春官・大師》「教六詩」下鄭司農注：「比者，比方於物也。興者，託事於物。」

(二)同右鄭玄注：「比，見今之失，不敢斥言，取比類以言之。興，見今之美，嫌于媚諛，取善事以喻勸之。」

(三)晉・摯虞〈文章流別論〉：「比者，喻類之言也；興者，有感之辭也。」（《全晉文》卷七七）

(四)《文心雕龍・比興》：「毛公述傳，獨標興體，豈不以風通而賦同，比顯而興隱哉！故比者，附也；興者，起也。附理者，切類以指事，起情者，依微以擬議。……比則畜憤以斥言，興則環譬以託諷。」

「觀夫興之託諭，婉而成章，稱名也小，取類也大……且何謂為比？蓋寫物以附意，颺言以切事者也。……夫比之為義，取類不常，或喻於聲，或方於貌，或擬於心，或譬於事。」

(五)《詩品・序》：「故詩有三義焉，一曰興，二曰比，三曰賦。文已盡而意有餘，興也；因物喻志，比也；直書其事，寓言寫物，賦也。宏斯三義，酌而用之，幹之以風力，潤之以丹采，使味之者無極，聞之者動心，是詩之至也。若專用比興，患在意深，意深則詞躓。」

(六)唐・孔穎達《毛詩序正義》引鄭司農，釋云：「諸言如者，皆比辭也。」「興者，起也；取譬引類，起發己心，詩文諸舉草木鳥獸以見意者，皆興辭也。……比之與興，雖同是附託外物，比顯而興隱，當先顯後隱，故比居興先也。」

（七）唐·王昌齡《詩格》：「比者，直比其身，謂之比假，如『關關雎鳩』之類是也。興者，指物及比其身說之為興，蓋托諭謂之興也。」（《文鏡秘府論》地卷「六義」條引）

（八）唐·皎然《詩式》卷一「用事」條：「……今且於六義之中略論比興。取象曰比，取義曰興。義即象下之意。凡禽魚、草木、人物、名數，萬象之中，義類同者，盡入比興，〈關雎〉即其義也。如陶公以「孤雲」比「貧士」，鮑照以直比朱絃，以清比冰壺。」（廣文書局，五卷本）

（九）唐·皎然《詩式》：「比者，全取外象以興之，〈西北有浮雲〉之類是也。興者，立象於前，後以人事諭之，〈關雎〉之類是也。」（《文鏡秘府論》地卷「六義」條引）

（十）漢·王逸《楚辭章句》〈離騷·序〉：「〈離騷〉之文，依詩取興，引類譬喻。故善鳥香草以配忠貞；惡禽臭物以比讒佞。靈脩美人以媲於君，宓妃佚女以譬賢臣，虬龍鸞鳳以託君子，飄風雲霓以為小人。其辭溫而雅。其義皎而朗。……」

（十一）《文心雕龍·辨騷》：「虬龍以喻君子，雲霓以譬讒邪，比興之義也。」

（十二）《文心雕龍·比興》：「楚襄信讒，而三閭忠烈；依《詩》製〈騷〉，諷兼比、興。炎漢雖盛，而辭人夸毗，諷刺道喪，故興義銷亡。於是賦頌先鳴，（故）比體雲構，紛紜雜遝，倍（原誤「信」）舊章矣。」

（十三）黃季剛《文心雕龍札記》：「案：〈離騷〉諸言草木，比物託事，二者兼而有之，故曰諷兼比、興也。」（范注：「諷」當作「風」，楚騷，楚風也。）

（十四）唐·杜確〈岑嘉州集序〉：「梁簡文帝及庾肩吾之屬，始為輕浮綺靡之詞，名曰宮體，自後沿襲，務於妖豔，……諷諫比興，由是廢缺。」

（十五）唐·獨孤及〈蕭府君（穎士）文章集錄序〉：「君子修其詞，立其誠，生以比興宏道，歿以述作垂裕，此之謂不朽。」（《毘陵集》卷十三）

（十六）唐·權德輿〈吳尊師（筠）集序〉：「屬辭之中，尤工比興。」

（十七）唐·柳宗元〈楊評事（凌）文集後序〉：「文有二道，辭令褒貶，本乎著述者也。導揚諷諭，本乎比興者也。……比興者流，蓋出於虞、夏之詠歌，殷、周之風雅。……其後，燕文貞（張說）以著述之餘，攻比興而莫能極；張曲江（張九齡）以比興之隙，窮著述而不克備。……」（《柳河東集》卷二十二）

（十八）唐·白居易〈與元九書〉：「蘇、李騷人……然去《詩》未遠，梗概尚存，故興離別，則引雙鳧一雁為喻，諷君子小人，則引香草惡鳥為比。……風雪花草之物，三百篇中豈捨之乎？顧所用何如耳！設如『北風其涼』，假風以刺威虐也。『雨雪霏霏』，因雪以愍征役也。『棠棣之華』，感華以諷兄弟也。『采采芣苢』，美草以樂有子也，皆興發於此，而義歸於彼。」

「自拾遺來，凡所適所感，關於美刺興比者，又自武德訖元和，因事立題，題為新樂府者，共一百五十首，謂之諷諭詩。」

二、比興方式

（一）唐·張九齡〈感遇詩〉：「孤鴻海上來，池潢不敢顧。側見雙翠鳥，巢在三珠樹。矯矯珍木巔，得無金丸懼。美服患人指，高明逼神惡。今我遊冥冥，弋者何所慕。」

清．陳沆《詩比興箋》曰：「公被謫後有詠燕詩云：『無心與物競，鷹隼莫相猜。』即此旨也。孤鴻自喻，雙翠鳥喻林甫、仙客。患得則營珠樹之巢，患失則懷金丸之懼，顧忌愈多，用心良苦矣。千人所指無病而死，高明之家，鬼瞰其室，我苟無所戀，何患人圖哉！」

（二）唐．張九齡〈感遇詩〉：「江南有丹橘，經冬猶綠林。豈伊地氣暖，自有歲寒心。可以薦嘉客，奈何阻重深。運命惟所遇，循環不可尋。徒言樹桃李，此木豈無陰。」

《陳箋》曰：「公守郡日，嘗作〈荔枝賦〉，有云：『夫其貴可以薦宗廟，其珍可以羞王公。亭十里而莫致，門九重兮曷通。山五嶠兮白雲，江千里兮青楓，何斯美之獨遠，嗟爾命之不工，每被銷於凡口，罕獲知於貴躬。』」

（三）唐．張九齡〈賦得自君之出矣〉：「自君之出矣，不復理殘機。思君如滿月，夜夜減清輝。」

《陳箋》曰：「知感遇十二詩，則知此詩矣。後人無病效顰，能無媸乎？」

（四）唐．李白〈古風〉：「孤蘭生幽園，眾草共蕪沒。雖照陽春暉，復悲高秋月。飛霜早淅瀝，綠豔恐休歇。若無清風吹，香氣為誰發。」

《陳箋》曰：「在野不能自拔，雖蒙主知，已被眾忌，若無當位之人，披拂而吹噓之，雖有德馨，何由自達哉！此自傷遇主被讒，孤立莫援也。」

（五）唐．李白〈邯鄲才人嫁為廝養卒婦〉：「妾本崇臺女，揚蛾入丹闕。自倚顏如花，寧知有凋歇。一辭玉階下，去若朝雲沒。每憶邯鄲城，深宮夢秋月。君王不可見，惆悵至明發。」

《陳箋》曰：「淪謫之感，貴在忠厚。」

㈥唐・韓愈〈條山蒼〉：「條山蒼，河水黃。浪波沄沄去，松柏在高岡。」

宋・朱熹《昌黎先生集考異》：「歐本注云：中條山在黃河之曲，今蒲中也。」

清・王元啟《讀韓記疑》：「條山者，陽城隱居之所，事詳《順宗實錄》。……此詩貞元二年初至河東，城尚未膺李泌之薦，正隱條山。公感事賦此。波浪句謂遠近慕其德行，從學者多。松柏句仰其德性之高，且有未獲從遊之恨。方（崧卿）謂長慶中作，則與前後奉使諸詩不類，又譏此詩之作為無謂，且疑下有闕文，皆由誤定為奉使鎮州時作故耳。余定為貞元初美陽城作，則語甚有謂，亦不嫌其有闕文也。」

《陳箋》云：「蒼者自高黃自濁，流俗隨波君子獨。」

清・曾國藩《求闕齋讀書錄》云：「波浪句喻世人隨俗波靡，松柏句喻君子歲寒後凋，亦自況之詩。」

清・程學恂《韓詩臆說》：「尋常寫景，十六字中，見一生氣概。」

㈦唐・韓愈〈雜詩〉之一：「朝蠅不須驅，暮蚊不可拍。蠅蚊滿八區，可盡與相格？得時能幾時，與汝恣啖咋？涼風九月到，掃不見蹤跡。」

宋・韓醇曰：「公元和十一年為右庶子，而皇甫鎛、程異之徒乃用事，故此詩指事託物而有作也。」

㈧唐・韓愈〈雜詩〉之四：「雀鳴朝營食，鳩鳴暮覓群。獨有知時鶴，雖鳴不緣身。噫蟬終不鳴，有抱不列陳。蛙黽鳴無謂，閤閤祇亂人。」

《陳箋》云：「此喻四等人也。營食覓群者，但知謀身之小人。有抱不陳者，畏禍自全之庸人。無謂祇亂人者，辯言亂政之小人。惟鳴不緣身則君子。」

（九）唐・王維〈西施詠〉：「豔色天下重，西施寧久微？朝為越谿女，暮作吳宮妃。賤日豈殊眾，貴來方悟稀。邀人傅香粉，不自著羅衣。君寵益驕態，君憐無是非。當時浣紗伴，莫得同車歸，持謝鄰家子，效顰安可希。」

吳（脩齡）喬《圍爐詩話》曰：「唐人詩意不必在題中。如右丞〈息夫人怨〉云：『莫以今時寵，能忘舊日恩！看花滿眼淚，不共楚王言。』使無稗說載其為寧王奪餅師妻作，後人何從知之。可見〈西施篇〉之『……君寵益嬌態，君憐無是非』，當是為李林甫、楊國忠、韋堅、王鉷輩寵幸而作。」

（十）唐・張籍〈節婦吟〉：「君知妾有夫，贈妾雙明珠，感君纏綿意，繫在紅羅襦。妾家高樓連苑起，良人執戟明光裏，知君用心如日月，事夫誓擬同生死，還君明珠雙淚垂，恨不相逢未嫁時。」

清・沈德潛《說詩晬語》：「文昌〈節婦吟〉云：『感君纏綿意，繫在紅羅襦。』贈珠者知有夫而故近之，更褻於羅敷之使君也。猶感其意之纏綿耶？雖云寓言贈人，何妨圓融其辭。然君子立言，故自有則。」

宋・洪邁《容齋隨筆》卷六：「張籍在他鎮幕府，鄆帥李師古又以書幣辟之，籍卻而不納，而作〈節婦吟〉一章寄之。」

宋・計有功《唐詩記事》卷三四題作：「節婦吟寄東平李司空」，《全唐詩》題作：「節婦吟寄東平李司空師道」。

案：鄆即東平，見《舊唐書》卷三十八〈地理志〉、《舊唐書》卷十三〈本紀〉。貞元八年八月辛卯李師古為鄆州大都府長史，貞元二十一年三月戊寅檢校司空，元和元年六月丁酉檢校司徒，閏六月壬子朔卒（參《舊唐書》卷一二四〈李師古傳〉）。李師道為鄆帥，始元和元年十月迄十四年二月。張籍貞元十八年始居戎幕，元和元年在長安為太常寺太祝。師道當為師古之誤。

(十一)唐．朱慶餘〈閨意上張水部〉一作〈近試上張水部〉：「洞房昨夜停紅燭，待曉堂前拜舅姑。粧罷低聲問夫婿，畫眉深淺入時無？」

唐．范攄《雲谿友議》卷下云：「朱慶餘校書既遇水部郎中張籍知音，遍索慶餘新製篇什數通。吟改後，只留二十六章，水部置於懷抱而贊之，清列以張公重名，無不繕錄而諷詠之，遂登科第。初朱君尚為謙退，作〈閨意〉一篇以獻張公，張公明其進退，尋亦和焉。詩曰：『洞房昨夜停紅燭，待曉堂前拜舅姑。粧罷低聲問夫壻，畫眉深淺入時無？』張籍郎中酬曰：『越女新粧出鏡心，自知明艷更沉吟。齊紈未足人間貴，一曲菱歌敵萬金。』朱公才學因張公一詩，名流於海內矣。」（亦見《太平廣記》卷一九九、《唐詩紀事》卷四六、《全唐詩話》卷三）

(十二)唐．韓愈〈夕次壽陽驛題吳郎中詩後〉云：「風光欲動別長安，春半邊城特地寒。不見園花兼巷柳，馬頭惟有月團圓。」又〈鎮州初歸〉云：「別來楊柳街頭樹，擺弄春風只欲飛。還有小園桃李在，留花不發待郎歸。」

宋．王讜《唐語林》卷六：「韓退之有二妾：一曰絳桃，一曰柳枝，皆能歌舞。初使王庭湊，至壽陽驛，絕句云：『風光欲動別長安，春半邊城特地寒。不見園花兼巷柳，馬頭惟有月團圓。』蓋有所屬也。柳枝後踰垣遁去，家人追獲。及鎮州初歸，詩曰：『別來楊柳街頭樹，擺弄春風只欲飛。還有小園桃李在，留花不放待郎歸。』自是專寵絳桃矣。」（又見

宋・胡仔《苕溪漁隱叢話》引）

宋・邵博《邵氏聞見錄》：「孫子陽為予言：『近時壽陽驛發地，得二詩石。唐人跋云：「退之有倩桃、風柳二妓，歸途聞風柳已去，故云云。」後張籍〈祭退之詩〉云「乃出二侍女」者，非此二人耶？』」

明・蔣之翹《昌黎集輯注》云：「按：《唐語林》、《邵氏聞見錄》，其說甚不足信。退之固是偉人，歸來豈別無所念，而獨殷殷於婢妾？假思之，亦不過坐懷人常語耳，更何必切名致意若此。況所云發地得詩石，則當時必韓公自立，他人豈便以去妾為言。此韓公之意，蓋感慨故園景色，如詩〈東山〉『有敦瓜苦，烝在栗薪，自我不見，于今三年』同旨，其說宜不攻而自破也。」

清・方世舉《昌黎詩編年箋注》：「案：蔣持論甚是。詩語不過言去時風光未動，還時桃李猶存，以見其使事畢而來歸疾也。」

清・王鳴盛《蛾術編》：「愚謂詩言待郎歸，語甚旖旎，安得泛指景色。退之壽陽之行，不畏彊禦，大節凜然，殷殷婢妾，何害其為偉人。宋頭巾腐談，往往如此。豈張籍〈祭詩〉，亦不足信邪！」

清・程學恂《韓詩臆說》：「《語林》誠不足信，然此詩亦不佳。」

《張司業集》卷七〈祭退之詩〉：「中秋十六夜，魄圓天差晴。公既相邀留，坐語於堦楹。乃出二侍女，合彈琵琶箏。」案：詩作於穆宗長慶四年。

(十三)唐・杜淹〈詠寒食鬬雞應秦王教〉：「寒食東郊道，揚鞲競出籠。花冠初照日，芥羽正生風。顧敵知心勇，先鳴覺氣雄。長翹頻埽陣，利爪屢通中。飛毛遍綠野，灑血漬芳叢。雖然

百戰勝，會自不論功。」（《全唐詩》卷二）

宋·王讜《唐語林》卷二：「杜淹，國初為掾吏，嘗業詩。文皇勘定內難，詠鬬雞寄意曰：『寒食東郊道，飛翔競出籠。花冠偏照日，芥羽正生風。顧敵知心勇，先鳴覺氣雄。長翹頻埽陣，利距屢通中。』文皇覽之，嘉歎數四，遽擢用之。」

（十四）唐·杜甫〈秦州見敕目薛三！璩授司議郎畢四曜除監察與二子有故遠喜遷官兼述索居凡三十韻〉：「官忝趨棲鳳，朝回歎聚螢。喚人看騕褭，不嫁惜娉婷。掘嶽知埋劍，提刀見發硎。侏儒應共飽，漁父忌偏醒。旅泊窮清渭，長吟望濁涇。羽書還似急，烽火未全停。……」（《杜集詳註》卷八）

明·楊慎《升菴詩話》卷二：「杜子美詩『不嫁惜娉婷』此句有妙理，讀者忽之耳。陳後山衍之云：『當年不嫁惜娉婷，傅粉施朱學後生。不惜捲簾通一顧，怕君著眼未分明。』深得其解矣。蓋士之仕也，猶女之嫁也，士不可輕於從仕，女不可輕於許人也。著眼未分明，相知之不深也。古人有相知之深，審而始出，以成其功者，伊尹、孔明是也。有相知不深，確乎不出，以全其名者，嚴光、蘇雲卿是也。有相知不深，闖然以出，身名俱失者，劉歆、荀彧是也。白樂天詩：『寄言癡小人家女，慎勿將身輕許人。』亦子美之意乎？」

三、比興問題

（一）李白〈獨坐敬亭山〉：「眾鳥高飛盡，孤雲獨去閑。相看兩不厭，只有敬亭山。」（《李太白集》卷二十三）

1. 清·俞陛雲《詩境淺說》續編：「後二句以山為喻，言世既與我相遺，惟敬亭山色，我不厭看，山亦愛我，夫青山漠漠無情，焉知憎愛，而言不厭我者，乃太白憤世之深，願遺世獨立，索知音於無情之物也。」

2.明・鍾惺《唐詩歸》：「胸中無事，眼中無人。」

3.清・沈德潛《唐詩別裁》：「傳獨坐之神。」

(二)唐・王建〈新嫁娘詞〉三首：「鄰家人未識，床上坐堆堆。郎來傍門戶，滿口索錢財。」「錦幛兩邊橫，遮掩待娘行。遣郎鋪簟席，相並拜親情。」「三日入廚下，洗手作羹湯。未諳姑食性，先遣小姑嘗。」（《全唐詩》卷三〇一）

朱自清謂〈新嫁娘〉三首亦比興之作，「只可惜喻義不盡可明。」（見《詩言志辨》）

(三)呂福克謂唐人閨怨詩，代人立言，用以抒憤，亦比興之作。（見〈論中國詩的女性形象〉，《臺大文史哲學報》第三十三期）

(四)唐・李商隱〈為有〉：「為有雲屏無限嬌，鳳城寒盡怕春宵。無端嫁得金龜婿，辜負香衾事早朝。」

葉蔥奇《李商隱詩集疏注》：「通篇表面彷彿描寫閨怨，實際乃深刺無恥倖進之人，所謂『言在此而意在彼』用筆非常婉轉。」

(五)唐・李商隱〈錦瑟詩〉：「錦瑟無端五十絃，一絃一柱思華年；莊生曉夢迷蝴蝶，望帝春心託杜鵑。滄海月明珠有淚，藍田日暖玉生煙；此情可待成追憶，只是當時已惘然。」

1.金・元好問〈論詩絕句三十首〉第十二：「望帝春心託杜鵑，佳人錦瑟怨華年。詩家總愛西崑好，獨恨無人作鄭箋。」

2.清・紀昀云：「以『思華年』領起，以『此情』總承，蓋始有所歡，中有所阻，故追憶而作，中四句迷離惝恍，所謂惘然也。韓致光〈五更〉詩云：『光景旋消惆悵在，一生贏得是淒涼』即是此意，別無深解。因偶列卷首，故宋人紛紛穿鑿。遺山〈論詩絕句〉遂獨拈此首為論端。皆風旛不動，賢者必自動也。」

3.清・薛雪《一瓢詩話》：「此是一副不遇血淚，雙手掬出，何嘗是艷作？」

4.清・陸崑曾《李義山詩解》：「此詩以錦瑟起興，非專詠錦瑟也……余嘗逐字逐句求其着落，知為義山悼亡之作無疑。……」

5.清・吳調公《李商隱研究》以為「錦瑟是寓有政治寄託的自傷之詞」。

6.岑仲勉《隋唐史》卷下：「余頗疑此詩是傷唐室之殘破，與戀愛無關，好問金之遺民，宜其特取此詩以立說也。」

7.張采田《玉谿生年譜會箋》認為「滄海」指遠貶海南李德裕「魂魄久已與滄海同枯」，「藍田」指令狐相業方且如玉田不冷，詩人有感於遭際而作。

8.張采田《李義山詩辨正》又「以為悼亡之作」。

9.葉蔥奇《李商隱詩集疏注》：「就通篇看來，分明是一篇客中思家之作。……純然交織著離情歸思，何嘗有絲毫悲悼、痛哀悼的意味。」

參、唐詩形成分期發展演變

綱要

一、律詩形成

㈠源於南朝：古詩（古律）。（資料一至四）

㈡源於南朝駢賦。（資料五）

㈢南朝古律：是樂府化為文人詩。詩不入樂，外在音樂消失，故必講究文字本身韻律。（資料五）

二、絕句形成

㈠截取律詩，自唐始。（資料一至六）

1. 絕句自唐始。

2. 唐人絕句稱律詩。

3. 絕句有四型。

4. 截首尾、截後半居多，截中、截前半較少。

㈡源於古絕：唐以前五七言短古或樂府（四句）。（資料七、八、十、十二、十三、十四、十五）

1. 源於魏五言短古：唐絕來源。
2. 五言絕起於二京：時未有律。
3. 七言絕起於四傑：未有七言律。
4. 南北朝五言四句樂府。

(三)五言絕句源自五言古詩，七言絕句源自七言歌行：律詩亦源古詩、歌行。黃盛雄論文主此說。言五絕截取五古四句，七絕截取歌行四句。（資料九、十六）

(四)源於樂府：至唐定為絕句。（資料十七）

(五)分古絕、近絕，近絕為唐人新體，源於樂府，受律影響，定型於唐。（資料十七）

(六)結論：

1. 唐絕與古絕押韻不同。
2. 絕句唐人稱律，但亦有稱絕句，如《集異記》。
3. 唐絕發源漢魏六朝樂府、歌行，由律定四型始於唐。

三、唐詩分期

一、律詩形成

(一)明・徐師曾《文體明辨》「近體律詩」序說：「按律詩者，梁、陳以下聲律對偶之詩也。」

又云：「梁、陳諸家，漸多儷句；雖名古詩，實墮律體。唐興，沈（佺期）、宋（之問）之流，研練精切，穩（穩定）順（妥順）聲（平仄）勢（格），號為律詩，其後寖盛。」

(二)清・錢良擇《唐音審體》「律詩五言論」：「律詩始於初唐，至沈、宋而其格始備。律者，六律也。謂其聲之協律也。如用兵之紀律，用刑之法律，嚴不可犯也。齊梁體二句一聯，四句一絕。律詩因之加以平仄相儷，用韻必雙，不用單韻。」

(三)清・沈德潛《說詩晬語》卷上：「五言律，陰鏗、何遜、庾信、徐陵已開其體。唐初人研摩聲音，穩順體勢，其製乃備。……」

(四)元・陳繹曾《詩譜》：「律體：沈約、吳均、何遜、王筠、任昉、陰鏗、徐陵、薛道衡、江聰，右諸家，律詩之源，而尤近古者。視唐律雖寬，而風度遠矣！」

(五)朱孟實〈中國詩何以走上律的路〉結論云：一：聲音的對仗起於意義的排偶。這兩個特徵先見於賦，律詩是受賦的影響。二：東漢以後，因為佛經的翻譯與梵音的輸入，音韻的研究極發達。這對詩的聲律運動是一種強烈的刺激劑。三：齊梁時代，樂府遞化為文人詩到了最後的階段。詩有詞而無調，外在音樂消失，文字本身的音樂起來代替它。永明聲律運動就是這種演化的自然結果。

二、絕句形成

(一)元・范椁《詩格》謂絕句為截取律詩四句而來。

(二)明・吳訥《文章辨體》「絕句」序說：「按《詩法源流》云：『絕句者，截句也。後兩句對者是截律詩前四句；前兩句對者是截後四句；皆對者是截中四句；皆不對者是截前後各兩句，故唐人稱絕句為律詩。觀李漢編《昌黎集》，凡絕句皆收入律詩內是也。』」

(三)明・徐師曾《文體明辨》「絕句詩」序說：「按：絕句詩源於樂府，五言如〈白頭吟〉、

〈出塞曲〉……等篇。七言則如〈挾瑟歌〉、〈烏棲曲〉、〈怨詩行〉等篇。下及六代，述作漸繁。唐初，穩順聲勢，定為絕句。絕之為言截也，即律詩而截之也。故凡後兩句對者是截前四句，前兩句對者是截後四句，全篇皆對者是截中四句，皆不對者是截尾四句。故唐人絕句皆稱律詩。觀李漢編《昌黎集》，絕句皆入律詩，蓋可見矣。」

(四)清・王堯衢《古唐詩合解》王翰〈涼州詞〉注：「凡絕句不用對偶，俱是截起結法。」又李白〈上皇西巡南京歌〉注：「用截前解」。又王勃〈江亭月夜送別〉注：「首二句對，是截下解。」

(五)清・施補華《峴傭說詩》：「五言絕句，截五言律詩之半也。有截前四句者……有截後四句者……有截中四句者……有截前後四句者……。七絕亦然。」

又云：「謝脁以來，即有五言四句一體，然是小樂府，不是絕句。絕句斷自唐始……」

又：清・錢大昕《十駕齋養新錄》卷十六「七言在五言之前」條。

(六)王力《古代漢語》〈古漢語通論（三十）〉「律詩下」「唐詩的對仗」第一四五四頁：「律絕一般是截取律詩的首尾兩聯，也就是完全不用對仗。……但是也有一種相當普遍的情況，就是截取律詩的後半，即頸聯和尾聯。這就是說，開始一聯用對仗。……至於截取中間兩聯，（完全用對仗）或者截取律詩的前半（後面一聯用對仗），比起上面兩類就少見得多。」

(七)陳・徐陵《玉臺新詠》卷十有題稱：「古絕句四首」。

(八)明・胡應麟《詩藪》內篇卷六：「五七言絕句，蓋五言短古，七言短歌之變也。五言短古，雜見漢魏詩中，不可勝數，唐人絕體，實所從來。七言短歌，始於〈垓下〉。梁、陳以降，作者坌然。」

又云：「絕句之義，迄無定說，謂截近體首尾或中二聯者，恐不足憑。五言絕起二京。其時未有五言律。七言絕起四傑，其時未有七言律也。……」

又云：「《品彙》（指明・高棅《唐詩品彙》）謂〈挾瑟歌〉、〈烏棲曲〉、〈怨詩行〉為絕句之祖。余考〈烏棲曲〉四篇，篇用二韻，正項王〈垓下〉格，唐人亦多學此……；江總〈怨詩〉卒章俱作對結：非絕句正體也，惟〈扶瑟歌〉雖音律未諧，而體實協，唐絕句咸所自來。」

又云：「簡文〈春別詩〉『桃紅李白』、『別觀葡萄』，及題雁『天霜河白』三首，皆七言絕也。……〈扶瑟歌〉北齊魏收作，亦相先後，則七言絕體緣起，斷自梁朝無可疑也。」

(九)清・王夫之《薑齋詩話》卷下：「五言絕句自五言古詩來，七言絕句自歌行來，此二體本在律詩之前，律詩從此出，演令充暢耳。有云絕句者，截取律詩一半，或絕前四句，或絕後四句，或絕首尾各二句，或絕中兩聯審爾，斷頭刖足，為刑人而已。不知誰作此說，戕人生理？自五言古詩來者，就一意中圓淨成章，字外含遠神，以使人思。自歌行來者，就一氣中駘宕靈通，句中有餘韻，以感人情。脩短雖殊，而不可雜冗滯累，則一也。五言絕句有平鋪兩聯者，亦陰鏗、何遜古詩之支裔，七言絕句有對偶如『故鄉今夜思千里，霜鬢明朝又一年』，亦流動不羈。終不可作『江間波浪兼天湧，塞上風雲接地陰』平實語。足知絕律四句之說，牙行賺客語，皮下有血人不受他和哄。」

（黃盛雄就立意、言外言、味外味、古詩每以四句為一斷各端，論定唐五絕乃截取五古四句而成。復就氣勢韻味、歌行四句一斷與唐七絕相類二端，斷定七絕為截取歌行。見《唐人絕句研究》九——十五頁。）

(十)清・劉大勤《師友詩傳續錄》：「（大勤）問：『或論絕句之法，謂絕者截也。須一句一斷，特藕斷絲連耳。然唐人絕句，如「打起黃鶯兒」，「松下問童子」諸作，皆順流而下，前說似不盡然。』（王士禎）答：『所謂截句，謂或截律詩前四句，如後二句對偶是也。或截律詩後四句，如起二句對偶是也，非一句一截之謂。然此等迂拘之說，總無足取，今人或竟以絕句為截句，尤鄙俗可笑。』」

(十一)《四庫全書總目》卷一九六〈詩文評類〉二「《師友詩傳錄》一卷，《續錄》一卷」提要：「劉錄所載皆士禎語。如所答大勤問截句一條，稱『……』是矣，然何不云漢人已有絕句在律詩之前，非先有律詩，截為絕句，不尤明白乎！」（原注：「古絕句四章，載《玉臺新詠》第十卷之首。」）

(十二)清・李重華《貞一齋詩說》：「五言絕發源於〈子夜歌〉，別無謬巧，取其天然，二十字如彈丸脫手為妙。李白、王維、崔國輔各擅其勝，工者俱胎合乎此。」

(十三)清・宋犖《漫堂詩說》：「五言絕句，起自古樂府，至唐而盛，李白、崔國輔號為擅場。……」

(十四)清・錢良擇《唐音審體》「律詩五言絕句論」條：「二韻律詩，謂之絕句，所謂四句一絕也。《玉臺新詠》有古絕句、古詩也。……宋人有謂絕句是截律詩之半者，非也。」（十、十二——十四條見《百種詩話類編》一六二〇——一六二二頁。）

(十五)陳延傑〈論唐人七絕〉：「七言絕句出於六朝樂府，六朝人凡五言四句之詩，皆稱絕句，又題曰斷句，又題曰截句。是絕句之名不自唐始也。不過七絕之聲調、體製與律同耳！」（《東方雜誌》二十二卷十一期）

(十六)黃盛雄《唐人絕句研究》：「……唐人絕句乃得於漢魏六朝五言四句樂府體裁之啟示。五絕截取五古四句，七絕截取歌行四句，沿襲其風韻神彩。初盛唐之際，穩順聲勢，名家互出，遂獨成一新詩體焉。」（十五頁）

又：「故絕句之有對偶，形似於律詩，而非本於律詩。絕句之聲律，形類於律詩，亦非源於律詩。」（二十一頁）

(十七)方瑜《唐詩形成研究》：「絕句有古絕、近絕之分，古絕平仄無一定規則，可押平韻或仄韻，而以仄韻為多。如古樂府諸篇，及唐人仿古的小詩皆是。近絕則為唐人新體，格律受律詩平仄的限制，多數押平韻。……王了一先生認為古體絕句也就等於短篇的古風。（殆據王力《漢語詩律學》）孫楷第先生也認為絕句最初只是樂府的一『解』。一篇樂府有若干解，今只取一解，故稱為一絕句。而近體絕句，則顯然受到律詩的影響。」（《學原》一卷四期，四五——四六頁）

案：據王力《古代漢語》〈古漢語通論〉篇中謂古體詩韻可通押，近體詩與鄰韻不能通押。又近體詩一般只押平聲韻，仄韻非常罕見。而古體詩平仄韻不拘（見一六三九——一六四〇頁）是唐絕有與古絕相異之特徵。又元氏、白氏長慶集，凡絕句皆稱律詩。是知唐絕句雖發源於漢魏六朝之樂府、五古、歌行，然而律定為四型，當始自唐代。

三、唐詩分期

(一)宋·嚴羽《滄浪詩話》：「禪家者流，乘有小大，宗有南北，道有邪正。學者須從最上乘，具正法眼，悟第一義。若小乘禪，聲聞、辟支果，皆非正也。論詩如論禪：漢、魏、晉與盛唐之詩，則第一義也。大曆以還之詩，則小乘禪也，已落第二義矣。晚唐之詩，則聲聞、辟支果也。」（聲聞、辟支果均屬小乘，不能與大乘並列。清·馮班《鈍吟雜錄》已指其謬。）

(二)明·周履靖《騷壇秘語》中：「唐詩分三節：盛唐主辭情，中唐主辭意，晚唐主辭律。……

杜牧、李商隱、張籍、王建、韓愈、柳宗元、劉禹錫、白居易、元稹、賈島，右諸家詩律，視盛唐益熟矣。而步驟漸拘迫，皆祖風騷、宗盛唐，謂之中唐。」

(三)清・沈德潛《說詩晬語》卷上：「五言律，陰鏗、何遜、庾信、徐陵，已開其體。唐初人研揣聲音，穩順體勢，其製乃備。神龍之世（七〇五——七一二），陳、杜、沈、宋，渾金璞玉，不須追琢，自然名貴。開、寶以來，李太白之明麗，王摩詰、孟浩然之自得，分道揚鑣，並推極勝。杜子美獨闢畦徑，寓縱橫排奡於整密中，故應包涵一切。終唐之世，變態雖多，無有越諸家之範圍者矣。以此求之，有餘師焉。」

(四)明・高棅《唐詩品彙》：「有唐三百年詩，眾體備矣。故有往體、近體、長短篇、五七言律句、絕句等製，莫不興於始，成於中，流於變，而移之於終。至於聲律、興象、文辭、理致，各有不同。略而言之，則有初唐、盛唐、中唐、晚唐之殊。詳而分之，貞觀（六二七——六四九）、永徽（六五〇——六五五）之時，虞魏諸公，稍離舊習；王、楊、盧、駱，因加美麗。劉希夷有閨帷之作，上官儀有婉媚之體，此初唐之始製也。神龍（七〇五）以還，洎開元初（七一三），陳子昂古風雅正，李巨山文章老宿；沈、宋之新聲，蘇、張之大手筆，此初唐之漸盛也。開元（七一三——七四一）、天寶（七四二——七五五）間，則有李翰林之飄逸，杜工部之沈鬱，孟襄陽之清雅，王右丞之精緻，儲光羲之真率，王昌齡之聳俊，高適、岑參之悲壯，李頎、常建之超凡，此盛唐之盛者也。大曆（七六六——七七九）、貞元（七八五——八〇四）中，則有韋蘇州之雅澹，劉隨州之閒曠，錢起之清贍，皇甫之沖秀，秦公緒之山林，李從一之臺閣，此中唐之再盛也。下暨元和（八〇五——八二〇）之際，則有柳愚溪之超然復古，韓昌黎之博大其詞，張、王樂府得其故實，元、白敘事，務在分明，與夫李賀、盧仝之鬼怪，孟郊、賈島之飢寒，此晚唐之變也。降而開成（八四〇）以後，則有杜牧之豪從，溫飛卿之綺靡，李義山之隱僻，許用晦之對偶，他若劉滄、馬戴、李群玉、李頻輩，尚能黽免氣格，埒邁時流，此晚唐變態之極，而遺風餘韻猶有存者焉。」（分四期、六階段）

(五)明・徐師曾《文體明辨・序說》：「梁、陳至隋是為律祖；至唐而有四等，由高祖武德初至玄宗開元初為初唐，由開元至代宗大曆初為盛唐，由大曆至憲宗元和末為中唐，自文宗開成初至五季為晚唐。然盛唐詩亦有一二濫觴晚唐者，晚唐詩亦有一二可入盛唐者，要當論其大概耳。」

(六)清・錢良擇《唐音審體》：「七言律詩，始於初唐咸亨、上元間，至開、寶而作者日出。少陵崛起，集漢魏六朝之大成，而融為今體，實千古律詩之極則。同時諸家所作，既不甚多，或對偶不能整齊，或平仄不相黏綴，上下百餘年，止少陵一人獨步而已。中唐律詩始盛，然元、白號稱大家，皆以長篇擅勝，其於七言八句，竟似無意求工。錢劉諸公，以韻緻自標，多作偏枯，格中二聯或二句直下，或四句直下，漸失莊重之體。義山繼起，入少陵之室，而運以穠麗，盡態極妍，故昔人謂七言律詩莫工於晚唐。」

(七)清・劉大勤《師友詩傳錄》：「七言律詩，五言八句之變也，唐初始專此體。沈、宋精巧相尚，然六朝餘氣猶存。至盛唐聲調始遠，品格始高，如賈至、王維、岑參早期倡和諸作，各臻其妙，李頎、高適皆足為萬世法程，杜甫渾雄富麗，克集大成。天寶以還，錢劉並鳴，中唐作者尤多，韋應物，皇甫伯仲以及大曆才子，接跡而起，敷詞益工，而氣或不逮。元和以後，律體屢變，其造意幽深，律切精密，有出常情之外，雖不足鳴大雅之林，亦可為一唱三歎。至宋律則又晚唐之濫觴矣。」

(八)黃節《詩學》：「論唐代詩學，其時代可區分為四：由高祖武德初至玄宗開元初為初唐，由開元季年至代宗大曆初為盛唐，由大曆初至憲宗元和末為中唐，自文宗開成初至五季為晚唐。其間詩學之源流，與乎其變遷得失，可得而述也。」

(九)明·王世懋《藝圃擷餘》：「唐律由初而盛，由盛而中，由中而晚，時代聲調，故自必不可同；然亦有由初而逗盛，盛而逗中，中而逗晚者，何則？逗者漸之變也，非逗故無由變。唐詩之由初而盛、中極，是盛衰之界。然王維、錢起，實相酬唱。子美全集，半是大曆而後，其間逗漏，亦有可言。如王右丞明到衡山篇、嘉州函磻溪句，隱隱錢、劉、盧、李間矣。至於大曆十才子，其間豈無盛唐之句？蓋聲氣猶未相隔也。學者故當嚴於格調；然必謂盛唐人無一語落中，中唐人無一語入盛，則亦固哉其言詩矣！」

(十)清·錢謙益云：「初、盛、中、晚，蓋創於宋季之嚴羽，而成於國初之高棅，承譌踵謬三百年於此矣。夫所謂初、盛、中、晚，論其世也，論其人也。以人論世，張燕公、曲江，世所稱初唐宗匠也。燕公自岳州以後，詩章悽惋，傳得江山之助，則燕公亦初亦盛。曲江自荊州以後，同調諷詠，尤多暮年之作，則曲江亦初亦盛。以燕公系初唐也，遡岳陽唱和之作，則孟浩然應亦盛亦初。以王右丞系盛唐也，酬春夜竹亭之贈，同左掖梨花，則錢起、皇甫冉應亦中亦盛。一人之身，更歷二時，將詩以人次耶？將人以詩次耶？」

(十一)清·閻若璩《潛邱劄記》：「張九齡卒於開元二十八年，孟浩然亦是年卒，而分初、盛，何也？劉長卿開元二十一年進士，以杜詩年譜考之，所謂『快意八九年，西歸到咸陽』者，天寶五載。上溯其『忤下考功第，獨辭京尹堂』，當在開元二十六年、二十七年。縱甫登第於是時，亦劉長卿之後輩矣。而分劉為中，何也？」

肆、唐詩與地理

一、李白〈橫江詞〉的「橫江」

(一)《李太白集》卷七〈橫江詞六首〉題下王琦注：「《太平寰宇記》：橫江浦在和州歷陽縣東南二十六里……對江南岸之采石，往來濟渡處。」

(二)〈橫江詞六首〉其二云：「海潮南去過尋陽，牛渚由來險馬當。橫江欲渡風波惡，一水牽愁萬里長。」

清·王琦注：「《方輿勝覽》：『牛渚山在太平州當塗縣北三十里，山下有磯，古津渡也，與和州橫江渡相對。隋師伐陳，賀若弼從此北渡。六朝以來為屯戍之地。』陸放翁《入蜀記》：『采石一名牛渚，與和州對岸，江面比瓜州為狹，故隋韓擒虎平陳及本朝曹彬下江南，皆自此渡。然微風輒浪作不可行。劉賓客云：「蘆葦晚風起，秋江鱗甲生。」王文公云：「一風微吹萬舟阻」，皆謂此磯也。』《太平府志》：『牛渚磯屹然立江流之衝，水勢湍急，大為舟楫之害。』」

(三)同前，其五云：「橫江館前津吏迎，向余東指海雲生。郎今欲渡緣何事？如此風波不可行。」王琦注：「《太平府志》：『采石驛在采石鎮濱江，即唐時之橫江館也，在明為皇華驛。』」

(四)同前，其三云：「橫江西望阻西秦，漢水東連楊子津。白浪如山那可渡？狂風愁殺峭帆人。」

(五)《太平寰宇記》：「（歷陽）東南至橫江西岸一十五里，大江中心為界，與宣州當塗縣相接。」「橫江西岸」指大江西岸，橫江當即指歷陽與當塗相去南北流向的長江而言。

(六)清·陳廷桂《歷陽典錄》引古志云：「橫江浦當即今牛屯河。」《安徽通志》同。

二、杜詩〈泥功山〉

(一)《杜詩詳註》卷八〈泥功山〉詩云：「朝行青泥上，暮在青泥中。泥濘非一時，版築勞人功。不畏道途遠，乃將汩沒同。白馬為鐵驪，小兒成老翁。哀猿透却墜，死鹿力所窮。寄語北來人，後來莫怱怱。」

(二)題下仇兆鰲評注：「《杜臆》：『成州有八景，泥功山、鳳凰臺居其一。』公詩止言其濘，不言其勝，何耶？《唐書》：『貞元五年於同谷之西境泥公山權置行成州。』《方輿勝覽》：『在同谷郡西二十里。』」

(三)「版築勞人功」句下注：「《元和郡國志》：『青泥嶺在興州長舉縣西北五十三里，接溪山東，懸崖萬仞，上多雲雨，行者屢逢泥淖，故號為青泥嶺。』《一統志》：『在漢中府略陽縣西北。』」

(四)清·楊倫《杜詩鏡銓》卷七〈泥功山〉詩題下補注：「《元和郡國志》：『泥功或即青泥嶺之別名，舊引《唐書》未合。』」

(五)按《杜甫年譜》，肅宗乾元二年（七五九）四十八歲。是年秋自華州赴秦州（甘肅天水），十月離秦州往同谷，途經赤谷、鐵堂峽、鹽井、寒峽、法鏡寺、青陽峽、龍門鎮、石龕、積草嶺、泥功山、鳳凰臺、萬丈潭等地，皆著為詩。〈泥功山〉詩前一首為〈積草嶺〉詩，原注云：「同谷界。」後一首為〈鳳凰臺〉詩，《詳注》云：「《方輿勝覽》：『鳳凰臺在同谷東南十里，山腰有瀑布，名迸璣泉，天寶間哥舒翰有題刻。』」

(六)嚴耕望《唐代交通圖考》篇二十二〈仇池山區交通諸道〉：「積草又東……約八十里至泥功山（今成縣西約二十里），杜翁有詩。……泥功又東二十里至同谷縣（今成縣治）。……《方輿勝覽》七〇〈同慶府〉，『泥功山在郡西二十里。……泥功廟，乃石像天成，古質殊甚。唐·趙鴻〈泥功廟〉詩：立石泥翁狀，天然詭怪形。未嘗私禍福，終不費丹青。……杜詩所詠亦此無疑。……而《一統志》秦州卷〈山川目〉「青泥嶺」條引杜詩，蓋以詩有「朝行青泥上，暮在青泥中」云云。檢《元和志》二十二〈興州長舉縣〉，『青泥嶺在縣西北五十三里。』……就詩意言，甚有可能，但題曰泥功山，又編次秦州至同谷道上，故仍當是行至同谷以西之泥功山而作，非同谷以東百里之青泥嶺也』。」

(七)《李白集》卷三〈蜀道難〉：「青泥何盤盤，百步九折縈巖巒。」元·蕭士贇補注：「《輿地廣記》：『青泥嶺在沔州長舉縣西北五十里，懸崖萬仞，上多雲雨，行者多逢泥淖，巖阻峻迴曲，九折乃至山上。』」

三、長樂驛、霸橋驛

(一)《全唐詩》卷一三一祖詠〈長樂驛留別盧象裴總〉詩：「朝來已握手，宿別更傷心。灞水行人渡，商山驛路深。故情君且足，謫宦我難任。直道皆如此，誰能淚滿襟。」

(二)《白氏長慶集》（宋紹興本）卷二十七〈長樂亭留別〉：「灞滻風煙函谷路，曾經幾度別長安。昔時蹙促為遷客，今日從容自去官。……」

(三)同前書，卷二十八〈長樂坡送人賦得愁字〉：「行人南北分征路，流水東西接御溝。終日坡前恨離別，謾名長樂是長愁。」

(四)同前書，卷二十七〈勸酒〉十四首，〈何處難忘酒〉七首之六：「何處難忘酒，青門送別多。斂襟收涕淚，簇馬聽笙歌。煙樹灞陵岸，風塵長樂坡。此時無一醆，爭奈去留何？」

(五)《李商隱詩集疏注》卷中〈雨中長樂水館送趙十五滂不及〉：「碧雲東去雨雲西，苑路高高驛路低。秋水綠蕪終盡分，夫君太騁錦障泥。」

(六)《元和縣郡志》卷一〈萬年縣〉：「長樂坡，在縣東北十二里。即滻川之西岸，舊名滻坡，隋文帝惡其名，改曰長樂坡。」

(七)宋·宋敏求《長安志》卷七〈唐京城〉：「東面三門，北曰通化門，門東七里長樂坡上有長樂驛，下臨滻水。」

(八)《長安志》卷十一〈萬年縣〉條云：「滋水驛在縣東北三十里。《兩京道里記》曰：隋開皇十六年置。長樂驛在縣東十五里，長樂坡下。《兩京道里記》曰：『聖曆元年敕，滋水驛去都亭驛路遠，馬多死損，中間置長樂驛，東去滋水驛一十三(五)里，西去都亭驛一十三(五)里。』」

(九)嚴耕望《唐代交通圖考》第一卷〈京都關內區篇壹兩京館驛〉：「長樂驛，武后聖歷元年置，在京師長安城東牆北來第一門通化門外七里，長樂坡上，東臨滻水，西去都亭驛，東去滋水驛各約十三(五)里。以其為京師東行主幹驛道之第一驛，潼關、武關、蒲津關三道之總道口，故公私迎送筵餞皆集於此，至為熱鬧。」

又云：「長安東出潼關至東都，東南出武關，至荊襄，為唐世交通最繁之兩道，皆首途於此驛，長安至同州、太原亦或經此。故此驛最頻見於文史。」

（十）《唐六典》卷五〈兵部尚書〉：「駕部郎中、員外郎掌天邦國之輿輦，及天下之傳驛。……凡三十里一驛，天下凡一千六百三十有九所（二百六十所水驛、一千二百九十七所陸驛，八十六所水陸相兼，若地勢阻及須依水草，不必三十里。每驛皆置驛長一人，量驛之閑要，以定其馬數。……其馬官給。）」

（十一）《李白集》卷十七〈灞陵行送別〉：「送君灞陵亭，灞水流浩浩。上有無花之古樹，下有傷心之春草。我向秦人問路歧，云是王粲南登之古道。古道連綿走西京，紫闕落日浮雲生。正當今夕斷腸處，驪歌愁絕不忍聽。」

（十二）《劉禹錫集》卷二十五〈請告東歸發灞橋卻寄諸僚友〉：「征徒出灞涘，回首傷如何。故人雲雨散，滿目山川多。行車無停軌，流景同迅波。前歡漸成昔，感歎益勞歌。」

（十三）《雍錄》卷七〈灞水雜名目〉云：「此地最為長安衝要，凡自西、東兩方而入出嶢、潼兩關者，路必由之。」

（十四）《三輔黃圖》：「霸水出藍田谷，西北入渭。」又「霸橋在長安城東，跨水作橋，漢人送客至此橋，折柳贈別。」

（十五）《蜀道驛程記》上：「灞橋，橋旁兩岸皆植楊柳，古名消魂橋。」

（十六）《全唐文》杜頠〈灞橋賦〉：「爾其居人出祖，連騎將分」、「莫不際此地而舉征袂，遙相望兮愴離群。」

（十七）嚴耕望《唐代交通圖考》：「滋水驛、霸橋驛：隋開皇十六年置滋水驛，蓋以水受名。滋水又名霸水，架石為橋，即有名之霸橋，置霸橋鎮。驛近橋、鎮，故又名霸橋驛。其地為京師長安城東面交通之咽喉、軍事之要衝，長安祖餞，情誼篤厚者，更至此驛。」

附：嚴耕望〈唐代長安洛陽道驛程圖〉

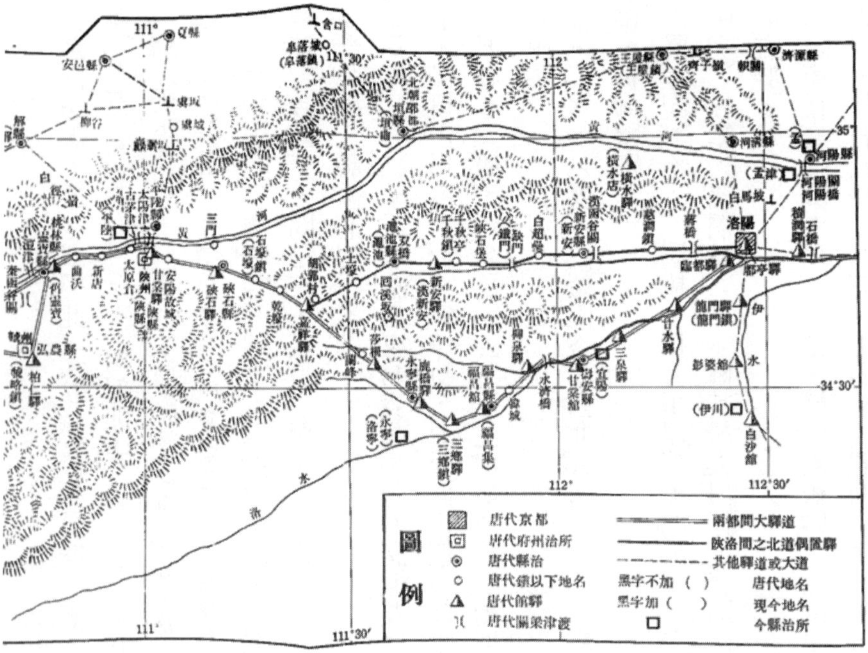

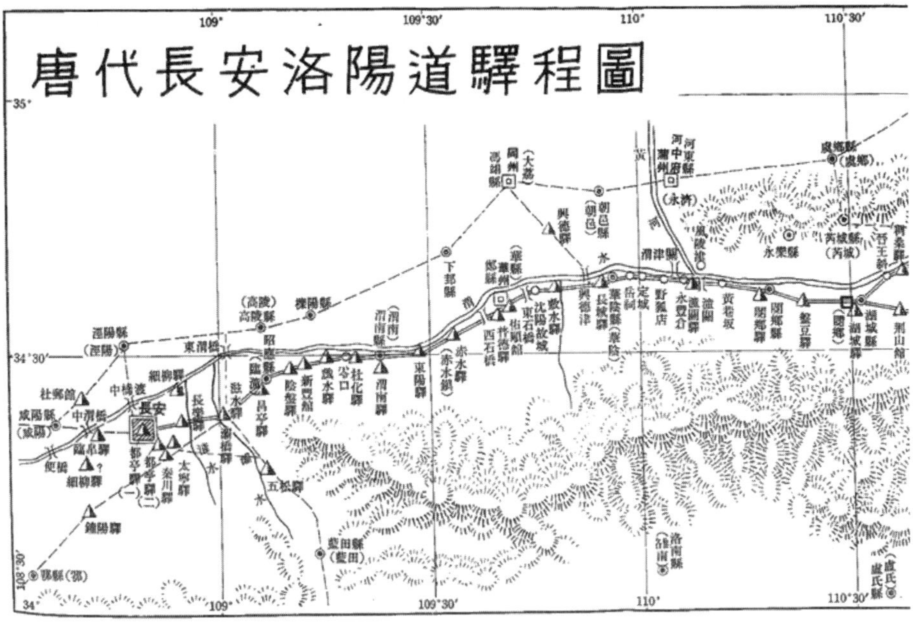
唐代長安洛陽道驛程圖
長安
東渭橋
中渭橋
咸陽縣
涇陽縣
高陵縣
櫟陽縣
下邽縣
同州
河中府
朝邑縣
華州
華陰縣
潼關
閿鄉縣
湖城縣
永樂縣
芮城縣
藍田縣
五松驛
洛南縣
盧氏縣
109°
109°30′
110°
110°30′
35°
34°30′
34°

伍、唐代詩文校釋問題

一、龍城飛將

(一)唐・王昌齡〈出塞〉：「秦時明月漢時關，萬里長征人未還。但使龍城飛將在，不教胡馬渡陰山。」

(二)「龍城」，宋刊本王安石《唐百家詩選》作「盧城」。

(三)李國勝《王昌齡詩校注》，據明武宗正德十四年己卯（一五一九）勾吳袁翼刊本《王昌齡詩集》作「盧城」。校云：「《文苑英華》、《四部縮印影宋本才調集》、《沈氏本才調集》（卷九案指明萬曆吳興沈春澤刊本）、《品彙》（明・高棅《唐詩品彙》卷四七、七言絕句卷之二）、《三昧集》（《唐賢三昧集》，清・王阮亭選）、《徐氏本唐文粹》（明徐焴刊本）、《全唐詩》卷一四三〈唐詩歸〉（明・鍾惺、譚元春選，君山堂本）、《薈編唐詩》（明・唐汝詢補訂，明天啟刊本）、李于麟《唐詩選》（日本弘化二年刊本）並作『龍城』。」

(四)宋・陳師道《后山詩話》、蘅塘退士《唐詩三百首》、高步瀛《唐宋詩舉要》卷八、許文雨《唐詩集解》卷二并作「龍城」。明・楊慎《升庵詩話》卷二作「龍庭」。

(五)唐汝詢《彙編唐詩》云：「案龍城飛將乃二事，此合之，蓋誤也。」

(六)日本·森大來《李攀龍唐詩選評釋》：「龍城是匈奴之地。漢武帝元光五年車騎將軍衛青擊匈奴，出上谷，直搗龍城，斬首數百，此即《漢書》所記。李廣到此地，則未經見。夫衛青尚如此，若使飛將在，更當如何？作者之屬望在此，注者或謂合二事為一事，此未詳審詩意者也。」

(七)富壽蓀《唐人絕句評注》：「龍城飛將，合用衛青、李廣事，借指威震敵境之名將。龍城，漢時匈奴大會祭天之處。」

(八)清·閻若璩《潛邱札記》卷二考訂應作「盧城」，云：「盧是也。李廣為右北平太守，匈奴號曰飛將軍，避之數歲，不敢入塞。右北平，唐為北平郡，又名平州，治盧龍縣。《唐書》有盧龍府、盧龍軍。若龍城，見《漢書·匈奴傳》：『五月大會龍城，祭其天地鬼神。』……龍城明明屬匈奴中，豈得冠於飛將上哉？」

(九)余冠英、王水照撰《唐詩選注》，據宋本《唐百家詩選》引《閻氏札記》，改為「盧城」。

(十)《史記》卷一〇九〈李將軍列傳〉：「其後四歲（瀧川龜太郎《史記會注考證》：元光六年），廣以衛尉為將軍，出雁門，擊匈奴。匈奴兵多，破敗廣軍，生得廣。單于素聞廣賢，令曰：『得李廣必生致之。』胡騎得廣，廣時傷病，置廣兩馬間，絡而盛臥廣。行十餘里，廣佯死，睨其旁有一胡兒騎善馬，廣暫騰而上胡兒馬，因推墮兒，取其弓，鞭馬南馳數十里，復得其餘軍，因引而入塞。匈奴捕者，騎數百追之，廣行取胡兒弓，射殺追騎，以故得脫。於是至漢，漢下廣吏。吏當廣所失亡多為虜所生得，當斬，贖為庶人。……居無何，匈奴入殺遼西太守，……於是天子乃召拜廣為右北平太守。廣即請霸陵尉與俱，至軍而斬之。廣居右

北平，匈奴聞之，號曰『漢之飛將軍』，避之數歲，不敢入右北平。」（《漢書》卷五十四〈李廣傳〉略同）

（十一）《史記》卷一一一〈衛將軍列傳〉：「元光五年（《會注考證》：梁玉繩曰：「五年當作六年，將相表，〈匈奴傳〉及《漢書》可證。」）青為車騎將軍，擊匈奴，出上谷；太僕公孫賀為輕車將軍，出雲中；大中大夫公孫敖為騎將軍，出代郡；衛尉李廣為驍騎將軍，出雁門：軍各萬騎。青至蘢城，斬首虜數百，騎將軍敖亡七千騎，衛尉李廣為虜所得，得脫歸，皆當斬，贖為庶人。」

（十二）《漢書》卷六〈武帝紀〉、卷五五〈衛青傳〉載衛青至龍城斬首虜事於元光六年，《通鑑》卷十八〈漢紀〉載衛青至龍城、李廣為虜所得等事於元光六年（前一二九），載李廣為右北平太守於元朔二年（前一二六）秋。

（十三）《史記》卷一一〇〈匈奴列傳〉：「歲正月，諸長小會單于庭，祠。五月，大會蘢城，祭其先、天地、鬼神。」《漢書》卷六〈武帝紀〉顏師古注：「應劭曰：『匈奴單于祭天，大會諸國，名其處為龍城。』」《通鑑》胡注：「龍城，匈奴祭天，大會諸部處。」

（十四）《漢書．地理志》下：「右北平郡，……縣十六：平剛，無終，石成，廷陵，俊靡，薋，徐無，字，土垠，白狼，夕陽，昌城，驪成，廣成，聚陽，平明。」

（十五）《舊唐書》卷三十九〈地理志．河北道幽州大都督府〉：「管幽、易、平、檀、燕、北燕、營、遼等八州。」〈地理志．河北道平州〉：「隋為北平郡。武德二年，改為平州，領臨渝、肥如二縣。其年（六一九年），自臨渝移治肥如，改為盧龍縣，……天寶領縣三：盧龍、石城、馬城。」

（《新唐書》卷三九〈地理志〉同）

（十六）清·嚴進甫《元和郡縣志補志》卷三〈河北道平州北平下〉：「秦為遼西郡肥如縣地，按二漢因之，晉屬遼西郡。大業三年復曰：北平郡，武德元年徙治盧龍，二年復曰平州，有府一曰盧龍，有盧龍軍。」

（十七）唐·沈佺期〈雜詩〉：「誰能將旗鼓，一為取龍城。」

1. 唐·楊炯〈漢軍行〉：「牙璋辭鳳闕，鐵騎繞龍城。雪暗凋旗畫，風多雜鼓聲。寧為百戶長，勝作一書生。」余冠英《唐詩選注》：「龍城，匈奴名城，指敵方要地。」唐·張籍〈妾薄命〉：「君愛龍城征戰功，妾願青樓歌樂同。」

2. 唐·李白〈古風〉其六：「昔別雁門關，今戍龍庭前。慷沙亂海日，飛雪迷胡天……誰憐李飛將，白首沒三邊。」

（十八）宋·范溫《潛溪詩眼》：「白樂天〈長恨歌〉工矣，而用事猶誤。『峨眉山下少人行』，明皇幸蜀，不行峨眉山也，當改云劍門山。」（郭紹虞《宋詩話輯佚》卷上引）

（十九）陳寅恪〈長恨歌箋證〉：「《夢溪筆談》卷二十三〈譏謔類〉云：『白樂天〈長恨歌〉云：峨嵋山下少人行，旌旗無光日色薄。峨嵋山在嘉州，與幸蜀路並無交涉。』寅恪案：《元氏長慶集》一七〈東川詩·好時節〉絕句云：『身騎驄馬峨眉下，面帶霜威卓氏前。虛度東川好時節，酒樓元被蜀兒眠。』按，微之以元和四年三月，以監察御史使東川，按東川節度使嚴礪罪狀，……考東川所領州，屢有變易，至元和四年時轄為：梓、遂、綿、劍、龍、普、陵、瀘、榮、資、簡、昌、合、渝十四州。是年又割資、簡二州隸西川。……微之固無緣騎馬經過峨嵋山下也。夫微之親到東川，尚復如此，何況樂天之泛用典故乎？故此亦

不足為樂天深病。」（《陳寅恪先生論文集》下冊）

二、張祜與張祐

（一）《四部叢刊》景明刊《樊川文集》卷三有〈登池州九峰樓寄張祜〉詩、卷四有〈酬張祜處士見寄長句四韻〉等詩、《全唐文》卷七九七．皮日休〈論白居易薦徐凝屈張祜〉文、叢刊景明刊本《雲谿友議》（唐．范攄著）中〈錢塘論〉一節，并作「祜」。

（二）《全唐詩》卷五一〇〈張祜詩二卷．小傳〉云：「張祜，字承吉，清河人，以宮詞得名。長慶中，令狐楚表薦之，不報。」

（三）《唐詩紀事》卷五十二〈張祜〉（或張祐）條云：「祐，長慶中深為令狐楚所知。……祐至京。」

（四）明．胡應麟《詩藪．內編》卷四：「張祜，字承吉，刻本大半作『祐』，晚者莫辯，緣承吉字，『祐』、『祜』俱通爾。一日偶閱雜說，張子小名冬瓜，或以譏之，答云：『冬瓜合出瓠子。』則張之名祜審矣！」

（五）唐．馮翊《桂苑叢談》「崔張自稱俠」條：「進士崔涯、張祐下第後，多遊江淮。……一旦，張以詩上牢盆使，出其子授漕渠小職，得堰，俗號『冬瓜』。……人或戲之曰：『賢郎不宜作等職。』張曰：『冬瓜合出祜子。』戲者相與大哂。」

三、「拈綴」與「拈二」

（一）唐．殷璠《河嶽英靈集．論》：「夫能文者匪謂四聲，盡要流美、八病咸須避之，縱不拈綴，未為深缺。」

(二)「拈綴」各本並同，《文鏡秘府論》南卷〈定位〉引殷璠《集·論》作「拈二」。李珍華、傅璇琮《河嶽英靈集》據以校改為「拈二」。

四、百口

(一)《劉夢得文及外集》卷三〈郡齋書懷寄江南白尹，兼簡分司白賓客〉詩：「一生不得文章力，百口空為飽暖家。」

(二)《昌黎詩繫年集釋》卷十一〈過始興江口感懷〉詩：「憶作兒時隨伯氏，南來今只一身存。目前百口還相逐，舊事無人可共論。」引宋·方世舉注：「按，『百口』甚言其多，大抵此時家室已追及東行矣。」又引程學恂《韓詩臆說》：「果是百口，何其多耶？然前〈汴州〉詩亦云：『百口無罹殃』，則合全家皆來矣！」

(三)《校注本昌黎集》卷五〈祭鄭夫人〉文：「既克反葬，遭時艱難，百口偕行，避地江濆。」馬其昶注：「然或以祭老成文有『就食江南，零丁孤苦』之語，疑不得有百口，不知此亦通良賤而言闔門之眾耳，未必實計百人也。」

(四)《南史》卷八十五〈王景文傳〉：「若見念者，當為我百口計。」

(五)《顏氏家訓》卷一〈序致〉：「家塗離散，百口索然。」王利器《家訓集解》：「《世說·言語篇》：『郗超曰：大司馬……，必無若此之慮，臣為陛下以百口保之。』又〈尤悔篇〉：『王大將軍起事，丞相兄弟詣闕謝。……丞相呼周侯曰：百口委卿。』《通鑑》卷二三五胡注：『人謂其家之親屬為百口。』」

五、張王

(一)《韓愈詩繫年集釋》卷九〈和侯協律詠笋〉：「得時方張王，挾勢欲騰騫。」

(二)《劉夢得文集》卷九〈蒲萄歌〉：「野田生蒲萄，纏繞一枝蒿。移來碧墀下，張王日日高。」

(三)錢仲聯《韓詩集釋》引宋・方崧卿《韓集舉正》云：「張王，莊子所謂『王長其間』是也。並去聲讀。公與劉夢得〈蒲萄〉詩，皆用張王字。」又引魏本（五百家注本）引祝充曰：「張王，興盛貌。」

(四)張以仁〈《莊子・山水篇》「王長」釋義〉（見《中國語言學論集》）云：「《莊子》一本，『王長』作『王張』，唐寫本的莊子就是如此……。通常聯綿詞的前後音節，是不可以顛倒的，但有些意義相對或平列的複詞是可以的。郭象在〈養生主〉的注，他是這樣說的：『雉心神長王，志氣盈豫。』……『王長』顛倒為『長王』正是韓愈、劉禹錫作『張王』者之所本。」又釋「王張」二字之本義，云：「王字，《說文》云：『天下所歸往也，董仲舒曰：古之造文者，三畫而連其中謂之王。』首句以聲訓為說。……並未就其字形結構與其本義關係上立說。」甲骨文字大量出現之後，王字的形體……尚有其他不同的結構，如、、，……若干學者都認為是象火炎上之狀。吳氏（大澂）《說文古籀補》即訓「王」字之義為『大也』、『盛也』，以為『火盛曰王，德盛亦曰王。』張字本義為張弓。《說文》云『施弓弦也。』故引申有『大』義、『開』義。……又引申有『盛大』義。」

六、坐愛

(一)《樊川詩集》〈山行〉詩：「停車坐愛楓林晚，霜葉紅於二月花。」

(二)古詩〈陌上桑〉：「耕者忘其犁，鋤者忘其鋤。來歸相怨怒，但坐觀羅敷。」

(三)清・聞人倓《古詩箋》：「坐，緣也，歸家怨怒，緣觀羅敷之故也。」

(四)《蘇軾詩集》卷三十八〈十月二日初到惠州〉詩：「吏民驚怪坐何事，父老相攜迎此翁。」

(五)張相《詩詞典語辭典》：「坐，猶因也，為也，杜牧〈山行〉詩……，言為看紅葉而停車也。」（二一〇頁）

陸、唐代聲名不稱於後的詩人

一、孫逖

(一)《新唐書》卷二〇二〈孫逖傳〉(節錄，下同)：「河南博州人，屬思警敏，援筆成篇，理趣不凡。開元二年，舉文藻宏麗等科及第。開元十年，又舉賢良方正。仕終荊部侍郎。善詩，古調今格，悉其所長。」

(二)《文苑英華》卷七〇二顏真卿〈孫文公集序〉：「其為詩也，必有逸韻佳對。冠絕當時，布在人口。其詞言也，則宰相張九齡欲掎摭疵瑕，沉吟久之，不能易一字。……凡所著詩歌賦序策問贊碑誌表疏制誥，不可勝紀。……文集為二十卷。」

(三)今存文二百二十篇，見《全唐文》卷三〇八——三一三、《(全)唐文拾遺》卷十九，詩一卷五十九首，見《全唐詩》卷一一八，又一首見《補遺》卷一。

(四)參見王基倫〈孫逖研究〉，《國立編譯館館刊》十五卷一期，一九八六年六月。

二、盧象

(一)《唐詩紀事》卷二十六小傳：「字緯卿，汶水人。……始以章句振起於開元中，與王維、崔顥比肩驤首，鼓行於時。妍詞一發，樂府傳貴。……移吉州長史。」

(二)《文苑英華》卷七一三劉禹錫〈盧公集序〉：「有詩名，譽充秘閣。雅而不素。有大體，得國士之風，集一二卷，今傳。」

(三)今存文二篇，見《全唐文》卷三〇七，詩一卷，見《全唐詩》卷一二二。

三、吳筠

(一)《唐詩紀事》卷二十三：「筠字貞節，華陰人，舉進士不第。……所善孔巢父、李白，歌詩略相甲乙。……天寶初，遊會稽，與李白隱剡中。赴闕薦白，俱待詔翰林。」

(二)《唐才子傳》卷一〈吳筠小傳〉：「舉進士不中，隱居南陽倚帝山為道士。……大曆間卒。弟子謚為宗元先生。善為詩，有集十卷。」

(三)《文苑英華》卷七〇四權德輿〈中嶽宗元先生吳尊詩集序〉：「屬詞之中，尤工比興，觀其自古王化詩與大雅吟、步虛詞、遊仙、雜感之作。或遐想理古以哀世道，或磅礡萬象用冥環樞，稽性命之紀，達人世之變……追近古遊方外，而言六藝者，先生實主盟焉。遺文合為四百五十篇。」

(四)今存文二十二篇，見《全唐文》卷九二五、九二六，詩一卷百十九首，見《全唐詩》卷八五四。

四、劉言史

(一)《唐才子傳》卷四：「言史，趙州人也。少尚氣節，不舉進士。工詩，美麗恢贍，世少其倫。與李賀、孟郊同時為友。……詔授棗強令，辭疾不就，當時重之。……有歌詩六卷。」

(二)《皮子文藪》卷四〈劉棗強碑〉：「言出天地外，思出鬼神表。讀之則神馳八極，測之則心懷四溟，磊磊落落，真非世間語者，則有李太白。百歲有是業者，雕金篆玉，牢奇籠怪，百鍛為字，千鍊成句，雖不追躅太白，亦後來之佳作也。有與李賀同時，有劉棗強焉。先生姓劉名言史，不詳其鄉里。所有歌詩千首，其美麗恢贍，自賀外，世莫能比。」

(三)今存詩一卷百七十九首，見《全唐詩》卷四六八。

五、元宗簡

(一)《文苑英華》卷七〇五白居易〈元少尹集序〉：「溫雅淵疑，疏朗麗則。檢不扼，達不放，古常而不鄙，新奇而不怪。吾友居敬之文其殆庶幾乎！居敬，姓元，名宗簡，河南人，自舉進士，歷御史府，尚書郎，訖京兆亞尹，凡二十八年。著格詩一百八十五，律詩五百九，賦述銘記書碣贊序七十五，總七百六十九章，合三十卷……援筆草序、序成……吟曰：遺文三十軸，軸軸金玉聲。龍門原上土，埋骨不埋名。」

(二)《元氏長慶集》卷十二〈見人詠韓舍八新律詩因有戲贈〉云：「七字排居敬，千詞敵樂天。」原注：「侍御八兄能為七言絕句，贊善白君好作百韻律詩。」

(三)詩文今不存。

六、楊凝

(一)《文苑英華》卷七〇四權德輿〈兵部郎中楊君集序〉：「凝字懋功。孝弟純懿，中和特立。與伯氏嗣仁，叔氏恭履修天爵，依儒行，東吳賢士大夫號為三楊。……其敘事推理，況今據古，多而不繁，簡而不遺，彌綸條暢，無入而不自得。所著文一百四十餘篇，歌詩倍之。皆天球大圭，奇采逸響，不待數珩璜珮玦之目，然後知其妙。」

(二)文不傳，詩一卷三十九首，見《全唐詩》卷二九〇。

柒、唐代文人風尚——唐代遊士（文士遊食）

一、遊士意義（武為遊俠，此指文士）

游說、遊食（干祿）、遊學、遊覽、傳道。

（一）消極性的定義

●非指稱進行一般遊覽活動之士人。

●非因遷謫而轉赴各地任職之士人。

●非真正棲逸或雲遊四方之人。

（二）積極性的定義

●行遊各地，攀附權貴，以求取仕祿之人。

●陪侍王公貴冑遊宴吟詠之文學賓客。

二、遊士淵源演變

（一）春秋戰國游說之士（孟子、荀卿以儒道游說，商鞅、蘇秦以霸術游說諸侯）。

(二)賓客遊食(戰國時四公子孟嘗君、春申君、平原君、信陵君)。
(三)漢劉安接納各門下賓客、文士游說諸侯(鄒陽、枚乘)、文士辭賦取寵。
(四)東漢以後亂局投奔之士。
(五)參見鄭毓瑜〈唐代以前遊士之類型試探〉。

甲、漢代以前遊士之類型

(一)以儒道游說諸侯:(道)

●子貢:游說之士……常相魯衛,……卒終于齊。(《史記》卷六七〈仲尼弟子列傳〉)

●孟子:游事齊宣王,宣王不能用。適梁,而孟軻乃述唐、虞、三代之德,是以所如者不合。退而與萬章之徒序詩書,述仲尼之意,作孟子七篇。(《史記》卷七四〈孟荀列傳〉)

●荀卿:趙人。年五十始來遊學於齊。襄王時,而荀卿最為老師。齊尚脩列大夫之缺,而荀卿三為祭酒焉……。齊人或讒荀卿,荀卿乃適楚,而春申君以為蘭陵令。(《史記》卷七四〈孟荀列傳〉)

(二)以霸術游說諸侯:(術)

●商鞅:趙人,鞅少好刑名之學,事魏相公叔痤為中庶子。公叔既死,公孫鞅聞秦孝公下令國中求賢者,入秦,說以霸道。(《史記》卷六八〈商君列傳〉)

●蘇秦:乃西至秦。秦孝公卒。說惠王稱帝之道,弗用。乃東之趙。趙肅侯令其弟成為相,號奉陽君。奉陽君弗說之。去游燕,歲餘而後得見。說燕文侯……(《史記》卷六九〈蘇秦列傳〉)

㈢戰國時四公子：孟嘗君、春申君、平原君、信陵君，「厚遇天下之士，皆歸之。」（《史記》卷七五至七八）

●結語：漢以前之遊士，基本上都是懷抱治世方略而遊，或以儒道、或以霸術游說諸侯王，以實現自己的政治理想或達祿仕之途。而當時以四公子為首的遊士集團，可以說即是以稱霸天下為目標的政治性團體。

乙、兩漢時期遊士之類型

㈠承襲戰國以來遊士之典型，仍以治平之道游說王侯

●如西漢鄒陽、枚乘先俱仕吳，對吳王謀反之事皆曾說以利害關係，獻言勸止。然吳王不納言，故轉從梁孝王游（見《漢書》卷五一）。東漢仲長統，「年二十餘，遊學青、徐、幷、冀之閒，與交友者多異之。并州刺史高幹，袁紹甥也。素貴有名，招致四方游士，士多歸附。統過幹，幹善待遇，訪以當時之事。統謂幹曰：『君有雄志而無雄才，好士而不能擇人，所以為君深戒也。』幹雅自多，不納其言，統遂去之。無幾，幹以幷州叛，卒至於敗。……」（《後漢書》卷四九）

㈡以文學才質作為干求謁進之資

●如司馬相如：「事孝景帝，為武騎常侍，非其好也。會景帝不好辭賦，是時梁孝王來朝，從游說之士齊人鄒陽、淮陰枚乘、吳莊忌夫子之徒，相如見而說之，因病免，客游梁。……會梁孝王卒，相如歸，蜀人楊得意為狗監，侍上。上讀〈子虛賦〉而善之，曰：『朕獨不得與此人同時哉！』得意曰：『臣邑人司馬相如自言為此賦。』上驚，乃召問相

如。」（《史記》卷一一七）

●結語：可見兩漢除上承戰國遊士之風，以治亂盛衰之理上干顯貴，同時也發展出另一類型之遊士——文學侍從之臣。

丙、六朝時期遊士之類型

(一)因世局混亂，遷地避禍者

●東漢班彪可作為此種類型之先驅：

〈北征賦〉：「余遭世之顛覆兮，罹填塞之阨災。舊室滅以丘墟兮，曾不得乎少留。遂奮袂以北征兮，超絕迹而遠遊。……紛吾去此舊都兮，……遂舒節以遠逝兮，指安定以為期。……」

《文選》李善注引〈文章流別論〉曰：「更始時，班、彪避難涼州，發長安，至安定，作〈北征賦〉也。」

據《後漢書》卷四十上：「班彪避難出長安，先從魏囂，然囂不承漢法，與彪志節不符，故轉投竇融。……」

●王粲

〈登樓賦〉：「遭紛濁而遷逝兮，漫逾紀以迄今。」

〈七哀詩〉之一：「西京亂無象，豺虎方遘患。復棄中國去，委身適荊蠻。」

〈七哀詩〉之二：「荊蠻非我鄉，何為久滯淫？方舟泝大江，日暮愁我心。山崗有餘映，巖阿增重陰。狐狸馳赴穴，飛鳥翔故林。流波激清響，猴猿臨岸吟。迅風拂裳袂，白露沾衣襟。獨夜不能寐，攝衣起撫琴。絲桐感人情，為我發悲音。羈旅無終極，憂思壯難任。」

〈贈士孫文始〉一首：「天降喪亂，靡國不夷。我暨我友，自彼京師。宗守盪失，越用遁違。遷于荊楚，……」

《三國志》卷二十一：「獻帝西遷，粲徙長安，左中郎將蔡邕見而奇之。……年十七，司徒辟，詔除黃門侍郎，以西京擾亂，皆不就。乃之荊州依劉表。表以粲貌寢而體弱通侻，不甚重也。表卒。粲勸表子琮，令歸太祖，太祖辟為丞相掾。」

●陳琳：據《三國志》卷二十一，陳琳原為何進主簿，朝政敗壞，避難冀州，依袁紹。

●《世說新語・賞譽篇》：「王敦為大將軍，鎮豫章。衛玠避亂，從洛投敦，相見欣然。」

(二)因家國敗亡，而轉赴他鄉，求取發展。

●陸機、陸雲

陸機〈赴洛道中作〉：「總轡登長路，嗚咽辭密親。借問子何之，世網嬰我身。」

陸雲〈歲暮賦〉：「蒙時來之嘉運兮，遊上京而凱入。……」

陸機〈長歌行〉：「……茲物苟難停，吾壽安得延。俯仰逝將過，倏忽幾何間。慷慨亦焉訴，天道良自然。但恨功名薄，竹帛無所宣。……」

《晉書》卷五十四〈陸機傳〉：「至太康末，與弟雲俱入洛，造太常張華。華素重其名，如舊相識，……張華薦之諸公。……時中國多難，顧榮、戴若思等咸勸機還吳，機負其才望，而志匡世難，故不從。其文為世所推服，然好遊權門，與賈謐親善，以進趣獲譏。」

●《世說新語・言語篇》：「蔡洪赴洛，洛中人問曰：『幕府初開，群公辟命，求英奇於仄陋，採賢雋於巖穴。君吳楚之士，亡國之餘，有何異才而應斯舉？』蔡答曰：『夜光之珠，不必出於孟津之河；盈握之璧，不必採於崑崙之山。大禹生於東夷，文王生於西羌。聖賢所出，何必常處？』」

(三)因濟世多遭險惡，故轉而逸遊或學仙

●阮籍：據《晉書》卷四十九〈阮籍傳〉：「籍本有濟世志，屬魏晉之際，天下多故，名士少有全者，籍由是不與世事，遂酣飲為常。……時率意獨駕，不由徑路，車迹所窮，輒慟哭而反。」

●嵇康：〈答二郭〉三首其一：「天下悠悠者，不能趨上京。二郭懷不羣，超然來北征。樂道托萊廬，雅志無所營。」其二：「坎壈趨世教，常恐嬰網羅。羲農邈已遠，拊膺獨咨嗟。朔戒貴尚容，漁父好揚波。雖逸亦已難，非余心所嘉。豈若翔區外，餐瓊漱朝霞。遺物棄鄙累，逍遙游太和。……」其三：「詳觀凌世務，屯險多憂慮。施報更相市，大道匿不舒。夷路值枳棘，安步將焉如。權智相傾奪，名位不可居。鸞鳳避罻羅，遠托崑崙墟。」

●嵇康：〈秋胡行〉七首之一、二：「富貴憂患多。」「貧賤易居，貴盛難為工。」

《世說新語・棲逸篇》：「嵇康遊於汲郡山中，遇道士孫登，遂與之遊。……」

劉孝標注引王隱《晉書》曰：「孫登，即阮籍所見者也。嵇康執弟子禮而師焉。」

●〈養生論〉以為服食導引可獲長生。

(四)以文才蒙獲賞愛，而成為王侯之文學集團的一份子

●魏曹氏父子——建安七子

曹植〈與楊德祖書〉：「昔仲宣獨步於漢南，孔璋鷹揚於河朔，偉長擅名於青土，公幹振藻於海隅，德璉發跡於此魏，足下高視於上京。當此之時，人人自謂握靈蛇之珠，家家自謂抱荊山之玉。吾王於是設天網以該之，頓八紘以掩之，今悉集茲國矣。」

● 晉賈謐——二十四友

《晉書》卷四十〈賈謐傳〉：「開閣延賓。海內輻湊，貴游豪戚及浮競之徒，莫不盡禮事之。或著文章稱美謐，以方賈誼。渤海石崇、歐陽建、滎陽潘岳、吳國陸機、陸雲、蘭陵繆徵、京兆杜斌、摯虞、琅邪諸葛詮、弘農王粹、襄城杜育、南陽鄒捷、齊國左思、清河崔基、沛國劉瓌、汝南和郁、周恢、安平索秀、潁川陳眕、太原郭彰、高陽許猛、彭城劉訥、中山劉輿、劉琨，皆傅會於謐，號曰二十四友，其餘不得預焉。」

● 齊竟陵王——竟陵八友

《南齊書》卷四十〈竟陵文宣王子良傳〉：「子良少有清尚，禮才好士，居不疑之地，傾意賓客，天下才學皆游集焉。」

《梁書》卷一〈武帝紀〉：「竟陵王子良開西邸，招文學，高祖（蕭衍）與沈約、謝朓、王融、蕭琛、范雲、任昉、陸倕等並遊焉，號曰八友。」

● 梁蕭氏兄弟之文學集團

《梁書》卷三十三〈王筠傳〉：「昭明太子愛文學士，常與筠及劉孝綽、陸倕、到洽、殷芸等游宴玄圃。」

王筠〈昭明太子哀策文〉：「……總覽時才，網羅英茂；學窮優洽，辭歸繁富。或擅談叢，或稱文囿；四友推德，七子慚秀。望苑招賢，華池愛客；托乘同舟，連輿接席。摛文掞藻，飛觴汎醳，恩隆置醴，賞逾賜璧。……」

《梁書》卷四〈簡文帝紀〉：「引納文學之士，賞接無倦。」

〈梁簡文帝又荅湘東王書〉：「……遊士文賓，比得談賞。終宴追隨，何如近日。」

《梁書》卷四十九〈庾肩吾傳〉：「初太宗（簡文帝）在藩，雅好文學，時肩吾與東海徐擒，吳郡陸杲、彭城劉尊、劉孝儀、儀弟孝威同被接賞。」

庾肩吾〈和晉安王（簡文帝）薄晚逐涼北樓回望應教詩〉：「向夕紛喧屏，追涼飛觀中，樹隱臨城日，窗含度水風，遙天如接岸，遠帆似凌空，陪文慚宋玉，徒等侍蘭宮。」

庾肩吾〈侍宴餞湘東王應令詩〉：「陳王從遊士，高宴入承華。」

●結語：六朝遊士之類型與前代有極大之差異

(1)正值亂世，故避亂或亡國是促使士人行遊之主因。

(2)又因亂世之政局不穩定，以興廢之理、政治之抱負干謁仕進者，常罹險惡（陸機即是最佳例證），故或轉而逸遊、學仙，或則轉以文學資才博取王侯之賞愛。

(3)士人既多以文才見賞，則導致文學集團之興盛，這無疑是探究六朝遊士之類型最值得注意之特色。

三、唐代遊士產生之原因

(一)由於舉場不得志：或進士未第，或擢第而未入官，而藩鎮「以賓佐相高」禮遇士人（《文苑英華》卷七二六符載〈送崔副侯歸洪州幕府序〉），於士人有奏授之權，故士人多到藩鎮幕府求發展，只要遇知音，即可獲得官職，如韓愈擢第後曾西游鳳翔不遇，後入汴州、徐州幕府。後經銓選進入中央機構。

(二)仕途不順意：如李益為主簿，久不得調，乃北遊燕、趙，幽州節度劉濟辟為從事，未幾，又佐邠寧幕府。

(三)利祿的引誘：代宗大曆以後，外官俸祿優於內官，又藩鎮以財利接引人才，故士人多樂於遊宦幕府。

四、遊士遊食諸侯之目的

遊士大多為干祿，但亦有其他目的，歸納有以下各項：

(一)求藥：

●任華〈送虔上人歸會稽覲省便遊天台山序〉：「上人緇侶之澄肇，詞場之沈謝，讀盡貝葉，能了於空，淨如蓮花，不著於水。不然，安得眾君子禮敬若是焉？言歸膝下，則孝名為戒；將遊物外，而朗詠長川。豈徒蔭長松以隱身，承瀑布以洗足？是將采掇靈藥，搜訪仙經，歸獻北堂，永同西母也。鏡湖秋月，當見色空；稽山片雲，能引詩興；剡溪白鳥，知爾無機；雲門疏鍾，訝君來暮，豈不謂然耶？今朝贈別桂林花，洞庭白煙濕袈裟，上人與君各在天一涯。」（《全唐文》卷三七六）

●柳宗元〈送婁圖南秀才遊淮南將入道序〉：「僕未冠，求進士，聞婁君名甚熟。其所為歌詩，傳詠都中。……後十餘年，僕自尚書郎謫來零陵，覯婁君，猶為白衣，居無室宇，出無僮御。僕深異而訊之，乃曰：『今夫取科者，交貴勢，倚親戚，合則插羽翮，生風濤，沛焉而有餘，吾無有也。……不則多筋力，善朝請，朝夕曲折於恆人之前，……偷一旦之容以售其伎，吾無有也。……自度卒不能堪其勞，故舍之而遊。適湖、江，出豫章，至南海，復由桂而下也。少好道士言，餌藥為壽，未盡其術，故往且求之。』……因為余留三年。他日又曰：『吾所以求其心者未克，今其行也！』」（《河東集》卷二十五）

● 韓愈〈衛府君（中立）墓誌〉：「父中丞（晏）薨，既三年，與其弟中行別，曰：我聞南方多水銀、丹砂，雜他奇藥，爊為黃金，可餌以不死。……遂逾嶺阨，南出，藥貴不可得，以干容帥。帥且曰：若能從事於我，可一日具。許之，得藥。」（《昌黎集》卷七）

(二) 謀食：

● 任華〈送標和尚歸南嶽便赴上都序〉：「南嶽有大比丘，其名曰道標。性聰惠穎悟，通於禪門，精於律儀，善於說法，該於儒術。是以禪師伯之，律師仰之，法師宗之，儒流服之。自登戒壇，凡四十餘夏，致弟子彌漫於江嶺間，不下萬二千人。不然，安得前後連率，新舊岳牧，莫不嚮風稽首焉？屬我中司隴西公方崇東流之法，化南越之俗，是以惠然杖錫，而公待之禮敬甚厚。前隴西公曰：『《維摩經》不云乎？「法無往來，常不住故。」《金剛經》不云乎？「應無所住，而生其心。」每念雙林樹下，將歸乎湘東郡；又憶王舍城中，當詣於漢北闕。』公難違其意，悵然久之，乃命幕中樂安任華為之序。序云：彼上人者，甚為稀有。方以般若為舟，而浮於洞庭；以大乘為車，而遊於京師。皇帝深信釋氏，必將延入內殿，問以秘藏，豈唯將相得歸依之地，王侯發回向之心而已乎？王曰：『如吾言焉。』」（《全唐文》卷三七六）

● 柳宗元〈送辛殆庶下第遊南鄭序〉：「辛生嘗南依蠻楚，專志於學，為文無謬悠迂誕之談，鍛鍊剪截，動可觀采。故相國齊公（映）接禮加等，常為右客，且佐其策名之願。遂笈典墳，紬文章，北來王都，笑揖群伍。文昌下大夫上士之列，見而器異，爭為鼓譽，由是為聞人。戰術藝之場，莫與爭鋒。然而遷延三北，躑躅不振，豈其直鈎而釣，懷美餌而羨魚者耶？若辛生者，有司抑之則已，不然，身都甲乙之籍，其果以文克歟？今則囊如懸罄，傭室寓食，方將適千里，求仁人，被冒畏景，陟降棧道。……」（《河東集》卷二十三）

●柳宗元〈送豆盧膺秀才南遊序〉：「君子病無乎內（內在）而飾乎外（外在），有乎內而不飾乎外者。……豆盧生，內之有者也，余是以好之，而欲其遂焉。而恒以幼孤羸餒為懼，恤恤焉（憂患的樣子）遊諸侯求給乎是，是固所以有乎內者也。」（《河東集》卷二十三）

㈢干祿（不遇求仕）：

●任華〈重送李審卻赴廣州序〉：「……昨日李生言歸湘東，今日李生將赴南海，昨日今日，豈有二李生乎？亦猶前日蘇秦，與今日蘇秦不殊耳。……昔孔丘嘗為東西南北之人，張儀亦為燕、趙、齊、楚之客，其已乎？滄波遠天，混和暮色，孤舟一去，曷日而旋歸哉？」

●李白〈與韓荊州書〉：「白聞天下談士相聚而言曰：『生不用萬戶侯，但願一識韓荊州！』何令人之景慕，一至於此耶？豈不以周公之風，躬吐握之事，使海內豪俊，奔走而歸之。一登龍門，則聲價十倍；所以龍蟠鳳逸之士，皆欲收名定價於君侯。願君侯不以富貴而驕之，寒賤而忽之；則三千賓中有毛遂。使白得穎脫而出，即其人焉！白隴西布衣，流落楚漢。十五好劍術，偏干諸侯；三十成文章，歷抵卿相。」（《李太白集》卷二十六）

●元結〈送王及之容州序〉：「叟在舂陵，及能相從遊，歲餘而去。將行，規之曰：『……

耿容州歡於叟者，及到容州，為叟謝主人：聞幕府野次久矣，正宜收擇謀夫，引信才士，有如及也，能收引乎？』二三子賦送遠之什，以係此云。」（《文苑英華》卷七二一）

●韓愈〈送董邵南序〉：「燕、趙古稱多感慨悲歌之士。董生舉進士，連不得志於有司，懷抱利器，鬱鬱適茲土。吾知其必有合也。董生勉乎哉！夫以子之不遇時，苟慕義彊仁者，……」（《昌黎集》卷四）

●柳宗元〈送內弟盧遵遊桂州序〉：「以余棄于南服，來從余居五年矣。……以桂之邇也，而中丞之道光大（桂管觀察使裴行立），多容賢者，故洋洋焉樂附而趨，以出其中之有。夫如是，則宜奮翼鱗，乘風波，以游乎無倪。往哉！其漸乎是行也。」（《河東集》卷二十四）

●柳宗元〈送徐從事北遊序〉：「讀《詩》《禮》《春秋》，莫能言說，其容貌充充然，而聲名不聞傳於世，豈天下廣大多儒而使然歟？將晦其說，諱其讀，不使世得聞傳其名歟？抑處於遠，仕於遠，不與通都大邑豪傑角其伎而至於是歟？不然，無顯者為之倡，以振動其聲歟？今之世，不能多儒可以蓋生者，觀生亦非晦諱其說讀者，然則餘二者為之決矣。生北遊，必至通都大邑，通都大邑，必有顯者，由是其果聞傳於世歟？苟聞傳必得位，得位而以《詩》《禮》《春秋》之道施於事，及於物，思不負孔子之筆舌。能如是，然後可以為儒。儒可以說讀為哉！」（《河東集》卷二十五）

㈣傳道（多為和尚、上人、山人）：

●柳宗元〈送易師楊君序〉：「世之學《易》者，率不能窮究師說，本承孔氏，而妄意乎物表，爭伉乎理外，務新以為名，縱辯以為高，離其原，振其末，故羲、文、周、孔之奧，詆冒混亂，人罕由而通焉。不違古師以入道妙，若弘農楊君者其鮮矣。御史中丞崔公，博而守儒，達而好禮，故楊君之來也，館于燕堂，饋之侯食，日命合邦之學者，論說辯問，貫穿上下，揮散而咸同，幽昏而大明。言若誕而不乖於聖，理若肆而不失其正；不為他奇以立名氏，姑務達其旨而已。古人謂駕孔子之說者，楊君固其徒歟？宗元以為太學立儒官，傳儒業，宜求專而通、新而一者，以為冑子師。昔嘗遊焉，而未得其人。今天下外多賢連帥、方伯，朝廷立槐棘之下，皆用儒先，而楊君之道，未列於博士，則誰咎歟？」

（《河東集》卷二十五）

●柳宗元〈送元十八山人南遊序〉：「太史公嘗言：世之學孔氏者，則黜老子，學老子者，則黜孔氏，道不同，不相為謀。……太史公沒，其後有釋氏，固學者之所怪駭舛逆其尤者也。今有河南元生者，其人閎曠而質直，物無以挫其志；其為學恢博而貫統，數無以躓其道。悉取向之所以異者，通而同之，……不以其道求合於世，常有意乎古之『守雌』者（案：指老子）。及至是邦，以余道窮多憂，而嘗好斯文，留三旬有六日，陳其大方，勤以為諭，余始得其為人。今又將去余而南，歷營道，觀九疑，下灕水，窮南越，以臨大海，則吾未知其還也。黃鵠一去，青冥無極，安得不馮豐隆、愬蜚廉，以寄聲於寥廓耶！」

（《河東集》卷二十五）

(五)求資助：

●柳宗元〈送元暠師序〉：「中山劉禹錫，明信人也。不知人之實，未嘗言，言未嘗不讎。元暠師居武陵，有年數矣，與劉遊久且暱。持其詩與引而來，余視之，申申其言，勤勤其思，其為知而言也信矣。余觀近世之為釋者，或不知其道，則去孝以為達，遺情以貴虛。

今元齧衣粗而食菲，病心而墨貌。以其先人之葬未返其土，無族屬以移其哀，行求仁者，以冀終其心。勤而為逸，遠而為近，斯蓋釋之知道者歟？……其來而從吾也，觀其為人，益見劉之明且信。」（《河東集》卷二十五）

(六)問學：

●元結〈送譚山人歸雲陽序〉：「吾於九疑之下，賞愛泉石，今幾三年。能扁舟數千里來遊者，獨雲陽譚子。……」（《文苑英華》卷七二一）

●韓愈〈送區冊序〉：「陽山，天下之窮處也。……愈待罪於斯，且半歲矣。有區生者，誓言相好，自南海挐舟而來，……入吾室，聞《詩》《書》仁義之說，欣然喜，若有志於其間也。……」（《昌黎集》卷四）

(七)廣見聞（遊覽）：

●司馬遷〈太史公自序〉：「二十而南游江淮，上會稽，探禹穴，闚九疑，浮於沅、湘。北涉汶、泗，講業齊、魯之都，觀孔子之遺風，鄉射鄒嶧，戹困鄱、薛、彭城，過梁、楚以歸。」

●李華〈送薛九遠遊序〉：「……薛都卿以夷澹養素，以文章導志。自浙右遊湖左，一句一韻，遍於衣冠，江山為之鮮潤，煙景以之明滅，其餘情性所得，蓋古人之儔歟！南陽有略兼有道之高，玄晏之道，論其措意，則王充、左思，豈其遠乎？惠然訪余，告以行邁，將棹溪吳越，濡劄江嶠。東南勝事，落爾胸中，況為諸侯上賓，知大夫之官族，古所貴，勉之哉！病叟李遐叔贈。」（《全唐文》卷三一五）

●李白〈秋於敬亭送從侄耑遊廬山序〉：「余小時，大人令誦〈子虛賦〉，私心慕之。及長，南遊雲夢，覽七澤之壯觀，酒隱安陸，蹉跎十年。初，嘉興季父謫長沙西還，時予拜見，預飲林下，岩乃稚子，嬉遊在旁。今來有成，鬱負秀氣。吾衰久矣，見爾慰心，申悲導舊，破涕為笑。方告我遠涉，西登香爐。長山橫蹙，九江卻轉，瀑布天落，半與銀河爭流，騰虹奔電，潀射萬壑，此宇宙之奇詭也。其上有方湖、石井，不可得而窺焉。羨君此行，撫鶴長嘯。恨丹液未就，白龍來遲，使秦人著鞭，先往桃花之水。孤負夙願，慚歸名山，終期後來，攜手五嶽。情以送遠，詩寧闕乎？」（《全唐文》卷三四九）

●柳宗元〈送李渭赴京師序〉：「前予逐居永州，李君至，固怪其棄美仕、就醜地，……後余斥刺柳州，至于桂，君又在焉，……李君讀書為詩有幹局，久游燕、魏、趙、代間，知人情，識地利，能言其故。以是入都，干丞相，益國事。……」（《河東集》卷二十三）

●蘇轍〈上樞密韓太尉書〉：「……求天下奇聞壯觀，以知天地之廣大。過秦、漢之故都，恣觀終南、嵩、華之高；北顧黃河之奔流，慨然想見古之豪傑。」（《欒城集》卷二十二）

(八)抒幽憤：

●于邵〈送楊倓南遊序〉：「弘農楊倓……今也被褐，蓋未遇云。……言將南邁。尋桂江之遠近，度疑山之險易，適諸侯之館，披三越之圖。並蒼梧以右轉，觀象地之發跡，亦何謝泛五湖，探禹穴，而暢其孤憤哉！……」（《文苑英華》卷七二五）

●杜甫〈壯遊詩〉：「放蕩齊、趙間，裘馬頗清狂。春歌叢臺上，冬獵青丘旁。呼鷹皂櫪林，逐獸雲雪岡。射飛曾縱鞚，引臂落鶖鶬。蘇侯據鞍喜，忽如攜葛彊。快意八九年，西歸到咸陽。」（《杜詩詳注》卷十六）

(九)倦於仕宦：

●柳宗元〈故大理評事柳君墓誌〉：「……頗學禮而善為容，修吏事。始仕家令主簿，進左

驍衛兵曹，試大理評事，為嶺南節度推官荊南永安軍判官。府罷，為游士，出桂陽，下廣州，……」（《河東集》卷十一）

(十)求道：

●李華〈送房七西游梁宋序〉：「君子既學之，患不能行也。河南房敬叔，其行之者歟！我思古人之道，其房君哉！安親於羈旅之中，講道於茅茨之下，不改其樂。以文會友，吾與房也。顏子屢空，曾參衣敝，聞宋之君子，落落有奇節，奇節發於仁義者也。以顏、曾之行，求仁義之均，勉旃！斯有望。」（《全唐文》卷三一五）

五、遊士身分性質

(一)多為進士（秀才）或未應秀才試士人，另有部分擢第進士。

(二)短期遊食。

(三)長期遊食。

六、遊士的貢獻

(一)傳播文化：唐代交通不發達，藉遊士往來傳遞作品、傳播文化，有如文化使者。

(二)促進詩文發展：文人為遊士而作詩序，及文人遊士唱和作品，產生甚多詩文作品。

七、唐代贈序探討

參見梅家玲〈唐代贈序初探〉，《國立編譯館館刊》十三卷一期，一九八四年六月。

捌、唐代文人生活問題

甲、唱和活動

一、唱和詩起源

(一)《漢書·藝文志·詩賦略·序》：「古者諸侯卿大夫交接鄰國，以微言相感，當揖讓之時，必稱詩以喻其志，蓋以別賢不肖而觀盛衰焉。故孔子曰：不學詩，無以言也。」(先秦稱詩喻志)

(二)魏晉南北朝的贈答詩。

二、唐代唱和詩活動興盛原因

(一)與科舉有關：

初唐應制、應令、應教都是群臣奉和皇族，其後唱和風氣擴大到群臣間相互酬答，中唐以後，受科舉制度的影響，詩篇唱和普及，成為社會各階層的活動。自高宗永隆二年(六八一)開始以詩賦取士，行之兩百餘年；到了中晚唐科舉更為興盛，每年到長安應舉的貢士常有數千

（註一）。貢士每年十月會集長安，停留時間大約有半年左右，期間必須參加一連串儀式與活動。試前要行相見禮，謁見天子並赴國子監謁見孔子神位，放榜後及第者，必須列隊往主司家拜謝，同年彼此參拜。又有關宴、曲江宴、慈恩塔題名等慶賀活動，宰相也設宴招待新進士。這些儀式和遊宴都是集體活動，極易使唱和風氣在進士階層中盛行起來。其次由科舉產生座主與門生、同年進士間的關係，彼此情誼往往以詩歌唱和方式表達。

《唐摭言》卷三：周墀任華州刺史，武宗會昌三年，王起僕射再主文柄，墀以詩寄賀，並序曰：「僕射十一叔以文學德行，當代推高。在長慶之間，春闈主貢，採摭孤進，至今稱之。近者，朝廷以文柄重難，將抑浮華，詳明典實，由是復委前務。三傾貢籍，迄今二十二年於茲，亦縉紳儒林，罕有如此之盛。況新榜既至，眾口稱公。墀忝沐深恩，喜陪諸彥，因成七言四韻詩一首，輒敢寄獻，用導下情，兼呈新及第進士：文場三化魯儒生，二十餘年振重名。曾忝木雞誇羽翼，又陪金馬入蓬瀛。雖欣月桂居先折，更羨春蘭最後榮。欲到龍門看風水，關防不許暫離營。」時諸進士皆賀。起答曰：「貢院離來二十霜，誰知更忝主文場。楊葉縱能穿舊的，桂枝何必愛新香！九重每憶同仙禁，六義初吟得夜光。莫道相知不相見，蓮峰之下欲征黃。」王起門生一榜二十二人和周墀詩。

案：周墀，長慶二年擢進士第，為王起門生，二十一年後起再任試官，周寄詩以賀。王起和

（註一）《舊唐書．地理志》卷三八：「上州三人：四萬以上。中州二人：三萬至四萬。下州一人：三萬以下。」《昌黎集校注本》卷八，〈論今年權停選舉狀〉：「今京師之人不啻百萬，都計舉者不過五七千人，並其僮僕畜馬，不當京師百萬分之一。」

詩見《全唐詩》卷四六四。王起新科二十二人都為和篇。此例足以說明本來不相識的文人，由科舉制度的牽合而互相唱和，唱和社會基礎因而擴大。

(二)宴集頻繁：初唐時貴族公卿宴集頻繁，與宴者即席賦詩唱和，其詩皆存見《文苑英華》。又風習注重節序，遂使詩酒之會絡繹不絕。

宋·王讜《唐語林》卷二〈文學〉：「白居易，長慶二年以中書舍人為杭州刺史，……時吳興守錢徽、吳郡守李穰皆文學士，悉生平舊友，日以詩酒寄興。官妓高玲瓏、謝好好巧於應對，善歌舞。後元稹鎮會稽，參其酬唱，每以筒竹盛詩來往。」

明·胡震亨《唐音癸籤》卷二十七：「唐時風習豪奢。……愛重節序，好修故事。……凡曹司休假，例得尋勝地讌樂，謂之旬假，每月有之。遇逢諸節，尤以晦日、上巳、重陽為重。後改晦日立二月朔為中和節，並稱三大節。……凡此三節，百官游讌，……朝士詞人有賦，翌日即流傳京師。當時唱酬之多，詩篇之盛，此亦其一助也。」

案：中唐以後宴集之風日盛，詩人唱和活動亦為頻繁。或三、五詩友因山川阻隔，不能舉行宴集，即以筒竹盛詩往還酬唱，其風始於白、錢、李、元四人唱和。

三、唱和人物

(一) 初唐應制、應令、應教唱和：

《文苑英華》卷一六八至一七九共十二卷俱為應制、應令、應教之詩。

案：奉和天子曰應制，奉和太子曰應令，奉和諸侯曰應教。

(二)中唐唱和集團：

《文苑英華》卷二四一至二四二錄唐人酬和詩三〇八首，非全屬中唐詩，且未形成文學集團，然其中仍有中唐唱和集團之材料。

1.元、白唱和：《元白唱和因繼集》十七卷千餘首，白居易〈和微之詩二十三首・序〉：「況曩者唱酬，近來因繼，已十六卷，凡千餘首矣。其為敵也，當今不見；其為多也，從古未聞。所謂天下英雄，唯使君與操耳。」（據〈白氏文集自記〉：「又有《元白唱和因繼集》共十七卷。」則應有十七卷。）

2.劉、白唱和：《劉白唱和集》五卷。（白居易〈劉白唱和集序〉：「太和三年春以前，紙墨所存者凡一百三十八首。其餘乘扶醉，率然口號者不在此數。」）

3.劉、裴（度）唱和：《汝洛集》一卷。

4.元、白、崔（玄亮）唱和：《三州唱和集》一卷。

5.韓、孟聯句唱和：《昌黎詩繫年集釋》卷四、卷五〈城南〉、〈秋雨〉、〈征蜀〉等聯句唱和。

6.劉禹錫、令狐楚：《彭陽唱和集》三卷。

7.劉、李（德裕）唱和：《吳蜀集》一卷。（資料3、4、6、7俱見《新唐書・藝文志・四》。又宋・計有功《唐詩紀事》卷三九：「禹錫與樂天唱和號《劉白唱和集》，與裴度唱和號《汝洛集》，與令狐楚唱和號《彭陽唱和集》，與李德裕唱和號《吳蜀集》。」）

8.白、錢、李、元唱和：見前頁引《唐語林》卷二。

(三)晚唐唱和集團：

皮、陸唱和：《松陵集》十卷、《唐音癸籤》卷三十「集錄一」：「《松陵集》：皮日休在吳郡幕府與陸龜蒙酬唱詩，六百五十八首，十卷。」

四、唱和活動演變

(一)由宮廷（君臣上下唱和）演變到文士彼此唱和，到社會各階層。

(二)由文士彼此無心酬唱到刻意酬唱。

(三)無心酬唱不受限制，創作比較自由，文學較為儉樸；刻意酬唱受韻腳（依韻次韻）、命意等限制，內容空洞，成為應酬作品。

(四)由不和韻發展到和韻。

五、唱和詩和韻方式

(一)依韻：原唱和作的韻腳，在同一韻中，和作不必用原唱的韻腳。

(二)用韻：和作用原唱的韻字作韻腳，先後次序不必與原唱相同。（和作韻腳次第不拘）

(三)次韻：和作用原唱的韻字作韻腳，先後次序與原唱相同。（韻腳次第與原作同）

六、唱和活動的影響與轉變

(一)彼此間影響：白居易〈與劉蘇州書〉云：「然得儁之句，警策之篇，多因彼唱此和中得之，他人未嘗能發也。」（《白氏長慶集》卷六八）

(二)對宋詩影響：夏敬觀《唐詩說》：「皮陸詩在晚唐可謂能力矯時習矣！上追古作者，下開宋天聖、明道以後之詩派，乃唐宋間之樞紐也。」

(三)文化轉變：皮、陸唱和特色有：韻腳限制、和意限制、特定對象、濃厚即興意味。從皮、陸唱和內容可看出當時文化的變遷，即由唐型文化轉變為宋型文化。盛唐、中唐人好尚豐腴圓滿、光澤渾厚、神采煥發。到晚唐生活則以清癯高亢為美。皮、陸皆隱士，《松陵集》中充滿拗折槎枒瘦硬意象，皮、陸唱和詩顯示此種演變的過程。皮、陸唱和引發北宋楊、劉酬唱（《西崑酬唱集》），產生西崑體。

（本節資料係採自姚垚碩士論文：《皮日休陸龜蒙唱和研究》）

乙、執事時間與假日休閒

一、執事時間

(一)《通鑑》卷二三九〈唐紀〉「元和十年」：「六月癸卯（三日）天未明，元衡入朝，出所居靖安坊東門。有賊自暗中突出射之，從者皆散去，賊執元衡馬行十餘步而殺之，取其顱骨而去。又入通化坊擊裴度，傷其首，附溝中，度氈帽厚，得不死。傔人王義自後抱賊大呼，賊斷義臂而去。京城大駭，於是詔宰相出入，加金吾騎士張弦露刃以衛之，所過坊門呵索甚嚴。朝士未曉不敢出門。上或御殿久之，班猶未齊。」（天子宰相天未明上朝）

(二)《唐會要》卷八十二：「故事：尚書省官每一日一人宿直，都司執直簿轉以為次。諸長官應通判者，及上佐縣令不直。凡內外官，日出視事，午而退。有事則直。官省之務繁者，不在此限。」（中央機構，日出午退。）

(三)《白氏長慶集》卷五〈冬夜與錢員外同直禁中詩〉：「夜深草詔罷，霜月淒凜凜。」又〈夏日獨直寄蕭侍御〉：「夏日獨上直，日長何所為。澹然無他念，虛靜是吾師。」（下午、夜晚輪流當值。）

(四)《校注本昌黎集》卷三〈上張僕射書〉：「寅而入，盡辰而退；申而入，終酉而退。率以為常，亦不廢事。天下之人，聞執事之於愈如是也。」（地方：寅入辰退，申入酉退，共十小時。）

案：張僕射謂張建封，德宗貞元四年至十六年（七八八——八〇〇）為徐州刺史，徐泗濠節度使。貞元十五年韓愈為徐州節度推官。寅入辰退，自上午三時至九時；申入酉退，自下午三時至七時。

二、休假

(一)五日一休沐：

1. 《史記》卷一〇三〈萬石君傳〉：「建為郎中令，每五日洗沐歸謁親。」《正義》：「按：五日一下直洗沐。」又卷一二〇〈鄭當時傳〉：「孝景時為太子舍人，每五日休沐。」又卷一二七〈日者傳〉：「宋忠為大夫，賈誼為博士，同日俱出洗沐，相從論議。」《正義》：「漢官儀五日一假，洗沐也。」

2. 尚秉和《歷代社會風俗事物考》卷三十：「按官吏洗沐，在周、秦時不見，然漢制多沿秦，疑秦時即有，載籍失之耳！洗沐亦名休沐，借洗沐之名，出署休息一日，蓋古官吏與後世異。既入署，則日夜寢食於其中，至五日洗沐，然後得出。……非若後世官吏散值即歸私邸也。」（三五一頁）

3. 同前：南朝宋·鮑照詩：「三朝國慶畢，休沐還舊京。」又梁·劉孝綽詩有〈歸沐詩贈任昉〉，是六朝時官吏仍休沐。惟隔幾日方沐，不詳。至唐・劉禹錫詩云：「五日思歸沐，三春羨眾還。（當作遨）」又孟浩然詩：「共乘休沐閒，同醉菊花杯。」是唐時官吏仍五日休沐，與漢同。想六朝亦爾也。至宋、明、清，此制寖微。（三五二——三五三頁）

案：劉詩題作：〈浙西李大夫述夢四十韻並浙東元相公酬和斐然繼聲〉，見《劉夢得外集》卷七。孟詩題作：〈和賈主簿弁九日登峴山〉，見《孟集》卷二。孟浩然另有〈晏包融宅詩〉云：「五日休沐歸，相攜竹林下。開襟成歡趣，對酒不能罷。」見《孟集》卷一。此五日指端節。

(二)旬假：《唐會要》卷八十二：「高宗永徽三年二月十一日，上以天下無虞，百司務簡，每至旬假，許不視事，以與百僚休沐。」又：「開元二十五年正月七日敕：自今已後，百官每旬節休假，不入朝司。……」（逢十休假）

又：唐・王勃〈秋日登洪府滕王閣餞別序〉：「十日休暇，勝友如雲。」（高宗上元二年（六七五）重九日作）

(三)事假病假：《唐會要》卷八十二：「太和八年九月御史臺奏，父班常參官，舊例：每月得請兩日事故假，今許請三日。」又「長慶二年四月，御史臺奏：檢校司空兼太子少傅嚴綬，疾病假滿百日，合停。……」（每月事假二至三日，病假滿百日，停官。）

案：白居易有〈百日假滿少傅官停自喜言懷〉及〈官俸初罷親故見憂以詩諭之〉二詩（《白集》卷六十九）。又李翱〈韓吏部行狀〉：「得病滿百日假，既罷，以十二月二日卒於靖安里第。」（《李文公集》卷十一）（白居易寶曆二年為蘇州刺史，病假滿百日，罷官。）

(四)皇帝降誕假日：《唐會要》卷八十二：「貞元五年四月十五日敕：四月十九日降誕之辰，宜休假一日。」《舊唐書》卷十八上〈武宗紀〉開成五年：「二月……敕二月十五日玄元皇帝降生日，宜為降聖節，宜假一日。」（皇帝、老子誕辰）

案：《舊唐書》卷五〈高宗紀〉，乾封元年「二月己未（二十二日）」次亳州，幸老君廟，追號曰：太上玄元皇帝。

(五)元日節前後各三日（共七日）。

(六)二月一日中和節：《舊唐書》卷十三〈德宗紀〉貞元五年：「正月壬辰朔，乙卯詔……宜以二月一日為中和節……內外官休假一日。」

(七)寒食清明：《唐會要》卷八十二：「（開元）二十四年二月十一日敕，寒食清明四日為假，至大曆十三年二月十五日敕，自今已後，寒食通清明休假五日，至貞元六年三月九日敕，寒食清明宜准元日節，前後各給三日。」

(八)七月半：《唐會要》卷八十二：「大曆四年七月十三日敕，七月十五日，前後各一日，宜准舊曆休假。」

(九)八月十五日千秋節：《唐會要》卷八十二：「（開元）二十二年六月二十七日敕，諸州千秋節，……宜聽五日一會，盡其歡宴，餘二日休假而已。……至寶應元年八月三日敕，八月五日本是千秋節，後改為天長節，舊給假三日，其前後一日假、權停。……」

(十)九月授衣假：《唐會要》卷八十二：「其年（開元二十五年）正月，內外官五日給由（田之誤）假，九月給授衣假，分為兩番，各十五日，其由假若風土異宜，種收不等，通隨便給之。」

案：羅聯添《韋應物事蹟繫年》，大曆十二年（七七七）應物為京兆功曹居長安昭國里。……是年冬似曾歸洛，〈同德精舍舊居傷懷詩〉一首為在洛陽所賦悼亡之作。……《唐會要》卷八十二休假條。……是年應物得以東歸過訪同德舊居，或因休假之故。

（十二）結語

1. 藉作息時間暨假日，瞭解作者寫作活動。

2. 甚多作品反映作者生活，明瞭作者生活，足以增進對作者之瞭解。

玖、唐代作家傳記考辨

綱　要

一、錯誤

㈠斷章取義

資料一：新、舊《唐書》〈劉禹錫傳〉，〈竹枝詞〉作於朗州（武陵，今湖南常德）。

㈡聯想牽涉

資料二：李白「宣州謁永王」事。

㈢次序顛倒

資料三、四、五：李白、高適、張九齡各傳。

㈣采信雜史筆記

資料六：〈杜甫傳〉嚴武殺杜甫，又李賀七歲作〈高軒過〉。

㈤增字改文

資料七：〈李商隱傳〉。

資料八：〈高適傳〉。

(六)其他原因

資料九：王勃省親。

二、可疑

資料八：張九皐薦高適舉有道科。

資料九：王勃殺奴滅口（記事可疑無從取證）。

資料十：陳子昂受害事。

資料十一：李益、李賀齊名。

三、含混

資料十二：韓愈從遊獨孤及。

四、不一致

資料十三：李吉甫、李德裕父子傳。

五、違理

資料十四：蕭穎士德厤謁李林甫（李益、李賀齊名）。

六、漏略

資料十五：略歐陽詹殉情事。

資料十六：漏〈韋應物傳〉。

資料二十九：缺〈王之渙傳〉。

七、郡望籍貫混淆

資料十七——二十四：杜甫、白居易、柳宗元、劉禹錫、張籍、李翺、韓愈、司空圖等人。

八、生卒年訛誤或相互歧異

資料二十五：〈王勃傳〉。

資料二十六：〈張九齡傳〉。

資料二十七：〈李賀傳〉。

資料二十八：〈賈島傳〉。

資料一、《新唐書》卷一六八〈劉禹錫傳〉：

「斥朗州司馬，州接夜郎。諸夷風俗陋甚。家喜巫鬼，每祠歌〈竹枝〉，鼓吹裴回，其聲傖儜。禹錫謂屈原居沅湘間作〈九歌〉，使楚人迎送神，乃倚其聲，作〈竹枝詞〉十餘篇。於是武陵夷俚悉歌之。」（《舊唐書》卷一六〇〈劉禹錫傳〉略同）

案：劉禹錫傳〈竹枝詞〉九首，見《劉夢得文集》卷九、兩《唐書》劉傳並以〈竹枝詞〉為禹錫在朗州倚楚聲而作。後世多承襲其誤（如《唐才子傳》卷五〈劉禹錫傳〉、宋・郭茂倩《樂府詩集》卷八一〈竹枝詞〉小序）。惟宋・葛立方《韻語陽秋》卷十五辯之云：「劉夢得〈竹枝詞〉九詞九篇。其一云：『白帝城頭春草生，白鹽城下蜀江清。』其一云：『瞿唐嘈嘈十二灘，此中道路古來難。』其一云：『城西門前灩澦堆，年年波浪不曾摧。』又言『昭君坊』、『瀼西春』之類，皆夔州事，乃夢得為夔州刺史時所作。而史稱夢得為武陵司馬作〈竹枝詞〉，誤矣。」據〈竹枝詞〉小引：「四方之歌異音而同樂，歲正月，余來建平（建平，三國吳郡名，隋改巫山縣，屬巴東郡，唐屬夔州），里中兒聯歌竹枝，吹短笛擊鼓以赴節，歌者揚袂睢舞，以曲多為賢。……昔屈原居湘、沅間，其民迎神，詞多鄙陋，乃為作〈九歌〉，到於今荊楚歌舞之。故余亦作〈竹枝詞〉九篇，俾善歌者颺之，附於末，後之聆巴歈，知變風之自焉。」亦知〈竹枝〉原為巴歈民謠。劉禹錫刺夔州時倚而改作。

資料二、

A《舊唐書》卷一九〇下〈李白傳〉：

「祿山之亂，玄宗幸蜀，在途以永王璘為江淮兵馬都督、揚州節度大使，白在宣州謁見，遂辟為從事。永王璘謀亂，兵敗，白坐長流夜郎。」

B《新唐書》二〇二〈李白傳〉：

「安祿山反，轉側宿松、匡廬間，永王璘辟為府僚佐。」

(一)清・王琦《李白年譜》「至德元載丙申」：「太白自宣城之溧陽，又之剡中，天寶十五年（西元七五六年）避居廬山屏風疊，永王璘為江陵府都督充山南東路及嶺南、黔中、江南西路四道節度使。璘重白之才，辟為府僚佐，及璘擅引舟師東下，脅以偕行。」

案：天寶十四載乙未，太白在宣城，有〈贈宣城趙太守悅〉詩、〈趙公西侯新亭頌〉，文曰：「惟十有四載。」舊傳殆因此牽聯而誤。

(二)宋・羅大經《鶴林玉露》引朱熹云：「李白見永王璘反，便從臾之，詩人沒頭腦至於如此。」

(三)宋・蘇軾〈李太白碑陰記〉：「太白之從永王璘，當由迫脅，不然，以璘之狂肆寢陋，雖庸人知其必敗也。太白能識郭子儀之為人傑，而不能知璘之無成，此理之必不然者也。吾不可以不辨。」

(四)唐・李白〈為宋中丞自薦表〉：「屬逆胡暴亂，避地廬山，遇永王東巡脅行，中道奔走，卻至彭澤。具已陳首。前後經宣慰大使崔渙及臣推復清雪，尋經奏聞。」〈與賈少公書〉云：「大總元戎，辟書三至，人輕禮重。嚴期迫切，難以固辭，扶力而行，前觀進退。」〈經亂離後天恩流夜郎憶舊遊書懷贈江夏韋太守良宰〉詩云：「僕臥香爐頂，餐霞漱瑤泉。門開九江轉，枕下五湖連。半夜水軍來，潯陽滿旌旃。空名適自誤，迫脅上樓船。徒賜五百金，棄之若浮煙。辭官不受賞，翻謫夜郎天。」〈南奔書懷〉云：「秦趙興天兵，茫茫九州亂。感遇明主恩，頗高祖逖言。過江誓流水，志在清中原。」

(五)宋・蔡啟《蔡寬夫詩話》：「太白豈從人為亂者哉？蓋其學本出從橫，以氣俠自任，當中原擾攘時，欲藉之以立奇功耳。故其〈東巡歌〉有『但用東山謝安石，為君談笑靜胡沙』之句。至其卒章乃云：『南風一掃胡塵靜，西入長安到日邊』，亦可見其志矣。大抵才高意廣如孔北海之徒，固未必有成功，而知人料事，尤其所難。議者或責以璘之猖獗，而欲仰以立事，不能如孔巢父、蕭穎士察於未萌，斯可矣，若其志亦可哀已。」

案：《李太白集》〈永王東巡歌十一首〉其二云：「三川北虜亂如麻，四海南奔似永嘉。但用東山謝安石，為君談笑淨胡沙。」其四云：「諸侯不救河南地，更喜賢王遠道來。」其八云：「君看帝子浮江日，何似龍驤出峽來。」其十一云：「南風一掃胡塵靜，西入長安到日邊。」則脅迫之說未可信。蔡寬夫謂太白「以氣俠自任」，「欲藉之以立奇功」可謂知人之言。

資料三、《新唐書》卷二〇二〈李白傳〉：

「有詔長流夜郎。會赦，還尋陽，坐事下獄。時宋若思將吳兵三千赴河南，道尋陽，釋囚，辟為參謀。……白晚好黃老。」

(一)據李白〈為宋中丞自薦表〉，可知潯陽下獄，為坐永王謀亂事。雖由崔渙、宋中丞為之昭雪，仍長流夜郎，前後實是一事，《新唐書》誤為二事。

(二)李白〈上安州裴長史書〉云：「昔與逸人東巖子隱於岷山之陽，白巢居數年，不跡城市，養奇禽千計，皆就掌取食，了無驚猜，廣漢太守聞而異之，詣廬親覩，因舉二人以有道，並不起。」(集二六)清・王琦《李白年譜》繫此事於開元八年(七二〇)，時白年二十，黃錫珪所編年譜繫於開元十年(七二二)，時白年二十二，後李白又與持盈法師及道士司馬承禎、吳筠、元丹邱等遊，皆早年事。

案：依序應為：「白早好黃老，……永王璘辟為從事。璘反，兵敗，白還走潯陽，坐永王事下獄，時宋若思……辟為參謀。有詔長流夜郎。會赦得還。」

資料四、《舊唐書》卷一一一〈高適傳〉：

「未幾，蜀中亂，出為蜀州刺史，遷彭州、劍南。」

案：彭蘭《高適繫年考證》：「肅宗乾元二年(七五九)，高適五十四歲，三月以前在洛陽為太子詹事。郭子儀朔方軍圍安慶緒於鄴城(相州)潰散，退保東京，適繞道襄、鄧歸長安，五月出為彭州刺史，有〈赴彭州山行〉之作，及〈謝上彭州刺史表〉。上元元年(七六〇)秋後，遷蜀州刺史。二年(七六一)五月後以蜀州刺史暫代崔光遠為西川節度史。是高適先刺彭州後轉蜀州。各傳並誤倒。」

(二)阮廷瑜《高適年譜》謂上元元年(七六〇)高適出為彭州刺史,未嘗為蜀州。蓋據《舊唐書・肅宗紀》「乾元二年五月辛巳,貶宰相李峴蜀州」及《舊唐書・李峴傳》「上怒峴言,出為蜀州刺史……代宗即位,徵峴為荊南節度江陵尹」,以為自乾元二年五月至代宗初,李峴在蜀州,適亦不後為蜀州(見《高常侍詩校注》二六頁)。

案:杜甫有〈追酬故高蜀州人日見寄〉詩(大曆五年正月二十一日追和)、〈李司馬橋成高使君自成都回蜀地〉諸詩,知高嘗刺蜀州。據《杜甫年譜》(四川文獻館學海影印本)上元二年(七六二)高適已改蜀州刺史,與杜甫會於成都。則高適刺彭之後嘗轉蜀州,阮譜未是。

資料五、《舊唐書》卷九九〈張九齡傳〉:

「至德初,上皇在蜀,思九齡之先覺,下詔褒贈,曰:……『可贈司徒』。乃遣使至韶州致祭。」

(一)唐・徐浩〈張公(九齡)碑銘〉:「及羯胡亂常,大戎逆命,玄宗思嘆曰:『自公歿後,不復聞忠讜言。』發中使至韶州弔祭。」(新傳同)

(二)《新唐書》卷一二六〈張九齡傳〉:「建中元年(七八〇),德宗賢其風烈,復贈司徒。」

(三)《通鑑》卷二一八〈至德元載六月壬寅〉注引《考異》云:「舊〈張九齡傳〉曰:……案其詔乃德宗贈九齡司徒詔也。〈張九齡事迹〉云:建中元年(七八〇)七月,舊傳誤也。」

(四)明・丘濬《曲江文集・贈司徒制》案語:「考之《本紀》,玄宗以天寶十五年七月庚辰至蜀郡,八月癸未朔赦天下。……己亥臨軒冊肅宗,自庚辰至己亥,僅二十日,且蒙塵之餘,固無暇贈典，〈神道碑〉但言發使至韶弔祭而已，新史蓋據碑也，其贈司徒當以建中為正。」

(五)楊承祖《張九齡年譜》據〈碑〉、《新唐書·傳》及《通鑑考異》，丘氏「案語」分繫弔祭、贈官兩事，於肅宗至德元年（七六五）及德宗建中元年（七八〇）。

案：據劉肅《大唐新語》，《舊唐書·傳》誤德宗贈詔為玄宗贈詔，遂有先贈官後弔祭之謬。

資料六、《舊唐書》卷一九〇下〈杜甫傳〉：

「上元二年（七六一）冬，黃門侍郎、鄭國公嚴武鎮成都，奏為節度參謀、檢校尚書工部員外郎，賜緋魚袋。武與甫世舊，待遇甚隆。甫性褊躁，無器度，恃恩放恣，嘗憑醉登武之床，瞪視武曰：『嚴挺之乃有此兒！』武雖急暴，不以為忤。甫於成都浣花里，種竹植樹，結廬枕江，縱酒嘯詠，與田夫野老相狎蕩，無拘檢。嚴武過之，有時不冠。其傲誕如此。永泰元年（七六五）夏，武卒，甫無所依。」

(一)《新唐書》卷二〇一〈杜甫傳〉：「會嚴武節度劍南東西川，往依焉。武再帥劍南，表為參謀，檢校工部員外郎。武以世舊，待甫甚善，親至其家。甫見之，或時不巾，而性褊躁傲誕，嘗醉登武床，瞪視曰：『嚴挺之乃有此兒！』武亦暴猛，外若不以為忤，中銜之。一日，欲殺甫及梓州刺史章彝，集吏于門，武將出，冠鉤于簾三。左右白其母，奔救，得止，獨殺彝。」

(二)唐·李肇《國史補》下：「嚴武少以強俊知名。蜀中坐衙，杜甫祖跣登其几案，武愛其才，終不害。然與章彝素善，再入蜀，談笑殺之。及卒，母喜曰：『而今而後，吾知免官婢矣。』」

(三)唐·范攄《雲溪友議》卷上：「嚴武年二十三，為給事黃門侍郎，明年擁旄西蜀，累於飲筵對客，騁其筆札。杜甫拾遺乘醉而言曰：『不謂嚴挺之乃有此兒也！』武恚目久之，曰：『杜審言孫子擬捋虎鬚耶？』合座皆笑以彌縫之。武曰：『與公等飲饌謀歡，何至於祖考耶。』……武母恐害賢良，遂以小舟送甫下峽。……梓屬刺史章彝，因小瑕，武遂棒殺。」（亦見《唐語林》卷四、《唐摭言》卷十二）

(四)宋·洪邁《容齋續筆》卷六〈嚴武不殺杜甫〉條：「《舊史》但云：『甫性褊躁，嘗憑醉登武床，斥其父名，武不以為忤。』初無所謂欲殺之說，蓋唐小說所載，而《新書》以為然。予按李白〈蜀道難〉，本以譏章仇兼瓊，前人嘗論之矣。甫集中詩，凡為武作者幾三十篇，送其還朝者，曰：『江村獨歸處，寂寞養殘生。』喜其再鎮蜀，曰：『得歸茅屋赴成都，直為文翁再剖符。』此猶是武在時語。至〈哭其歸櫬〉及〈八哀詩〉：『記室得何遜，韜鈐延子荊』，蓋以自況，『空餘老賓客，身上愧簪纓』，又以自傷。若果有欲殺之怨，必不應眷眷如此。好事者但以武詩有『莫倚善題鸚鵡賦』之句，故用證前說，引黃祖殺禰衡為喻，殆是癡人面前不得說夢也。」禰衡初事曹操不見容，轉事劉表亦不見容，表送江夏太守黃祖，祖以其倨傲殺之，衡年二十六作〈鸚鵡賦〉，見《文選》卷十三。

案：《杜甫年譜》：「肅宗乾元二年（七五九）十二月末，杜甫（年四十八歲）至成都。」

(五)肅宗上元二年（辛丑）（七六一），杜甫年五十。居成都草堂，十二月以嚴武為成都尹劍南東西川節度使。

(六)代宗寶應元年（七六二）。嚴武到任，之後以詩寄杜甫，並時訪草堂。嚴〈寄題杜二錦江野亭〉詩，有句云：「莫倚善題鸚鵡賦，何須不著鵕鸃冠。」此勸其出仕。杜甫〈奉酬嚴公寄題野亭之作〉云：「奉引濫騎沙苑馬，幽棲真釣錦江魚。謝安不倦登臨賞，阮籍焉知禮法疎。」又有〈嚴中丞枉駕見過〉詩，堅言退隱之志。七月嚴武召入朝，杜甫遠送至錦州奉濟驛分手，並再三贈之以詩。此可見杜甫與嚴武交情之深厚，旋成都軍亂，甫不能返，暫依錦州刺史杜濟，未幾至梓州。

(七)代宗廣德元年（七六三），杜甫年五十二歲。春，在梓州。夏，判官章彝為梓州刺史東川留後。（章原為武僚屬）

(八)代宗廣德二年（七六四），杜甫五十三歲，春初自梓州挈家眷往閬州。

(九)時章彝罷梓州刺史東川留後，將赴京師，杜有〈奉寄章十侍御〉七律一首送行。杜方欲東下出峽，嚴武復為成都尹兼劍南東西川節度使，杜因於三月挈其妻子回成都。有〈奉待嚴大夫〉詩一首。六月，嚴薦杜為節度參謀，檢校工部員外郎，賜緋魚袋。杜因不慣幕府生活，又因受嚴之待遇特優，為幕僚所疑忌，未幾遂作詩與嚴，請解府中職務。代宗永泰元年（七六五），杜甫五十四歲。正月，嚴許杜甫解幕府職，杜歸草堂，有〈敝廬遣興奉寄嚴公〉一詩邀嚴武小飲。四月，嚴武卒，年四十，櫬歸京師。杜有詩與之。杜甫在成都頓失憑依，遂攜家乘舟東下。

又案：杜甫送章彝歸朝時在嚴武鎮蜀之前，《雲溪友議》謂嚴武殺章彝絕不可信，又遍觀杜甫與嚴武兩次鎮蜀前後有關之詩，可見兩人交誼深厚始終如一。〈傳〉稱嚴武欲殺杜甫，亦為誣妄。

資料七、

A《舊唐書》一九〇下〈李商隱傳〉：

「商隱能為古文，不喜偶對。從事令狐楚幕，楚能章奏，遂以其道授商隱，自是始為今體章奏。博學強記，下筆不能自休，尤善為誄奠之辭。與太原溫庭筠、南郡段成式齊名，時號三十六。」

(一)《新唐書·李賀傳》采信《唐摭言》（《太平廣記》卷二〇二）稱「七步能章辭」亦其例。作〈高軒過〉。

B《新唐書》卷二〇三〈李商隱傳〉：

「商隱初為文，瑰邁奇古，及在令狐楚府，楚本工章奏，因授其學。商隱儷偶長短，而繁縟過之。時溫庭筠、段成式俱用是相誇，號三十六體。」

(二)《玉谿生年譜會箋》：「三十六體亦指文言」。

(三)岑仲勉《玉谿生年譜會箋平質》：「因三人俱行十六，故有是稱。易言之，即『李、溫、段』之綽號耳。自《新唐書·傳》改為號『三十六體』，添一『體』字易指人而指事，已失原意，箋更云，『三十六體亦指文言』謂其稱限於文，尤誤中之誤。」

資料八、

A《舊唐書》卷一一一〈高適傳〉：

「天寶中，海內事干進者，注意文辭，適（高適）年過五十，始留意詩什。數年之間，體格漸變。」

(一)《新唐書》卷一四三〈高適傳〉：「年五十，始為詩，即工，以氣質自高，好事者輒為傳布。」

(二)《唐才子傳・高適傳》：「年五十，始學為詩，即工，以氣質自高，多胸臆間語。」

案：據阮廷瑜《高適年譜》：「開元二十年（七三二），高適二十六歲，有信安王幕府詩。」復據彭蘭《高適繫年考證》，高適詩中最早之作為開元十三年（七二五），二十歲時作〈行路難〉二首，至五十歲，天寶十四載（七五五）時，詩什年代可繫者已有九十五首之多，《舊唐書・傳》謂五十始留意篇什，已是不當，《新唐書・傳》改作「始為詩」益為錯謬。又高適五十歲以後官高事繁，詩篇轉少（本阮廷瑜說），與傳所稱正相反。

B《舊唐書》卷一一一〈高適傳〉：

「適少濩落，不事生業，家貧，客於梁、宋，以求丐取給。天寶中，海內事干進者注意文詞。適年過五十，始留意詩什，數年之間，體格漸變，以氣質自高，每吟一篇，已為好事者傳詠，宋州刺史張九皋深奇之，薦舉有道科。時右丞相李林甫擅權，薄於文雅，唯以舉子待之。解褐汴州封丘尉。」

C《新唐書》卷一四三〈高適傳〉：

「少落魄，不治生事。客梁、宋間，宋州刺史張九皋奇之，舉有道科中第，調封丘尉。」

(三)宋・晁公武《郡齋讀書志》：「高適，天寶八年舉有道科中第。」

(四)《登科記考》卷九：「據《讀書志》，天寶八載（七四九）高適舉有道科中第。」

(五)唐・高適〈酬秘書弟兼寄幕下諸公詩序〉云：「乙亥歲，適徵詣長安，時侍御楊公任通事舍人，詩書起予，蓋終日矣。」

(六)阮廷瑜《高適年譜》據唐・元結〈諭友篇〉：「天寶丁亥中，詔徵天下士人，有一藝者，皆得詣京師就選。」及陶重華(光)考證，以為「乙亥」為「丁亥」之誤，繫高適徵詣長安，舉有道科，在天寶六載(七四七)，時年四十一歲。

(七)《全唐文》卷三五五〈蕭昕張公(九皐)神道碑〉：「弱冠孝廉登科……表授海豐郡司戶……奏授南康郡贛縣令……遷巴陵郡別駕……授南康郡別駕……除殿中丞。又遷尚書職方郎中，歷安康、淮安、彭城、睢陽四郡守，遷襄陽郡太守兼山南東道採訪處置使……除南海太守兼王府節度……等使，遷殿中監，天寶十四載四月二十日……，薨於西京……春秋六十有六。」又《舊唐書》卷一三〇〈張九齡傳〉：「弟九皐，自尚書郎歷唐、徐、宋、襄、廣五州刺史。」又唐・徐浩〈張公(九齡)碑銘〉：「公仲弟九皐，宋、襄、廣三州刺史，採訪節度經略等使，殿中監。」是張九皐曾為宋州刺史。但據蕭碑為睢陽(即宋州)郡守。在其中年，不在晚年天寶時代。《舊唐書・傳》謂天寶中張九皐薦舉高適應有道科，可疑。又有道科名稱僅見於此。

(八)彭蘭《高適繫年考證》據高適〈酬秘書弟兼寄幕下諸公〉詩序「乙亥歲適徵詣長安」語，及《舊唐書・玄宗紀》：「二十三年春正月……其才有霸王之略、學究天人之際、及堪將帥牧宰者，令五品以上清官及刺史各舉一人。」定宋州刺史張九皐薦舉有道科在開元二十三年乙亥(七三五)。高適年三十，并云：「落第後，仍還宋州。」而另定高適被詔詣長安解褐授封丘尉事於天寶六載(七四七)，時年四十二。

資料九、《舊唐書》卷一九〇〈王勃傳〉：

「久之，補虢州參軍。勃恃才傲物，為同僚所嫉。有官奴曹達犯罪，勃匿之，又懼事泄，乃殺達以塞口。事發，當誅。會赦，除名。時勃父福畤為雍州司戶參軍，坐勃左遷交趾令。上元二年，勃往交趾省父，道出江中，為〈採蓮賦〉以見意，其辭甚美。渡南海，墮水而卒，時年二十八。」

(一)《新唐書》卷二〇一同傳：「父福畤，由雍州司功參軍坐勃故左遷交趾令。勃往省，渡海溺水，痵而卒，年二十九。」

(二)唐・楊炯〈王勃集序〉：「先鳴楚館，孤峙齊宮。乘（枚乘）、忌（鄒忌）側目，應（應瑒）、劉（劉楨）失步，長卿作廢於時，君山不合於朝。」

(三)清・姚大榮〈王子安年譜〉：「子安在虢州，《舊書》稱其恃才傲物，為同僚所嫉。《新書》亦云倚才陵藉，為僚吏共嫉，其為官奴事致罪，疑或為嫉者朋謀構害陷，假手官奴，以攻其瑕，古今事冤誣類此者多矣！」

(四)《文苑英華》卷七一八王勃〈秋日登洪府滕王閣餞別詩并序〉：「南昌故郡，洪都新府。……家君作宰，路出名區。童子何知，躬逢勝餞。」

(五)唐・王勃〈過淮陽謁漢高祖廟祭文〉：「維大唐上元二年歲次乙亥八月壬申朔十六日丁丑，交洲交趾縣令等謹以清酌之奠，敬祭於漢高祖皇帝之靈曰：承睿命而逑職兮，登棹洛陽；迎英風而願謁兮，稅軸楚鄉。」（羅振玉輯《王子安集佚文》三十五篇，見《永豐鄉人雜注續編》題下注：「奉命作」）

(六)清・蔣清翊《王子安集注》卷八〈秋日楚州郝司戶宅餞崔使君序〉：「上元二載，高旻八月。人多汴北，地實淮南。」

案：上元二年為西元六七五年，楚州今江蘇淮安。傅璇琮〈滕王閣詩序〉一句解：〈王勃事蹟辨〉一文有詳考，見《古典文學論叢》二，陝西人民出版社，一九八二年。

資料十、《舊唐書》卷一九〇〈陳子昂傳〉：

「子昂父在鄉，為縣令段簡所辱，子昂聞之，遽還鄉里。簡乃因事收繫獄中，憂憤而卒，時年四十餘。」

唐·盧藏用〈陳氏別傳〉：「屬本縣令段簡貪暴殘忍，聞其家有財，乃附會文法，將欲害之。子昂荒懼，使家人納錢二十萬，而簡意未已，數輿曳就吏。子昂素羸疾，又哀毀，杖不能起。外迫苛政，自度力氣，恐不能全，因命蓍自筮。卦成，仰而號曰：『天命不佑，吾其死矣！』於是遂絕，年四十二。」

(一)《新唐書》卷一〇七〈陳子昂傳〉：「聖曆初，以父老，表解官歸侍，詔以官供養。會父喪，廬冢次，每哀慟，聞者為涕。縣令段簡貪暴，聞其富，欲害子昂，家人納錢二十萬緡，簡薄其賂，捕送獄中。子昂之見捕，自筮，卦成，驚曰：『天命不祐，吾殆死乎！』果死獄中。」

(二)案羅庸《陳子昂年譜》，取別傳謂為縣令段簡所害，遂死獄中。惟云「趙碑（〈趙儋陳公旌德碑〉）不及段簡事。」（《國學季刊》五卷二號）

(三)又戴景賢〈新唐書陳子昂年譜合校〉云（《唐代文學專題報告》，六十九年上學期末發表）：「兩說不同，《新唐書》與陳氏別傳合，蓋據之而云然。然此二說實皆有可疑。子昂世為豪族，父元敬嘗明經擢第，拜文林郎，乃為一縣令所辱，而並其子為朝廷右拾遺，嘗佐大幕，且蒙武后數次召見者而不能救，子昂並為所害，而事不上聞，此舊傳之可疑一也。且盧傳、趙碑俱云：『以父老乞歸』，亦與此不相合，可疑二也。至如新傳所云，出盧氏別傳，宜可信，然據其說，子昂仍蒙天子優寵，帶官取給而歸，而竟為一縣令所陷，致納錢二十萬而不得免，天下有如此之拾遺，而有如此之縣令，實甚可疑。惟趙碑云：『及軍罷，以父年老，表乞歸侍。至數月，文林（陳元敬曾任文林郎）公卒。公至性純孝，遂廬墓側，杖而後起，柴毀滅性，天下之人莫不傷歎。年四十有二，葬於射洪獨坐山。』事較近理，蓋子昂體素弱多疾，前既不得意於建安之幕，復遭逢父喪，柴毀滅性，非不可能。今考《文集》卷二，有〈臥疾家園〉詩一首云：『世上無名子，人間歲月賒。縱橫策已棄，寂寞道為家。臥病誰能問，閒居空物華。猶憶靈臺友，棲真隱太霞。還丹奔日禦，卻老餌雲芽。寧知白社客，不厭青門瓜。』則其時之體況心境可知矣。子昂自二十一遊京師，至建安軍罷，意態索然，又值父病，乃以壯歲而乞歸侍，重返故里，不久遂沒。即〈盧傳〉亦云：『帶官取給而歸，遂於射洪山構茅宇數十間，種樹、採藥以為養……鐘文林府君憂……性至孝，哀號柴毀，氣息不逮屬。』則趙碑或較近實也。」

資料十一、

A《舊唐書》卷一三七〈李益傳〉：

「李益，肅宗朝宰相揆之族子。登進士第，長為歌詩。貞元末，與宗人李賀齊名。每作一篇，為教坊樂人以賂求取，唱為供奉歌詞。其〈征人歌〉、〈早行篇〉，好事者畫為屏障，『回樂峰前沙似雪，受降城外月如霜』之句，天下以為歌詞。」

B《新唐書》卷二〇三〈李益傳〉：

「貞元末，名與宗人賀相埒。每一篇成，樂工爭以賂求取之，被聲歌，供奉天子。至〈征人〉、〈早行〉等篇，天下皆施之圖繪。」

C《唐才子傳》卷四〈李益傳〉：

「風流有詞藻，與宗人賀相埒，每一篇就，樂工賂求之，被於雅樂，供奉天子。」

(一)《舊唐書》卷一三七〈李賀傳〉：「其樂府詞數十篇，至於雲韶樂工，無不諷誦。補太常寺協律郎，卒，時年二十四。」

(二)《新唐書》卷二〇三〈李賀傳〉：「樂府詞數十篇，雲韶諸工皆合之管弦。為協律郎，卒年二十七。」

(三)唐・李肇《國史補》卷中：「李益詩名早著，其〈征人歌〉、〈早行篇〉，好事者畫為屏障。又有云：『回樂峰前沙似雪，受降城外月如霜。不知何處吹蘆管，一夜征人盡望鄉。』天下亦唱為樂曲。」

案：「回樂峰前沙似雪，受降城下月如霜」一詩，題為〈夜上受降城聞笛〉，乃李益從事朔方節度使崔寧幕府作，《舊唐書・代宗紀》，崔寧為朔方節度使，自代宗大曆十四年（七七九）十一月至德宗建中二年（七八一）七月，李益生天寶七載（七四八），時年三十二至三十四歲，是李益詩唱為樂曲，時在早年。

(四)朱自清〈李賀年譜補記〉：「嗣承聞一多先生見示，益與賀齊名之說可疑。蓋據《李尚書集從軍詩序》云：『君虞（益字）長始八歲，燕戎亂作。』燕戎，指安祿山，事在唐玄宗天寶十四載（七五五），益是年八歲，則當生於天寶七載（七四八）。又《新書》本傳云：『（文宗）太和初，以禮部尚書致仕，卒。』若在太和元年（八二七），則益當年八十也。益以代宗大曆四年（七六九）進士擢第，年二十二，至貞元二十年（八〇四）五十七歲，成名已久。時賀年才十五，〈益傳〉乃稱益名與賀相埒，似非信史云云。按聞先生所考益生卒甚確。《新書》名與賀埒一語，《舊書》作『與宗人李賀齊名』，苦不知其所據。疑原意或僅謂二子皆以樂府見稱，雖益成名在前，而賀才情不匱，亦能比肩先輩。然其語實有病，宜聞先生疑之也。」

資料十二、《舊唐書》一六〇〈韓愈傳〉：

「大曆、貞元間，文士多尚古學，效揚雄、董仲舒之述作，而獨孤及、梁肅最稱淵奧，儒林推重，愈從其徒遊，銳意鑽仰，欲自振於一代。」

(一)唐・崔祐甫〈獨孤及神通碑〉：「奄忽捐館，其時大曆十二年（七七七）夏四月二十九日，其地也常州之路寢，其壽也五十三年。」（梁肅〈獨孤及行狀〉同）。

(二)韓愈代宗大曆三年（七六八）生，德宗貞元二年（七八二）十九歲，至京師，見洪興祖《韓譜》。

(三)《全唐文》卷五二三崔元翰撰〈左補闕翰林學士梁君（肅）墓誌〉稱：「德宗貞元九年（七九三）卒，年四十一。」

(四)五代・王定保《唐摭言》卷七：「貞元中，李元賓、韓愈、李絳、崔群同年進士。先是四君子定交久矣，共遊梁補闕之門；居三歲，肅未之面，而四賢造肅多矣，靡不偕行。肅異之，一日延接，觀等俱以文學為肅所稱，復獎以交遊之道。」

(五)《校注本昌黎集》卷三〈與祠部陸員外書〉：「往者陸相公司貢士，考文章甚詳，愈時亦幸在得中，而未知陸之得人也。其後一二年，所與及第者，皆赫然有聲，原其所以，亦由梁補闕肅、王郎中礎佐之。梁舉八人無有失者。」

(六)《全唐文》卷五八一梁肅〈常州題刺史獨孤及集後序〉：「初，公視肅以友，肅亦仰公猶師，每申之以話言，必先道德而後文學。且曰：『後世雖有作者，六籍其不可及已。荀孟朴而少文，屈宋華而無根。有以取正，其賈生、史遷、班孟堅云爾。唯子可與共學，當視斯文，庶乎成名。』肅承其言，大發蒙惑。」

(七)清・趙懷玉〈獨孤及毘陵集序〉：「退之起衰，卓越八代，泰山北斗，學者仰之，不知昌黎固出安定之門，安定實受洛陽之業。」（詳參《韓愈研究・韓文淵源與傳承》）

資料十三、

A《舊唐書》卷一四八〈李吉甫傳〉：

「三年秋，裴均為僕射、判度支，交結權幸，欲求宰相。先是，制策試直言極諫科，其中有譏刺時政，忤犯權倖者，因此均黨揚言皆執政教指，冀以搖動吉甫，賴諫官李約、獨孤郁、李正辭、蕭俛密疏陳奏，帝意乃解。」（《舊唐書》卷十四〈憲宗紀〉、《新唐書》卷一四六〈李吉甫傳〉、《舊唐書》卷一四八〈裴均傳〉並略同，惟「權倖」《新唐書》作「權強」，〈裴均傳〉作「貴倖」。）

B《舊唐書》卷一七四〈李德裕傳〉：

「初，吉甫在相位時，牛僧孺、李宗閔應制舉直言極諫科。二人對詔，深詆時政之失，吉甫泣訴於上前。由是，考策官皆貶。」

（一）《新唐書》卷一八〇〈李德裕傳〉、《舊唐書》卷一七六〈李宗閔傳〉、《新唐書》卷一七四〈李宗閔傳〉、《舊唐書》卷一六四、《新唐書》卷一六三〈楊於陵傳〉、《舊唐書》卷一五八、《新唐書》卷一六九〈韋貫之傳〉、《新唐書》卷一七四〈牛僧孺傳〉、《舊唐書》卷一六九、《新唐書》卷一七九〈王涯傳〉並略同。《通鑑》卷二三七「元和三年」、宋·陳振孫《白香山年譜》，皆取新舊唐書〈李德裕傳〉，並有考異。

案：據〈李德裕傳〉：「元和三年制舉，王涯等貶官，李宗閔等不調，乃因宗閔、僧孺論時政，宰相吉甫泣訴之故。」據〈李吉甫傳〉，則由於舉人忤逆權倖，出於吉甫教指，是《舊唐書》父子二傳紀事不一。

資料十四、《舊唐書》一九〇下〈蕭穎士傳〉：

「李林甫採其名，欲拔用之，乃召見。時穎士寓居廣陵，母喪，即縗麻，而詣京師，徑謁林甫於政事省。林甫素不識，遽見縗麻，大惡之，即令斥去。穎士大忿，乃為〈伐櫻桃賦〉以刺林甫，云：『擢無庸之瑣質，因本枝而自庇。洎枝乾而非據，專廟廷之右地。雖先寢而或薦，豈和羹之正味。』其狂率不遜，皆此類也。」

（一）《蕭茂挺文集》〈伐櫻桃樹賦·序〉：「天寶八載，予以前校理罷免降資參廣陵大府軍事。」

（二）唐·趙璘《因話錄》卷三：「或傳功曹為李林甫所召，時在禫制中，謁見，林甫薄之，不復用。蕭遂作〈伐櫻桃樹賦〉以刺。此蓋不與者所誣也。功曹孝愛著於士林，李吏部華稱其冒難葬親，豈有越禮之事？此事且下蕭公數等者不為。余嘗聞外族長老說，林甫聞功曹名，欲見之，知在艱棘。後聞禫制已畢，令功曹所厚之人導意，請於蕭君所居側僧舍一見，遂許之。林甫出中書至寺，自以宰輔之尊，意謂功曹便於下馬處趨見。功曹乃於門內哭以待之，林甫不得已前吊。由此怒其恃才敢與宰相敵禮，竟不問。後余見今丞相崔公鉉，說正同。崔公外祖母柳夫人，亦余族姨，即李北海之外孫也。柳夫人聰明強記，且得於其外族，可為實錄。」

㈢《新唐書》二〇二下〈蕭穎士傳〉：「宰相李林甫欲見之，穎士方父喪，不詣。林甫嘗至故人舍邀穎士，穎士前往，哭門內以待，林甫不得已，前弔乃去，怒其不下己，調廣陵參軍事，穎士急中不能堪，作〈伐櫻桃樹賦〉曰：『擢無庸之瑣質，蒙本枝以自庇。雖先寢而或薦，非和羹之正味。』以譏林甫云。君子恨其褊。會母喪免，流播吳、越。」

資料十五、《新唐書》二〇三〈歐陽詹傳〉：

「歐陽詹字行周，泉州晉江人，其先皆為本州佐縣令。貞元八年舉進士。與韓愈、李觀、李絳、崔群、王涯、馮宿、庾承宣聯第，皆天下選，時稱龍虎榜。其文章切深，回復明辯。與愈友善。詹先為國子監四門助教，率其徒伏闕下，舉愈博士。卒，年四十餘。」

㈠《太平廣記》卷二七四引黃璞《閩川名士》中〈歐陽行周傳〉：「貞元八年登進士第，畢關試，薄遊太原。於樂籍中因有所悅，情甚相得。及歸，乃與之盟曰：『至都，當相迎耳。』即灑泣而別，仍贈之詩曰：『驅馬漸覺遠，回頭長路塵』。尋除國子四門助教，住京。籍中者思之不已，經年得疾且甚，乃危妝引髻，刃而匣之，顧謂女弟曰：『吾其死矣。苟歐陽生使至，可以是為信。』又遺之詩曰：『自從別後減容光，半是思郎半恨郎。欲識舊時雲髻樣，為奴開取縷金箱。』絕筆而逝，及詹使至。女弟如言，徑持歸京，具白其事。詹啟函閱文，又見其詩，一慟而卒。」（又見《登科記考》卷十三引、《唐詩記事》卷三十五〈歐陽詹小傳〉亦略引之）

案：歐陽詹因太原妓之死殉情而卒，宋．真德秀《西山文集》卷三四〈跋歐陽四門集〉、宋．王應麟《困學記聞》卷十七、宋．陳振孫《直齋書錄解題》卷十六皆力辯其誣，惟《四庫提要》卷一四八〈歐陽行周集〉十卷下謂：「《閩川名士傳》載詹遊太原未甚詳，所載孟簡一詩乃同時之所作，亦必無舛誤。……唐宋官妓士大夫往返狎遊，不以為訝，見於諸家詩集者甚多，亦其時風氣使然，固不必獎其風流，亦不必諱其瑕垢也。」考《全唐詩》卷十八載孟簡詠歐陽行周事〈序〉云：「閩越之英，惟歐陽生。以能文擢第，爰始一命，食太學之祿，助成均之教。有庸績矣。我唐貞元年已卯歲（十五年，七九九），曾獻書相府，論大事，風韻清雅，詞旨切直。會東方軍興，府縣未暇慰荐。久之，倦游太原，還來帝京，卒官靈台。悲夫！生于單貧，以東名故，心專勤儉，不識聲色。及茲筮仕，未知洞房纖腰之為蛊惑。初抵太原，居大將軍宴，席上有妓，北方之尤，屢目於生，生感悅之。留賞累月，以為燕婉之樂，盡在是矣。既而南轅，妓請同行。生曰：『十目所視，不可不畏。』辭焉，請待至都而來迎。許之，乃去。生竟以蹇連，不克如約。過期，命甲遣乘，密往迎妓，妓因積望成疾，不可為也。先死之夕，剪其雲髻，謂侍兒曰：『所歡應訪我，當以髻為貺。』甲至得之，以乘空歸，授髻於生。生為之慟怨，涉旬而生亦殁。」孟詩所詠大意與〈序〉略同，此不贅，惟云：「不飲亦不食，哀心百千端。襟情一夕空，精爽旦日殘。哀哉浩然氣，潰散歸化元。」則歐陽詹乃因悲痛絕食而死。《歐陽行周文集》卷二有〈初發太原途中寄太原所思〉詩，云：「驅馬覺漸遠，回頭長路塵。高城已不見，況復城中人。去意自未甘，居情諒猶辛。五原東北晉，千里西南秦。一屨不出門，一車無停輪。流萍與繫匏，早晚期相親。」《昌黎集》卷四〈歐陽生哀辭〉云：「李翺既為之傳，故作哀辭，以舒余哀。」案，李翺〈歐陽詹傳〉標題見《李文公集》卷十二，文原注闕。李傳殆詳載歐陽詹卒之原因，韓辭不載詹死事，蓋有李文在，今本《李文公集》編於北宋，理學家殆以為詹之卒不足為訓，恐影響世道人心，故刪去文字而存其標題。依此可證孟簡所記「歐陽詹鍾情太原妓」一節為不誣，歐陽詹因太原妓之死，殉情以終，當亦為事實。

孟序未言明歐陽詹遊太原年月，韓愈〈歐陽生（詹）哀辭〉亦未言其卒於何年，今考之如下：

1.孟〈序〉云：「貞元年己卯歲，曾獻書相府論大事，風清雅，詞旨切直。會東方軍興，府縣未暇慰荐。久之，倦游太原。」為貞元十五年（七九九），「相府」謂鄭餘慶。《歐陽行周文集》卷八〈上鄭相公書〉，即〈序〉所謂「獻書相府」事，鄭餘慶以貞元十四年七月拜相，十六年九月貶郴州司馬。（《新唐書》卷六二〈宰相表・中〉）貞元十五年歐陽詹獻書相府。鄭餘慶適在相位。〈序〉謂「久之倦游太原」則歐陽詹遊太原，應在其獻書相府事之後相當時日，又歐陽詹貞元十五年五月十月曾二度薄遊同州韓城縣（《建甌集》卷三〈同州韓城縣令尉廳記〉）。是年冬，韓愈自徐州至京師，歐陽詹為四門助教，率學徒請舉愈為博士（見〈歐陽生哀辭〉）。凡此可證歐陽詹遊太原在貞元十五年獻書鄭慶餘事相當時日以後，而不在貞元十五年。

2. 孟〈序〉所謂「大將軍」，指李說。《歐集》卷二有〈詠德上太原李尚書〉詩，云：「九重帝宅司丹地，十萬兵樞擁碧油。」此擁兵十萬之李尚書，亦即大將軍李說。據《舊唐書》卷十二〈本紀〉，貞元十一年五月，河東行軍司馬李說為太原尹，河東節度使，貞元十六年十月，河東節度使太原尹李說卒，甲午（二十九日），河東行軍司馬鄭儋為河東節度使。歐陽詹遊太原，李說尚在世，時當在貞元十六年十月以前。

3. 《歐集》卷二有題曰：「秋日登太原龍興閣野望詩」一首，當為歐陽詹貞元十六年遊太原所作，詩題曰「秋日」，可證歐陽詹遊太原時在貞元十六年秋。

4. 貞元十六年秋，歐陽詹遊太原與妓交往，之後，詹驅馬歸京，不克如約往迎，太原妓因憂念而死，詹得其髮髻，不食，涉旬而歿。估計其時日，當有數日之久。詹之卒，殆不出於貞元十七年間。

資料十六、新舊《唐書》列傳遺漏韋應物事蹟：

(一)宋・沈明遠〈韋應物補傳〉：「白居易自中書舍人出守吳門，應物罷郡，寓於郡之永定佛寺。太和中，以太僕少卿兼御史中丞為諸道鹽鐵轉運江淮留後，年九十餘矣，不知其所終。」傳末又云：「昔應物當開元天寶，宿衛仗內為郎，刺史於建中，以迄貞元。而文宗太和中，劉禹錫乃以故官舉之，計其年九十餘，而猶領轉輸劇職，應物何壽而康也。然自吳郡以後，不復有詩文見於錄者，豈亡之耶？使應物而無死，其所為當不止此，以應物為終於吳郡之後，則禹錫之所舉者猶無恙也。蓋不可得而考也。」《新唐書・文藝傳》稱應物「有文在人間，史逸其傳，故不錄。」

(二)宋·王欽臣〈韋集序〉:「貞元初又歷蘇州,罷守寓居永定精舍,其後事迹究尋無所見。(李)肇又云:『開元以後位卑而著名者。李北海、梁補闕、韋蘇州。以集中事及時人所稱,考其仕宦本末,得非止於蘇邪?』案白居易蘇州答禹錫詩云:『敢有文章替左司』,左司蓋謂應物也,官稱亦止此。」

(三)宋·姚寬書〈韋集後〉云:「至為蘇州刺史,計其年五十餘矣。以集中事及時人所稱,考其仕宦如此,得非遂止於蘇耶?」

(四)宋·胡仔《苕溪漁隱叢話·前集》卷十五載《蔡寬夫詩話》云:「蘇州詩律深妙,白樂天輩固皆尊稱之,而行事略不見《唐史》為可恨。以其詩語觀之,其人物亦當高勝不凡。《劉禹錫集》中有〈大和六年舉自代〉一狀,然應物〈溫泉行〉云:『北風慘慘投溫泉,忽憶先皇巡幸年。身騎廐馬引天仗,直至華清列御前。』則嘗逮事天寶間也,不應猶及大和,恐別是一人,或《集》之誤。」(余嘉錫云:「《賓退錄》卷九引葉石林《南宮詩話》與此全同,自注云:『《南宮詩話》世誤傳蔡寬夫作。』」)

(五)宋·胡仔《苕溪漁隱叢話》曰:「《蘇州集》有〈燕李錄事詩〉云:『與君十五侍皇闈,曉拂爐煙上玉墀』,又〈溫泉行〉詩云:『出身天寶今幾年,頑鈍如鎚命如紙』,余以《編年通載》考之,天寶元年至大和六年,計九十一年,應物於天寶間已年十五,及有出身之語,不應能至大和間也。蔡寬夫云:『劉禹錫所舉,別是一人』,可以無疑矣。」

(六)元·辛文房《唐才子傳》卷四〈韋應物傳〉云:「太和中,以太僕少卿兼御史中丞,為諸道鹽鐵轉運江淮留後。」

(七)清《四庫提要》卷二四九集部一「韋蘇州集十卷」條下:「先是嘉祐中王欽臣校定其集,有

〈序〉一首，述應物事迹與補傳皆合。惟云：『以集中及時人所稱，推其仕宦本末，疑止於蘇州刺史。』考《劉禹錫集》有〈蘇州舉韋中丞自代狀〉，則欽臣為疎略矣。」

(八)清・陳沆《詩比興箋》卷三〈韋應物詩箋〉：「若如沈氏補傳，去蘇以後，尚為太僕寺卿兼御史中丞，為諸道鹽鐵轉運江淮留後，何以集中一字不及？且沈氏所據者，以劉禹錫贈白居易詩云：『蘇州刺史例能詩，西掖今來替左司』，遂謂韋以貞元二年補外得蘇州刺史，久之，白居易自中書舍人出守吳門，應物罷郡，二人相為替代。又據《劉禹錫集》中有〈太和六年除蘇州舉中丞韋應物自代狀〉，遂謂：『後此復為御史中丞』。不知白之刺蘇，在敬宗寶曆元年，去貞元初凡四十載，豈有韋守蘇州，久至四紀之理？樂天元和中謫江州時，〈與元微之書〉已云：『蘇州詩，當其在時，人未甚愛重，必待身後人始貴之。』此韋已久歿之證。其云：『幸有文章替左司者』，蓋言詩名足相繼，非前後任交代之謂也。況劉之舉狀，又在是書十年以後，尚得謂是一人乎？且韋公生於開元，仕於天寶，屢見於詩。如云：『建中即藩守，天寶為侍臣。』如云：『出身天寶今幾年，忽憶先皇游幸年。』如云：『與君十五事皇闈，雪下驪山沐浴時。』又建中四載寄諸弟詩云：『弱冠逢世難，二紀猶未平。』又云：『少事武皇帝，無賴恃恩私。』此皆在天寶末年已弱冠之證。若七十載而至寶曆元年與樂天交代，則已九十餘歲矣。再逾八載，而至文宗太和六年，為禹錫所舉，則已百歲矣。後此尚有鹽鐵轉運江淮留後之任，不在百餘歲外乎？沈氏亦知其難通，乃臆造為『年九十餘歲，不知所終』之說，遁詞顯然。故宋嘉祐中王欽臣〈校定韋集序〉云：『以詩中及時人所稱，推其仕宦本末，疑止於蘇州刺史。』可謂要言不煩。」

(九)清・錢大昕《十駕齋養新錄》卷十二云：「韋應物貞元二年由左司郎中出為蘇州刺史，而

《劉禹錫集》中有〈大和六年除蘇州韋應物自代狀〉。宋葉少蘊（此據《賓退錄》所引之《南宮詩話》）、胡元任已疑其非一人，而沈作喆作補傳合而一之，篇末雖亦有疑詞而終未敢決。近世陳少章景雲據白樂天於元和中謫江州後貽書元微之，於文盛稱韋蘇州詩，又言當蘇州在時，人亦未甚愛重，必待身後，人始貴之，則是時蘇州已歿。而劉狀又在此書十年以後，則其所舉必別是一人矣。樂天守蘇日，夢得以詩酬之，云：『蘇州刺史例能詩，西掖今來替左司』，言白詩名足繼左司耳，非謂實代其任也。沈傳謂貞元一二年補外得蘇州刺史，久之，白居易自中書舍人出守吳門，應物罷郡寓郡之永定佛寺，則誤甚矣！白公出守在長慶間，距貞元初垂四十年，豈有與韋交代之理乎？」（原注云：「大昕案，樂天刺蘇州在寶曆元年，陳以為在長慶間，亦誤矣。」）

（十）余嘉錫《四庫提要辨證》云：「今案，陳景雲所引之白樂天〈與元微之書〉見《舊唐書·白居易傳》。《白氏長慶集》卷四十五題作『與元九書』。沈作喆《補傳》稱白居易嘗語元稹曰：『韋蘇州歌行才麗之外，深得諷諫之意，而五言尤為高遠雅淡，自成一家。』其言即出於此書。《南宮詩話》（原注：即《蔡寬夫詩話》）所謂蘇州詩律深妙，白樂天輩皆尊之者亦指此書言之也。乃於其下文『蘇州在時，人亦未甚愛重，必待身後，人始貴之』數語，漫不留意，直至景雲始用以斷蘇州之卒年。考證之學後密於前，往往如此……余又案，《白氏長慶集》六十八〈吳郡詩石記〉云：『貞元初，韋應物牧蘇州，補傳以為二年，蓋為近之。……其罷郡不知在何年，考《舊唐書·德宗紀》云：『貞元四年秋七月乙亥，以蘇州刺史孫晟為桂州刺史、桂管觀察使。』……孫晟蓋即代應物者，則應物治蘇亦不過一二年即已去官，安得遲至寶曆初與白居易相交代耶！應物罷郡後有〈寓居永定精舍〉（題下原注云：「蘇州」）、

〈永定寺喜辟強夜至〉、〈野居〉數篇（均見本集卷八），此後蹤跡不復見於詩，疑其不久即卒。故《唐書・宰相世系表》及《元和姓纂》卷二敘其仕履，止於蘇州刺史。……其未嘗兼御史中丞，尤未為鹽鐵轉運江淮留後，亦明矣。」

（十一）岑仲勉《唐集質疑》「韋應物」條云：「左司韋應物非劉禹錫舉以自代之韋應物，《養新錄》一二曾引各說辨之。考《白氏集》五九〈寶曆元年七月二十日題吳郡詩石記〉云：『貞元初，韋應物為蘇州牧，房孺復為杭州牧，皆豪人也。韋嗜詩，房嗜酒，每與賓客一醉一吟，其風流雅韻多播於吳中，或目韋、房為詩酒仙。時予始年十四五，旅二郡。』又云：『韋在此州歌詩甚多，有〈郡宴〉詩云：兵衛森畫戟，燕寢凝清香。海上風雨至，逍遙池閣涼。……最為警策。今刻此篇於石，傳貽將來。』詳味記文，白刺蘇州，韋卒已久。不然，韋苟生存，以白氏仰慕之深，詩興之健，寧不干前輩相為唱和耶！……《夢得集》二十二〈蘇州舉韋中丞自代狀〉，大和六年十二月九日上狀云：『諸道鹽鐵轉運、江淮留後朝議郎守太僕少卿兼御史中丞、上柱國、賜紫金魚袋韋應物……前件官歷掌劇務，皆有美名，執心不回，臨事能斷，今領職雖重，本官尚輕。』使此韋應物即前四十六七年曾任蘇州之詩人，劉不應絕不提及，何謂本官尚輕？是知前後兩應物並非同人，詩人未嘗登遐齡至百餘歲也。」（《歷史語言研究所集刊》第九本）

案：左司韋應物非文宗大和六年（八三二）劉禹錫所舉之韋應物，各家所辨自無容置疑，惟余嘉錫氏謂清・陳景雲首引白居易〈與元微之書〉「當蘇州在時，人亦未甚愛重，必待其身後，人始貴之」數語，以斷蘇州之卒年，則甚誤。考明・胡震亨《唐音癸籤》卷二十九云：「韋應物，正史無傳，賴《國史補》數語，足存其生平為人、官閥之概，當時仕只蘇州刺史而止，未嘗又別為他官，沈明遠〈補傳〉，較《國史》尤詳備。而刺蘇而後，復有江淮鹽鐵轉運守太僕少卿兼御史中丞一銜，則采自劉禹錫〈舉自代狀〉，其搜補亦云勤矣。今考《白樂天集》有書與元稹論應物云：『其詩身後人始知貴。』此書作元和中，而劉之狀稱大和六年，則應物歿已久矣，當另是同姓名一人耳；蘇州正不藉卿銜重，何庸誣之！」（《白氏長慶集》卷二十八〈與元九書〉云：「近歲韋蘇州歌行才麗之外，頗近興諷……今之秉筆者，誰能及之？然當蘇州在時，人亦未甚愛重，必待身後，然人貴之。」《舊唐書》卷一六六〈白居易傳〉引作「人始貴之」，明・馬調《元白集》卷四十五「然」下有「後」字，清・盧文弨《群書拾補》云：「『後衍』，是。」「然」即「然後」，唐人文法如此。《白集》卷三十七〈除王泌充靈鹽節度使制〉云：「然授以節度之任。」文例與此同。胡氏所引與今本《白集》、《舊唐書・傳》均稍異。）則胡震亨先已引之，何得謂陳景雲始？余氏治學至為精勤，其《四庫提要辨證》一書於各家之說幾網羅殆盡，然百密仍不免一疏！又余氏據〈補傳〉以為韋應物以德宗貞元二年牧蘇州，復據《舊唐書・紀》謂應物罷郡在貞元四年七月，孫晟即為代應物者，亦未得其實。蓋貞元五年著作郎顧況左遷過吳時，應物倘在蘇州郡齋燕集賦詩，而貞元二年應物尚為潯陽刺史，此皆斑斑可考，無可否認（詳見前）。據《姑蘇志》卷二「古今守令表」中載：「張丹元，貞元初牧蘇州。孫晟自信州改蘇州，貞元四年七月移桂州。齊抗，貞元中任，八年二月遷潭州。」（《姑蘇志》亦載韋應物貞元初以左司郎中任，蓋泥於白居易〈吳郡詩石記〉「貞元初，韋應物為蘇州牧」之語而誤。）《唐會要》卷八一〈考上〉，代宗寶應元年十月吏部奏：「准今年五月勅，州縣官自今已後，宜令三考一替……如替人不到，請校四考後停。」又《舊唐書》卷十一〈代宗紀〉，寶應二年七月壬子（十一日）制，「改元曰廣德……刺史、縣令自今後改轉，刺史以三年為限。」刺史三考一替，而三考以前後三年計，依此，則《姑蘇志》顯然於孫晟、齊抗間漏列一刺史。今人萬曼《韋應物傳》據《舊唐書．德宗紀》「貞元四年七月乙亥，以蘇州刺史孫晟為桂州刺史桂管觀察使。」及「貞元八年二月壬午，以蘇州刺史齊抗為潭州刺史。」推定應物為代孫晟以貞元四、五、六三年為蘇州刺史，齊抗為繼應物以貞元六、七、八三年為蘇州刺史，誠精確可信。至應物卒年，史籍無載，難以確定。案《白氏長慶集》卷六有〈自吟拙什因有所懷〉詩，云：「蘇州及彭澤，與我不同時。」蘇州即指韋應物。又云：「此外復誰愛，唯有元微之。謫向江陵府，三年作判司。」據《舊唐書．憲宗紀》，元微之以元和五年春貶江陵士曹參軍，「三年作判司」，知詩作於元和七年。元和七年白居易既云蘇州「與我不同時」，可知其時韋應物即世已久。今假定應物歿於貞元十一年以後數年間，當差不甚遠。又白居易此詩之作較〈與元九書〉（元和十年）早三年，據此可補證胡震亨謂劉禹錫所舉之韋應物乃「另是同姓名一人」，確為不刊之論。

資料十七、杜甫籍貫：

(一)《舊唐書》卷一九〇下〈杜甫傳〉：「杜甫，字子美，本襄陽人，後徙河南鞏縣。」
《一統志．河南府》「人物」條：「唐……杜甫，鞏縣人，祖審言以詩名。」
(二)《新唐書》卷二〇一〈杜甫傳〉：「杜審言，襄陽人，生子閑，閑生甫。」
(三)《新唐書》卷二〇一〈杜審言傳〉：「杜審言，字必簡，襄州襄陽人，晉征南將軍預遠裔。……審言生子閑，閑生甫。」
《舊唐書》卷一九〇上〈杜易簡傳〉：「杜易簡，襄州襄陽人，周硤州刺史叔毗曾孫也。」

又云：「易簡從祖弟審言。」

(四)《才子傳》卷二〈杜甫傳〉：「甫字子美，京兆人。」

案：聞匡齋《少陵先生年譜會箋》：「公生於河南鞏縣，《河南府志》：『鞏縣東二里瑤灣，工部故里也，故鞏城有康水去瑤灣二十里。』又曰：『康水及康店南水，工部故里在瑤灣，去康店，在二十里外。』考公族望本出京兆杜陵，故每稱『杜陵野老』，進〈封西嶽賦表〉，云：『臣本杜陵諸生也。』自六世祖叔毗，已為襄陽人，（《周書・叔毗傳》：「其先京兆人，徙居襄陽。」）曾祖依藝終河南鞏縣令，遂世居鞏縣。」

(五)《晉書》卷三十四〈杜預傳〉：「杜預，字元凱，京兆杜陵（今陝西西安）人。」杜甫〈祭遠祖當陽君（杜預）文〉自稱「十三葉孫甫」，知其遠祖杜預本出京兆杜陵。《元和郡縣志》卷一〈京兆萬年縣下〉：「杜陵在縣東南二十里，漢宣帝陵也。」故詩中每自稱杜陵人，其〈祭外祖母文〉又自稱「京兆杜甫」，「京兆」蓋指其郡望。又《周書》卷四六〈孝義傳〉云：「杜叔毗，字子弼，其先京兆杜陵人也，徙居襄陽。」叔毗，杜甫五世祖，《新唐書》稱杜甫「襄陽」人，乃稱其新郡望。杜甫曾祖依藝為唐鞏縣令，故居於鞏，遂為鞏縣人。《一統志》稱甫鞏縣人，蓋稱其籍貫，最為正確。

(六)《元氏長慶集》卷五六〈杜君（甫）墓係銘并序〉：「子美之孫嗣業，啟子美之柩，襄祔事於偃師。……係曰：昔當陽成侯姓杜氏，下十世而生依藝，今家於鞏。依藝生審言，審言善詩，官至膳部員外郎。審言生閑，閑生甫。……銘曰：維元和之癸巳，粵某月某日之佳辰，合窆我杜子美於首陽之山前。」《一統志・河南府》「府建置沿革」條：「偃師縣……在府東少北七十里……西至偃師縣界三十里……西北至孟津縣界北七十里……。」「山川」條：

「首陽山在偃師縣西北十五里……上有夷齊廟。《元和志》：在偃師西北二十五。」「陵墓」條：「晉杜預墓在偃師縣西北二十里山上。」又「唐杜甫墓在偃師縣土樓村從當陽侯葬，元和八年元微之誌銘。」

資料十八、白居易籍貫：

(一)唐・元稹〈白氏長慶集序〉：「《白氏長慶集》者，太原人白居易之所作。」

(二)《白集》卷二十九〈鞏縣令(白鍠，居易祖)白府君事狀〉：「起，有大功於秦，封武安君，後非其罪，賜死杜郵，……及始皇思武安之功，封其子仲於太原，子孫因家焉，故今為太原人。自武安以下凡二十七代。」

(三)《白集》卷二十六〈廬山草記〉：「太原人白居易見而愛之。」

(四)《舊唐書》卷一六六〈白居易傳〉：「白居易，字樂天，太原人。北齊五兵尚書建之仍孫。……初，建立功於高齊，賜田於韓城，子孫家焉，遂移籍同州。至溫，徙於下邽，今為下邽人焉。」

(五)《新唐書》卷一一九〈白居易傳〉：「白居易，字樂天，其先蓋太原人。北齊五兵尚書建，有功於時，賜田韓城，子孫家焉。又徙下邽。」

(六)宋・陳振孫《白文公年譜》：「白氏系出白起，為秦將，……死杜郵，始皇思其功，封其子於太原，故子孫世為太原人。二十三世孫邕後，為後魏太原太守，邕五世孫建，北齊五兵尚書，賜田於韓城，因家焉，始移籍同州。……建生士通，唐利州都督，生志善，尚衣奉御，生溫，檢校都官郎中，徙華州下邽，遂為下邽人。」

(七)《白氏長慶集》卷二十九〈襄州別駕府君（白居易父季庚）事狀〉：「初，高祖贈司空，有功於北齊，詔賜莊宅各一區，在同州韓城縣（「韓」原誤「同」），至今存焉。故自司空而下、都官郎中而上，皆葬於（陝西）韓城縣。今以卜歸不便，遂改卜鞏縣府君（居易祖鍠）及襄州別駕府君兩塋於下邽縣義津鄉北原。」（司空，居易七世祖建，都官郎中，居易曾祖溫。）

(八)《白氏長慶集》卷二十九〈鞏縣令白府君（鍠）事狀〉：「元和六年十月八日……遷葬於下邽縣北義津鄉北原。」

(九)《白氏長慶集》卷二十五〈太原白氏（幼美）墓誌〉：「元和八年春二月二十五日，改葬於華州下邽縣義津鄉北岡。」

案：唐人重視門第，習稱郡望，白居易自稱太原人，太原乃其郡望，其曾祖白溫既已徙下邽，稱其籍貫，當云「下邽」。

資料十九、柳宗元籍貫：

(一)《舊唐書》卷一六〇〈柳宗元傳〉：「柳宗元（七七三年至八一九年），字子厚，河東人。」

(二)《新唐書》卷一六八〈柳宗元傳〉：「其先蓋河東人。」

(三)《劉夢得文集》卷十二〈天論上〉：「余之友河東解人柳子厚作〈天說〉。」又劉夢得〈柳宗元集序〉：「河東柳子厚。」

(四)《柳河東集》卷十二〈先侍御史府君（宗元父柳鎮）神道表〉：「葬於萬年棲鳳原」。《柳集》卷三十〈寄京兆許孟容書〉：「先墓在城南。……城西有田數頃。」《柳集》卷十三〈先太夫人河東縣太君歸祔誌〉：「某始四歲，居京城西田廬中。」《昌黎集》卷三二〈柳子厚墓誌銘〉：「子厚以元和十四年十一月八日卒，年四十七。以十五年七月十日，歸葬萬年先人墓側。」

案：柳宗元為文每自稱河東人，「河東」乃其郡望，萬年在長安縣東，唐屬京兆府。宗元及其父柳鎮葬於萬年縣，而長安城西有宗元田廬，則長安當為其里居。

資料二十、劉禹錫籍貫：

(一)《劉夢得文集》外集卷九〈子劉子自傳〉：「子劉子名禹錫，字夢得。其先漢景帝賈夫人子勝，封中山王，謚曰靖，子孫因為中山人也。」

《劉集》卷二十六〈和州刺史廳壁記〉、卷二十七〈連州刺史廳壁記〉、〈夔州刺史廳壁記〉俱自署：「中山劉某記。」

(二)《昌黎集》卷三十二〈柳子厚墓誌銘〉：「中山劉夢得禹錫。」

(三)《白氏長慶集》卷六十〈劉白唱和集解〉：「彭城劉夢得，詩之豪者也。其鋒森然，少敢當者。」

(四)《舊唐書》卷一六〇〈劉禹錫傳〉：「劉禹錫，字夢得，彭城人。」

(五)〈子劉子自傳〉：「七代祖亮，事北朝為冀州刺史散騎常侍，遇遷都洛陽，為北部都昌里人，世為儒而仕。墳墓在洛陽北山，其後地狹不可依，乃葬滎陽之檀山原。」

(六)《劉集》卷二十〈汝州謝宰相狀〉：「家本滎上，籍佔洛陽。」

(七)《一統志》〈安徽和州府〉、〈江蘇蘇州府名宦〉條俱云：「劉禹錫，洛陽人。」

案：劉禹錫七世祖亮，已遷徙洛陽，則其籍貫當為洛陽，稱「中山」蓋稱其郡望，稱「彭城」乃稱其舊郡望。

資料二十一、張籍籍貫：

(一)《新唐書》卷一七六〈張籍傳〉：「張籍字文昌，和州烏江人。」宋・張洎〈司業集序〉、晁公武《郡齋讀書志》、計有功《唐詩紀事》、尤袤《全唐詩話》俱云：「和州人。」

(二)《五百家注昌黎集》〈贈張籍〉詩注云：「張籍，吳郡人。」

(三)宋・湯中〈張司業集跋〉引張籍〈寄蘇州白使君（居易）〉詩云：「登第早年同座主，題詩今日是州人。」謂張籍當生於吳，而嘗居於和，故唐史遂以為和州人，云：「唐史之說不必惑」。

(四)明・王鏊《姑蘇志》據張籍〈贈陸暢〉詩：「共踏長安街里塵，吳州獨作未歸身。昔年舊宅今誰住，君過西塘與問人。」定籍為吳郡人。

(五)清《一統志》於「安徽和州」、「江蘇蘇州人物」條並錄張籍。

案：近人高步瀛力辯湯氏之言，稱籍是否生於吳無確證，乃從《新唐書・傳》定張籍為和州烏江人。（見《唐宋文舉要》甲編五錄〈張籍小傳〉）考《昌黎集》卷十三〈張中丞傳後敘〉引張籍語曰：「籍大曆中於和州烏江縣見嵩，嵩時年六十餘矣。以巡，初嘗得臨渙縣尉。好學，無所不讀。籍時尚小，粗問巡、遠事，不能細也。」又同集卷十五〈與孟東野書〉曰：「時張籍在和州居喪。」知張籍家居於和州，自小即定居於和州。復考《和州志》、《歷陽典錄》「古蹟」條，載張籍故宅在城中百福寺，讀書堂在烏江東，別墅桃花塢在城西，則張籍為和州烏江人，應無容置疑。至載張〈寄白使君（居易）詩〉、〈送陸暢詩〉以吳人自命，當是籍之志世定居於吳。

資料二十二、李翱籍貫：

（一）《舊唐書》卷一六〇〈李翱傳〉：「李翱字習之，涼武昭王之後。」

（二）《新唐書》卷一七七〈李翱傳〉：「後魏尚書左僕射沖十世孫。」

（三）《魏書》卷九十九〈李暠傳〉、卷五十三〈李沖傳〉、卷八十三下〈李延實傳〉並稱「隴西人」。

（四）《李文公集》卷五〈拜禹言〉、卷十五〈韓君夫人韋氏墓誌〉、卷十七〈泗州開元氏寺鐘銘序〉俱云：「隴西李翱」。

案：「隴西」乃李氏郡望，非翱之籍貫，李翱籍貫應為汴州開封縣，《李集》卷十五〈韓君夫人韋氏墓誌〉云：「貞元十八年八月……卒於汴州開封新里鄉之漁村，其明年正月辛酉隴西李氏以其喪葬之於陳留縣安豐鄉岡原。……夫人……獨墳於陳留，弗克祔於殿中君之族，而依女子氏之黨以從女子之懷，權道也。」所謂「殿中君」即李翱妻父韓弇，韓弇夫人韋氏，即李翱妻之母，韋氏孤寡無依，從女投歸李氏，韋氏卒，依女子氏（李氏）之黨「墳於陳留」，知李翱祖墓必在陳留。依一般習俗言，某人祖墳之所在，往往即其里籍之所在，或距其里籍不甚遠，考《舊唐書》卷三八〈地理志〉，陳留屬汴州，在開封縣南，陳留去開封既不遠，而依李翱之韋氏又卒於開封新里鄉，則開封當即李翱之里籍。

資料二十三、韓愈籍貫：

（一）唐人多重郡望，不注重籍貫，因此自稱或稱人，都稱郡望，如杜甫籍貫是河南鞏縣，但杜甫在詩中每自稱杜陵人（杜陵在京兆萬年縣東南二十里，漢宣帝陵墓所在），〈祭外祖母文〉自稱「京兆杜甫」，因他的遠祖杜預出自京兆杜陵，京兆為其郡望。又如白居易籍貫是渭南縣下邽人（今陝西渭南縣）但白居易自稱以及別人稱他都稱太原人，因太原是白氏的郡望，秦將白起死後，白起的兒子白仲封於太原。又如柳宗元的籍貫應該是長安，但他自稱及別人稱他都稱河東，或河東解人，河東是柳氏郡望。又如劉禹錫籍貫是洛陽，但他自稱中山人，旁人稱為彭城劉禹錫，中山、彭城都是劉氏的郡望。又如韓愈弟子、姪女婿李翺自稱隴西人，但他是東晉西涼王李暠之後（李暠是李廣十六世孫），但他的籍貫應該是汴州開封縣人。這些例子，不勝枚舉，唐人所以重視郡望，其原因有二：

（其一）別宗派：這是因為大姓人口繁多，遷居各地。年代久遠，宗支世系不容易分清，舉郡望可以把各宗支系屬統合起來，是別宗派的一種簡易方法。例如李姓在唐代是大姓，各州各縣都有姓李的，為了易於區別宗派，就舉其郡望（遠祖居住的地方），說李某是隴西人，李某是趙郡人，這樣把許許多多姓李的統合在兩大宗派之下，一是趙郡李，一是隴西李。（說本岑仲勉氏《唐集質疑》．「韓愈河南河陽人」條參證。）

（其二）顯門閥：唐代承六朝遺風，仍舊非常重視門第。唐．李肇《國史補》上（又見《太平廣記》卷一八四〈氏族類〉）云：「李稹，酒泉公義琰侄孫，門戶第一，而有清名，官至司封郎中懷州刺史，常以為爵名不如族望，與人書札唯稱『隴西李稹』而不銜。」「爵名不如族望」正可代表當時一般人的觀念。因為稱郡望（或族望），正可表示家世的不凡，旁人會對他另眼相看，更可以抬高自己身分以及社會地位，甚至影響到政治前途。因此一些郡望不顯著的，就攀援依附到另一支郡望，也就是越認郡望。

(二)明瞭了唐人重視郡望，自稱、稱人都稱郡望，因此可知韓愈在詩文中自稱昌黎，李翺〈韓愈行狀〉稱「昌黎某人」是指韓氏的郡望，不是指籍貫。（《舊唐書·韓愈傳》據此稱「昌黎人」，是把郡望誤認是籍貫，《舊唐書》作者大多把郡望誤認為籍貫。）另外，李白所作〈韓仲卿去思頌碑〉稱仲卿為「南陽人」，仲卿是韓愈父親，這裏「南陽」指的也是韓氏郡望。宋·洪興祖《韓愈年譜》據此認為是南陽人，《新唐書·韓愈傳》也以為是南陽人，但加上「鄧州」二字，也都是把郡望錯認為籍貫。昌黎、南陽既非韓愈的籍貫，仔細推考，也非韓愈這一系郡望。宋·朱熹〈校昌黎集傳〉說：「《元和姓纂》、《唐書·世系表》有兩韓氏，其一，漢弓高侯頽當玄孫騫，避亂居南陽郡之赭陽。九世孫河東太守術，生河東太守純，純四世孫安之，晉員外郎。二子：潛、恬。恬隨司馬休之入後魏，為玄菟太守。二子：都、偃，偃生後魏中郎穎，穎生播（騫十七世孫），徙昌黎棘城。其一則頽當裔孫尋，為後漢隴西太守，世居潁川，生司空稜，後徙安定武安。至後魏有常山太守武安成侯耆，徙居九門，生尚書令、征南大將軍、安定桓王茂。茂生均，均生晙，晙生仁泰，仁泰生叡素，叡素生仲卿，仲卿生會、愈，而中間嘗徙陳留。以此而推，則公固潁川之族，尋、稜之後，而不得承騫之系矣。」

(三)又《元和姓纂》：

陳留：本潁川人。稜後徙陳留。唐禮部郎中韓雲卿，弟紳卿，京兆司錄。兄子會、愈。漢高祖定天下，封韓襄王孫韓信為韓王，統治潁川郡，設治於陽翟（晉移許昌，唐為許州，今河南禹縣）。韓頽當是韓王信的兒子，漢文帝封為弓高侯。他的裔孫分為二支：一支是韓寨（頽當玄孫），王莽時避亂遷居南陽郡堵陽縣，到後魏時韓騫十七世裔孫韓播遷到昌黎郡棘城（約在今河北盧龍縣附近）。另外一支是韓尋（頽當裔孫，不知為幾世）。後漢光武帝建武年間（西元二五——五七）為隴西太守，世居於潁川郡。韓尋兒子韓稜，漢和帝曾任南陽太守。韓稜後裔遷居安定武安（唐為涇州，今甘肅涇川縣），又徙陳留。韓稜這一系到了後魏有韓耆，即韓愈七世祖，因任常山太守，遷居常山郡之九門縣（常山，唐為鎮州，在河北）。韓耆兒子韓茂即韓愈六世祖，後魏封為安定桓王。韓茂生均，均生晙，晙生仁泰，仁泰生叡素，叡素生仲卿，仲卿生會、介、愈等。為了簡明，列表如下：

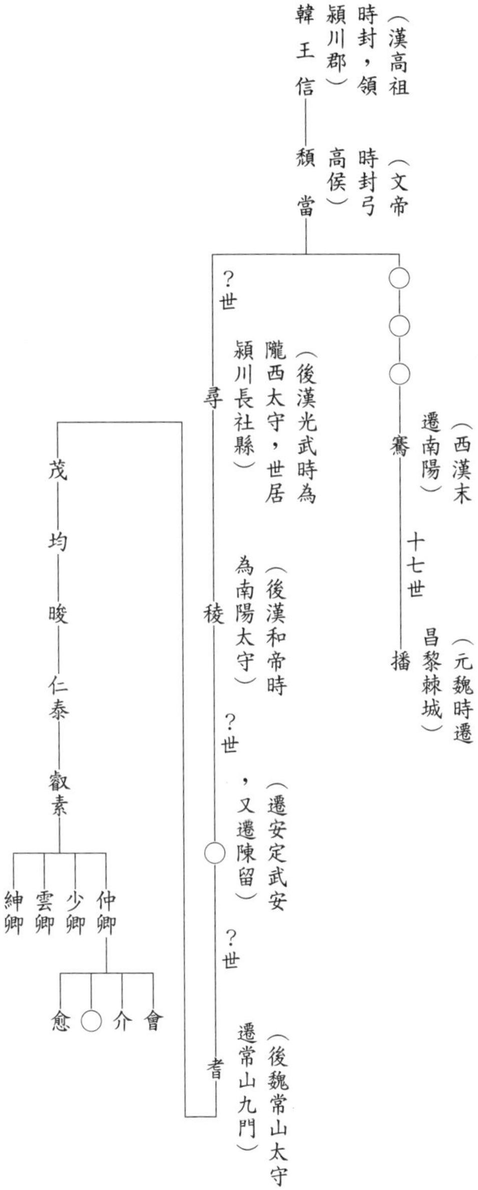

從上表看，可知韓愈是屬於潁川韓尋、韓稜這一支，與南陽韓騫、昌黎韓播這一支無關。舉郡望應該舉潁川，或舉新郡望：安定、陳留、常山。昌黎、南陽既非韓愈這一支郡望，何以他自稱昌黎人？朱熹〈校昌黎先生集傳〉說：「是時昌黎之族頗盛，故隨稱之，亦若所謂言劉悉出彭城，言李悉出隴西者邪？」朱子認為昌黎這一支在唐代人丁旺盛，韓愈因此攀援依附，隨稱昌黎。我們只要查考《新唐書·宰相表》及《元和姓纂》，可知朱子的話是有根據的。除此之外，韓愈越認昌黎，正是所謂「門閥之見」。據《新唐書·宰相世系表》，盛唐、中唐有三個宰相都出昌黎這一系。即：

（其一）韓思復，開元時為黃門侍郎。

（其二）韓休，字良士，相玄宗。

（其三）韓休子滉，字太沖，相德宗。

由於昌黎一支在唐代人多勢盛，政治地位高，韓愈因而攀援越認昌黎作他的郡望，這種現象在唐代相當普遍，例如睿宗（李旦）宰相張說，是洛陽人，郡望河東而越認范陽。王維弟——代宗相王縉，籍貫蒲州（即河東），郡望太原，但越認郡望是琅琊。（見岑仲勉〈貞石證史〉，《集刊》八本第四分），甚至李唐皇室也要越認郡望，據陳寅恪〈李唐氏族之推測〉一文的考證，李唐本來出於趙郡，但越認是隴西李暠涼武昭王的後嗣。皇帝、宰相猶不能免俗，何況其他？所以韓愈越認昌黎作郡望，不足為怪，正所謂「門閥之見，賢哲不免」。

(四)由於歷來郡望與籍貫混淆不清，以及由於韓愈在中國文學史上名位的崇隆，各府縣方志作者只要能牽上一點關係的，都要爭取，拉他作同鄉。因此使得韓愈籍貫的記載非常紛歧，就筆者所知，至少有八種不同的說法：

（其一）昌黎（《舊唐書·韓愈傳》）

（其二）南陽（洪興祖《韓譜》）

（其三）鄧州南陽（《新唐書・韓愈傳》）

（其四）河內脩武（朱子〈校昌黎集傳〉，近人錢基博《韓愈志》亦主此說）

（其五）河內南陽（朱子〈校昌黎集傳〉引方崧卿《韓譜增考》）

（其六）河中永樂（見朱子〈校昌黎集傳〉引）

（其七）河南沁陽（梁容若《文學十家傳・韓愈評傳》）

（其八）河南河陽（岑仲勉〈唐集質疑〉，《史語所集刊》第九本）

（其六）、（其七）兩說，發前人所未發，因為不知何所據（梁說或據縣志）暫時置之不論。

（其一）、（其二）說都錯認郡望為籍貫，前面已提過。（其三）除了錯認郡望為籍貫外，又加上唐代州稱，可謂錯上加錯。至於（其四）、（其五）說法的錯誤，是由於《漢書・地理志》有兩個南陽：一為河內脩武，即春秋晉國所開闢的南陽（《左・僖二十五年》：「晉於是始啟南陽。」）二為南陽堵陽，即韓騫所遷居的地方。朱子把李白〈仲卿碑〉所說南陽郡，來充當春秋晉國所開闢的南陽，而不知春秋晉國開闢的南陽是古代一個地域名稱，與郡望無關。方崧卿據韓愈〈女挐壙銘〉，「歸骨于河南之河陽韓氏墓」，認為河陽是韓愈居住的地方，固然對，但又以為河陽自漢至隋屬於河內郡，在春秋為南陽地域。這個南陽也就是李白所說的南陽，所以河內河陽等於河內南陽，因以為韓愈是河內南陽人。他把古地南陽來充當李白所說的漢郡南陽，其誤跟朱子一樣。又，河內是郡，南陽也是郡，兩郡疊稱，跟《新唐書・韓愈傳》一樣的錯上加錯。

最後談到韓愈的籍貫，岑仲勉在他的〈唐集質疑〉一文中，有「韓愈河南河陽人」一條，認為韓愈的籍貫應該是河南河陽縣。《孟縣志》云：「右韓昶自為墓誌銘……，按〈縣牘略〉

云：『誌石於前明萬曆年間（一五七三——一六二〇）自孟縣北二十里蘇村，即古尹村韓王壠前出土，當時韓文公裔孫得之，藏於家。』……後人作《脩武志》者皆載韓文公為脩武人，與作《昌黎縣志》者據《舊書》載公為昌黎人，其說皆堅持而不下，而不意千載之下，此誌迺出於孟縣尹村韓氏祖塋之前，因以知韓公所謂『往河陽省墳墓』（〈祭十二郎文〉）者確在此地，而公之為唐河陽縣人，今孟縣地，灼然無疑。」據石刻以定愈之里居，可使爭議者無置喙餘地。《全唐文》卷六八七皇甫湜所為愈〈墓誌〉曰：「三月癸酉（二十九日）葬河南河陽」，愈籍貫河南河陽，初不待〈昶誌〉之出而後明。又《昌黎集》卷二八〈息國夫人墓誌〉云：「葬河南河陽……將葬，李戡與成以其事乞銘於其鄰韓愈」，葬河陽而與愈為鄰，愈為河陽人已一語道破，無事探求。（《集刊》九本）岑仲勉確定韓愈為河陽人，依據有三點。其一，據《孟縣志》所載明萬曆年間（十六世紀末，十七世紀初）在孟縣北邊二十里蘇村出土的韓昶（韓愈兒子）自作墓誌銘。其二，據皇甫湜所作韓愈墓誌，韓愈死後第二年是葬在河陽。其三，據韓愈所作〈息國夫人墓誌〉，息國夫人葬河南河陽，息國夫人兒子李戡、李成必為河陽人。李戡、李成請他們鄰居韓愈為母親作墓誌，可證韓愈也是河陽人。下面補充一些岑仲勉所沒有提到的資料：

（其一）《昌黎集》卷二十三〈祭十二郎文〉：「中年兄歿南方，吾與汝俱幼，從嫂歸葬河陽。」知韓愈兄韓會是葬在河陽。

（其二）《昌黎集》卷三十五〈女挐壙銘〉：「歸女挐之骨于河南之河陽韓氏墓，葬之。」知韓愈女韓挐是葬於河陽。

（其三）《張司業集》卷七〈祭退之詩〉：「舊塋盟津北，野窆動鼓錚。」

舊塋指先世墳墓，盟津即河陽，據此知韓愈是葬在河陽北邊韓氏先世墳墓附近，這跟韓昶墓誌出土地方位置相合。

此外，韓思道（自云韓愈三十九世孫）〈韓昌黎先生里籍考〉（《再生雜誌》三卷五期，民國六十二年五月）有一段話說：「河陽就是現今河南省孟縣。……現在孟縣的西尹村，有公七世祖魏安定桓王韓茂之墓，有公胞兄韓會夫婦之墓，縣西韓家莊有公父親韓仲卿墓，叔父雲卿之墓，及公本人的墳墓，縣東摘星廟下復有公姪韓湘之墓，鐵證猶在，如言公之籍貫或鄧州南陽，實為無稽之談。」

（其四）據唐・張籍〈祭退之〉詩，韓愈墓當孟縣北邊，跟這裏說的不合，又尹村當在縣北，與西尹村亦不合。然韓思道先生既為韓愈嫡系子孫，所言韓愈家族墳墓在河陽，必有所據，韓愈籍貫河陽，自無可疑。

（其五）總而言之，韓愈系出潁川（治今河南禹縣），籍貫河南河陽縣（今河南孟縣）。昌黎、南陽是韓氏另一支郡望，跟韓愈籍貫和他的本支郡望不相干。

（其六）餘論：稱郡望不稱籍貫，到了兩宋，已經有了改變，這一則是由於門第觀念逐漸淡薄，再則是由於一般士大夫的自覺，認知不究本宗，惟推望姓，有失尊祖敬宗之意。宋・趙彥衛《雲麓漫鈔》卷三有二段文字記載值得注意：

「唐人尚氏族，推姓顯於一郡者，謂之望姓，如清河張、天水趙之類。世人惑於流俗，不究本宗源流，執唐所推望姓，認為己之所自出，謁刺之屬顯然書之。至於封爵，亦復如是，殊失尊祖敬宗之意。」

「唐人推崔、盧等姓為甲族，雖子孫貧賤皆世家所重。今人不復以氏族為事，王公之女，苟貧乏，有盛年而不能嫁者，閭閻富室，便可已婚侯門，壻甲科。」

不認本宗而推望姓，誠然是捨近求遠、喪失尊敬本宗的心意，趙氏的話可以代表宋代一般士大夫的看法。所以歐陽修籍屬吉州廬陵縣（今江西廬陵縣治），稱廬陵人；王安石籍屬臨川（今江西臨川縣治），稱臨川人；三蘇出自眉州眉山縣（今四川眉山縣治），稱眉山人，自稱或稱人都不稱郡望了。

附記：本文是就拙著《韓愈研究》中〈郡望與里居〉一節，予以補充修訂而成。

資料二十四、司空圖籍貫：

(一)《舊唐書》卷一九〇下〈司空圖傳〉云：「臨淄人。」

(二)《唐詩紀事》卷六十三、《新唐書》卷一九四〈司空圖傳〉并云：「圖，河中虞鄉人。」

(三)《司空表聖文集・自序》、《文集》卷三〈書屏記〉、〈月下留丹灶序〉：「泗水司空氏」、「泗水司空圖」。

(四)《唐詩紀事》卷六十三引宋・王禹偁《五代史》闕文：「圖字表聖，自言泗州人。」

(五)《通鑑》卷二六五〈唐紀・昭宣帝天祐二年下〉：「圖，臨淮人也。」

案：（其一）泗水，郡名，亦曰臨淮，唐稱泗州（今安徽泗縣）。《一統志・安徽泗州》「建置沿革」條云：「（泗州），秦屬泗水郡……漢元狩六年（前一一七）置臨淮郡，唐武德四年（六二一）置泗州。……天寶初改臨淮郡，乾元初復曰泗州。」（其二）《舊唐書》「臨淄」當為「臨淮」之誤。（其三）《司空表聖文集》卷二〈山居記〉云：「中條蹴蒲津，東顧距虞鄉繞百里。……會昌中詔設佛宮，因為我有，谷之名本以王宮廢壘在其側，今司空氏易之曰禎陵谿，亦曰禎貽云。」又《文集》卷三〈書屏記〉云：「先大夫……徵拜待御史，退居中條。」據此知虞鄉中條山王宮谷有司空氏別業、圖父輿嘗退居於此。又司空圖晚年亦退居王宮谷、《一統志・山西蒲州府》「陵墓」條：「司空圖墓在虞鄉縣東南王宮谷下。」則河中虞鄉當為司空圖籍貫。

資料二十五、

A《舊唐書》卷一九〇〈王勃傳〉：

「上元二年，勃往交趾省父，道出江中……渡南海，墜水而卒，時年二十八。」

B《新唐書》二〇一〈王勃傳〉：

「父福畤由雍州司功參軍，坐勃故，左遷交趾令。勃往省，度海溺水，痵而卒，年二十九。」

(一)據《舊唐書》，上元二年（六七五），卒年二十八，當生於唐太宗貞觀二十二年（六四八）。

(二)《王子安集》卷一〈春思賦序〉：「咸亨二年（公元六七一年），余春秋二十有二」，推算其生年為唐高宗永徽元年（公元六五〇年）。

(三)唐・楊炯《盈州集》卷三〈王勃集序〉：「春秋二十八年。皇唐上元三年（六七六）秋八月，不改其樂，顏氏斯殂；養空而浮，賈生終逝。」生年應為唐太宗貞觀二十三年（六四九）。（《全唐文》卷一九一、《文苑英華》卷六九九并作「二十八」。）

(四)《全唐文》卷一八〇王勃〈鞶鑑圖銘序〉：「上元二年，歲次乙亥十有一月庚午朔，七日丙子，予將之交趾，旅次南海。……」（又，清・蔣清翊《王子安集箋注》卷十，光緒雙唐碑館刊本）

(五)田宗堯〈王勃年譜〉取王勃〈春思賦序〉，定王勃生於唐高宗永徽元年（公元六五〇年），上元三年（六七六）卒，年二十九。

案：《舊唐書》卒年二十八，當是據楊炯〈序〉，《新唐書·傳》作二十九，未詳所據。

資料二十六、《舊唐書》卷九九、《新唐書》卷一二六〈張九齡傳〉：

……遇疾，卒，年六十八。

(一)唐·徐浩〈張公（九齡）碑〉：「開元二十八年五月七日薨，二十九年三月三日遷窆於此。韶江環浸，……開元二十八年春，請拜掃南歸。五月七日，遘疾薨於韶州曲江之私第，享年六十三。」

(二)《資治通鑑》卷二一四：「（開元）二十八年，……荊州長史張九齡卒。」

(三)宋·洪邁《容齋四筆》卷三「實年官年」條：「士大夫敘官閥，有所謂實年、官年兩說，前此未嘗見於官文書。大抵布衣應舉，必減歲數，蓋少壯者欲藉此為求昏地；不幸潦倒場屋，勉從特恩，則年未六十始許入仕，不得不豫為之圖。至公卿任子，欲其早列仕籍，或正在童孺，故率增擡庚甲，有至數歲者。」楊承祖《張九齡年譜》云：「九齡年壽，碑史互異者，殆亦實年、官年之別歟！」案，洪氏所記為士大夫習俗，盛唐去宋甚遠，又別無載籍可考，九齡年壽碑史互異，未必與此有關。

資料二十七、

A《舊唐書》卷一三七〈李賀傳〉：

「補太常寺協律郎，卒時年二十四。」（《太平廣記》卷四十九，引《宣室志》同）

B《新唐書》卷二〇三〈李賀傳〉：

「為協律郎，卒年二十七。」

(一)唐·杜牧〈李長吉歌詩序〉：「賀生二十七年死矣，世皆曰，使賀且未死，少加以理，奴僕命騷可也。賀死後凡十有五年，京兆杜牧為其序。」〈序〉作於大和五年（八三一），自是上溯十五年，賀當死於憲宗元和十一年（八一六），再上溯二十七年，賀當生於德宗貞元六年。

(二)唐·沈亞之《文集》卷九〈送李膠秀才詩序〉云：「賀名溢天下，官卒奉常，年二十七。」

(三)《李義山文集》卷四〈李賀小傳〉：「則天之高邈，帝之尊嚴，亦宜有人物文采愈此世者，何獨眷眷于長吉而使其不壽耶？長吉生二十四年，位不過奉禮太常中。」

(四)朱自清《年譜》采信杜〈序〉不取李義山〈傳〉。

資料二十八、《新唐書》卷一七六〈賈島傳〉：

「會昌初，以晉州司倉參軍遷戶司，未受命卒，年五十六。」

(一)唐·蘇絳〈賈司倉墓誌銘〉：「會昌癸亥歲七月二十八日，終於郡官舍，春秋六十有四。」

案，據〈墓誌〉，賈島當生於德宗建中元年（七八〇），卒於武宗會昌三年（八四三）。據〈傳〉，應生於德宗貞元二年（七八六），卒於武宗會昌元年（八四一）。

資料二十九、《唐詩紀事》卷二十六〈王之渙小傳〉：

「之渙，并州人，與兄之咸、之賁皆有文名。天寶間人。」（《全唐詩》卷二五三同）

(一)新舊《唐書》無傳。

（二）《唐才子傳》卷三有〈王之渙小傳〉，但不及其生卒年壽。

（三）岑仲勉〈續貞石證史〉載李根源氏所藏唐靳能撰〈王之渙墓誌〉：「公名之渙，字季陵，本家晉陽，宦徙絳郡。……父昱，皇鴻臚主簿、雍州司士、汴州浚儀縣令。公即浚儀第四子，幼而聰明，秀發穎悟。不盈弱冠，則究文章之精；未及壯年，已窮經籍之奧。以門子調補冀州衡水主簿。……會有誣人交構，公因拂衣去官，遂優游青山，滅裂黃綬。夾河數千里，籍其高風；在家十五年，食其舊德。雅淡珪爵，酷嗜閒放。密親懿交，測公井渫。勸以入仕，久而乃從，復補文安郡文安縣尉。在職以清白著，理人以公平稱。方將遐陟廟堂，惟茲稍漸磐陸，天不與善，國用喪賢，以天寶元年二月十四日遘疾，終於官舍，春秋五十有五。惟公孝聞於家，義聞於友，慷慨有大略，倜儻有異才。嘗或歌從軍、吟出塞，曒兮極關山明月之思，蕭兮得易水寒風之聲，傳乎樂章，布在人口。至夫雅頌發揮之作，詩騷興喻之致，文在斯矣，代未知焉，惜乎！以天寶二年五月廿二日葬於洛陽北原，禮也。嗣子炎及羽等，哀哀在疚，欒欒其棘。堂弟永寧主簿之咸，泣奉清徽，托志幽壤。能忝疇舊，敢讓其詞。銘曰：蒼蒼窮山，塵復塵兮，鬱鬱佳城，春復春兮。有斐君子，閇茲辰兮。於嗟海內，涕哀辛兮。矧茲密戚，及故人兮。」（《中央研究院史語所集刊》第十五本，二四九至二五〇頁）

案：據墓誌，王之渙天寶元載（七四二）卒，年五十五。自是上溯五十五年，之渙當生於武后垂拱四年（六八八）。

拾、唐代士風之一——所謂文士齷齪

一、「文士齷齪」一詞的來源

《舊唐書》卷八十九〈狄仁傑傳〉：「則天嘗問仁傑曰：『朕要一好漢任使，有乎？』仁傑曰：『陛下作何任使？』則天曰：『朕欲待以將相。』對曰：『臣料陛下，若求文章資歷，則今之宰臣李嶠蘇味道亦足為文吏矣。豈非文士齷齪，思得奇才用之，以成天下之務者乎？』則天悅曰：『此朕心也。』……」

二、歷代文人瑕累與輕薄

(一)南梁·劉勰《文心雕龍·程器》：「略觀文士之疵，相如竊妻而受金，揚雄嗜酒而少算，敬通之不循廉隅，杜篤之請求無厭，班固諂竇以作威，馬融黨梁而黷貨，文舉傲誕以速誅，正平狂憨以致戮，仲宣輕脆以躁競，孔璋偬恫以麤疏，丁儀貪婪以乞貨，路粹餔啜而無恥，潘岳詭譸於愍懷，陸機傾仄於賈郭，傅玄剛隘而詈臺，孫楚狠愎而訟府。諸有此類，並文士之瑕累。」

(二)北齊・顏之推《顏氏家訓》卷四〈文章第九〉：「然而自古文人，多陷輕薄：屈原露才揚己，顯暴君過；宋玉體貌容冶，見遇俳優；東方曼倩，滑稽不雅；司馬長卿，竊貲無操；王褒過章〈僮約〉；揚雄德敗〈美新〉；李陵降辱夷虜；劉歆反覆莽世；傅毅黨附權門；班固盜竊父史；趙元叔抗竦過度；馮敬通浮華擯壓；馬季長佞媚獲誚；蔡伯喈同惡受誅；吳質詆忤鄉里；曹植悖慢犯法；杜篤乞假無厭；路粹隘狹已甚；陳琳實號麤疎；繁欽性無檢格；劉楨屈強輸作；王粲率躁見嫌；孔融、禰衡，誕傲致殞；楊修、丁廙，扇動取斃；阮籍無禮敗俗；嵇康凌物凶終；傅玄忿鬭免官；孫楚矜誇凌上；陸機犯順履險；潘岳乾沒取危；顏延年負氣摧黜；謝靈運空疎亂紀；王元長凶賊自詒；謝玄暉侮慢見及。凡此諸人，皆其翹秀者，不能悉記，大較如此。」

三、文士不重節操原因

甲、負才

(一)(負才)(家家自謂握靈蛇之珠，人人自謂抱荊山之玉也)《魏書・文苑・溫子昇傳》：「楊遵彥作文德論，以為古今辭人，皆負才遺行，澆薄險忌，唯邢子才、王元美、溫子昇彬彬有德素。」

乙、材性

(一)南梁・劉勰《文心雕龍・程器》：「蓋人稟五材，修短殊用，自非上哲，難以求備，然將相以位隆特達，文士以職卑多誚，此江河所以騰湧，涓流所以寸折者也，名之抑揚，既其然矣。」

丙、修文不暇修德

（一）《文選》卷四十二曹丕〈與吳質書〉：「觀古今文人，類不護細行，鮮能以名節自立。」

（二）北齊・顏之推《顏氏家訓》卷四〈文章第九〉：「每嘗思之，原其所積，文章之體，標舉興會，發引性靈，使人矜伐，故忽於持操，果於進取。今世文士，此患彌切，一事愜當，一句清巧，神厲九霄，志凌千載，自吟自賞，不覺更有傍人。」

四、唐代「文士齷齪」的背景

甲、以功立國：不講道德，上行下效，文士因而不重節操。

（一）用人不重德，秦王府十八學士皆前朝豪強。

（二）太宗殺建成、元吉，背儒家仁義道德。武后任意廢立，穢亂後宮。

（三）清・王船山《讀通鑑論》卷二十二，一八節：「唐以功立國，而道德之旨，自天子以至於學士大夫，置不講焉。」（河洛版七七九頁）

乙、六朝享樂主義的遺風

（一）臺靜農〈論唐代士風與文學〉：「顏（師古）、崔（義玄）兩人同是服膺儒學的大師，而儒家的義利之辨，絲毫沒有給他們以影響。竟將學與行當作兩回事。何以成為這種現象？一則由於六朝詩人現實的享樂主義，久成風氣，故每多無行，而有風骨者甚少。二則李唐建國之初，並不重視骨鯁之士，即如秦王府的十八學士，皆是六朝末年的豪彊，利用這種人的社會地位作號召則有餘，而希望他們樹立新政權的新風氣則是不可能的。」（《中國文學史論文選集》（三），七七三頁）

丙、**以文章取士不重經術**。

(一)《通典》卷十五〈選舉典(三)〉「歷代制」下引沈既濟云：「太后頗涉文史，好雕蟲之藝。永隆中，始以文章選士。及永淳之後，太后君臨天下二十餘年，當時公卿百辟無不以文章自達，因循日久，寖以成風。……百餘年間……其以進士為士林華選，四方觀聽，希其風采，每歲得第之人不浹辰而周聞天下。故忠賢雋彥韞才毓行者咸出於是。而桀姦無良者或有焉。……」

(二)臺靜農〈論唐代士風與文學〉：「進士既以詞科出身，而不出於經術，於是舉動浮華，放蕩不羈，出入妓院，以為風流，遂至以娼妓生活為文學主題，雖大詩人若李白、李商隱、杜牧皆不能免此。」（《中國文學史論文選集》(三)，七七五頁）

(三)陳寅恪《元白詩箋證稿》「琵琶引」章：「唐代自高宗武則天以後，由文詞科舉進身之新興階級，大抵放蕩而不拘守禮法，與山東舊日士族甚異。」

丁、**思想胡化，禮教觀念淡薄，儒學衰微**。

(一)《朱子語類》卷一三六：「唐源流出於夷狄，故閨門失禮之事不以為異。」

戊、**現實挫折與屈辱**。

五、「文士齷齪」幾種類型

甲、**依附權貴**

(一)《舊唐書》卷六十二〈李大亮傳〉：「（李）迥秀雅有文才，飲酒斗餘，廣接賓朋，當時稱風流之士。然頗託附權倖，傾心以事張易之兄弟，由是深為讜正之士所譏。俄而坐贓出為廬州刺史。」

（二）《新唐書》卷二〇三〈文藝・邵說傳〉：「說在職以才顯，或言且執政，金吾將軍裴敬謂柳載曰：『說事賊為劇官，掌其兵大小百戰，掠名家子為奴婢不可計，得宥死而無厚顏，乃崇第產附貴倖，欲以相邦，其能久乎？』」

乙、諂媚逢迎

（一）《新唐書》卷二〇二〈文藝中・宋之問傳〉：「于時張易之等烝昵寵甚，（宋）之問與閻朝隱、沈佺期、劉允濟傾心媚附，易之所賦諸篇盡之問、朝隱所為，至為易之奉溺器。及敗，貶瀧州，朝隱崖州，竝參軍事。之問逃歸洛陽匿張仲之家，會武三思復用事，仲之與王同皎謀殺三思安王室，之問得其實，令兄子曇與冉祖雍上急變，因丐贖罪，由是擢鴻臚主簿，天下醜其行。……」（《舊唐書》卷一九〇中本傳略同）

（二）《舊唐書》卷一九〇中〈文苑・閻朝隱傳〉：「聖曆二年則天不豫，令朝隱往少室山祈禱，朝隱乃曲申悅媚，以身為犧牲，請代上所苦。及將康復，賜絹綵百匹，金銀器十事，俄轉麟臺少監。易之伏誅，坐徙嶺外。」

丙、貪贓納賄

（一）《舊唐書》卷七十三〈顏師古傳〉：「（顏師古）貞觀七年拜秘書少監，專典刊正所有奇書難字。……是時多引後進之士為讎校，師古抑素流，先貴勢，雖富商大賈亦引進之。物論稱其納賄，由是出為郴州刺史。」

（二）《舊唐書》卷一九〇中〈文苑・李邕傳〉：「性豪侈，不拘細行，所在縱求財貨，馳獵自恣。五載姦贓事發。又嘗與左驍衛兵曹柳勣馬一匹，及勣下獄，吉溫令勣引邕議及休咎，厚相賂遺，詞狀連引，敕刑部員外郎祈順之、監察御史羅希奭馳往，就郡決殺之。」（《新唐

書》卷二〇二本傳略同)

(三)《舊唐書》卷一九〇上〈文苑·駱賓王傳〉:「然落魄無行,好與博徒遊。高宗末為長安主簿,坐贓左遷臨海丞。怏怏失志,棄官而去。」

(四)《舊唐書》卷一九〇中〈文苑傳〉:「(沈佺期)再轉考功員外郎,坐贓配流嶺表。」

(五)《新唐書》卷二〇二〈文藝傳〉中:「(李)邕資豪放,不能治細行,所在賄謝,畋游自肆,終以敗云。」

(六)《舊唐書》卷一九〇中〈文苑·齊澣傳〉:「澣因高力士中助,連為兩道採訪使,遂興開漕之利以中人主意,復勾剝貨財,賂遺中貴,物議薄之。又納劉戒之女為妾,凌其正室,專制家政。李林甫惡之,遣人掎摭其失。會澣判官犯贓,澣連坐,遂廢歸田里。」

丁、殘酷暴虐

(一)《新唐書》卷一九九〈儒學傳〉中:「(郎餘令)兄餘慶為吏清而刻於法,……裴敬敷與餘慶雅故,以事笞餘慶婢父,婢方孌,譖敬敷死獄中。又裒貨無藝,民詣闕訴之,使者十輩臨按,餘慶謾讕,不能得其情。最後廣州都督陳善弘按之,餘慶自恃在朝廷久,明法令,輕善弘,不置對……,高宗詔放瓊州,會赦當還,朝庭惡其暴,徙春州。……餘慶卒以貪殘廢。」

(二)《舊唐書》卷一九〇下〈文苑·唐次傳附唐扶〉:「及廉問甌閩,政事不治。身歿之後,僕妾爭財,詣闕論訴,法司按劾其家財,十萬貫歸於二妾。又嘗枉殺部人,為其家所訴,行己前後不類,時論非之。」

(三)《新唐書》卷二百〈儒學傳〉下:「(林蘊)嘗杖殺客陶玄之,投尸江中;籍其妻為倡,復坐贓，杖流儋州而卒。」

(四)《舊唐書》卷一九〇上〈文苑・楊炯傳〉：「炯至官為政殘酷，人吏動不如意，輒榜殺之。又所居府舍多進士，亭臺皆書牓額為之美名，大為遠近所笑。」(《新唐書》卷二〇一本傳略同)

(五)五代・王定保《唐摭言》卷十五：「蕭穎士性異常嚴酷，有一僕事之十餘載，穎士每以箠楚百餘，不堪其苦。人或激之擇木。其僕曰：『我非不能他從，遲留者，乃愛其才耳！』」(《新唐書》卷二〇二〈蕭穎士傳〉采此則入傳)

(六)《舊唐書》卷一九〇上〈文苑・王勃傳〉：「恃才傲物，為同僚所嫉。有官奴曹達犯罪，勃匿之，又懼事洩，乃殺達以塞口，事發當誅，會赦除名。……(裴)行儉曰：『士之致遠，先器識而後文藝，勃等雖有文才，而浮躁淺露，豈享爵祿之器耶！』」(《新唐書》卷二〇一本傳同)

戊、輕薄狂傲

(一)《舊唐書》卷一九〇上〈文苑・崔信明傳〉：「信明頗蹇傲自伐，常賦詩吟嘯，自謂過於李百藥，時人多不許之。又矜其門族，輕侮四海士望，由是為世所譏。」(《新唐書》卷二〇一本傳略同)

(二)《舊唐書》卷一九〇上〈文苑・杜審言傳〉：「雅善五言詩，工書翰，有能名，然恃才蹇傲，甚為時輩所嫉。乾封中，蘇味道為天官侍郎，審言預選試，判訖謂人曰：『蘇味道必死。』人問其故，審言曰：『見吾判即自當羞死矣。』又嘗謂人曰：『吾之文章合得屈、宋作衙官，吾之書跡合得王羲之北面。』其矜誕如此。」(《新唐書》卷二〇一本傳同)

(三)唐・李肇《唐國史補》卷中：「吳人顧況，詞句清絕，雜之以詼諧，尤多輕薄。為著作郎，傲毀朝列，貶死江南。」

(四)《舊唐書》卷一九〇上〈文苑・鄭世翼傳〉：「弱冠有盛名，武德中，歷萬年丞、揚州錄事參軍。數以言辭忤物，稱為輕薄。時崔信明自謂文章獨步，多所凌轢，世翼遇諸江中，謂之曰：『嘗聞楓落吳江冷。』信明欣然示百餘篇，世翼覽之未終曰：『所見不如所聞。』投之於江，信明不能對，擁檝而去。世翼貞觀中坐怨謗配流巂州，卒。」

(五)宋・王讜《唐語林》卷六：「劉禹錫云：『韓十八愈，直是太輕薄。謂李二十六程曰：「某與丞相崔大群同年往還，直是聰明過人。」李曰：「何處是過人者？」韓曰：「共愈往還二十餘年，不曾過愈論著文章，此是敏慧過人也。」』」

己、放蕩冶遊

(一)宋・王仁裕《開元天寶遺事》：「長安有平康坊，妓女所居之地，京師俠少，萃集於此。兼每年新進士，以紅箋名紙，遊謁其中，時人謂此坊為風流藪澤。」

(二)《唐書》卷二〇二〈文藝中・王翰傳〉：「家畜聲伎，目使頤令，自視王侯，人莫不惡之。……日與才士豪俠飲樂游畋，伐鼓窮歡。」

(三)《舊唐書》卷一九〇中〈文苑・元萬頃傳〉：「萬頃屬文敏速，然性疎曠，不拘細節，無儒者之風。」（《新唐書》卷二〇一本傳同）

(四)《舊唐書》卷一九〇中〈文苑・賀知章傳〉：「知章性放曠，善談笑，當時賢達皆傾慕之。……晚年尤加縱誕，無復規檢，自號四明狂客。又稱秘書外監，遨遊里巷，醉後屬詞，動成卷軸，文不加點，咸有可觀。」

(五)《舊唐書》卷一九〇下〈文苑・崔顥傳〉：「崔顥者，登進士第，有俊才，無士行，好蒱博

飲酒，及遊京師，娶妻擇有貌者，稍不愜意即去之，前後數四。」（《新唐書》卷二〇三附孟浩然傳同）

(六)《舊唐書》卷一九〇下〈文苑・王昌齡傳〉：「不護細行，屢見貶斥，卒。」

(七)《舊唐書》卷一九〇下〈文苑・溫庭筠傳〉：「然士行塵雜，不脩邊幅，能逐絃吹之音，為側艷之詞。公卿家無賴子弟裴誠、令狐縞之徒相與蒱飲，酣醉終日，由是累年不第。徐商鎮襄陽，往依之，署為巡官。咸通中，失意歸江東，路由廣陵，心怨令狐綯在位時不為成名，既至，與新進少年狂遊狹邪。久不刺謁，又乞索於楊子院，醉而犯夜，為虞候所擊，敗面折齒，方還揚州訴之令狐綯，捕虞候治之，極言庭筠狹邪醜迹，乃兩釋之。自是汙行聞于京師。」

庚、褊急忌刻

(一)《舊唐書》卷卷一九〇中〈文苑・陳子昂傳〉：「子昂褊躁無威儀，然文詞宏麗，甚為當時所重。」

(二)宋・王讜《唐語林》卷六：「（皇甫）湜褊急之性，獨異於人。嘗為蜂螫手指，因大躁忿，命奴僕及里中小兒，箕斂蜂窠，以厚價購之。頃之，聚於庭，則命以碪臼絞取其汁，以塗所痛。又其子松，嘗錄詩數首，字小誤，大罵躍呼，取杖不及，齒嚙其臂，血流及肘。」

(三)《新唐書》卷二〇三〈李益傳〉：「少癡而忌刻，防閑妻妾苛嚴，世謂妬為李益疾。」《柳河東集》卷十二〈先君石表陰先友記〉：「李益，隴西姑臧人。風流有文詞，少有僻疾，以故不得用。」

辛、隱居射利

（一）《新唐書》卷一九六〈隱逸傳〉序：「……然放利之徒，假隱自名，以詭祿仕，肩相摩於道，至號終南嵩少為仕途捷徑。高尚之節喪焉。」

（二）《新唐書》卷一二三〈盧藏用傳〉：「始隱山中時，有意當世。人目為『隨駕隱士』。晚乃循權利，務為驕縱，素節盡矣！司馬承禎嘗召至闕下，將還山，藏用指終南曰：『此中大有佳處。』承禎徐曰：『以僕視之，仕宦之捷徑耳！』」

（三）《舊唐書》卷一六五〈溫造傳〉：「隱居王屋，以漁釣逍遙為事。壽州刺史張建封聞風致書幣招延，造欣然謂所親曰：『此可人也。』徙家從之。……造於晚年積聚財貨，一無所施，時頗譏之。」

壬、始亂終棄

（一）《舊唐書》卷一六六〈元稹傳〉略云：「（元和）四年，奉使東蜀，劾奏故劍南東川節度使嚴礪違制擅賦。……使還，令分務東臺，河南尹房式為不法事，稹欲追攝，擅令停務。既飛表聞奏，罰式一月俸，仍召稹還京。宿敷水驛，內官劉士元後至，爭廳，士元怒，排其戶，稹襪而走廳後，士元追之，復以箠擊稹，傷面。執政以稹少年後輩，務作威福，貶為江陵府士曹參軍。荊南監軍崔潭峻甚禮接稹，不以掾吏遇之。長慶初，潭峻歸朝，（新唐書「歸朝」作「方親幸」，是。）出稹連昌宮辭等百餘篇奏御，穆宗大悅，由是極承恩顧。中人以潭峻之故，爭與稹交，而知樞密魏弘簡尤與稹相善。穆宗愈深知重。河東節度使裴度三上疏，言稹與弘簡為刎頸之交，謀亂朝政，言甚激訐。……（大和）三年九月，入為尚書左丞，振舉綱紀，出郎官頗乖公議者七人。然以稹素無檢操，人情不厭服。」（《新唐書》卷一七四本傳略同。）

(二)陳寅恪《元白詩箋證稿》第四章〈艷詩及悼亡詩〉:「〈鶯鶯傳〉為微之自敘之作,其所謂張生即微之之化名。……蓋唐代社會承南北朝之舊俗,通以二事評量人品之高下,此二事一曰婚,二曰宦,凡婚而不娶名家女,與仕而不由清望官,俱為社會所不齒。此類例證甚眾,且為治史者所習知,故茲不具論。但明乎此,則微之所以作〈鶯鶯傳〉,直敘其自身始亂終棄之事跡,絕不為之少慙或略諱者,即職是故也。」

(三)陳寅恪《元白詩箋證稿》第四章〈艷詩與悼亡詩〉:「微之之貶江陵,實由忤觸權貴閹臣。及其淪謫既久,忽爾變節,乃竟干諛近倖,致身通顯。則其仕宦,亦與婚姻同一無節操之守,惟窺時趨勢,以取利自肥耳。……綜其一生行迹,巧宦固不待言,而巧婚尤為可惡也。豈其多情哉,實多詐而已矣。」

六、結論

(一)唐代士風浮薄,有歷史淵源,社會背景(時人觀念),尤與民族性有關。

(二)唐文士好冶遊,不重行止出處,因產生甚多以歌妓為題材的豔情小說與詩歌。

拾壹、唐代士風之二——論文士服食

綱　要

一、服食源流
㈠先秦服食（資料一、二）
㈡秦漢服食（資料三、四、五、六）
㈢魏晉服食（五石為主）（資料七）
1. 何晏始服寒食散（資料八）
2. 五石散（寒食散）名稱（資料九、十）
3. 服食緣由及效果（資料十一）
4. 服食弊害（資料十二）
5. 丹藥種類：五石、丹砂、仙藥二十二種（資料十三、十四）
二、唐代士人服食情況
㈠唐初寺僧服石散（資料十五）

(二)盛唐猶服五石散（資料十六A）
(三)高宗時孫思邈嘗戒服五石（資料十六B）
(四)君主貴臣服食（資料十七A、十七B、十七C）
(五)公主好道、楊貴妃入道（資料十八A、十八B）
(六)文人服食（采藥、煉丹、服丹、餌藥）（資料十九A、十九B、二十——二十七）
(七)文人與道士（唐代道觀、道士辟穀、煉丹、服氣、文人與道士交遊）（資料二十八——三十二）
(八)道士煉丹與聲色（資料三十三A、三十三B）

三、唐代丹藥種類（資料三十四）

四、唐代士人服食態度與心理（資料三十五、三十六）

五、辟穀服氣（資料三十七——四十一）

六、結論

(一)目的：聲色、治病、延年益壽。
(二)前仆後繼，得益甚少。

一、服食源流

先秦服食

(一)屈原〈九章・涉江〉：「登崑崙兮食玉英，與天地兮同壽，與日月兮齊光。」
(二)屈原〈遠遊〉：「軒轅不可攀兮，吾將從王喬而娛戲。食六氣而飲沆瀣兮，漱正陽而含朝霞，保神明之清澄兮，精氣入而麤穢除。」

秦漢服食

（三）《史記・秦始皇本紀》：「齊人徐市（福）等上書言『海中有三神山，名曰蓬萊、方丈、瀛洲，仙人居之，請得齋戒與童男女求之。』於是遣徐市發童男女數千人，入海求仙人。」正義引《漢書・郊祀志》云：「此三神山，其傳在渤海中，去人不遠，蓋曾有至者，諸仙人及不死之藥皆在焉。」

又：「三十二年，始皇至碣石，使燕人盧生求羨門、高誓。……使韓終、侯公、石生，求仙人不死之藥。」

（四）《史記・封禪書》：「少君言上曰：『祠竈則致物，致物而丹砂可化為黃金，黃金成，以為飲食器，則益壽，益壽而海中蓬萊僊者乃可見。……』」

（五）漢・王充《論衡・自紀篇》：「適輔服藥引導，庶冀性命可延。」

（六）《古詩十九首》之十三：「服食求神仙，多為藥所誤。不如飲美酒，被服紈與素。」

魏晉服食

（七）《全三國文》卷三魏武〈與皇甫隆令〉云：「聞卿年出百歲，而體力不衰，耳目聰明，顏色和悅，此盛事也。所服食施行導引，可得聞乎？若有可傳，想可密示封內。」

1. 何晏始服寒食散

（八）《世說新語・言語第二》：「何平叔云：『服五石散，非唯治病，亦覺神明開朗。』」注引秦承祖（原作丞相，據余嘉錫校改）〈寒食散論〉云：「寒食散之方雖出漢代，而用之者寡，靡有傳焉。魏尚書何晏首獲神效，由是大行於世，服者相尋也。」

2. **五石散**（寒食散）**名稱**

(九)《抱朴子·金丹》云：「五石者，丹砂、雄黃、白礬、曾青、慈石。」

(十)唐·孫思邈《千金翼方》卷二十二云：「五石更生散治男子五勞七傷。……紫石英、白石英、赤石脂、鍾乳石、硫黃……」

3. **服食緣由及效果**

(十一)隋·巢元方《諸病源候論》卷六〈寒食散發候〉引皇甫謐云：「……近世尚書何晏耽好聲色，始服此藥，心加開朗，體力轉強。」

4. **服食弊害**

(十二)隋·巢元方《諸病源候論》卷六〈寒食散發候〉引皇甫謐云：「……眾人喜於近利者，不覩後患。晏死之後，服者彌繁，于時不輟，余亦豫焉。或暴發不常，夭害年命。是以族弟長互，舌縮入喉。東海王良夫癰疽陷背。隴西辛長緒，脊肉爛潰；蜀郡趙公烈，中表六喪。悉寒食散之所為也。」

5. **丹藥種類：五石、丹砂、仙藥二十二種**

(十三)《抱朴子·金丹》：「丹之為物，燒之愈久，變化愈妙，黃金入火，百煉不消，埋之，畢天不朽，服此二物，鍊人身體，故能令人不老不死。」「凡草燒之即燼，而丹砂燒之成水銀，積變又還成丹砂，故能令人長生。」

(十四)《抱朴子·僊藥》：「仙藥之上者丹砂，次則黃金，次則白銀，次則諸芝，次則王玉，次則雲母，次則明珠，次則雄黃，次則太乙禹餘糧，次則石中黃子，次則石英，次則石腦，次則石硫黃，次則石粕，次則曾青，次則松柏脂、茯苓、地黃、麥門冬、木巨勝、重樓、黃連、石韋、楮實……」

二、唐代士人服食情況

唐初寺僧服石散

(十五)《續高僧傳》卷十五〈唐東都天宮寺釋法護傳〉：「護善外書，好道術。先服石散，大發，數日悶亂，門人憧惶，夜投餅滓，詭言他藥。後聞正色曰：『吾之見欺，當自責耳！然陷師於非道，是何理耶？』遂不與言。其確固例如此也。」

盛唐猶服五石散

(十六) A.余嘉錫《寒食散考》云：「王燾《外台秘要》作於天寶十一載（見自序）。其卷十七有更生散療虛勞百病方，卷三十七有餌寒食五石，諸雜石解散論。然則直至盛唐之時，服者猶夥。未嘗竟絕也。」（《論學雜著》頁一八六）

高宗時孫思邈嘗戒服五石

(十六) B.唐・孫思邈《千金翼方》：「五石散大猛毒，寧食野葛，不服五石，遇此方即須焚之，勿為含生之害。」又云：「人不服石，庶事不佳，石在身中，萬事休泰，唯不可服五石散。以五石散聚其所惡，激而用之，其發暴故也。」（據余嘉錫《寒食散考》引，《論學雜著》頁二二六）

君主責臣服食

（十七）A.趙翼《廿二史劄記・唐諸帝多餌丹藥》：「古詩云：『服食求神仙，多為藥所誤。』自秦皇、漢武之後，固共知服食金石之誤人矣。及唐諸帝，又惑于其說而以身試之。貞觀二十二年，使方士那羅邇娑娑于金飆門，造延年之藥（《舊唐書・本紀》）。高士廉卒，太宗將臨其喪，房玄齡以帝餌藥石，不宜臨喪，抗疏切諫（〈士廉傳〉）。是太宗實餌其藥也。其後高宗將餌胡僧盧伽阿逸多之藥，郝處俊諫曰：『先帝令胡僧那羅邇娑娑，依其本國舊方，合長生藥，徵求靈草異石，歷年而成，先帝服之無效，大漸之際，高醫束手，議者歸罪于胡僧，將申顯戮，恐取笑外夷，遂不果（〈處俊傳〉）。』李藩亦謂憲宗曰：『文皇帝服胡僧藥，遂致暴疾不救（憲宗本紀）。』是太宗之崩，實由于服丹藥也。乃憲宗（李純）又惑長生之說，皇甫鎛與李道古等，遂薦山人柳泌、僧大通，待詔翰林。尋以泌為臺州刺史，令其採天臺藥以合金丹。帝服之，日加燥渴，裴潾上言：『金石性酷烈，加以燒煉，則火毒難制。』不聽，帝燥益甚，數暴怒責左右，以致暴崩（憲、穆二〈紀〉，及裴潾、王守澄〈傳〉），是又憲宗之以藥自誤也。穆宗（李恆）即位，詔泌、大通付京兆府，決杖處死，是固明知金石之不可服矣！乃未幾聽僧惟賢、道士趙歸真之說，亦餌金石。有處士張皐上書切諫，詔求之，皐已去，不可得，尋而上崩，是穆宗又明知之而故蹈之也。敬宗（李湛）即位，詔惟賢、歸真，流嶺南，是更明知金石之不可服矣！尋有道士劉從政，說以長生久視之術，請求異人，冀獲異藥。帝惑之，乃以從政為光祿卿，號「昇元先生」。又遣使往湖南、江南及天臺採藥（〈敬宗本紀〉）。是敬宗又明知之而故蹈之也。武宗（李瀍）在藩邸，早好道術修攝之事，及即位，又召趙歸真等八十一人於禁中，修符籙、鍊丹藥（〈武宗本紀〉）。所幸王賢妃，私謂左右曰：『陛下日服丹，言可不死，然膚澤日消槁，吾甚憂之（〈王賢妃傳〉）。』後藥發燥甚，喜怒不常，疾既篤，旬日不能言，宰相李德裕請見不得，未幾崩。是武宗又為藥所誤也。宣宗（李忱，憲宗子，封光王，武宗叔）親見武宗之誤，然即位後，遣中使至魏州諭韋澳曰：『知卿奉道，得何藥術，可令來使口奏。』澳附奏曰：『方士不可聽，金石有毒不宜服（〈澳傳〉）。』帝竟餌太醫李元伯所治長年藥，病渴且中燥，疽發背而崩。懿宗（李漼）立，杖殺元伯（〈崔慎由〉、〈畢諴〉二傳），是宣宗又為藥所誤也。統計唐代服丹藥者六君，穆、敬昏愚，其被惑固無足怪；太、憲、武、宣皆英主，何為甘以身殉之，實由貪生之心太甚，而轉以速其死耳。李德裕諫穆宗服道士藥疏云：『高宗朝有劉道合，玄宗朝有孫甑生，皆能以藥成黃金，二祖竟不敢服（德裕傳），然則二帝，可謂知養生矣。其臣下之餌金石者，如杜伏威好神仙術，餌雲母被毒暴卒（伏威傳），李道古既薦柳泌，後道古貶循州，終以服藥，歐血而卒（道古傳）。李抱真好方術，有孫季長者，為治丹云：「服此當仙去。」抱真信之，謂人曰：「秦漢君不遇此，我乃遇之，後升天，不復見公等矣。」餌丹至二萬丸，不能食，且死，道士牛洞元，以豬肪穀漆下之，病少閒，季長來曰：「將得仙，何自棄也。」乃益服三千丸而卒（抱真傳）。斯真愚而可憫矣。』惟武后時，張昌宗兄弟亦曾為之合丹藥，蕭至忠謂其有功於聖體，則武后之餌之可知，然壽至八十一，豈女體本陰，可服燥烈之藥，男體則以火助火，必至水竭而身槁耶？」（《廿二史劄記》卷十九，頁二四七）

（十七）B.《通鑑》唐紀天寶四載春正月庚午：「上謂宰相曰：『朕比以甲子日宮中為壇，為百姓祈福。朕自草黃素置案上，俄飛升於天。聞空中語云：「聖壽延長」。又朕於嵩山鍊藥成，亦置壇上，及夜，左右欲收之，又聞空中語云：「藥未須收，此自守護。」』諸王宰相

皆上表賀。」（《通鑑》卷二一五）

（十七）C.韓愈〈故太學博士李君墓誌銘〉：「初，于以進士，為鄂岳從事，遇方士柳泌，從受藥法，服之往往下血，比四年，病益急，乃死。其法以鉛滿一鼎，按中為空，實以水銀，蓋封四際，燒為丹沙云。余不知服食說自何世起，殺人不可計而世慕尚之益至，此其惑也。在文書所記，及耳聞相傳者不說，今直取目見親與之遊而以藥敗者六七公，以為世誡：工部尚書歸登、殿中侍御史李虛中、刑部尚書李遜、遜弟刑部侍郎建、襄陽節度使工部尚書孟簡、東川節度御史大夫盧坦、金吾將軍李道古，此其人皆有名位，世所共識。工部既食水銀得病，自說若有燒鐵杖自顛貫其下者，摧而為火，射竅節以出，狂痛號呼乞絕，其茵席常得水銀，發且止，唾血十數年以斃。殿中疽發其背死。邢部且死，謂余曰：『我為藥誤。』其季建，一旦無病死。襄陽黜為吉州司馬，余自袁州還京師，襄陽乘舸邀我於蕭洲，屏人曰：『我得祕藥，不可獨不死，今遺子一器，可用棗肉為丸服之。』別一年而病，其家人至，訊之，曰：『前所服藥誤，方且下之，下則平矣。』病二歲竟卒。盧大夫死時，溺出血肉，痛不可忍，乞死乃死。金吾以柳泌得罪，食泌藥，五十死海上，此可以為誡者也。」（《韓昌黎文集校注》卷七）

公主好道、楊貴妃入道

（十八）A.《舊唐書》卷一九一〈方伎傳·張果傳〉：「玄宗初即位，親訪理道及神仙方藥之事。……玄宗好神仙，而欲果尚公主。果固未知之，謂祕書少監王迥質、太常少卿蕭華曰：『諺云：娶婦得公主，真可畏也。』迥質與華相顧未曉其言，即有中使至宣曰：『玉真公主早歲好道，欲降先生。』果大笑，竟不奉詔，迥質等方悟向來之言，後懇辭歸山。」

（十八）B.孫克寬《寒原道論·唐代道教與政治》：「自開元末年，玄宗收了他的媳婦兒楊玉環為貴妃之後，玉環之變更身份是由於入道，賜號太真，而進一步承寵的。自後天寶改元，崇道之事便如火如荼地熾烈起來，道教見重宮庭，往往與女色有相互關係。『鍊丹』本不過是興奮劑。」（《寒原道論》頁一〇八）

文人服食（采藥、煉丹、服丹、餌藥）

（十九）A.《舊唐書》卷一九〇上〈文苑·盧照鄰傳〉：「後拜新都尉，因染風疾去官，處太白山中，以服餌為事，後疾轉篤，徙居陽翟之具茨山。……照鄰既沈痼攣廢，不堪其苦，嘗與親屬執別，遂自投潁水而死，時年四十。」

（十九）B.《新唐書》卷二〇一〈文藝上·盧照鄰傳〉：「病，去官居太白山，得方士玄明膏，餌之。會父喪號嘔，丹輒出，由是疾益甚。……足攣，一手又廢。……病既久，與親屬訣，自沈潁水。」

（二十）《舊唐書》卷一九二〈隱逸·王績傳〉：「績河渚中先有田數頃，鄰渚有隱士仲長子先服食養性，績重其貞素，願與相近，乃結廬河渚，以琴酒自樂。」

（二十一）王維〈贈李頎〉：「聞君餌丹砂，甚有好顏色，不知從今去，幾時生羽翼。王母翳華芝，望爾崑崙側，文螭從赤豹，萬里方一息。悲哉世上人，甘此羶腥食。」（《全唐詩》卷一二五）

（二十二）韋應物〈餌黃精〉：「靈藥出西山，服食採其根，九蒸換凡骨，經著上世言，候火起中

夜，馨香滿南軒，齋居感眾靈，藥術啟妙門，自懷物外心，豈與俗士論，終期脫印綬，永與天壤存。」（《全唐詩》卷一九三）

（二十三）白居易〈燒藥不成命酒獨醉〉：「白髮逢秋王，丹砂見火空，不能留姹女，爭免作衰翁。賴有杯中綠，能為面上紅。少年心不遠，只在半酣中。」（《全唐詩》卷四五六，《白氏長慶集》卷三三）

（二十四）白居易〈思舊詩〉：「閑日一思舊，舊遊如目前，再思今何在，零落歸下泉。退之服流黃，一病訖不痊；微之鍊秋石，未老身溘然；杜子得丹訣，終日斷腥羶；崔君誇藥力，經冬不衣緜。或疾或暴夭，悉不過中年。……」（《白氏長慶集》卷六二）

（二十五）A.柳宗元〈與崔饒（連）州論石鐘乳書〉：「前以所致石鐘乳非良，聞子敬所餌與此類，又聞子敬時憒悶動作，宜以為未得其粹美，而為麄礦慘悍所中，懼傷子敬醇懿，仍習謬誤，故勤勤以云也。……取其色之美，而不必唯土之信，以求其至精，凡為此也。……唯欲得其英精，以固子敬之壽，非以知藥石、角技能也。」（《柳河東集》卷三二）

（二十五）B.柳宗元〈故永州刺史流配驩州崔君（簡）權厝誌〉：「後餌五石，病瘍且亂。」（《柳河東集》卷九）

（二十五）C.柳宗元〈祭姊夫崔使君簡文〉：「悍石是餌，元精以渝。」（《柳河東集》卷四一）

案：崔連州謂崔簡，書元和六年作，簡七年正月卒。

（二十六）韓愈〈衛府君（中立）墓誌〉：「父中丞（晏）薨既三年，與其弟中行別曰：『我聞南方多水銀、丹砂，雜他奇藥，爊為黃金，可餌以不死。』」（《校注本昌黎集》卷七）

（二十七）柳宗元〈送婁圖南秀才遊淮南將入道序〉：「少好道士言。餌藥為壽，未盡其術，故往

且求之。」（《柳河東集》卷二五）

文人與道士（唐代道觀、道士辟穀、煉丹、服氣、文人與道士交遊）

(二十八)《唐六典》卷四禮部：「凡天下觀總一千六百八十七所（一千一百三十七所道士，五百五十所女道士）。每觀觀主一人，上座一人，監齋一人，其綱統眾事。而道士修行者有三號，其一曰法師，其二曰威儀師，其三曰律師，其德高思精謂之鍊師。」

(二十九)唐·張讀《宣室志》卷五：「蘭陵蕭逸人，亡其名，嘗舉進士，下第，遂焚其書，退居潭水上，從道士學神仙，因絕粒吸氣，每日柔搦支體，冀延其壽，積十年餘，髮盡白，色枯而背僂，齒有墮者，一旦引鏡自視，勃然發怒，且曰：『吾棄聲利，隱身田野間，絕食吸氣，冀得長生，今亦衰瘠如是，豈我之心哉！』即遷居鄴下，學商人逐什一之利。」

(三十)李頎〈寄焦鍊師〉：「得道凡百歲，燒丹惟一身，悠悠孤峯頂，日見三花春。白鶴翠微裏，黃精幽澗濱，始知世上客，不及山中人……。」（《全唐詩》卷一三二）

(三十一)王昌齡〈謁焦鍊師〉：「中峯青苔壁，一點雲生時，豈意石堂裏，得逢焦鍊師。爐香淨琴案，松影閒瑤墀，拜受長年藥，翩翩西海期。」（《全唐詩》卷一四二）

(三十二)白居易〈同微之贈別郭虛舟鍊師五十韻〉：「我為江司馬，君為荊判司，俱當愁悴日，始識虛舟師。師年三十餘，白皙好容儀。專心在鉛汞，餘力工琴棋。……嗟我天地間，有術人莫知。……若不佩金印，即合翳玉芝。……」（《全唐詩》卷四四四，《白氏長慶集》卷二十一）

道士煉丹與聲色

(三十三) A.故宮博物院藏「宋人畫南唐耿先生煉雪圖」，《故宮圖畫錄》卷五著錄云：「《石渠寶笈續編·重華宮著錄》云：『水墨界畫樓閣宮殿。元宗正坐。宮娥環侍。耿先生安爐煉雪。又別舍懸帳。女冠中坐，旁列女侍四。無名款。』」

(三十三) B.馬令《南唐書》卷二十四〈耿先生傳〉云：「女冠耿先生，鳥爪玉貌，宛然神仙。保大（元帝李璟年號）中游金陵，以道術修煉為事。元帝召見而悅之，常止於臥內。……嘗掬雪為鋌，爇之成金，指痕隱然猶在。」

三、唐代丹藥種類

(三十四) 丹藥種類（鉛汞為主）

丹砂（汞、水銀）	金丹	李抱真
鉛	金丹	李抱真
硫黃		韓退之
秋石		元　稹
鍾乳		崔　簡
玄明膏		盧照鄰
黃精		韋應物
五石		服者甚少

四、唐代士人服食態度與心理

(三十五) 白居易〈思舊詩〉：「……唯予不服食，老命反遲延，況在少壯時，亦為嗜欲牽，但耽葷與血，不識汞與鉛，飢來吞熱麵，渴來飲寒泉，詩役五藏神，酒汨三丹田，隨日合破壞，至今粗完全，齒牙未缺落，支體尚輕便，已開第七秩，飽食仍安眠，且進杯中物，其餘皆付天。」（《白氏長慶集》卷六二）

(三十六)張籍〈學仙詩〉：「樓觀開朱門，樹木連房廊。中有學仙人，少年休穀糧。高冠如芙蓉，霞月披衣裳。六時朝上清，佩玉紛鏘鏘。自言天老書，祕覆雲錦囊，百年度一人，妄泄有災殃。每占有仙相，然後傳此方。先生坐中堂，弟子跪四廂，金刀截身髮，結誓焚靈香。弟子得其訣，清齋入空房，守神保元氣，動息隨天罡。爐燒丹砂盡，晝夜候火光，藥成既服食，計日乘鸞凰。虛空無靈應，終歲安所望，勤勞不能成，疑慮積心腸，虛羸生疾疹，壽命多夭傷。身歿懼人見，夜埋山谷傍。求道慕靈異，不如守尋常。先王知其非，戒之在國章。」（《全唐詩》卷三八三）

五、辟穀服氣

(三十七)《枕中記》斷穀常餌法：「茯苓末五斤，生栗末五斤，胡麻九蒸九曬為末五斤，此三味先以水一石煑肥大甘棗五斗，令減半出研濾，令皮核極淨，更以水一斗，別洗取皮核中甜味令盡，以微火煎如稠糖，下之令冷，私藥搗一萬杵，密封，稍稍餌以當食。」

(三十八)《舊唐書》卷一九二〈隱逸·王希夷傳〉：「孤貧好道，……隱於嵩山，師道士黃頤向四十年，盡能傳其閉氣導養之術。頤卒，更居兗州徂來山中，與道士劉玄博為棲遁之友。好易及老子，嘗餌松栢葉及雜花散。景龍中，年七十餘，氣力益壯。」

(三十九)《舊唐書》卷一九二〈隱逸·王遠知傳〉：「道士王遠知，瑯邪人也。……初入茅山，師事陶弘景，傳其道法。……太宗登極，將加重位，固請歸山，至貞觀九年，……降璽書曰：『先生操履夷簡，德業沖粹，屏棄塵雜，栖志虛玄，吐故納新，食芝餌朮，念眾妙於三清之表，返華髮於百齡之外，道邁前烈，聲高自古，非夫得祕訣於金壇，受幽文於玉笈者，其孰能與此乎？……』卒年一百二十六歲。」

(四十)《舊唐書》卷一九二〈隱逸・潘師正傳〉：「潘師正，趙州贊皇人也。……清淨寡欲，居於嵩山之逍遙谷，積二十餘年，但服松葉飲水而已。……卒時年九十八。」

(四十一)《舊唐書》卷一九二〈隱逸・司馬承禎傳〉：「道士司馬承禎字子微，河內溫人。……少好學，薄於為吏，遂為道士，事潘師正，傳其符籙及辟穀導引服餌之術，師正特賞異之。……卒於王屋山，時年八十九。」

六、結論

(一)目的：聲色、治病、延年益壽。

(二)前仆後繼，得益甚少。

下編乙　各家研究暨參考資料

壹、論李白絕句

綱　要

一、總論——嫌律，好古

(一)李白嫌律體好古詩，清．趙甌北論韓愈以為才力雄厚，古詩足以恣其馳驟，李白好古詩亦可以才雄為解。

(二)唐人以絕為律，李白少作律詩，全集各體詩九百九十四首，七律僅八首，絕句多至百七十餘首，其中大多為古絕。古絕篇幅雖短，但不受格律約束。

二、七絕評論

(一)七絕體製來源

1. 北魏・魏收〈挾瑟歌〉：明・楊慎以為效法北朝民歌。（見資料五）
2. 歌行氣格。（見資料六）
3. 古調。（見資料九、二十三　王昌齡七絕實唐人絕句）

㈡七絕特點

1. 信口而成，不用意得之。（見資料八、十八、二十二）
2. 詞氣飛揚。（見資料十九）
3. 一氣貫成，融化無跡。（見資料二十四、二十五、二十八）
4. 言微旨遠，語淺情深。（見資料七、資料三十七　淡而濃近而遠）
5. 率露、直抒。（見資料三十一、三十三）
6. 飄逸俊爽，具大篇氣象，胸襟濶大寫景符其器量。（見資料四十六、四十七、四十八A、四十八B）
7. 揮斥八極，凌厲九霄。（見資料二十）
8. 超然飛騰為縱橫家之詩。（見資料四十九）

㈢七絕評價

1. 評李
   (1) 五七言絕，字字神境，篇篇神物。（見資料十三）
   (2) 五七言絕句，唐三百年一人。（見資料二十二　五七絕之聖、資料四十三）
   (3) 七言絕多直抒。（見資料三十一）
2. 李、王比較

(1)並稱，七絕李白、王昌齡並稱聯璧。（見資料二十九　亙古以來無有驂乘、資料四十二、四十五）

(2)七絕，李白、王昌齡自為一體，其後劉、孟得為擅場。（見資料十、十六、十七、二十七、三十五、三十六、三十七）

(3)王、李俱是神品。（見資料三十八、三十九、四十二B）

(4)李寫景入神，王言情造極；王長宮詞樂府，李擅覽勝紀行。（見資料十一A）

(5)李作自然、閒雅，王作自在、渾成；李詞或太露，王語或過流。（見資料十一B）

(6)李詞氣不如王自在，王句格不如李自然。（見資料十九）

(7)李俊爽，王含蓄，辭意不同，各有至處。（見資料四十一　李不及王或王不及李）

(8)李渾雅濃至，少遜於王。（見資料三十）

(9)太白七絕高於諸人，王少伯次之。王嘴含有餘，飛舞不足。（見資料四十四）

3. 李、杜比較

(1)李五、七言絕各極其工，杜五、七絕俱無所解。（見資料十二）

(2)李偏工獨至者絕句，杜窮變極化者律詩。（見資料十四）

(3)杜律、李絕天授神詣，杜不能以律為絕，李不能以絕為律。（見資料十五）

(4)杜律多險拗，太白絕間率露。（見資料二十一）

(5)五、七言絕李、王擅場，少陵風韻不逮。（見資料二十六）

(6)李、王絕句嫌有窠臼，少陵七絕從三百篇中來，高駕王、李。（見資料三十四）

4. 李、元比較

各舉一詩稱其風趣高卑、天壤之差。（見資料三十二）

三、五絕評論

㈠五絕體製來源

1. 源於漢樂府。（見資料五十A　起自古樂府、資料五十四、五十九）
2. 源於古體。（見資料五十七）
3. 源於六朝小樂府。（見資料五十六、五十八）
4. 具齊、梁格，似陰鏗。（見資料五十C、五十六）
5. 發源於子夜歌。（見資料六十）

案：概略言之，李白五絕一源於漢，一源於六朝；就體裁論，一源於古詩、古樂府，一源於小樂府、陰鏗五絕及子夜歌。

㈡五絕特點

1. 超然自得，如彈丸脫手。（見資料五十E、六十）
2. 氣體高妙。（見資料五十三）
3. 語雜仙心。（見資料五十五）
4. 天機浩蕩，二十字如千言萬言。（見資料五十六）
5. 超逸幽微。（見資料五十B、五十D）
6. 太分曉。（見資料五十F）
7. 神韻小減，逸氣未舒。（見資料五十C）

㈢五絕評價

1. 評李

(1)太白五言妙絕古今，然亦齊梁體格。（見資料五十C）

太白五言絕句超然自得，冠絕古今。（見資料五十E）

(2)絕句最貴含蓄，青蓮「相看兩不厭，惟有敬亭山」亦太分曉。（見資料五十F）

(3)五、七言絕句唐三百年一人。（見資料二十二、五十八）

2. 李白、王維比較評論

＊並稱：

(1)唐五言絕至太白、右丞始自成家。（見資料五十A）

(2)五言絕，太白逸、摩詰玄，神化幽微，品格無上。（見資料五十B、五十D、五十一）

(3)五絕，太白、摩詰多入於聖。

(4)王維、王之渙、李白皆直舉胸臆，不做雕鎪。（見資料五十二A）

(5)王維妙悟，李白天才，五絕古今岱華。（見資料五十二B）

(6)五言絕句，右丞自然，太白高妙，蘇州古淡，並入化機。（見資料五十四）

(7)詩至五絕純乎天籟，王摩詰理兼蟬蛻、李青蓮語雜仙心，自是冠絕百代。（見資料五十五）

(8)開元後，五絕李白、王維尤勝諸人。（見資料五十六）

＊李不及王或王不及李：

(9)太白五言如〈靜夜思〉等妙絕古今，他作視七言絕神韻小減，逸氣未舒；右丞輞川諸作自出機軸，名言兩忘，色相俱泯。（見資料五十C）

⑽右丞五絕佳處太白有之，太白五絕佳處，右丞未嘗有之，並論終嫌不敵。（見資料五十六）

3.李白、崔國輔並論

⑴李白、崔國輔五絕號為擅長。（見資料五十六）

⑵李白、崔國輔、韋應物，可為後之為五言者師法。（見資料五十三）

四、七絕五絕作品考察

㈠五、七絕百十六題、百七十七首，佔作品總數五分之一，用樂府標題共十六首（七絕四、五絕十二），用對偶句二十六首（七絕十二、五絕十四），據此觀察太白絕句，未必全出自樂府，亦受近體律影響。

㈡內容主題範圍至廣，離情、懷古、旅愁、閨思、宮怨、閒適、醇酒婦人、山水風月，無所不包，與酒色有關者僅十六首，宋人據此疵議其為人，似非允論。

五、結語

㈠李白絕句多為古絕，少受格律約束。

㈡概括言之，李白五、七絕體製來源，俱源自漢魏樂府古詩。就不同而論，七絕有源自北朝民歌，五絕多承自六朝小樂府。

㈢五、七絕共有特徵為自然飄逸，一氣貫成，小篇具大篇氣象。共有率露、分曉之缺點。其不同處，七絕多信口而成，詞氣飛揚，五絕氣體高妙，或語雜仙心。比較而論，五絕神韻稍遜於七絕。

㈣前人評五、七言絕句以為妙絕古今，或以為唐三百年一人，七絕與王昌齡並稱聯璧，五絕與王維比為岱華，二王二家之長，太白兼而有之。

㈤五、七言絕句篇短句少，超然飛騰，最能顯現縱橫家詩風格（七絕尤多）。

㈥絕句內容豐實，各種題材無所不包，其中酒色風月亦復不少。

一、總論

㈠唐・孟棨《本事詩・高逸第三》：「白才逸氣高與陳拾遺齊名，先後合德，其論詩曰：『梁、陳以來艷薄斯極，沈休文又尚以聲律，將復古道，非我而誰與？』故陳、李二集，律詩殊少，嘗言『興寄深微，五言不如四言，七言又其靡也，況使束於聲調俳優哉！』」

㈡明・謝榛《四溟詩話》卷二：「詩有四格，曰興，曰趣，曰意，曰理。太白〈贈汪倫〉曰：『桃花潭水深千尺，不及汪倫送我情。』此興也。陸龜蒙〈詠白蓮〉曰：『無情有恨何人見，月曉風清欲墮時。』此趣也。王建〈宮詞〉曰：『自是桃花貪結子，錯教人恨五更風。』此意也。李涉〈上于襄陽〉曰：『下馬獨來尋故事，逢人惟說峴山碑。』此理也。悟者得之，庸心以求，或失之矣。」

㈢清・趙翼《甌北詩話》卷三論韓愈：「蓋才力雄厚，惟古詩足以恣其馳驟，一束於格式聲病即難展其所長，故不肯多作。」

㈣清・錢大昕《十駕齋養新錄》卷十六〈古詩律詩之別〉條：「唐人詩自開元、天寶以前，未有古、律之分。大曆、貞元，詞句漸趨穩順。白樂天自言，新舊詩各以類分，有諷諭詩，有閒適詩，有感傷詩，又有五言、七言、長句、絕句，自一百韻至兩韻者，四百餘首，謂之雜律詩，是絕句亦律詩之一體，未嘗別而異之也。元微之詩，亦以類相從，分為十體，曰古諷，曰樂諷，曰古體，曰新題樂府，曰悼亡，曰艷詩，曰古艷，其聲勢沿順，屬對穩切者，為律詩仍以七言五言為兩體。其中有稍存寄興與諷為流者，為律諷。古、律之別，其在元和之世乎？李漢編次昌黎集，亦分古詩、聯句、律詩為三體，韓與元、白同時。」

二、七絕評論

(五)明・楊慎《升庵詩話》：「魏收〈挾瑟歌〉『春風宛轉入曲房，兼送小苑百花香。白馬金鞍去未返，紅妝玉筯下成行。』此詩緣情綺靡，漸入唐調。李太白、王少伯、崔國輔諸家皆效法之。」

(六)元・范梈《李翰林詩選》：「絕句字少意多，四句而反覆議論。如李白〈橫江詞〉，氣格合歌行之盛，使人歎詠。其〈贈汪倫〉非必其詩之佳，要見古人風致如此。」

(七)明・李東陽《懷麓堂詩話》：「詩貴意，意貴遠不貴近，貴淡不貴濃，濃而近者易識，淡而遠者難知。如杜子美『鉤簾宿鷺起，丸藥流鶯囀』，『不通姓字粗豪甚，指點銀缾索酒嘗』，『銜泥點涴琴書內，更接飛蟲打著人』；李太白『桃花流水杳然去，別有天地非人間』；王摩詰『返景入深林，復照莓苔上』，皆淡而愈濃，近而愈遠，可與知者道，難與俗人言。王介甫得之，曰『坐看蒼苔色，欲上人衣來』；虞伯生得之，曰『不及清江轉柁鼓，洗盞船頭沙鳥鳴』，曰『繡簾美人時共看，堦前青草落花多』；楊廉夫得之，曰『南高峰雲北高雨，雲雨相隨惱殺儂』，可謂閉戶造車，出門合轍者矣。」

(八)明・胡應麟《詩藪》：「『明月自來還自去，更無人倚玉欄干。』『解釋東風無限恨，沈香亭北倚欄干。』崔魯、李白同詠玉環事，崔則意極精工，李則語由信筆，然不堪並論者，直是氣象不同。」

(九)明·胡應麟《詩藪》：「五言絕、唐樂府多法齊、梁，體製自別。七言亦有作樂府體者，如太白〈橫江詞〉、〈少年行〉等，尚是古調。至少伯〈宮詞〉、〈從軍〉、〈出塞〉，雖樂府題，實唐人絕句，不涉六朝，然亦前無六朝矣。」

(十)明·胡應麟《詩藪》：「七言絕以太白、江寧為主。參以王維之俊雅，岑參之濃麗，高適之渾雄，韓翃之高華，李益之神秀。益以弘、正之骨力，嘉、隆之氣韻，集長捨短，足為大家。上自元和，下迄成化，初學姑置可也。」

(十一)A.明·胡應麟《詩藪》：「太白〈長門怨〉：『天迴北斗掛西樓，金屋無人螢火流。月光欲到長門殿，別作深宮一段愁。』江寧〈西宮曲〉：『西宮夜靜百花香，欲捲珠簾春恨長。斜抱雲和深見月，朦朧樹色隱昭陽。』李則意盡語中，王則意在言外。然二詩各有至處，不可執泥一端。大概李寫景入神，王言情造極。王宮詞樂府，李不能為；李覽勝紀行，王不能作。」

(十一)B.明·胡應麟《詩藪》：「李作故極自然，王亦合婉中渾成，盡謝爐錘之迹；王作故極自在，李亦飄翔中閒雅，絕無叫噪之風，故難優劣。然李詞或太露，王語或過流，亦不得護其短也。」

(十二)明·胡應麟《詩藪》：「盛唐長五言絕不長七言絕者，孟浩然也；長七言絕不長五言絕者，高達夫也。五、七言各極其工者，太白；五、七言俱無所解者，少陵。」

(十三)明·胡應麟《詩藪·內編》卷六近體下，絕句：「太白五、七言絕，字字神境，篇篇神物。于鱗謂『即太白亦不自知所以至也』，斯言得之。」

（十四）明．胡應麟《詩藪》：「李、杜才氣格調，古體歌行，大概相埒。李偏工獨至者絕句，杜窮變極化者律詩。言體格則絕句不若律詩之大，論結撰則律詩倍於絕句之難。然李近體足自名家，杜諸絕殊寡入彀，截長補短，蓋亦相當。」

（十五）明．胡應麟《詩藪》：「杜之律，李之絕，皆天授神詣。然杜以律為絕，如『窗含西嶺千秋雪，門泊東吳萬里船』等句，本七言律壯語，而以為絕句，則斷錦裂繒之類也。李以絕為律，如『十月吳山曉，梅花落敬亭』等句，本五言絕妙境，而以為律詩，則駢拇枝指類也。」

（十六）明．胡應麟《詩藪》：「成都（楊慎）以江寧為擅場，太白為偏美。歷下（胡應麟）謂太白唐三百年一人。瑯琊謂李尤自然，故出王上。弇州謂俱是神品，爭勝毫釐。數語咸自有旨，學者熟習二公之詩，細酌四家之論，豁然有見，則七言絕如發蒙矣。」

（十七）明．胡應麟《詩藪》：「七言絕，太白、江寧為最。右丞、嘉州、舍人、常侍次之。中唐則隨州、蘇州、仲文、君平、君虞、夢得、文昌、繪之、清溪、廣津，皆有可觀處。」

（十八）明．胡應麟《詩藪》：「太白諸絕句，信口而成，所謂無意於工而無不工者。少伯深厚有餘，優柔不迫，怨而不怒，麗而不淫。余嘗謂古詩樂府後，惟太白諸絕近之。〈國風〉〈離騷〉後，惟少伯諸絕近之。體若相懸，調可默會。」

（十九）明．胡應麟《詩藪》：「李詞氣飛揚，不若王之自在，然照乘之珠，不以光芒殺直。王句格舒緩，不若李之自然，然連城之璧，不以追琢減稱。」

（二十）明．胡應麟《詩藪》：「太白七言絕，如『楊花落盡子規啼』，『朝辭白帝彩雲間』，

『誰家玉笛暗飛聲』，『天門中斷楚江開』等作，讀之真有揮斥八極，凌厲九霄意。賀監（賀知章）謂為謫仙，良不虛也。」

（二十一）明・胡應麟《詩藪》：「杜陵、太白七言律、絕，獨步詞場。然杜陵律，多險拗；太白絕，間率露，大家故宜有此。若神韻干雲，絕無煙火，深衷隱厚，妙協簫韶。李頎、王昌齡故是千秋絕調。」

（二十二）明・李攀龍《唐詩選》：「太白五、七言絕句，實唐三百年一人。蓋以不用意得之，即太白亦不自知其所至，而工者顧失焉。」

（二十三）明・許學夷《詩源辨體》：「七言絕，太白、少伯意並閒雅，語更舂容，而太白中多古調，故又超絕。」

（二十四）明・許學夷《詩源辨體》：「太白七言絕，多一氣貫成者，最得歌行之體。其他僅得王摩詰『新豐美酒』、『漢家君臣』，王少伯『閨中少婦』數篇而已。」

（二十五）明・許學夷《詩源辨體》：「太白五、七言絕，多融化無跡而入於聖。」

（二十六）明・王世貞《藝苑卮言》：「五、七言絕句，李青蓮、王龍標最稱擅場，少陵雖工力悉敵，風韻殊不逮也。」

（二十七）明・何良俊《四友齋叢說》：「五言絕句當以王右丞為絕唱，七言絕句則唯王昌齡、李太白、劉賓客擅場，餘不逮也。」

（二十八）明・王世懋《藝圃擷餘》：「作詩到神情傳處，隨分自佳，下得不覺痕迹，縱使一句兩入，兩句重犯，亦自無傷。如太白〈峨眉山月歌〉，四句入地名者五，然古今目為絕唱，殊不厭重。」

(二十九)明·焦弱侯《詩評》:「龍標、隴西(李白),真七絕當家,足稱聯璧。」

(三十)清·馬時芳《挑燈詩話》:「胡元瑞云:『江寧〈長信詞〉、〈西宮曲〉、〈青樓曲〉、〈閨怨〉、〈從軍行〉,皆優柔婉麗,意味無窮,風骨內含,精芒外隱,如清廟朱絃,一唱三嘆。』余謂只有太白可以繼響,然一往歷落脆美,至渾雅濃至處,似亦少遜,此體故推龍標獨多。」

(三十一)清·毛先舒《詩辨坻》卷三:「七言絕,起忌矜勢。太白多直抒旨啚,兩言後,只用溢思作波掉,唱歎有餘響。拙手往往安排起法,欲留佳思在後作好,首既嚼蠟,後十四字中,地窄而舞拙,意滿而詞滯。」

(三十二)清·毛先舒《詩辨坻》卷三:「太白『楊花落盡』,與微之『殘燈無焰』,體同題類,而風趣高卑,自覺天壤。」

(三十三)清·王楷蘇《騷壇八略》:「七絕如太白之『越王勾踐破吳歸』一篇,前三句俱言盛,末一句獨言衰,此另一格也。」

(三十四)清·黃子雲《野鴻詩的》:「絕句字無多,意縱佳,而讀之易索。當從《三百篇》中化出,便有韻味。龍標、供奉擅場一時,美則美矣,微嫌有窠臼,其餘亦互有甲乙。總之未能脫調,往往至第三句,意欲取新,作一勢喝起,末或順流瀉下,或回波倒捲,初誦時殊覺醒目,三徧後便同嚼蠟。浣花深悉此弊,一掃而新之,既不以句勝,並不以意勝,直以風韻動人,洋洋乎愈歌愈妙。如尋花也,有曰『詩酒尚堪驅使在,未須料理白頭人』。又曰:『桃花一簇開無主,可愛深紅更淺紅?』余童子時,聞一二老宿嘗云:『少陵五律各體盡善,七絕獨非所長。』及年二十,於少陵五律稍有得,越數年從海外歸,七古歌行亦有得,迨三十七八時，奔走嶺外，五古七律始窺堂戶。明年於新安道上，方悟少陵七絕，實從《三百篇》來，高駕王、李諸公多矣。因作〈江行漫興〉，於截句中有云：『野燒燃來風作意，沙鷗飛起水無紋』，又『短鬢寒燈孤照影，江山千里為誰來？』又『黃山脫有青精飯，身世商量歸不歸』。及還家後題壁云：『詩句不忘前代體，酒罏無恙舊家風。』頗亦以為有獲，然僅可與知者道也。」

(三十五)清·王楷蘇《騷壇八略》：「讀五言絕以太白、摩詰、裴、儲等為主，讀七言絕以太白、龍標、李益、杜牧、溫、李輩為主，大抵唐人多工此體。」

(三十六)清·李重華《貞一齋詩話》：「七絕乃唐人樂章，工者最多。朱竹垞云：『七絕至境，須要詩中有魂，「入神」二字，未足形容其妙。』李白、王昌齡後，當以劉夢得為最。緣落筆朦朧縹緲，其來無端，其去無際故也。」

(三十七)清·侯方域《壯悔堂文集》：「七言絕句，初無盛晚，唐人已分為兩種：太白、龍標自為一體，大曆而後，劉夢得最為擅場，又自一種。當時皆翻入樂部，韻調出入，無嫌輕婉，然亦須灝氣寫其遠情可也。」

(三十八)清·沈德潛《唐詩別裁》：「七言絕句，貴言微旨遠，語淺情深，如清廟之瑟，一唱而三歎，有餘音者矣。開元之時，龍標、供奉，允稱神品；外此，高、岑起激壯之音，右丞起悽惋之調，以至『蒲桃美酒』之詞，『黃河遠上』之曲，皆擅場也。後李庶子、劉賓客、杜司勳、李樊南、鄭都官諸家，托興幽微，克稱嗣響。」

(三十九)清·喬億《劍谿說詩》：「七言絕句，李供奉、王龍標神化至矣；王翰、王之渙一首兩首、冠絕古今；右丞氣韻，嘉州氣骨，非大曆諸公可到；李君虞、劉夢得具有樂府意，亦邈焉寡儔；至如樊川之風調，義山之筆力，又豈易言哉！」

(四十)清·李慈銘《越縵堂詩話》：「七絕則江寧、右丞、太白、君虞、義山、飛卿、致堯、東坡、放翁、雁門、滄溟、子桐、松圓、漁洋、樊榭十五家，皆絕調也。五絕則王、裴其最著矣。」

(四十一)清·葉燮《原詩》：「七言絕句，古今推李白、王昌齡；李俊爽、王含蓄，兩人辭、調、意俱不同，各有至處。李商隱七絕，寄托深而措辭婉，實可空百代無其匹也。王世貞曰：『七言絕句，盛唐主氣，氣完而意不盡；中晚唐主意，意工而氣不甚完，然各有至者。』斯言為能持平。然盛唐主氣之說，謂李則可耳，他人不盡然也。宋人七絕，種族各別，然出奇入幽，不可端倪處，竟有軼駕唐人者。若必曰唐、曰供奉、曰龍標以律之，則失之矣。」

(四十二)清·盧世漼《紫房餘論》：「天生太白、少伯以主絕句之席，勿論有唐三百年兩人為政，亙古以來，無復有驂乘矣。子美恰與兩公同時，又與太白同遊，乃恣其崛強之性，頹然自放，獨成一家，可謂巧於用拙，長於用短，精於用粗，婉於用贛者也。」

(四十三)清·屈大均《粵雅雜咏·序》：「詩以神行，使人得其意於言之外，若遠若近，若無若有，若雲之於天，月之於水，心得而會之，口不得而言之，斯詩之神者也。而五七言絕，尤貴以此道行之。昔之擅其妙者，在唐有太白一人，蓋非摩詰、龍標之所及。吾嘗以太白為五七言絕之聖，所謂鼓之舞之以盡神，綠神入化，為盛德之至者也。」

(四十四)清·潘德輿《養一齋詩話》：「高氏棅曰：『七言絕句，太白高於諸人，王少伯次之。』按《藝苑卮言》謂『七言絕句，王少伯與太白爭勝毫釐，俱是神品。』《詩藪》謂

『太白、江寧，各有至處。』《弱侯詩評》謂『龍標、隴西，七絕當家，足稱聯璧。』《漫堂說詩》謂『三唐絕句，並堪不朽，太白、龍標，絕倫逸群。』然吾獨取高氏『少伯次之』之說。夫少伯七絕，古雅深微，意在言表，低眼觀場，隨聲贊美，其實墮雲霧中，並不知其意脈所在，此其境地，豈可易求？顧余謂少伯詩，咀含有餘，而飛舞不足也。屈紹隆云：『詩以神行，若遠若近，若無若有，若雲之於天，月之於水，詩之神者也；而五七絕尤貴以此道行之。昔之擅其妙者，在唐有太白一人，蓋非摩詰、龍標之所及，所謂鼓之舞之以盡神，繇神入化者也。』細玩屈氏之論，則知高氏所謂『少伯次之』者，非臆見矣。王氏謂『爭勝毫釐』，太白勝龍標處，誠在毫釐之間，非老於詩律，不能下斯一語。惜王氏以『俱是神品』一語混之，說成李能勝王，王亦勝李，於是胡氏《詩藪》謂『李寫景入神，王言情造極。王宮詞樂府，李不能為；李覽勝紀行，王不能為。』意議淺滯，妄分畛域，更不足駁也已。」

(四十五)清·陸鎣《問花樓詩話》：「詩有絕句，詞有小令，視之若易，為之甚難。絕句之工，唐則供奉、龍標為冠，雖杜陵不能兼美也。」

(四十六)清·吳喬《答萬季野問》：「唐人七言絕句，大抵由於起承轉合之法；唯李、杜不然，亦如古風浩然長往，不可捉摸。此體最難，宋、明人學之，則如急流小棹，一瞬而過，無意味也。」

(四十七)清·施補華《峴傭說詩》：「太白才逸，筆在剛柔之間，故亦能作五、七絕。」

(四十八)A.邵祖平《七言絕句詩通論》五〈歷代絕詩之風格〉：「盛唐李、王二家平分七絕壇坫，李善遊覽，王工宮闈（胡應麟曰：『王宮詞樂府，李不能為；李覽勝紀行，王不能作。』）；太白詩思飄逸俊爽，擅長寫景。夫一月也，而曰：『夜懸明鏡』；一長江也，而曰：『天際流出』；喻白帝城之高，則曰：『彩雲間』；譬孤帆之遠，則曰：『日邊來』；此詩人胸襟之濶大，寫自然界景象，不但恰符其器量，且常能超過也。此七絕成就寫景功效之始。」（見《中國文學研究叢編》二輯，頁三二——三三，木鐸出版社，民國七十二年）

（四十八）B.邵祖平《七言絕句詩通論》八〈七絕之作法〉：「愚按七絕篇法，最要為有大篇氣象，而大篇氣象者平取之不易得，宜翻騰轉折，如霜隼之擊空，狂鯨之撇海，始為得之。盛唐七絕，以太白、龍標、王之渙三家最為傑出。如太白〈送孟浩然之廣陵〉云：『故人西辭黃鶴樓，煙花三月下揚州』，則東西千餘里，收在兩句中，不待浩然之蹤蹟到廣陵，而太白之神已先至之。此所謂乘飆御風不以疾，句所未到氣先吞也。更云：『孤帆遠影碧空盡，惟見長江天際流』，則筆之斡運，直從地面說到天上，志緯六合，氣滿兩間矣。此種境界惟獨為胸襟濶異之偉大詩人所攝取，太白之前未嘗有法，太白之後，人盡得師矣。更如：『夜懸明鏡秋天上，獨照長門宮裏人』，從上說到下。『峨眉山月半輪秋，影入平羌江水流』『天迴北斗掛西樓』，『落月低軒窗燭盡』，亦從上說到下。『向余東指海雲生』，從近說到遠。『孤帆一片日邊來』，從遠說到近。『宮女如花滿春殿，祇今惟有鷓鴣飛』，從數千年前說到眼前。太白七絕，神鋒開合，飛動無匹，其謀篇之不可端倪者類如是也。」

（四十九）劉申叔《論文雜記》：「太白之詩超然飛騰不愧仙才，是為縱橫家之詩。」

三、五絕評論

（五十）A.明・胡應麟《詩藪》：「唐五言絕，體最古。漢如『藁砧今何在』，『枯魚過河泣』，『南山一桂樹』，『日暮秋雲陰』，『兔絲隨長風』，皆唐絕也。六朝篇什最繁，唐人多有此體，至太白、右丞、始自成家。」

(五十) B.明・胡應麟《詩藪》：「調古則韻高，情真則意遠，華玉標此二者，則雄奇俊亮，皆所不貴。論雖稍偏，自是五言絕第一義。若太白之逸，摩詰之玄，神化幽微，品格無上，又不可以是泥也。」

(五十) C.明・胡應麟《詩藪》：「太白五言，如〈靜夜思〉〈玉階怨〉等，妙絕古今，然亦齊、梁體格，他作視七言絕句，覺神韻小減，緣句短，逸氣未舒耳。右丞『輞川』諸作，卻是自出機軸，名言兩忘，色相俱泯。于鱗論七言遺少伯，五言遺右丞，俱所未安。」

(五十) D.明・胡應麟《詩藪・內編》卷六近體下「絕句」：「五言絕二途：摩詰之幽玄，太白之超逸。子美於絕句無所解，不必法也。」

(五十) E.明・胡應麟《詩藪・內編》卷四近體上「五言」：「太白五言沿洄魏、晉，樂府出入齊、梁，近體周旋開、寶，獨絕句超然自得，冠絕古今。」

(五十) F.同前《內編》卷六近體下「絕句」：「絕句最貴含蓄，青蓮『相看兩不厭，惟有敬亭山』亦太分曉。錢起『始憐幽竹山窗下，不改青陰待我歸』面目尤覺可憎，宋人以為高作何也。」

(五十一) 明・許學夷《詩源辨體》：「五言絕，太白、摩詰多入於聖矣。胡元瑞云：『五言絕二途，摩詰之幽玄，太白之超絕。』是也。」（上承王、楊、盧、駱五言四句，下流至錢、劉諸子五言絕。）

(五十二) A.管世銘《讀雪山房唐詩鈔・凡例》：「王維『紅豆生南國』、王之渙『楊柳東風樹』、李白『天下傷心處』，皆直舉胸臆，不假雕鏤。祖帳離筵，聽之惘惘，二十字移情固至此哉。」

(五十二) B.管世銘《讀雪山房唐詩鈔·凡例》：「王維妙悟，李白天才，即以五言絕句一體論之，亦古今之岱華也，裴迪輞川唱和，不失為摩詰勁敵。」

(五十三) 清·王士禎《唐人萬首絕句選》：「五言初唐王勃獨為擅場。盛唐王、裴輞川唱和，功力悉敵，劉須溪有意抑裴，謬論也。李白氣體高妙。崔國輔源本齊、梁，韋應物本出於右丞，加以古澹。後之為五言者，於此數家求之，有餘師矣。」

(五十四) 清·沈德潛《說詩晬語》：「五言絕句，右丞之自然，太白之高妙，蘇州之古澹，並入化機。而三家中，太白近樂府，右丞、蘇州近古詩，又各擅勝場也。他如崔顥〈長干曲〉、金昌緒〈春怨〉、王建〈新嫁娘〉、張祜〈宮詞〉等篇，雖非專家，亦稱絕調。」

(五十五) 清·楊壽枏《雲薖詩話》：「詩至五絕，純乎天籟，寥寥二十字中，學問才力俱無所施，而詩之真性情、真面目出矣。王摩詰理兼禪蛻，李青蓮語雜仙心，自足冠絕百代。此外如崔國輔之『朝日照紅粧』，柳宗元之『千山鳥飛絕』，劉長卿之『蒼蒼竹林寺』，韋應物之『遙知郡齋夜』，金昌緒之『打起黃鶯兒』，崔顥之『君家何處住』，李商隱之『向晚意不適』，賈島之『松下問童子』，王建之『寥落古行宮』，李端之『開簾見新月』，太上隱者之『偶來松樹下』，皆妙絕古今。」

(五十六) 清·潘德輿《養一齋詩話》：「高氏棅曰：『開元後五言絕句，李白、王維，尤勝諸人。』宋氏犖曰：『李白、崔國輔五絕，號為擅場。』按二說高氏為近之。右丞五絕，沖澹自然，洵有唐至高之境也，但右丞五絕佳處，太白有之，太白五絕佳處，右丞未嘗有之；並論終嫌不敵。若崔國輔，特齊、梁之餘，謂不失五絕源于樂府之遺意則可耳。太白五絕，雖亦從六朝清商小樂府而來，而天機浩蕩，二十字如千言萬言，前人所謂回飆掣電令人縹緲天際者，國輔能之乎？徐而庵謂『唐人五絕，惟太白擅場』，此言獨見得到。然徐氏以太白五絕為似陰鏗，陰工此體，故子美詩云：『李侯有佳句，往往似陰鏗』也。此又不免泥解杜詩，且不省太白五絕佳處之原委耳。」

(五十七)清·喬億《劍谿說詩》：「五言絕句，工古體者自工，謝朓、何遜尚矣；唐之李白、王維、韋應物可證也。惟崔國輔自齊梁樂府中來，不當以此論列。」

(五十八)清·應泗源《李詩緯》：「小樂府之遺，唐人裁為絕句，體之流變，蓋微有辨焉。惟李白所製，猶得其遺，篇什雖簡，而如入思婦勞人之心，何婉曲可諷耶！濟南李氏曰：『李白五、七絕句，實唐三百年一人。蓋以不用意得之，即太白亦不自知所至，而工者顧失焉。』至哉言乎！」

(五十九)清·宋犖《漫堂說詩》：「五言絕句，起自古樂府，至唐而盛。李白、崔國輔號為擅場；王維、裴迪輞川唱和，開後來門徑不少；錢、劉、韋、柳古淡清逸，多神來之句，所謂好詩必是拾得也。歷代佳什，往往而有，要之詞簡而味長，正難率意措手。」

(六十)清·李重華《貞一齋詩話》：「五言絕發源〈子夜歌〉，別無謬巧，取其天然，二十字如彈丸脫手為妙。李白、王維、崔國輔各擅其勝，工者俱貼合乎此。」

四、七絕五絕作品考察

1.《李白集校注》卷四　〈結襪子〉（以下樂府）

燕南壯士吳門豪，筑中置鉛魚隱刀。感君恩重許君命，太山一擲輕鴻毛。

2.卷五〈清平調詞〉三首

其一

雲想衣裳花想容，春風拂檻露華濃。若非羣玉山頭見，會向瑤臺月下逢。

其二

一枝紅豔露凝香，雲雨巫山枉斷腸。借問漢宮誰得似？可憐飛燕倚新妝。

其三

名花傾國兩相歡，長得君王帶笑看。解釋春風無限恨，沉香亭北倚闌干。

3.卷六〈少年行〉

其二

五陵年少金市東，銀鞍白馬度春風。落花踏盡遊何處？笑入胡姬酒肆中。

4.卷七〈橫江詞〉六首（以下古近體詩）

其二

海潮南去過尋陽，牛渚由來險馬當。橫江欲渡風波惡，一水牽愁萬里長。

其三

橫江西望阻西秦，漢水東連楊子津。白浪如山那可渡？狂風愁殺峭帆人。

其四

海神來過惡風迴，浪打天門石壁開。浙江八月何如此？濤似連山噴雪來。

其五

橫江館前津吏迎，向余東指海雲生。郎今欲渡緣何事？如此風波不可行。

其六

月暈天風霧不開，海鯨東蹙百川迴。驚波一起三山動，公無渡河歸去來。

5. 卷八〈永王東巡歌〉十一首

其一

永王正月東出師，天子遙分龍虎旗。樓船一舉風波靜，江漢翻為雁鶩池。

其二

三川北虜亂如麻，四海南奔似永嘉。但用東山謝安石，為君談笑靜胡沙。

其三

雷鼓嘈嘈喧武昌，雲旗獵獵過尋陽。秋毫不犯三吳悅，春日遙看五色光。

其四

龍盤虎踞帝王州，帝子金陵訪古丘。春風試暖昭陽殿，明月還過鳷鵲樓。

其五

二帝巡遊俱未迴，五陵松柏使人哀。諸侯不救河南地，更喜賢王遠道來。

其六

丹陽北固是吳關，畫出樓臺雲水間。千巖烽火連滄海，兩岸旌旗繞碧山。

其七

王出三江按五湖，樓船跨海次揚都。戰艦森森羅虎士，征帆一一引龍駒。

其八

長風挂席勢難迴，海動山傾古月催。君看帝子浮江日，何似龍驤出峽來。

其九

祖龍浮海不成橋，漢武尋陽空射蛟。我王樓艦輕秦漢，卻似文皇欲渡遼。

其十

帝寵賢王入楚關，掃清江漢始應還。初從雲夢開朱邸，更取金陵作小山。

其十一

試借君王玉馬鞭，指揮戎虜坐瓊筵。南風一掃胡塵靜，西入長安到日邊。

6. 卷八〈上皇西巡南京歌〉十首

其一

胡塵輕拂建章臺，聖主西巡蜀道來。劍壁門高五千尺，石為樓閣九天開。

其二

九天開出一成都，萬戶千門入畫圖。草樹雲山如錦繡，秦川得及此間無？

其三

華陽春樹似新豐，行入新都若舊宮。柳色未饒秦地綠，花光不減上陽紅。

其四

誰道君王行路難？六龍西幸萬人歡。地轉錦江成渭水，天迴玉壘作長安。

其五

萬國同風共一時，錦江何謝曲江池？石鏡更明天上月，後宮親得照娥眉。

其六

濯錦清江萬里流，雲帆龍舸下揚州。北地雖誇上林苑，南京還有散花樓。

其七

錦水東流繞錦城，星橋北挂象天星。四海此中朝聖主，峨眉山上列仙庭。

其八

秦開蜀道置金牛，漢水元通星漢流。天子一行遺聖跡，錦城長作帝王州。

其九

水淥天青不起塵，風光和暖勝三秦。萬國烟花隨玉輦，西來添作錦江春。

其十

劍閣重關蜀北門，上皇歸馬若雲屯。少帝長安開紫極，雙懸日月照乾坤。

7. 卷八〈峨眉山月歌〉

峨眉山月半輪秋，影入平羌江水流。夜發青溪向三峽，思君不見下渝州。

8. 卷九〈東魯見狄博通〉

去年別我向何處？有人傳道遊江東。謂言挂席度滄海，卻來應是無長風。

9. 卷九〈贈華州王司士〉

淮水不絕波瀾高，盛德未泯生英髦。知君先負廟堂器，今日還須贈寶刀。

10. 卷十一〈巴陵贈賈舍人〉

賈生西望憶京華，湘浦南遷莫怨嗟。聖主恩深漢文帝，憐君不遣到長沙。

11. 卷十二〈贈汪倫〉

李白乘舟將欲行，忽聞岸上踏歌聲。桃花潭水深千尺，不及汪倫送我情。

12.卷十三〈聞王昌齡左遷龍標遙有此寄〉
楊花落盡子規啼，聞道龍標過五溪。我寄愁心與明月，隨君直到夜郎西。
13.卷十五〈黃鶴樓送孟浩然之廣陵〉
故人西辭黃鶴樓，烟花三月下揚州。孤帆遠影碧山盡，唯見長江天際流。
14.卷十七〈送賀賓客歸越〉
鏡湖流水漾清波，狂客歸舟逸興多。山陰道士如相見，應寫黃庭換白鵝。
15.卷十七〈送外甥鄭灌從軍三首〉
其一
六博爭雄好彩來，金盤一擲萬人開。丈夫賭命報天子，當斬胡頭衣錦迴。
其二
丈八蛇矛出隴西，彎弧拂箭白猿啼。破胡必用龍韜策，積甲應將熊耳齊。
其三
月蝕西方破敵時，及瓜歸日未應遲。斬胡血變黃河水，梟首當懸白鵲旗。
16.卷十八〈送韓侍御之廣德〉
昔日繡衣何足榮？今宵貰酒與君傾。暫就東山賒月色，酣歌一夜送泉明。
17.卷十九〈山中問答〉
問余何意棲碧山，笑而不答心自閑。桃花流水窅然去，別有天地非人間。
18.卷十九〈答湖州迦葉司馬問白是何人〉
青蓮居士謫仙人，酒肆藏名三十春。湖州司馬何須問？金粟如來是後身。

19.卷十九　〈酬崔侍御〉

嚴陵不從萬乘遊，歸臥空山釣碧流。自是客星辭帝坐，元非太白醉揚州。

20.卷二十　〈東魯門泛舟〉二首

其一

日落沙明天倒開，波搖石動水縈迴。輕舟泛月尋溪轉，疑是山陰雪後來。

其二

水作青龍盤石隄，桃花夾岸魯門西。若教月下乘舟去，何啻風流到剡溪？

21.卷二十　〈與謝良輔遊涇川陵巖寺〉

乘君素舸泛涇西，宛似雲門對若溪。且從康樂尋山水，何必東遊入會稽？

22.卷二十　〈陪族叔刑部侍郎曄及中書賈舍人至遊洞庭〉五首

其一

洞庭西望楚江分，水盡南天不見雲。日落長沙秋色遠，不知何處弔湘君。

其二

南湖秋水夜無烟，耐可乘流直上天。且就洞庭賒月色，將船買酒白雲邊。

其三

洛陽才子謫湘川，元禮同舟月下仙。記得長安還欲笑，不知何處是西天。

23.卷二十一　〈望廬山瀑布〉二首

其二

日照香爐生紫烟，遙看瀑布挂前川。飛流直下三千尺，疑是銀河落九天。

24. 卷二十一〈望廬山五老峯〉

廬山東南五老峯，青天削出金芙蓉。九江秀色可攬結，吾將此地巢雲松。

25. 卷二十一〈望天門山〉

天門中斷楚江開，碧水東流至北迴。兩岸青山相對出，孤帆一片日邊來。

26. 卷二十二〈客中作〉

蘭陵美酒鬱金香，玉椀盛來琥珀光。但使主人能醉客，不知何處是他鄉。

27. 卷二十二〈早發白帝城〉

朝辭白帝彩雲間，千里江陵一日還。兩岸猿聲啼不盡，輕舟已過萬重山。

28. 卷二十二〈秋下荊門〉

霜落荊門江樹空，布帆無恙挂秋風。此行不為鱸魚鱠，自愛名山入剡中。

29. 卷二十二〈蘇臺覽古〉

舊苑荒臺楊柳新，菱歌清唱不勝春。只今惟有西江月，曾照吳王宮裏人。

30. 卷二十二〈越中覽古〉

越王句踐破吳歸，義士還家盡錦衣。宮女如花滿春殿，只今惟有鷓鴣飛。

31. 卷二十二〈廬江主人婦〉

孔雀東飛何處棲？廬江小吏仲卿妻。為客裁縫君自見，城烏獨宿夜空啼。

32. 卷二十三〈山中與幽人對酌〉

兩人對酌山花開，一杯一杯復一杯。我醉欲眠卿且去，明朝有意抱琴來。

33. 卷二十三〈與史郎中欽聽黃鶴樓上吹笛〉

一為遷客去長沙，西望長安不見家。黃鶴樓中吹玉笛，江城五月落梅花。

34.卷二十四〈白胡桃〉

紅羅袖裏分明見，白玉盤中看却無。疑是老僧休念誦，腕前推下水精珠。

35.卷二十四〈巫山枕障〉

巫山枕障畫高丘，白帝城邊樹色秋。朝雲夜入無行處，巴水橫天更不流。

36.卷二十五〈軍行〉

騮馬新跨白玉鞍，戰罷沙場月色寒。城頭鐵鼓聲猶震，匣裏金刀血未乾。

37.卷二十五〈從軍行〉

百戰沙場碎鐵衣，城南已合數重圍。突營射殺呼延將，獨領殘兵千騎歸。

38.卷二十五〈春夜洛城聞笛〉

誰家玉笛暗飛聲？散入春風滿洛城。此夜曲中聞折柳，何人不起故園情？

39.卷二十五〈流夜郎聞酺不預〉

北闕聖人歌太康，南冠君子竄遐荒。漢酺聞奏鈞天樂，願得風吹到夜郎。

40.卷二十五〈宣城見杜鵑花〉

蜀國曾聞子規鳥，宣城還見杜鵑花。一叫一回腸一斷，三春三月憶三巴。

41.卷二十五〈長門怨二首〉

其一

天回北斗挂西樓，金屋無人螢火流。月光欲到長門殿，別作深宮一段愁。

其二

桂殿長愁不記春，黃金四屋起秋塵。夜懸明鏡青天上，獨照長門宮裏人。

42. 卷二十五〈春怨〉

白馬金羈遼海東，羅帷繡被臥春風。落月低軒窺燭盡，飛花入戶笑牀空。

43. 卷二十五〈陌上贈美人〉

駿馬驕行踏落花，垂鞭直拂五雲車。美人一笑褰珠箔，遙指紅樓是妾家。

44. 卷二十五〈贈段七娘〉

羅襪淩波生網塵，那能得計訪情親？千杯綠酒何辭醉？一面紅妝惱殺人。

45. 卷二十五〈別內赴徵〉三首

其一

王命三徵去未還，明朝離別出吳關。白玉高樓看不見，相思須上望夫山。

其二

出門妻子強牽衣，問我西行幾日歸。歸時儻佩黃金印，莫見蘇秦不下機。

其三

翡翠為樓金作梯，誰人獨宿倚門啼？夜坐寒燈連曉月，行行淚盡楚關西。

46. 卷二十五〈南流夜郎寄內〉

夜郎天外怨離居，明月樓中音信疎。北雁春歸看欲盡，南來不得豫章書。

47. 卷二十五〈出妓金陵子呈盧六〉四首

安石東山三十春，傲然攜妓出風塵。樓中見我金陵子，何似陽臺雲雨人。

其四

小妓金陵歌楚聲，家僮丹砂學鳳鳴。我亦為君飲清酒，君心不肯向人傾。

48.卷二十五　〈哭晁卿衡〉

日本晁卿辭帝都，征帆一片遶蓬壺。明月不歸沉碧海，白雲愁色滿蒼梧。

49.卷三十　〈庭前晚開花〉

西王母桃種我家，三千陽春始一花。結實苦遲為人笑，攀折唧唧長咨嗟。

50.卷三十　〈戲贈杜甫〉（此首當為贗品，見補遺）

飯顆山頭逢杜甫，頭帶笠子日卓午。借問別來太瘦生，總為從前作詩苦。

51.卷三十　〈暖酒〉

熱暖將來賓鐵文，暫時不動聚白雲。撥却白雲見青天，掇頭裏許便乘仙。

52.卷三十　〈桃源〉二首

昔日狂秦事可嗟，直驅雞犬入桃花。至今不出烟溪口，萬古潺湲二水斜。

露暗烟濃草色新，一番流水滿溪春。可憐漁父重來訪，只見桃花不見人。

【校】〔題〕此二首見《輿地紀勝》卷六八〈常德府〉。王本《拾遺考證》謂非李白詩。

53.卷四　〈王昭君〉二首（以下樂府）

其二

昭君拂玉鞍，上馬啼紅頰。今日漢宮人，明朝胡地妾。

54.卷四　〈相逢行〉

相逢紅塵內，高揖黃金鞭。萬戶垂楊裏，君家阿那邊？

55.卷五　〈玉階怨〉

玉階生白露，夜久侵羅襪。却下水晶簾，玲瓏望秋月。

56. 卷五〈襄陽曲〉四首

襄陽行樂處，歌舞白銅鞮。江城回淥水，花月使人迷。

其二

山公醉酒時，酩酊高陽下。頭上白接䍦，倒著還騎馬。

其三

峴山臨漢江，水綠沙如雪。上有墮淚碑，青苔久磨滅。

其四

且醉習家池，莫看墮淚碑。山公欲上馬，笑殺襄陽兒。

57. 卷五〈洛陽陌〉

白玉誰家郎，回車渡天津。看花東陌上，驚動洛陽人。

58. 卷六〈高句驪〉

金花折風帽，白馬小遲回。翩翩舞廣袖，似鳥海東來。

59. 卷六〈靜夜思〉

牀前看月光，疑是地上霜。舉頭望山月，低頭思故鄉。

60. 卷六〈淥水曲〉

淥水明秋日，南湖採白蘋。荷花嬌欲語，愁殺蕩舟人。

61. 卷六〈估客行〉

海客乘天風，將船遠行役。譬如雲中鳥，一去無蹤跡。

62. 卷八 〈秋浦歌〉十七首（以下古近體詩）

其三

秋浦錦駝鳥，人間天上稀。山雞羞淥水，不敢照毛衣。

其四

兩鬢入秋浦，一朝颯已衰。猿聲催白髮，長短盡成絲。

其五

秋浦多白猿，超騰若飛雪。牽引條上兒，飲弄水中月。

63. 卷九 〈見京兆韋參軍量移東陽〉二首

潮水還歸海，流人却到吳。相逢問愁苦，淚盡日南珠。

64. 卷十 〈對雪獻從兄虞城宰〉

昨夜梁園裏，弟寒兄不知。庭前看玉樹，腸斷憶連枝。

65. 卷十一 〈聞謝楊兒吟猛虎詞因有此贈〉

同州隔秋浦，聞吟猛虎詞。晨朝來借問，知是謝楊兒。

66. 卷十一 〈繫尋陽上崔相渙〉三首

邯鄲四十萬，同日陷長平。能迴造化筆，或冀一人生。

67. 卷十三 〈題情深樹寄象公〉

腸斷枝上猿，淚添山下樽。白雲見我去，亦為我飛翻。

68. 卷十四 〈寄上吳王〉三首

其二

坐嘯廬江靜，閑聞進玉觴。去時無一物，東壁挂胡牀。

69. 卷十五 〈口號〉

食出野田美，酒臨遠水傾。東流若未盡，應見別離情。

70. 卷十五 〈別東林寺僧〉

東林送客處，月出白猿啼。笑別廬山遠，何煩過虎谿？

71. 卷十七 〈送姪良攜二妓赴會稽戲有此贈〉

攜妓東山去，春光半道催。遙看若桃李，雙入鏡中開。

72. 卷十七 〈送殷淑〉三首

其三

痛飲龍筇下，燈清月復寒。醉歌驚白鷺，半夜起沙灘。

73. 卷十八 〈送陸判官往琵琶峽〉

水國秋風夜，殊非遠別時。長安如夢裏，何日是歸期？

74. 卷十八 〈賦得白鷺鷥送宋少府入三峽〉

白鷺拳一足，月明秋水寒。人驚遠飛去，直向使君灘。

75. 卷十九 〈答友人贈烏紗帽〉

領得烏紗帽，全勝白接䍦。山人不照鏡，稚子道相宜。

76. 卷二十 〈陪從祖濟南太守泛鵲山湖〉三首

其一

初謂鵲山近，寧知湖水遙？此行殊訪戴，自可緩歸橈。

其二
湖闊數十里，湖光搖碧山。湖西正有月，獨送李膺還。
其三
水入北湖去，舟從南浦回。遙看鵲山轉，卻似送人來。

77. 卷二十 〈陪侍郎叔遊洞庭醉後〉三首
其一
今日竹林宴，我家賢侍郎。三杯容小阮，醉後發清狂。
其二
船上齊橈樂，湖心泛月歸。白鷗閑不去，爭拂酒筵飛。
其三
刬却君山好，平鋪湘水流。巴陵無限酒，醉殺洞庭秋。

78. 卷二十 〈銅官山醉後絕句〉
我愛銅官樂，千年未擬還。要須迴舞袖，拂盡五松山。

79. 卷二十 〈九日龍山飲〉
九日龍山飲，黃花笑逐臣。醉看風落帽，舞愛月留人。

80. 卷二十 〈九月十日卽事〉
昨日登高罷，今朝更舉觴。菊花何太苦？遭此兩重陽。

81. 卷二十一 〈杜陵絕句〉
南登杜陵上，北望五陵間。秋水明落日，流光滅遠山。

82.卷二十一〈望木瓜山〉

早起見日出，暮見棲鳥還。客心自酸楚，況對木瓜山。

83.卷二十二〈夜下征虜亭〉

船下廣陵去，月明征虜亭。山花如繡頰，江火似流螢。

84.卷二十二〈奔亡道中〉五首

其一

蘇武天山上，田橫海島邊。萬重關塞斷，何日是歸年？

其二

亭伯去安在？李陵降未歸。愁容變海色，短服改胡衣。

其三

談笑三軍却，交游七貴疎。仍留一隻箭，未射魯連書。

85.卷二十三〈魯中都東樓醉起作〉

昨日東樓醉，還應倒接䍦。阿誰扶上馬？不省下樓時。

86.卷二十三〈青溪半夜聞笛〉

羌笛梅花引，吳溪隴水情。寒山秋浦月，腸斷玉關聲。

87.卷二十三〈夏日山中〉

嬾搖白羽扇，裸袒青林中。脫巾掛石壁，露頂灑松風。

88.卷二十三〈醉題王漢陽廳〉

我似鷓鴣鳥，南遷嬾北飛。時尋漢陽令，取醉月中歸。

89. 卷二十三〈獨坐敬亭山〉
眾鳥高飛盡，孤雲獨去閑。相看兩不厭，只有敬亭山。

90. 卷二十三〈自遣〉
對酒不覺暝，落花盈我衣。醉起步溪月，鳥還人亦稀。

91. 卷二十三〈憶東山〉二首
其一
不向東山久，薔薇幾度花。白雲還自散，明月落誰家。
其二
我今攜謝妓，長嘯絕人羣。欲報東山客，開關掃白雲。

92. 卷二十三〈重憶〉一首（前為〈對酒憶賀監〉二首）
欲向江東去，定將誰舉杯？稽山無賀老，却棹酒船回。

93. 卷二十四〈田園言懷〉
賈誼三年謫，班超萬里侯。何如牽白犢，飲水對清流？

94. 卷二十四〈詠山樽〉二首
其二
擁腫寒山木，嵌空成酒樽。愧無江海量，偃蹇在君門。

95. 卷二十四〈初出金門尋王侍御不遇詠壁上鸚鵡〉
落羽辭金殿，孤鳴託繡衣。能言終見棄，還向隴西飛。

96. 卷二十四〈紫藤樹〉

紫藤挂雲木，花蔓宜陽春。密葉隱歌鳥，香風留美人。

97.卷二十四〈觀放白鷹〉二首

八月邊風高，胡鷹白錦毛。孤飛一片雪，百里見秋毫。

98.卷二十四〈流夜郎題葵葉〉

慙君能衛足，嘆我遠移根。白日如分照，還歸守故園。

99.卷二十四〈白鷺鷥〉

白鷺下秋水，孤飛如墜霜。心閑且未去，獨立沙洲旁。

100.卷二十五〈勞勞亭〉

天下傷心處，勞勞送客亭。春風知別苦，不遣柳條青。

101.卷二十五〈怨情〉

美人卷珠簾，深坐顰蛾眉。但見淚痕濕，不知心恨誰？

102.卷二十五〈贈內〉

三百六十日，日日醉如泥。雖為李白婦，何異太常妻？

103.卷二十五〈越女詞〉五首

其一

長干吳兒女，眉目豔星月。屐上足如霜，不著鴉頭襪。

其二

吳兒多白皙，好為蕩舟劇。賣眼擲春心，折花調行客。

其三

耶溪採蓮女，見客棹歌回。笑入荷花去，佯羞不出來。

其四

東陽素足女，會稽素舸郎。相看月未墮，白地斷肝腸。

其五

鏡湖水如月，耶溪女如雪。新妝蕩新波，光景兩奇絕。

104. 卷二十五〈浣紗石上女〉

玉面耶溪女，青蛾紅粉妝。一雙金齒屐，兩足白如霜。

105. 卷二十五〈出妓金陵子呈盧六〉四首

其二

南國新豐酒，東山小妓歌。對君君不樂，花月奈愁何！

其三

東道烟霞主，西江詩酒筵。相逢不覺醉，日墮歷陽川。

106. 卷二十五〈巴女詞〉

巴水急如箭，巴船去若飛。十月三千里，郎行幾歲歸？

107. 卷二十五〈哭宣城善釀紀叟〉

紀叟黃泉裏，還應釀老春。夜臺無曉日，沽酒與何人？

108. 卷三十〈鄒衍谷〉（以下補遺）

燕谷無暖氣，窮巖閉嚴陰。鄒子一吹律，能迴天地心。

109. 卷三十〈日出東南隅行〉

秦樓出佳麗，正值朝日光。陌頭能駐馬，花處復添香。

110. 卷三十〈題峯頂寺〉

夜宿峯頂寺，舉手捫星辰。不敢高聲語，恐驚天上人。

111. 卷三十〈陽春曲〉

芣苡生前徑，含桃落小園。春心自搖蕩，百舌更多言。

112. 卷三十〈舍利佛〉

金繩界寶地，珍木蔭瑤池。雲間妙音奏，天際法蠡吹。

113. 卷三十〈摩多樓子〉

從戎向邊北，遠行辭密親。借問陰山候，還知塞上人。

114. 卷三十〈釣臺〉

磨盡石嶺墨，尋陽釣赤魚。靄峯尖似筆，堪畫不堪書。

115. 卷三十〈小桃源〉

黟縣小桃源，煙霞百里間。地多靈草木，人尚古衣冠。

116. 卷三十〈白微時募縣小吏入令臥內嘗驅牛經堂下令妻怒將加詰責白亟以詩謝云〉

素面倚欄鉤，嬌聲出外頭。若非是織女，何得問牽牛？

117. 句二（疑非全詩）

綠鬢隨波散，紅顏逐浪無。因何逢伍相，應是想秋胡。

案：以上共一一七題、一七七首，其中七絕五十三題九十七首，五絕六十四題八十首。約佔詩集總數九九四首的五分之一，用樂府標題者七絕四首，五絕十二首。用對偶句者：七絕計十二首，即：編號5.〈永王東巡歌〉十一首之三、四、六、七、十共五首；編號6.〈上皇西巡南京歌〉十首之三、四、六、七共四首；編號34.〈白胡桃〉一首；編號39.〈流夜郎聞酺不預〉一首；編號40.〈宣城見杜鵑花〉一首；編號42.〈春怨〉一首。五絕計十四首，即編號53.〈王昭君〉二首之二，一首；編號67.〈題情深樹寄象公〉一首；編號81.〈杜陵絕句〉一首；編號83.〈夜下征虜亭〉一首；編號84.〈奔亡道中〉五首之一，一首；編號93.〈田園言懷〉一首；編號96.〈紫藤樹〉一首；編號102.〈贈內〉一首；編號103.〈越女詞〉五首之四、五，兩首；編號105.〈出妓金陵子呈盧六〉四首其三，一首；編號112.〈舍利佛〉一首；編號115.〈小桃源〉一首。

次就內容考察，其中懷古、詠物、行旅、鄉思、閨怨、離情、酒色、山水風月、閒適、哀悼、諷諭、歌頌無一不有，題材甚多，範圍至廣，茲約略區分如下：

(一)少年放浪豪情及俠義者：編號1.、3.、57.、58.、65.各首。

(二)有關酒色者：編號2.、43.、44.、47.、51.、71.、78.、79.、80.、85.、88.、103.、104.、105.、111.各首。

(三)從戎征戰者：編號5.、36.、37.、113.各首。

(四)諷諭歌頌者：編號6.各首。

(五)行旅：編號4.、28.、61.、76.、77.各首。

(六)鄉思：編號26.、33.、38.、40.、59.、82.、83.各首。

(七)懷古：編號29.、30.、31.、52.、53.、56.各首。

(八)離情：編號2.、13.、69.、73.、100.各首。

㈨閨怨：編號41.、42.、55.、101.、106.首。
㈩詠物：編號34.、49.、62.、94.、95.、96.、97.、99.各首。
㈩一懷思（家室朋友）：編號7.、45.、46.、91.、92.各首。
㈩二贈別：編號9.、10.、70.、74.各首。
㈩三閒適歡樂：編號17.、27.、32.、87.、89.、90.各首。
㈩四哀悼：編號48.、107.各首。
㈩五奔亡遷謫淪落：編號11.、39.、63.、84.、93.、98.各首。
㈩六嘆老：編號62.各首。
㈩七山水風月：編號20.、21.、23.、24.、25.、35.、81.、83.、114.、115.各首。
㈩八陳情：編號64.、66.各首。
㈩九內咎：編號102.各首。

貳、杜詩〈望嶽〉（〈岱宗〉）及其相關問題

綱　要

一、〈望嶽〉共三首，此首望岱嶽、遙望、登望——第一次登望、第二次登望：登幾次、何時登？

二、明・王嗣奭以為身在岳麓、神遊嶽頂。（見資料四）

三、清・仇兆鰲、浦起龍以為望東嶽而作。（見資料五、六的〈望嶽〉三首）

四、仇又以為遊望東嶽在天寶四載。（見資料十二2.）

五、清・朱鶴齡以為二次望嶽，一在開元二十八年，再登岱顛於天寶九載。（見資料二、十二1.）

六、清・盧世漼以為初登東嶽，後登岱宗之巔。（見資料九）

七、近人劉孟伉《杜甫年譜》以為開元二十八年登泰山，又登泰山日觀峯。（見資料十）

八、近人許永璋謂〈望嶽〉為登嶽而望，一次登日觀峯。

九、結語：二次登岱嶽，在開元二十八年、天寶四載。

杜詩〈望嶽〉及其相關問題資料

(一)《杜詩詳註》卷一：「岱宗夫如何？齊魯青未了。造化鍾神秀，陰陽割昏曉。盪胸生層雲，決眥入歸鳥。會當凌絕頂，一覽眾山小。」

(二)清．朱鶴齡註：「公〈壯遊〉詩云：『忤下考功第，放蕩齊、趙間』，乃在開元二十四年後，當其時作。」朱鶴齡《杜甫年譜》繫開元二十八年(七四〇)二十九歲作，云：「在縱遊齊、趙中，至兗州省親，正在此年。雖賦詩自七歲始，但存稿則自本年至兗州省親時作，故〈登兗州城樓〉與〈望嶽〉二詩，乃其詩集開卷之作。」

(三)《元和郡縣》：「泰山一曰岱宗，在兗州乾封縣西北三十里。」

(四)明．王嗣奭《杜臆》：「盪胸句，狀襟懷之浩蕩；決眥句，狀眼界之空濶。公身在岳麓，而神遊岳頂，所云『一覽眾山小』者，已冥搜而得之矣，非必再登絕頂也。」

(五)清．仇兆鰲註：「望東嶽而作也，詩用四層寫意。首聯，遠望之色；次聯，近望之勢；三聯，細望之景；末聯，極望之情，上六實敘，下二虛寫……」

(六)清．浦起龍《讀杜心解》卷一之一：「公〈望嶽〉詩凡三首，此望東嶽也，越境連綿，蒼峰不斷，寫嶽勢只青未了三字，勝人千百矣！……末聯則以將來之凌眺，剔現在之遙觀，是透過一層收也。」

(七)《杜詩詳註》卷六〈望岳〉：「西岳崚嶒竦處尊，諸峯羅立似兒孫。安得仙人九節杖，拄到玉女洗頭盆。車箱入谷無歸路，箭括通天有一門。稍待秋風涼冷後，高尋白帝問真源。」仇注：「此往華州時，中途所歷者，岳，西岳華山也。」

(八)同前，卷二十二〈望嶽〉：「……洎吾陷世網，行邁越瀟湘……牽迫限修途，未暇杖崇岡……」仇注：「當是大曆四年春晚，自潭之衡州作。」

(九)仇注引盧世潅：「公初登東嶽，似稍緊窄，然而曠甚，後望南嶽，似稍錯雜，然而肅甚，固不必登峯造極，而兩嶽真形，已落其眼底。及觀〈又登後園山腳〉云：『昔我遊山東，憶戲東嶽陽，窮秋立日觀，矯首望八荒。』則是業升岱宗之巔，而流覽無際矣！乃絕不另設專題，以鋪張遊樂，亦以〈望嶽〉一首已領其要，故不必再拈也。」

(十)《杜甫年譜》開元二十八年：「『岱宗夫如何?齊魯青未了。』齊在泰山之陰，魯在泰山之陽……登山一望，則亦見山色從其陰面籠罩齊州，又從其陽面翳蔽魯郡；眼力能將齊魯望盡，而此山之青翠則尚非齊魯一帶之天地所能盡包。……作者嘗在秋天登泰山日觀峯，翹首八荒。……」

(十一)許永璋《說杜詩〈望嶽〉》：「我針對他們的誤解，從四方面加以訂正：(1)從杜集中三首望嶽的內容不同，證實此首望嶽確係登嶽而望；(2)從杜甫〈又上後園山腳〉的『我昔遊山東，憶戲東嶽陽，窮秋立日觀，矯首望八荒。』證實杜甫遊山東時曾登上日觀峯；(3)從《唐六典》記載：『泰山周一百六十里，高四十餘里，羣峯得名者甚多，而丈人峯在山頂，特立羣峯之表。』證實『絕頂』不是日觀峯，而是丈人峯（即杜甫預期的絕頂，從杜集中「實寫」與「虛摹」的界限。杜甫有不少詩中凡表明他所設想部分常用「安得」二字以分虛實），證實此詩確係實寫，而非虛摹。以上確證，似乎可正前人之誤。」（見一九八〇年《文學評論》四期，亦見許著《杜詩名篇新析》頁四〇四、四〇五，正中書局，一九九一年出版）

(十二)《杜詩詳註》卷十九〈又上後園山腳〉：「昔我遊山東，憶戲東嶽陽。窮秋立日觀，矯首望八荒。朱崖著毫髮，碧海吹衣裳。蓐收困用事，玄冥蔚強梁。逝水自朝宗，鎮石各其方。平原獨憔悴，農力廢耕桑。非關風露凋，曾是戍役傷。於時國用富，足以守邊疆。朝廷任猛將，遠奪戎馬場……」《杜臆》：「此兼喻吐蕃西走，祿山北競。」仇注：「朱崖南望，碧海東望，蓐收西望，玄冥北望。……水石如故，而中原獨疲，以民傷戍役故耳！此追咎當時邊將邀功，朝廷好武也。」

1.朱鶴齡注：「開元末，公遊齊、趙，有〈望嶽〉詩。此云：『憶戲東嶽陽，窮秋立日觀』，則後又嘗登岱頂矣。《通鑑》：天寶九載四月，平盧范陽節度使安祿山，欲以邊功市寵，數侵掠奚、契丹，奚、契丹各殺公主以叛，祿山討破之。此詩『平原戍役，猛將戎馬』等語，正指當時之事。《年譜》：是歲公在齊州，其登太山，則在秋冬之交矣。」

2.仇兆鰲注：「今按〈壯遊〉詩，自下考功第後，始放浪齊、趙，凡經八九年，當是開元二十五年至天寶四載也。又〈昔遊〉詩云：『是時倉廩實』，又云：『幽燕盛用武』，即此詩所謂『國用富，任猛將』也。公遊東嶽，必在其時。朱注謂再遊東嶽在天寶八載，據《年譜》，是歲雖到齊州，但未知其確曾登嶽否耳！」

(十三)《杜詩詳註》卷十六〈遺懷〉詩：「昔我遊宋中，惟梁孝王都……先帝（玄宗）正好武，寰海未凋枯，猛將收西域，長戟破林胡，百萬攻一城，獻捷不云輸，組練去如泥，尺土負百夫，拓境功未已，元和辭大爐……。」

案：仇云八載乃九載之誤，朱云天寶九載乃四載之誤。《通鑑》卷二一五：天寶三載（七四四）「三月己巳，以平盧節度使安祿山兼范陽節度使。」四載：「九月……安祿山欲以邊功市寵，數侵掠奚、契丹，奚、契丹各殺公主以叛，祿山討破之。」

（十四）劉孟伉《杜甫年譜》：「開元二十八年（七四〇）二十九歲，在縱遊齊、趙中，至兗州省親。……二十九年，由齊、魯歸東都……。天寶三載（七四四）三十三歲，秋，出遊梁、宋，與李白、高適相遇，與李白同往山東齊州（濟南）。……天寶四載（七四五）再遊齊、魯，秋初到魯郡（兗州），與李白同上東蒙山（東山）。冬，李白遊江東，甫西還。」

（十五）楊承祖〈杜甫李白高適同遊梁宋年代考〉，以為在天寶四載。

參、李杜比較論

一、李杜並稱

(一)《昌黎詩繫年集釋》卷一〈醉留東野詩〉：「昔年因讀李白、杜甫詩，長恨二人不相從，吾與東野生並世，如何復躡二子蹤。……」韓愈言己與孟郊之相交，猶如李、杜之相交。

案：詩作於貞元十五年（七九九）春，見《韓愈研究》一五七頁。

(二)《昌黎詩繫年集釋》卷五〈薦士詩〉：「勃興得李、杜，萬類困陵暴。」

案：元和元年（八〇六）作。

(三)《昌黎詩繫年集釋》卷四〈感春〉四首之二：「近憐李、杜無檢束，爛漫長醉多文辭。」

案：元和元年作。

(四)《全唐詩》卷十一楊憑〈贈竇牟〉：「直用天才眾卻瞋，應欺李、杜久為塵，南荒不死中華老，別至翻同西國人。」

案：元和四年（八〇九）楊憑貶臨賀尉。

(五)《孟東野詩集》卷六〈戲贈無本〉二首之一：「可惜李、杜死，不見此狂癡。」

(六)《昌黎詩繫年集釋》卷七〈石鼓歌〉：「少陵無人謫仙死，才薄將奈石鼓何？」

案：元和六年(八一一)作。

(七)《昌黎詩繫年集釋》〈酬司門盧四兄雲夫院長望秋作〉詩：「高揖群公謝名譽，遠追甫、白感至誠。」

(八)《元氏長慶集》卷五十六〈唐杜工部員外郎杜君墓係銘〉：「是時山東人李白，亦以奇文取稱，時人謂之李、杜。」

案：元和八年(八一三)作。

(九)《白氏長慶集》卷二八〈與元九書〉：「詩之豪者，世稱李、杜。」

案：此書元和十年(八一五)作。

(十)《昌黎詩繫年集釋》卷九〈調張籍詩〉：「李、杜文章在，光焰萬丈長。不知群兒愚，那用故謗傷？蚍蜉撼大樹，可笑不自量。伊我生其後，舉頸遙相望。……」

案：此詩元和十一年(八一六)作。

(十一)《白氏長慶集》卷十五〈讀李杜集因題卷後〉：「翰林江左日，員外劍南時。不得高官職，仍逢苦亂離。暮年逋客恨，浮世謫仙悲。吟詠流千古，聲名動四夷。文場供秀句，樂府待新辭。天意君須會，人間要好詩。」(原註：賀監知章目李白為謫仙人。)

案：元和十年(八一五)作。

(十二)王若虛《滹南詩話》李、杜並稱。

(十三)嚴羽《滄浪詩話》李、杜並稱。(宋・嚴羽《滄浪詩話》：「李、杜二公，正不當優劣。太白有一二妙處，子美不能道；子美有一二妙處，太白不能作。子美不能為太白之飄逸，太白不能為子美之沉鬱。」)

二、李杜詩優劣爭論

(一)唐人選唐詩，看李白地位，李勝杜。

(二)宋以後注杜者多，注李者少，杜勝李。

(三)中唐詩人元稹〈唐故工部員外郎杜君墓係銘〉稱詩至於子美，「盡得古今之體勢，而兼昔人之所獨專」，「詩人以來，未有如子美者。是時山東人李白，亦以奇文取稱，時人謂之李、杜。余觀其壯浪縱恣，擺去拘束，模寫物象，及樂府歌詩，誠亦肩差于子美矣。至若鋪陳終始，排比聲韵，大或千言，次猶數百，詞氣豪邁而風調清深，屬對律切而脫棄凡近，則李尚不能曆其藩翰，況堂奧乎！」推重杜甫，李不如杜。（詩論）

(四)白居易〈與元九書〉稱杜詩：「又詩之豪者，世稱李、杜。李之作，才矣奇矣，人不逮矣，索其風雅比興，十無一焉。杜詩最多，可傳者千餘首，至於貫穿古今，覶縷格律，盡工盡善，又過於李。」李不如杜。（樂府諷諭）

(五)蘇軾　李不如杜。（為人、詩）

(六)蘇轍　李不如杜。（為人）

(七)唐庚　李不如杜。（詩）

(八)王世貞　李不如杜。（七古）

(九)王若虛《滹南詩話》：「李白歌詩，豪放飄逸，人固莫及。至杜甫則發斂抑揚，疾徐縱橫，無施不可。」李不如杜。（詩格）

(十)明・謝榛《四溟詩話》：「太白、子美行皆大步，其飄逸沉重之不同。子美可法，而太白未

易法也。」李不如杜。（詩）

(十一)傅庚生〈論李杜詩〉也從思想和情思的重要性方面肯定了杜甫。　李不如杜。

(十二)吳天任〈李杜詩比較〉　重杜。（論李杜詩：引十三次李不如杜）。

(十三)黃國彬　李稍遜於杜。

(十四)曾克耑　李不如杜。

(十五)錢鍾書《談藝錄》：「少陵七律兼備眾妙，衍其一緒，胥足名家。譬如中衢之尊，過者斟酌，多少不同，而各如所願。陳後山之細筋健骨，瘦硬通神，自為淵源老杜無論矣。」李不如杜。

(十六)楊啟高〈李杜比較〉：復古開新。

(十七)夏敬觀〈說杜甫〉：「杜詩之高，在集眾長，學者以其一體，亦足名世。達摩將返西竺，道音得其骨，慧可得其髓，能致力者，各有其人。」

(十八)夏敬觀〈說李白〉：「太白詩跡象難求，學之不易。」李不如杜。

三、李杜詩風——飄逸、沉鬱之形成

李、杜詩風所以不同原因——李詩飄逸，杜詩沉鬱，探討兩者所以形成的原因，比較說明李、杜兩家詩風的不同，是否可以從生活環境和思想、情感、寫作態度、背景來斷定？

1. 家世出身
2. 生活環境
3. 情感思想——繆鉞論李商隱詩

4. 寫作技巧（態度取向）

5. 宋元明清各家之評論

(一)家世出身——李白父親李客。父先世不可知，是一個沒有根的人。李出身在罪犯家庭。杜甫十四世祖為杜預，世代為儒，有根有本的人，杜甫出身在儒學世家。

(二)生活環境——少年生活環境：李白十五好劍術，遍干諸侯，三十成文章，歷抵卿相。李白放曠不檢，由於好劍術、干諸侯而得以放縱，詩自然走向飄逸之路。

杜甫勤苦力學，涵詠沉潛，杜甫二十歲方出門遠遊，〈柏學士茅屋〉云：「碧山學士焚銀魚，白馬卻走身岩居。古人已用三冬足，年少今開萬卷餘。晴雲滿戶團傾蓋，秋水浮階溜決渠。富貴必從勤苦得，男兒須讀五車書。」〈題柏大兄弟山居屋壁〉二首云：「叔父朱門貴，郎君玉樹高。山居精典籍，文雅涉風騷。」杜甫放曠不拘，由於勤苦力學，變化氣質，詩風自然走向沉鬱篤實之路。

(三)情感思想——李用情入而能出，杜用情往而不返，所謂「衣帶漸寬終不悔，為伊消得人憔悴。」

(四)寫作技巧——李自然揮灑，杜精心苦思，鍛字鍊句，千錘百鍊，「語不驚人死不休」。

(五)寫作態度取向——李道家思想超世、放下，杜儒家思想入世、有責任。

(六)楊啟高〈李杜比較〉謂：「李集復古之大成，杜開革新之局面。」試解釋兩句話的意義。

1. 李白學古人，集五古、七古、樂府之大成。

五古來源：慷慨悲歌出於劉禎、阮籍，寫山水出於謝眺。

七古學鮑照，〈蜀道難〉學〈行路難〉。

樂府學魏晉。
2. 李白結束舊時代。
3. 杜甫開創新時代——內容：寫實。
形式：創造律詩典型，古體（五古、七古、樂府）、新體（絕句（五言、七言）律詩（五七言律、五七言排律））兼備。

✧繆鉞分中國詩人為兩種類型：

(一)莊子類型：陶淵明、李白屬之。
此一類型用情入而能出，如蜻蜓點水，旋點旋飛。入而能出，即能自我解脫，故所作詩歌呈現的詩風是超曠飄逸。
(二)屈原類型：杜甫、李商隱屬之。
此一類型，用情往而不返，如春蠶作繭，愈縛愈緊。往而不返，即一往情深，難以割捨。李義山所謂「春蠶到死絲方盡，蠟炬成灰淚始乾。」正可說明這一類型的心態，其詩風自然是纏綿沉鬱。
(三)李用情入而能出，杜用情往而不返，李詩所以飄逸，杜詩所以沉鬱，應從用情上去瞭解。
(四)文學史上後一種類型比較多。無數令人迴腸蕩氣作品都出於此一類型之手。
(五)有介於兩者之間或偏於某一方面，或兩者兼具的詩詞作家，如蘇軾是兩者兼具的，表現一往情深，如〈江城子〉：
十年生死兩茫茫，不思量，自難忘。千里孤墳，無處話淒涼。縱使相逢應不識，塵滿面，鬢如霜。　夜來幽夢忽還鄉，小軒窗，正梳妝。相顧無言，唯有淚千行。料得年年腸斷處，明月夜，短松岡。

表現入而能出的，如〈臨江仙〉：

夜飲東坡醒復醉，歸來髣髴三更，家童鼻息已雷鳴。敲門都不應，倚杖聽江聲。

自我超脫，隨遇而安，可作人生修養的模範。

四、李杜文學理論比較

(一)李反對六朝詩的綺麗，但於謝朓清麗清新予以推重：重漢、魏風骨。

(二)詩體方面：李倡古風，輕律詩。

杜甫輕風雅，重比興。不薄今人愛古人。不反對齊、梁綺麗（綺麗不足珍）。注重格律（李反對格律）。注重雕琢（主自然）。

五、李杜作品（作詩取向）比較

(一)李白五古：復漢、魏長詩。

杜甫五古：運用律詩句法，以創變調。

(二)李樂府用古題寫古意。

杜甫樂府採新題寫新意。

(三)李復古，杜開新。

(四)七古，李源鮑照；杜七古雜用律句。

(五)近體，律，李不如杜；絕，杜不如李。

律：李少作；杜「語不驚人死不休」。

絕：李最佳，較自由，不須鍛鍊；杜甫於絕無可用力。

肆、王孟相關問題

綱 要

一、王孟並稱（孟浩然地位的升降）

㈠唐人有以名人姓號並稱的風習，如姚宋、燕許、蕭李、沈宋、錢郎等。（資料一、五）

㈡唐·杜甫習稱陰何、鮑謝、沈宋、盧王、屈宋。（資料二、三、四）

㈢杜甫〈解悶〉之六云：「復憶襄陽孟浩然，清詩句句盡堪傳。」之八云：「不見高人王右丞，藍田丘壑漫寒藤。最傳秀句寰區滿，未絕風流相國能。」一稱清詩，一稱秀句，似有相提並論之意。（資料七、八）

㈣唐·王士源《孟集·序》稱王維與孟浩然為忘形交，不以詩並稱。（資料六）

㈤盛唐、中唐時人論詩者，多以王維、崔顥並稱。除杜甫外，不以詩並稱「王孟」。（資料九——十一）

㈥中唐白居易以詩風格「陶韋」並稱，晚唐司空圖以詩風論並稱「王韋」。（資料十三、十五）

㈦五代《舊唐書·文苑傳》，以能詩稱王維、杜甫。（資料十七）

(八)宋·陳師道、羅大經承司空圖，皆以「王韋」並稱（置孟浩然於不論）。（資料十九、二十一、二十二）

(九)宋·劉長翁並稱韋應物、孟浩然，以二人詩趣相似。

(十)至北宋，不稱孟浩然能詩。「王孟」並稱殆始於南宋初人許顗彥、周詩詒，許氏以二家能詩並稱，蓋本於杜甫。

(土)明、清以降，論詩者多以詩風（沖淡）並稱「王孟」。（資料二十三——二十七）

二、王孟作品存佚及贋偽

(一)《舊唐書·王維傳》稱王維作品百千餘篇，十不存一，約四百餘篇。

(二)清·趙殿成《王右丞集箋注》共收詩文五百五十一篇，其中詩四百七十九首，與《舊唐書·傳》大致相合。經前人考定誤收四十八首，尚有誤收未考定的。《四部叢刊》本詩三七四（首）題，經考定誤收三十五題，五十一首，《四部叢刊》本可信的約三百二十三題，三百七十一首。

(三)唐·韋縚（天寶年間）重繕王士源編《孟浩然詩集》，僅約其半，二百一十八首。

(四)《四庫提要》云江蘇蔣氏家藏本，較原本多四十五首，乃後人竄入。《四部叢刊》本為二百六十三首，與蔣氏本同。

(五)蕭繼宗《孟浩然詩說》本，總二百六十五首，考定五首為偽作，應為二百六十首。

三、王維「中年頗好道」

(一)道指佛道。

(二)莊申據清·張問陶（治道家之學）〈題畫詩〉有「右丞頗好道」語，而斷定道是道家，不可信，方法上有問題。

1.立論：「中歲頗好道」，道為道家思想。

2.依據：⑴張問陶引王維句，瞭解王維道家思想，因張與道家思想密切。

⑵張問陶校《抱朴子》。

⑶研讀《道藏》。

⑷《抱朴子》校本未見，據別書所說。

⑸據〈讀道藏口占詩〉。

3.推論：⑴王維中年（三十四歲前）隱居嵩山，與焦鍊師交往。

⑵嵩山為道家思想中心（亦是佛教思想中心）。

㈢道及道場、道流、修道、大道，皆指佛道。（資料四——十四）

㈣道教有關的道，稱仙道、仙術、道符、丹經、道骨、道書（道書亦有稱道家書）。

一、王孟並稱

㈠唐·李肇《唐國史補》卷下：「開元日，通不以姓而可稱者：燕公、曲江。……不以名而可稱者：宋開府、陸兗公、王右丞。……二人連言者：岐薛、姚宋（亦曰蘇宋）、燕許（大手筆）、元王（秉權）、常楊（制誥）、蕭李（文章）。……又有羅鉗、吉網（酷吏羅希奭、吉溫）；員推、韋狀（能吏員訪、韋元甫），又有四夔、四凶。」

㈡清·仇兆鰲《杜詩詳注》卷十九〈秋日夔府詠懷奉寄鄭監李賓客一百韻〉：「陰、何尚清省，沈、宋欻聯翩。」

(三)同前集卷十一〈戲為六絕句〉其二：「楊、王、盧、駱當時體，輕薄為文哂未休。」其三：「縱使盧王操翰墨，劣於漢魏遜風騷。」其五：「竊攀屈宋宜方駕，恐與齊梁作後塵。」

(四)同前集卷七〈遣興五首〉之五：「吾憐孟浩然，短褐即長夜，賦詩何必多，往往凌鮑謝。」

(五)唐・高仲武《中間興氣集》論錢起云：「士林語曰：前有沈、宋，後有錢郎。」

(六)天寶四載（七四五）王士源《孟浩然集・序》：「侍御史京兆王維，尚書侍郎河東裴朏……，率與浩然為忘形交。」

(七)《杜詩詳注》卷十七〈解悶十二首〉之六：「復憶襄陽孟浩然，清詩句句盡堪傳，即今耆舊無新語，漫釣槎頭縮頸鯿。」

(八)同前〈解悶十二首〉之八：「不見高人王右丞，藍田丘壑漫寒藤。最傳秀句寰區滿，未絕風流相國能。」

(九)唐・獨孤及《毘陵集》卷十三〈皇甫公（冉）集序〉：「沈、宋既沒，而崔司勳顥、王右丞維，復崛起於開元、天寶間。」

(十)《全唐文》卷四四七竇泉〈述書賦〉下竇蒙（泉兄，肅宗時人）注：「時議論詩則曰王維、崔顥，論筆則曰：王縉、李邕……。」

(十一)《劉夢得文集》卷二十三〈盧象詩集紀〉：「始以章句振起於開元中，與王維、崔顥比肩驤首，鼓行於時，妍詞一發，樂府傳貴。」

(十二)唐・殷璠《河嶽英靈集・序》：「粵若王維、王昌齡、儲光羲等二十四人，皆河嶽英靈也。」（案二十四人中有崔顥、孟浩然，開元二年（七一四）——天寶十二載（七五二））

(十三)《白氏長慶集》卷六〈自吟拙什因有所懷〉詩：「蘇州及彭澤，與我不同時。」

(十四)《全唐文》卷七六四裴敬〈李白墓碑〉：「唐朝以詩稱：若王江寧（昌齡）、宋考功（之問）、韋蘇州、王右丞、杜員外之類。」

(十五)《司空表聖文集》卷一〈與王駕評詩書〉：「右丞、蘇州趣味澄夐，若清流之貫達。」

(十六)唐·朱景玄《唐朝名畫錄》：「王維、縉兄弟，並以科名、文學，冠絕當時，故時稱朝廷左相筆，天下右丞詩。」

(十七)《舊唐書》卷一九〇上〈文苑傳序〉：「元稹、劉蕡之對策，王維、杜甫之雕龍，並非肄業使然，自是天機秀絕。」

(十八)宋·歐陽修〈書梅聖俞稿後〉：「唐之時，子昂、李杜、沈宋、王維之徒，或得其淳古淡泊之聲，或得其舒和高唱之節。」

(十九)宋·陳師道《後山詩話》：「右丞、蘇州，皆學於陶，王得其自在。」

(二十)宋·許顗《彥周詩話》：「孟浩然、王摩詰詩，自李、杜而下，當為第一。老杜詩云：『不見高人王右丞』；又云：『吾憐孟浩然』，皆公論也。」

(二十一)宋·張戒《歲寒堂詩話》：「韋蘇州詩，韻高而氣清，王右丞詩，格老而味長，皆五言之宗匠。」

(二十二)宋·羅大經《鶴林玉露》：「朱文公（熹）曰：律詩如王維、韋應物輩，自有蕭散之趣。」

(二十三)宋·劉辰翁評韋應物詩：「韋應物……其詩如深山採藥，飲泉坐石，晏然忘歸。孟浩然如訪梅問柳，偏入幽寺。二人意趣相似，然入處不同。韋詩潤者如石，孟詩如雪，雖淡無彩

色，不免有輕盈之意。……」（《四部叢刊》本《韋江州集》附錄）

(二十四)明·李東陽《懷麓堂詩話》：「唐李、杜之外，孟浩然、王摩詰足稱大家。王詩豐縟而不華靡，孟詩卻專心古淡，而悠遠深厚。……故子美稱『吾憐孟浩然』，稱『高人王右丞』而不及儲、岑，有以也夫！」

(二十五)明·高棅《唐詩品彙》：「詩莫盛於唐，莫備于盛唐，論者推李、杜二家為尤。其間又可名家者十數公，至如子美所贊詠者，王維、孟浩然。」

(二十六)明·唐汝詢《唐詩評》：「孟詩以清勝……王詩以秀勝……」

(二十七)清·紀昀批《瀛奎律髓》：「王、孟詩大段相近，而體格又自微別。王清而遠，孟清而切。學王不成，流為空腔；學孟不成，流為淺語。如此詩之自然沖淡，初學遽躐等而效之，不為滑調不止也。」

(二十八)清·沈德潛《說詩晬語》：「陶詩胸次浩然，而其中一段淵深樸茂不可到處。唐人祖述者：王右丞有其清腴，孟山人有其閑遠，儲太祝有其樸實，韋左司有其沖和，柳儀曹有其峻潔。」

又：「五言律，開、寶以來，李太白之明麗，王摩詰、孟浩然之自得，分道揚鑣，並推極勝。」

結語：

(一)唐以王崔、王韋並稱，不稱孟浩然。

(二)杜甫稱二人，一稱其清詩，一稱其秀句，似有並稱之意。

(三)王孟並稱始於南宋。

(四)明復古派據杜詩稱王孟。

(五)此後以二人詩風相近並稱。

二、王孟作品存佚及贗偽

(一)《舊唐書》卷一九〇下〈王維傳〉：「縉曰：臣兄開元中詩百千餘篇，天寶事後，十不存一，比于中外親故間，相與編綴，都得四百餘篇。」

(二)王縉〈奉進表〉：詩筆共成十卷。

(三)清・趙殿成《王右丞集箋注》本收詩文五百五十一篇。（詩四百七十九，文七十二）《全唐詩》收三八二首。

(四)《四部叢刊》本須溪校《王右丞集》收詩三七四首（題）。

(五)韓維鈞〈王維現存詩歌質疑〉考定《王右丞集》共誤收三十五題，五十一首（箋注本中經前人考定三十二題，四十八首）。結論云：「王維現存詩歌不會超過三百二十四題，三百七十一首。」

(六)唐・王士源〈孟浩然集序〉：「天寶四載（七四五）徂夏，詔書徵京邑……始知浩然物故。……浩然凡所屬綴，就輒毀棄，無復編錄。……流落既多，篇章散逸，鄉里採購，不有其半。……今集其詩二百一十八首，分為四卷。」

(七)《孟浩然集》卷首韋滔重序：「天寶中，忽獲浩然文集，乃士源為之序傳。……余今繕寫，增其條目。……謹將此本，送上祕府。……天寶九載（七五〇）正月初三日。……」

(八)《四庫全書總目提要》卷一四九江蘇蔣曾瑩家藏本「孟浩然集四卷」提要：「王士源序……

『今集其詩二百一十七首，分為四卷。』此本四卷之數雖與序合，而詩乃二百六十三首，較原本多四十五首。洪邁《容齋隨筆》嘗疑其〈示孟郊詩〉時代不能相及。今考〈長安早春〉一首，《文苑英華》作張子容，而〈同張將軍薊門看鐙〉一首，亦非浩然遊蹟之所及，則後人竄入者多矣！……」

(九)《四部叢刊》景涵芬樓明刊十行本四卷收錄詩二六三首。

(十)蕭繼宗《孟浩然詩說》本，據明汲古閣本、閔齊伋本、涵芬樓景明十行本等，定為三卷。卷一古詩六十四首，卷二律詩百七十五首，卷三絕句二十六首，總二百六十五首。另據王士源〈序〉，《丹陽集》收五言句二聯。此本除《四庫提要》所舉三首定為贋品外，復考定〈入峽寄弟〉(四八頁)及〈除夜〉(二五六頁)二詩亦非浩然作。

三、王維「中年頗好道」

(一)《王右丞集》卷三〈終南別業〉：「中歲頗好道，晚家南山陲。興來每獨往，勝事空自知。行到水窮處，坐看雲起時。偶然值鄰叟，談笑無還期。」

(二)清·張問陶(一七六四——一八一四)《船山詩草》卷十三〈題畫詩〉云：「右丞頗好道。」莊申《王維研究》〈王維道家思想與生活〉附注三：「問陶既曾校定早期的道家哲學著作《抱朴子》(此據清·李玉棻《甌缽羅室書畫過目考》卷三所說。問陶校本《抱朴子》，今尚未見)，又嘗研究研讀《道藏》(其《船山詩草》卷十七有〈讀道藏口占〉詩)，可見張問陶對於道家思想的研考，頗費苦心，也許只有像張問陶這樣與道家思想有極密切關係的人，才能瞭解王維與道家思想的關係。(一〇五頁)

(三)莊申《王維研究》〈王維道家思想與生活〉：「在玄宗時代的唐代，嵩山是一個很重要的道家思想的中心。……他隱居嵩山，當是他三十歲以前的事。三十四歲左右，正是王維的中年。……既然王維『中年頗好道』，而中年又隱於嵩山。……假設王維之開始接受道家思想，正當他與焦鍊師等人交往的，隱於嵩山的那一時期，實在大有可能。……王維俯伏於道光座下的十年，應該是由開元十八年到開元二十七年。王維開始皈依佛法，受教於道光的那一年(開元十八年)，正是他亡妻的那一年。這樣看來，在王維的三十初度的中年，佛、道兩家的思想，對他都極有影響。」

(四)《王右丞集》卷三〈飯覆釜山僧〉詩：「藉草飯松屑，焚香看道書。」《儲光羲集》卷一〈貽韋鍊師〉：「洗心祈道書。」〈遊茅山五首〉其五：「清都訪道書。」〈同王十三維偶然作十首〉其八：「偶然著道書，神人養生理。」

(五)同前〈謁璿上人〉：「少年不足言，識道年已長。事往安可悔，餘生幸能養。」

(六)同前〈過李楫宅〉：「散髮時未簪，道書行尚把。」注引梁．江淹〈自序傳〉：「山中無事，專與道書為偶。」

(七)同前〈與胡居士皆病寄此詩兼示學人二首〉其一：「……礙有固為主，趣空寧捨賓。洗心詎懸解，悟道正迷津。因愛果生病，從貪始覺貧。色聲非彼妄，浮幻即吾真……」

(八)《傳燈錄》卷十四李翱〈贈藥山惟儼〉詩：「我來問道無餘說，雲在青山水在瓶。」

(九)《全唐詩》卷八八張說〈灉湖山寺〉詩：「空山寂歷道心生，虛谷迢遙野鳥聲。」

(十)《全唐詩》崔曙〈宿大通和尚塔敬贈如上人兼呈常孫二山人〉：「更有真僧來，道場救諸苦。」

(十一)《全唐詩》張謂〈送僧〉：「童子學修道，誦經求出家。」

(十二)《全唐詩》韋應物〈答崔主簿兼簡溫上人〉：「緣情生眾累，晚悟依道流。」

(十三)《全唐詩》杜荀鶴〈贈臨上人〉：「眼豁浮生夢，心澄大道源。」又〈題著禪師〉：「大道本無幻，常情自有魔。」

(十四)唐・馮翊《桂苑叢談》：「咸通初有進士張綽者……頗有道術，常養氣絕粒。……」

(十五)《全唐詩》卷一三七儲光羲〈題辛道士房〉：「全神不言命，所尚道家流。」

(十六)《全唐詩》卷一七三李白〈盧山謠寄盧侍御虛舟〉：「五嶽尋仙不辭遠。」

(十七)《全唐詩》卷三十七王績〈採藥〉：「青龍護道符，白犬遊仙術。」

(十八)《全唐詩》卷一四一王昌齡〈就道士問《周易》參同契〉：「稽首求丹經，乃出懷中方。……嗟余無道骨，發我入太行。」

四、劉著《王維評傳》與莊著《王維研究》比較評論綱要

一、**立場與目的**：

(一)評傳：偏重文學。

(二)研究：研究王維思想生活、行旅，目的在闡述繪畫藝術。

二、**文字**：

(一)評傳：較為枯淡，趣味性少。

(二)研究：文字淺近，活潑有致。

三、**方法**：

(一)評傳：靜態鋪敘多；研究：動態描述多

(二)評傳：資料豐富，缺少分析，頗嫌堆砌繁雜；研究：徵引資料不夠，但能深入分析探討，並能消化資料。

(三)評傳：比較能根據資料申論；研究：往往先假設，再用假設作推理，用甚多「可能」、「懷疑」等字眼。又為牽合自己論證，用資料取有利捨不利。

(四)評傳：用傳統傳記形式；研究：方法較為新穎，有附注暨附論著目錄。

四、資料處理：

(一)以交遊為例。評傳：根據資料，著重王維與個別友人關係。研究：除敘述王維與個別友人交遊外，亦著重王維與友人之間的交遊情形，構成一副交遊網。

(二)研究：不辨資料真偽。如六二頁〈越東探親〉一節，據盧象〈別弟妹〉〈寄弟〉〈休假還舊業便使〉三詩（《王右丞集》六〇、六六）確定王維嘗赴越東。

五、內容：

(一)交遊

評傳列述十四人：裴迪、崔興宗、杜甫、孟浩然、崔顥、盧象、李頎、張諲（湮）、祖詠、丘為、苑咸、儲光羲、綦毋潛、王昌齡。

研究列述十五人：孟浩然、李頎、綦毋潛、王昌齡、盧象、儲光羲、祖詠、丘為、殷遙、裴迪、錢起、薛據、張湮、崔興宗、晁衡。

評傳應補四人：殷遙、錢起、薛據、晁衡；研究應補三人：杜甫、崔顥、苑咸。

(二)事蹟與行旅

1. 評傳（不寫行旅）：少年時代，進士及第，貶官濟州，擢右拾遺，出使塞上，卜居輞谷，菩提寺禁，拜右丞相。

2. 研究（不寫事蹟）：

(1) 貶官濟州

(A) 東行河南

(B) 行抵濟州

(2) 越東探親

(3) 退隱嵩山

(4) 初返長安

(5) 西北壯遊與再返長安

(A) 北上涼州

(B) 西北壯遊

(C) 重返長安

(6) 川鄂之行與三返長安

(A) 襄陽南選

(B) 西行入蜀

(C) 三返長安

(7) 小隱淇水與四返長安

(三) 思想

1.評傳著重：

尊儒——早年孝順、友愛。

奉佛——中年奉佛。

儒佛兩家思想的中和。不及道家，未顯現王維思想的真相。

2.研究著重：

強調道家、佛家思想，並著重佛、道雙重矛盾性。先道後佛，中年信道，晚年道佛兼修。

(1)不再娶，清心寡慾，表現佛家思想。

(2)行炁、服藥、求仙，表現道家作法。

(3)儒家思想避而不談，未能窺全貌。

五、王維研究的其他問題

✧王維和那些道士交遊？在什麼時代？（文學與道家思想）

(一)與東嶽焦鍊師交遊：焦道士

在山東，隱居嵩山時

✧王維佛道兩家思想，如何在日常生活行為中表現出來？

(一)行炁、服藥、煉丹——道家

(二)清心寡慾（三十以後不娶）——佛家

(三)《全唐詩》張說〈澀湖山寺〉：「空山寂歷道心生，虛古遙迢野鳥聲。禪室從來塵外賞，香臺豈是世中情。雲間東嶺千尋出，樹裏南湖一片明。若使巢由知此意，不將蘿薜易簪纓。」

✧〈終南別業〉詩「中年頗好道」，道是指道家思想？還是指佛家道理？

(一)《王右丞集》卷三〈飯覆釜山僧〉：「藉草飯松屑，焚香看道書。」道書指佛典。

(二)《傳燈錄》卷十四：李翱〈贈藥山惟儼〉：「我來問道無餘說，雲在青山水在瓶。」

(三)《王右丞集》卷三〈謁璿上人〉：「少年不足言，識道年已長。事往安可悔，餘生幸能養。」

(四)《王右丞集》卷三〈謁李楫宅〉：「散髮時未簪，道書行尚把。」

(五)江淹〈自序傳〉：「山中無事，與道書為偶。」

✧王維長嘯高山巔和長嘯幽篁裏是不是道家吐故納新（行炁）的方式？

(一)高柳蟬的嘯：「華林修竹之下，特宜為之。」（唐·孫廣《嘯旨》）

(二)巫峽猿的嘯：「日映空山，風生眾壑，特宜為之。」（同前）

(三)裴迪和王維〈欹湖詩〉：「艤舟一長嘯，四門來清風。」《嘯旨》流雲嘯：「此當林塘春照，晚日和風，特宜為之。」

(四)《元氏長慶集》〈敘詩寄樂天書〉：「僕少時授吹噓之術於鄭先生，病嬾不就，今在閑處，思欲怡神保和，以求（救）其病。」（嘯即吹噓，為道家長生之術。）

(五)東晉·郭璞〈遊仙詩〉：「……中有冥寂士，靜嘯撫清弦。放情淩霄外，嚼蘂挹飛泉……。」（冥寂士，道士。）

(六)《李太白集》卷九〈贈清潭明府姪聿〉：「長嘯無一言，陶然上皇逸。」

(七)《李太白集》卷十四〈自漢陽病酒歸寄王明府〉：「嘯起白雲飛七澤，歌吟淥水動三湘。」

(八)《李太白集》卷十五〈贈別王山人歸布山〉：「傲然獨往來，長嘯開巖扉。林壑久已蕪，石道生薔薇。……」

（九）《李太白集》卷十八〈登黃山凌歊臺送族弟溧陽尉濟充泛舟赴華陰〉：「送君登黃山，長嘯倚天梯。」

（十）《李太白集》卷十九〈酬崔五郎中〉：「長嘯出原野，凜然寒風生。」

（十一）《李太白集》卷二十〈遊太山六首〉之一：「天門一長嘯，萬里清風來。」

（十二）《李太白集》卷二十〈遊秋浦白笴陂二首〉之二：「白笴夜長嘯，爽然溪谷寒。魚龍動陂水，處處生波瀾。天借一明月，飛來碧雲端……」

（十三）《李太白集》卷二十〈與南陵常贊府遊五松山〉：「安石泛溟渤，獨嘯長風還。」

（十四）《李太白集》卷二十五〈題隨州紫陽先生壁〉：「喘息餐妙氣，步虛吟真聲，道與古心合，心將元化并。」

（十五）長嘯有時是不平情緒的發洩

1.《李太白集》卷三〈梁甫吟〉：「長嘯梁甫吟，何時見陽春？」

2.《李太白集》卷九〈鄴中贈王大勸入高鳳石門山幽居〉：「投軀寄天下，長嘯尋豪英。」

3.《李太白集》卷十〈贈崔郎中宗之〉：「長嘯倚孤劍，目極心悠悠。」

4.唐・李肇《唐國史補》：「韓會與名輩號為四夔，會為夔頭，會善歌，絕妙。」

5.宋・王銍《韓會傳》：「善清言，能歌嘯。」

✧根據王維《研究》、《評傳》兩書說明，王維與孟浩然交遊的經過，以及文學上相互的影響。

✧王維晚年一則長齋信佛；一則煉丹服藥，追求道家的長生不老，何以在思想上有這種雙重

性矛盾？

(一)受天臺宗思想影響：服藥求仙作為手段，以達到皈依佛法為最終目的。

(二)人格二重性

✧王維思想由儒而道，由道而佛，其演變經過及原因如何？

✧王維詩文的特色（《百種詩話類編》）和淵源影響

甲、特色

1. 用佛家語
2. 清遠閑淡（《詩人玉屑》）
3. 詩中有畫
4. 趣味澄敻（含有哲理，司空圖〈與王駕評詩書〉）

乙、淵源影響

1. 承繼正統詩學（《詩經》）
   代宗〈批答手敕〉：「抗行《周雅》」
2. 受《楚辭》的影響
   〈批答〉：「長揖《楚辭》」
3. 取法陳思王曹植
4. 受陶潛影響最深（思想、人生、態度、作品）
5. 取法謝靈運
6. 推重鮑、謝

7.其後元結、韋應物、柳宗元受王維影響，形成自然詩派。

✧《王右丞集》版本流傳和箋注問題

(一)十卷四百餘篇，王縉編，進獻代宗。〈奉進表〉云：「臣兄開元中詩百千餘篇，天寶事後，十不存一。」

(二)明・顧起經《王右丞詩箋注》，所見宋本六家（麻沙本、川本、吳本、廣信本、揚州本、劉校本），宋本至清流傳。

(三)清・趙殿成《王右丞集箋注》詩文五百五十一篇：據四種版本：即廬陵劉氏注（須溪，宋末人）、武陵顧氏（元緯）、句吳顧氏（可久）、吳興凌氏（初成）四家。其中須溪本最善，別本多將他作誤入集中。

1.題下註明年齡，職業官職：王維、王復、劉須溪所書。

2.五十一首應刪除，真實三七一首。

✧王孟並稱與交誼問題

王孟並稱之始：

並稱原因：交誼，彼此影響詩風、體裁。

因其內容題材並稱，非因風格，非因交誼。

同長五律而並稱。

✧王維拘禁地點問題

✧王維詩歷代的評價

✧王維道家思想再探討

伍、再論「退之服硫黃」

一、退之服硫黃

(一)五代·陶穀《清異錄》卷二「火靈庫」條：「昌黎公愈，晚年頗親脂粉，故事服食。用硫黃末攪粥飯啖雞男，不使交，千日烹庖，名火靈庫。公間日進一隻焉，始亦見功，終致絕命。」

(二)唐·白居易〈思舊詩〉：「退之服硫黃，一病訖不痊。微之鍊秋石，未老身溘然。杜子得丹訣，終日斷腥羶。崔君誇藥力，終冬不衣綿。或疾或暴夭，悉不過中年。唯余不服食，老命反遲延。況在少壯時，亦為嗜欲牽。但耽葷與魚，不識汞與鉛……。」(《白氏長慶集》卷六二)

二、退之未服硫黃

(一)宋·方崧卿《韓譜增考》(《韓愈研究》一三一頁)

1. 白〈詩〉中退之為衛退之，衛名中立。

2. 韓愈〈李干墓誌〉（〈唐故太學博士李君墓誌銘〉）極言丹藥之害。
3. 韓愈知足，不服丹藥以求長年。
4. 退之、微之非有聞於時。

(二)清・錢大昕《十駕齋養新錄》卷十六〈衛中立字退之〉條，以方說為是。

三、方說辨正

(一)陳寅恪〈白樂天生活行為與佛道思想〉辨方說四項之非（《韓愈研究》頁一三四引）。

(二)《韓愈研究》辨方說１２３各項之非。

(三)鄭騫〈古今誹韓考辨〉論方說之誤。
1. 〈唐故監察御史衛府君墓誌〉，墓主一本作「諱某字某」，一本作「之玄，字造微」，王仲本作「諱中立，字退之」，方氏據王本立說，未必可信。
2. 衛府君所求為水銀丹砂，非硫黃。
3. 衛府君求藥，未鍊丹未服餌。

(四)結論：方說不能成立

四、鄭騫〈誹韓考辨〉新論點：韓愈所服乃中藥，用以治病

(一)韓愈患腳氣病。

(二)硫黃治腳氣內服特效藥。
1. 葛洪《肘後備急方》卷三載「治風毒腳弱痺滿上氣方」，共十一種，其中有兩種獨用硫

黃。

2. 陶弘景《名醫別錄》：「(硫黃)治腳冷疼弱無力。」又：「俗方用(石硫黃)治腳弱及痼冷，甚効。」

3. 孫思邈《千金翼方》卷二〈本草〉上：「石硫黃：味酸溫，大熱，有毒，治腳冷疼弱無力。」

(三)韓服硫黃乃採相傳舊方，對症下藥。

五、〈誹韓考辨〉新說質疑

(一)唐・白居易〈思舊詩〉云：「唯余不服食」，既稱「服食」，所服自是丹藥。

(二)〈思舊詩〉云：「杜子得丹訣」，杜子謂杜元穎，《舊唐書》卷一六三有傳，杜子服丹，退之與之並論，所服應非中藥。

(三)〈思舊詩〉云「崔君誇藥力，經冬不衣綿。」崔君指崔玄亮，《白氏長慶集》卷七十〈唐故虢州刺史贈禮部尚書崔公墓志銘〉：「公夙慕黃老之術，齋心受籙，伏氣鍊形，暑不流汗，冬不挾纊，膚體顏色，冰清玉溫，未識者望之如神仙中人也。」玄亮乃道流人物，「誇藥力」自是指丹藥之力，退之與之並提，所服食硫黃應是丹藥。

(四)清・趙翼《廿二史劄記》卷十九「唐諸帝多餌丹藥」條，謂憲宗(純)、穆宗(恆)、敬宗(湛)、武宗(瀍)、宣宗(忱)諸帝皆因服食而死。

(五)唐代文士服食成風

除韓愈〈李干墓誌〉，白居易〈思舊詩〉所記諸文士外，見史傳詩文者有盧照鄰、韋應物、

李頎、白居易、崔簡、婁圖南等。（參另篇講義）

(六)孟簡嘗遺韓愈丹藥。

(七)韓愈〈寄隨州周員外〉云：「乞取刀圭救病身。」刀圭指丹藥，病未必是腳氣病。

(八)硫黃亦道家丹藥之一種。李肇《唐國史補》卷中：「韋山甫以石硫黃濟人嗜欲，故其術大行，多有暴風死者。其徒盛言，山甫與陶貞白同壇受籙，以為神仙之儔。長慶二年卒於餘干。江西觀察使王仲舒遍告人曰：『山甫老而死，死而速朽，無小異於人者。』」

(九)唐代丹道有三大派，即傳統金砂派（黃金丹砂）、時興鉛汞派（鉛、水銀）、晚起硫汞派（硫黃、水銀）。《太清石壁記》「太乙小還丹方」稱其方用水銀一斤、硫黃五兩合鍊，煉成「細者色過光明砂，紅赤非常，藥成細研和粳米飯丸之如小胡眼，每日服五丸至五百丸，萬病除矣。」宋《靈砂大丹秘訣》：「硫黃本太陽之精，水銀本太陰之氣，陽魂死而陰魄亡，乃夫婦之合情，陰陽之順氣。」鍊成靈砂是「大藥之祖，金丹之宗。」

✧〈誹韓考辨〉新說質疑再探討

(一)〈南溪始泛三首〉是卒前三個月所作。第三首開頭四句：「足弱不能步，自宜收朝蹟。羸形可輿致，佳觀安可擲？」

(二)足弱就是他姪子十二郎所患的「軟腳病」，也稱腳氣，日久不癒，便會膝腿痲痺，身體浮腫，心跳氣喘，最後導致心臟病死亡，中醫謂之「腳氣攻心」。自晉至唐，硫黃是治腳氣內服特效藥，可獨用，也可與其他藥品合用。葛洪《肘後備急方》卷三載「治風毒腳弱痺滿上氣方」共十一種，其中有兩種用硫黃：

1.好硫黃三兩，末之，牛乳五升，先煮乳，水五升，仍內（納）硫黃，煎取三升，一服三合。亦可直以乳煎硫黃，不用水也，卒無牛乳，羊乳亦得。

2. 先煎牛乳三升，令減半，以五合輒服硫黃末一兩。服畢，厚蓋取汗，勿令得風。中間更一服，暮又一服。

3. 齊梁・陶宏景《名醫別錄》：硫黃治腳冷疼弱無力。

4. 初唐・孫思邈《千金翼方》卷二〈本草〉：石硫黃：味酸溫，大熱，有毒，治腳冷疼弱無力。

(三)硫黃如為中藥，事屬平常，不值一記。

(四)與微之、杜元穎、崔羣服丹者相並論，可知硫黃非中藥。

(五)託名之作，與內容真偽兩回事。

(六)如為中藥應該病癒，不當一病訖不痊。

(七)未必是腳病，虛勞病。

✧退之服硫黃補充資料：韓愈服丹藥之證

(一)《李文公集》卷十一〈韓吏部行狀〉（涵芬樓景印明成化乙未刊本）：每與交友言既，終處妻子之語，且曰：「某伯兄德行高，曉大藥，食必視《本草》，年止於四十二。某疏愚，食不擇禁忌，位為侍郎，年出伯兄十五歲矣。」

(二)《全唐文》卷六三九〈行狀〉：「曉大藥」作「曉方藥」。

(三)《文苑英華》卷九七六作「曉方藥」。

(四)《白氏長慶集》卷十二〈浩歌行〉：「難覓長繩繫長日，更無大藥駐朱顏。」

(五)《白氏長慶集》卷十一〈不二門〉：「亦曾燒大藥，消息乖火候。」

（六）杜甫〈贈李白〉：「苦乏大（一作買）藥資，山林跡如掃。」仇注：「《丹書・抱陽山人大藥證》曰：『夫大藥者，須煉砂中汞，能取鉛裏金黃芽為根蒂，水火煉功深。』」

（七）宋・王讜《唐語林》卷三〈方正門〉：「韓愈病將卒，召羣僧曰：吾不藥，今將病死矣。汝詳視吾手足支體，無誑人云『韓愈癩死』也。」

（八）林紓《韓柳文研究法》：「昌黎之死，亦以丹砂，聞易簀時，席上皆遺水銀。」（不詳所據）。

✧退之服硫黃補充資料：本草

（一）唐顯慶間（六五六——六六一）許孝崇嘗與李勣同修《唐本草》。

✧禁忌：

（一）東晉末靳邵〈五石散方〉（唐・孫思邈《千金翼方》引）：

五石散治男子女子……四肢不仁，飲食損少，身體疼痛……食時乃冷，不得熱食，只得大冷，忌食豬肉羹湯麵，不得房室，諸禁忌之物皆不得食，服藥後二十日後飲，熱食及房室。

（二）韓愈〈李干墓誌〉：五穀三牲，鹽醯果蔬，人所常御，人相厚勉，必曰「彊食」。今惑者皆曰：「五穀令人夭，不能無食，當務減節。」鹽醯以濟百味，豚、魚、雞三者，古以養老，反曰：「是皆殺人，不可食。」一筵之饌，禁忌十常不食二三。不信常道而務鬼怪，臨死乃悔。（《文集校注》卷七）

✧服食功用及服食目的：治病、強身、為聲色（後宮鍊丹道士）、養生（延年益壽）、求仙、陶醉。

（一）五石散，寒食散：

紫石英，白石英，赤石脂，鐘乳，石硫黃（見孫思邈《千金翼方》卷二十二）

(二)五石散功用

1.治男子五勞七傷(同前書)(治勞傷)。

2.治虛勞百病(同前書)(治百病)。

3.《世說新語》載何晏云:「服五石散非惟治病,亦覺神明開朗。」(治病)

4.隋·曹元方《諸病探源總論》卷六引皇甫謐云:「近世尚書何晏,耽好聲色,始服此藥,心加開朗,體力轉強。」(增強體力,與聲色有關)

5.臺靜農〈書宋人畫南唐耿先生煉雪圖之所見〉(《中外文學》三卷八期)

(1)耿先生女冠安爐鍊雪(煉雪為銀)。

(2)南唐元宗(李璟)正坐,宮女環侍,耿為嬪御。

(3)耿先生與李璟有情愛關係。

(4)燒丹與女性關係,《抱朴子·金丹篇》有丹成之後玉女來侍之說。

(5)道士煉丹與色情有關,道士在後宮為皇帝煉丹。

✧韓愈健康狀況

(一)身體早衰:

甲、早衰情況

1.先天稟賦:韓愈家族多短壽,〈祭十二郎文〉:「念諸父與諸兄皆康彊而早世,如吾之衰者,其能久存乎?」又云:「吾上有三兄,皆不幸早世。」長兄韓會卒年四十二。韓愈一歲喪母,三歲喪父,雙親壽不過五十。姪十二郎韓老成,壽三十上下。姪百川四十卒,在老成前去世。姪孫滂(老成子),卒年十九。

2.牙齒不良：貞元十九年〈祭十二郎文〉：「吾年未四十，而視茫茫，而髮蒼蒼，而齒牙動搖。」時韓愈年三十六歲。貞元十九年〈落齒詩〉：「去年落一牙，今年落一齒。俄然落六七，落勢殊未已……餘存二十餘，次第知落矣……人言齒之落，壽命理難恃。」元和七年〈寄崔二十六立之〉：「所餘十九齒，飄飖盡浮危。」時韓愈年四十五歲。

乙、早衰原因

3.幼年貧困：十二歲長兄死，十九歲到長安窮到不能自存。〈出門詩〉：「長安百萬家，出門無所之。」寄居北平王馬燧家。〈答崔立之書〉：「年二十時，苦家貧，衣食不足。」〈殿中少監馬君墓誌〉：「始余初冠，應進士貢在京師，窮不能自存。」又〈答李翺書〉：「僕在京城八九年，無所取資，日求於人，以度時月。」〈進學解〉：「冬煖而兒號寒，年豐而妻啼饑。」元和十年，物質生活始大為好轉。

(二)二次貶官，受瘴癘侵染：

1.貞元十九年冬貶陽山（廣東縣名），二十一年移江陵，元和元年回京，前後三年。

2.元和十四年貶潮州，又移袁州，十五年九月召回，前後二年。

〈又寄周隨州員外〉詩：「金丹別後知傳得，乞取刀圭救病身。」

孟簡嘗送一罐丹藥。

(三)二度遠行，勞頓傷身：

元和十二年（八一七）出征淮西，五十歲。

長慶二年（八二二）宣慰鎮州：五十五歲。

寄裴度詩：「銜命山東撫亂師，日馳三百自嫌遲。風霜滿面無人識，何處如今更有詩？」

（〈鎮州路上謹酬裴司空相公重見寄〉）

(四)晚年足弱不能步。

(五)韓愈服食丹藥目的：〈又寄周隨州員外〉詩：「乞取刀圭救病身。」

✧補充資料：鄭騫〈古今誹韓考辨〉

前　言

去年秋冬間，報紙上發生了所謂誹韓案，當時為文討論者足有七八十篇，可見其深受各方注意。現在雖久已沈寂下去，問題並不能算是完結，因為韓文公所受的誹謗還沒有澄清。此案有三種性質：法律性、學術性、社會性。文章中絕大多數卻集中於法律問題或其枝節，而與韓文公無關。有關文公本身的學術性文字只有三五篇，而且都是因襲成說，未作深考。於是此案在社會上已造成一種錯覺，使韓文公無端蒙受了曾染花柳病，及服食硫黃中毒而死的兩重嫌疑。這是令人心裏非常不舒服的事。更進一步，這次有若干篇文章，包括法律性的與學術性的，引用了宋人孔平仲的《雜說》（又名《珩璜新論》）、陳師道的《後山詩話》，以及不知何人託名宋初人陶穀撰寫的偽書《清異錄》，於是又觸發了宋朝時就有的舊案：「戒人服金石藥而自餌硫黃」，「晚年頗親脂粉，故事服食（硫黃），始亦見功，終致絕命。」詳見後文第五六兩節。戒人服而自餌，是言行不符，自相矛盾；為了「親脂粉」而服硫黃，即是服「興奮劑」，而且「終致絕命」，就更不好聽。上述現代人的話我稱之為「今誹韓」，宋人的，尤其是偽《清異錄》，我稱之為「古誹韓」。二者本不該相提並論；古誹韓是久已存在的學術問題，今誹韓毫無學術價值，不過社會既已受其影響，不得不提。所以本文標題雖云古今，而實以古為主。

文公的詩文未必盡人都喜歡，他的思想、性情、胸襟、識度，也並非全無可議。這一點，即使尊韓的人也並不諱言。但任何人都不能忽視他對於千年以來文壇的深遠影響，不能否認他在文學史上崇高的地位。他的令譽出了問題，是文學史上的大問題，怎能不弄個清楚明白？如果確有其事，也不必曲為之諱；如果不真不確，當然要為他辨解。

去年報紙上的誹韓案文章或報導，我每篇都看，並隨時翻閱有關書籍。不僅是翻閱，還要想。經過尋證、推理、詳考、深思，我可以證明：花柳病問題完全是無稽之談，只有醫學常識不夠的人才會將信將疑。服硫黃問題則是宋人的誤解與訛傳。現在我把考證所得寫成此文，以就正於當世。文章裏只談學術性考證，法律問題一字不談，他們說的已經夠多了。附帶聲明：上面所說尋證推理詳考深思四者，都是實情，並非誇張。這四項是作考據文字的起碼條件，沒甚麼好誇張的。

一、誹韓的重點與本文的組織

所謂誹韓案，起於郭壽華在《潮州文獻》雜誌上發表的一篇文章，題為〈韓文公蘇東坡給與潮州後人的觀感〉。其文內容及價值如何，六十六年二月香港出版的《掌故月刊》沈光秀所寫〈文采風流〉一文，對之已有詳細評論，不必再談，僅鈔錄其中顯然誹韓的一段如下。

> 根據地方文獻資料，證明韓愈為人尚不脫古文人才子怪習氣，妻妾之外，不免消磨於風花雪月。曾在潮州染風流病，以致體力過度消耗。及後誤信方士硫黃鉛下補劑，離潮州不久，果卒於硫黃中毒，死時亦不過六十歲。

韓文公離潮州後五年才死，不能說是不久，年五十七歲，不是六十歲，見於諸家文公年譜及行狀墓誌銘等，既然談到韓文公，就不應當把這些起碼的知識都弄錯。那有這種「地方文獻」？

此文誹韓之處，可用四個字包括而分為四點。四個字是「縱欲亡身」。四點是：第一、「妻妾之外不免消磨於風花雪月」，第二、「染風流病」，第三、「體力過度消耗」，第四、「卒於硫黃中毒」。前三者是郭文所獨有的，是今誹韓；末一事是宋朝時就已存在的問題，是古誹韓。但前人只說到硫黃，「鉛」字是郭文加上去的，毫無根據。

本文共分八節，外有兩節附論。本第一節為全篇綱領；第二節「韓文公有姬妾但與歌妓無往來」，第三節「短壽的家族與早衰的身體」，針對郭文一、三兩點；第四節「韓文公不可能染患所謂風流病」，針對郭文第二點；第五節「兩篇重要的原始文獻」，為第六、七、八節的準備資料；第六節「宋金人對於退之服硫黃的指摘與辯護」，為古誹韓正反兩面言論的概述；第七節「韓文公為治病而服硫黃」，第八節「韓文公並非死於金石藥中毒」，針對郭文第四點及古誹韓。附論一「韓退之與衛退之」，附論二「《清異錄》四考」，前者論服硫黃的人確實是韓非衛，後者證明《清異錄》之偽及「火靈庫」一說之不可信，都是重要考據，但敘入本文就會顯得頭緒過多，支離鬆懈，所以列為附論。

二、韓文公有姬妾但與歌妓無往來

談到這一問題，首先要了解下述的概念：納妾是古代公開承認的家庭及社會制度；寄情聲色，看舞聽歌，是唐宋文人的風習；唐宋時還有所謂家妓，其身分與一般婢僕相似，都是小女孩子，長大之後，可以由主人收為姬妾，也可由主人為之擇配，嫁出去。這三件事，與人品道德學問文章無關；至少，我們不能以現代的制度及道德標準去衡量古人的行為。所以本節只是客觀求證，以說明事實真相，並無所謂為文公辨解。

文公有侍妾二人，見於王讜的《唐語林》及張籍的〈祭退之詩〉，照錄如下。

《唐語林》卷六：「韓退之有二妾，一曰絳桃，一曰柳枝，皆能歌舞。初使王庭湊，至壽陽驛，絕句云：『風光欲動別長安，春半邊城特地寒。不見園花兼巷柳，馬頭惟有月團圓。』蓋有所屬也。柳枝後踰垣遁去，家人追獲。及鎮州初歸，詩曰：『別來楊柳街頭樹，擺弄春風只欲飛。還有小園桃李在，留花不放待郎歸。』自是，專寵絳桃矣。」（《守山閣叢書》本，他本俱同。）

按：此段所引兩詩，俱見近人錢仲聯撰《韓昌黎詩集繫年集釋》卷十二（以下簡稱《詩集繫年》），胡仔《苕溪漁隱叢話前集》卷十六也引錄了這一段，字句與今本《唐語林》小異。「蓋有所屬也」《叢話》作「蓋寄意二姝」，語意較為清楚肯定。「蓋有所屬也」可以解釋為屬意絳桃柳枝，也可以解釋為別有所屬，後者就不是文公本意了。（其餘異文無關弘旨，從略。）

張籍《張司業詩集》卷七〈祭退之〉詩：「中秋十六夜，魄圓天差晴。公既相邀留，坐語於堦楹。乃出二侍女，合彈琵琶箏，臨風聽繁絃，忽遽聞再更。」（《四部叢刊》本）

這段詩所說，其實就在長慶四年文公去世前三個半月，那時他已經因病辭職，但還可以支持，在家會客、聽音樂。詳見《詩集繫年》卷十二〈玩月喜張十八員外以王六秘書至詩〉注文，張十八即是張籍。柳枝雖曾跑掉，又被韓家的人追回去了，張詩所說二侍女，應該就是絳桃與柳枝。這兩個人甚麼時候來到韓家，現已無從考查，可能原是家妓，後來收為姬妾。

以上是關於文公有姬妾的事，至於文公有無在外面與歌妓往來，未見諸書記載，只能從他自己的作品中去尋找痕跡。他的文集裏沒有記述過這類事情，他的詩集全部共四百餘首，只有三處與此有關。

《詩集繫年》卷十二〈韶州留別張端公使君詩〉：「來往再逢梅柳新，別離一醉綺羅春。

久欽江總文才妙，自歎虞翻骨相屯。鳴笛急吹爭落日，清歌緩送欵行人。已知奏課當徵拜，那復淹留詠白蘋？」

同書同卷〈酒中留上襄陽李相公〉詩：「濁水汙泥清路塵，還曾同制掌絲綸。眼穿長訝雙魚斷，耳熱何辭數爵頻？銀燭未銷窗送曙，金釵半墮座添春。知公不久歸鈞軸，應許閒官寄病身。」

同書卷九〈感春三首〉之二：「晨游百花林，朱朱兼白白。柳枝弱而細，懸樹垂百尺。左右同來人，金紫貴顯劇。嬌童為我歌，哀響跨箏笛；豔姬蹋筵舞，清眸刺劍戟。心懷平生友，莫一在燕席。死者長眇茫，生者困乖隔。少年真可喜，老大百無益。」

第一詩是元和十五年春天從潮州赴袁州經過韶州時作，詩中說「一醉綺羅春」，指的是唐宋時地方官吏送往迎來宴席上的官妓。第二詩是同一年路經襄州（襄陽）時作，詩中銀燭金釵兩句，指的是襄州的官妓，從詩中所說「酣飲達旦」的情形看，也許是李相公（逢吉）的家妓。二者都屬於一般性的應酬，不是個人單獨來往。第三詩是元和十一年在長安官中書舍人時作。詩中有嬌童歌、豔姬舞，但又云「左右同來人，金紫貴顯劇」，可知也是跟朋友同事在一起游宴。這三首中的幾句之外，全集一首聽歌贈妓之作也沒有。並不是他作了而沒有收入詩集，因為唐人並不忌諱此事。與韓同時的白居易，稍晚的杜牧，他們的詩集裏這類作品就很有些首。上述文公本集之外，再證以唐宋人筆記所載絕無文公像杜牧「十年一覺揚州夢」那樣的「韻事」，可知文公於聲色之娛相當冷淡，至少是不作「狎邪之游」。郭壽華云：「妻妾之外不免消磨於風花雪月」。妻妾則有之，風花雪月則未也。

三、短壽的家族與早衰的身體

一個人的身體強弱及壽命長短，與家族血統往往有密切關係。韓文公的家族是短壽的。

〈與崔羣書〉：「僕家不幸，諸父諸兄皆康彊早世；如僕者，又可以圖於久長哉？」（馬其昶《韓昌黎文集校注》卷三，以下簡稱《文集校注》）

〈祭十二郎文〉：「念諸父與諸兄皆康彊而早世，如吾之衰者，其能久存乎？」（《文集校注》卷五）

文公的大哥韓會，年僅四十一歲。文公一歲喪母，三歲喪父。照一般情形，男子五十幾歲、婦女四十幾歲以後，生育子女的可能性不多，而他大哥比他大二十九歲。據此推算，他父親壽約五十餘，母親可能還不到五十。此外的諸父諸兄，既云早世，最多當不過五十左右。他的姪子百川、老成（即十二郎）、姪孫滂、姪女二十娘子、姪孫女二十九娘子，都比他早死。他活到五十七歲，在韓家恐怕要算最長壽的了。（他的從兄韓岌跟他一樣活了五十七歲。）只有他的姪孫韓湘，相傳為八仙之一，「不知所終」。本段所稱諸人年壽，見各家所撰文公年譜及本集所收諸人墓誌、祭文，此處不再詳考。

由上述事實，可以證明韓氏家族在先天血統上就不算強健；而文公本人的早衰多病，則凡是讀過《古文觀止》的人都知道。

〈祭十二郎文〉：「吾年未四十，而視茫茫，而髮蒼蒼，而齒牙動搖。」（《文集校注》卷五）

〈與崔羣書〉：「近者尤衰憊。左車第二牙無故動搖脫去；目視昏花，尋常間便不分人顏色；兩鬢半白，頭髮五分亦白其一，鬚亦有一莖兩莖白者。」（《文集校注》卷三）

〈初到潮州謝上表〉云：「臣少多病，年纔五十，髮白齒落，理不久長。」（《文集校注》

據《文集校注》所引諸家考證，〈與崔羣書〉作於三十五歲左右，與〈祭十二郎文〉所說「年未四十」云云可以互相印證。足見他健康情形欠佳，在五十二歲赴潮州以前十幾年就是如此。像他這樣早衰多病而自己常恐怕「不久長」的人，當然知道「保養」，健康情形也不容許他「放縱」。如果真像郭壽華所說：「妻妾之外不免消磨於風花雪月，以致體力過度消耗。」一定活不到五十歲，早就「騎箕仙去」了。

文公之所以早衰多病，有三種原因。第一，如上文所說，先天稟賦不強。第二，幼孤家貧，二十五歲登進士第之後經濟情形才逐漸好轉，二十歲以前正在發育的時期沒得到適當的營養。第三，牙齒不好。他三十幾歲時牙齒就開始脫落，四十幾歲時滿口牙齒只剩下不到三分之二。除上面所引〈與崔羣書〉及〈祭十二郎文〉之外，在他的詩裏有很多處有關牙齒的自述。

〈落齒〉詩：「去年落一牙，今年落一齒。俄然落六七，落勢殊未已。餘存皆動搖，盡落應始止。憶初落一時，但念豁可恥。及至落二三，始憂衰即死。每一將落時，懍懍恆在己。叉牙妨食物，顛倒怯漱水。終焉捨我落，意與崩山比。……」（《詩集繫年》卷二。據考訂此詩作於三十六歲時。）

〈贈劉師服〉詩：「羨君齒牙牢且潔，大肉硬餅如刀截。我今呀豁落者多，所存十餘皆兀臲。匙抄爛飯穩送之，合口軟嚼如牛呞，妻兒恐我生悵望，盤中不飣栗與梨。祇今年纔四十五，後日懸知漸莽鹵，朱顏皓頸訝莫親，此外諸餘誰更數？……」（《詩集繫年》卷八。詩中自云年才四十五。）

〈寄崔二十六立之〉詩：「我雖未耋老，髮禿骨力羸。所餘十九齒，飄颻盡浮危。……」

（同書同卷。據考訂此詩亦四十五歲時作。）

他描寫落齒這樣詳細生動，旁人詩中少見，所以我把這些詩彙錄出來。用現代名詞解釋，文公可能是蛀牙太多，也可能患有所謂牙周病。牙齒不好，直接影響食物的消化與吸收，以及吃飯時的情緒，又限制了食物的種類，健康當然受到損害，何況文公的牙齒又壞得那樣早、那樣快。假使古時人會裝假牙，文公的身體可能會好一些。

四、韓文公不可能染患所謂風流病

據報紙所載，郭壽華在法庭上辯稱：「我所說的風流病，不是現代的性病等，而是指表現中國古代文人的浪漫習氣而言。」其他文章也有的解釋之為「因風流而得病。」但是「風流病」一詞在現代語文上已有其固定意義，姑且不必深論郭文本意究竟為何，及少數人對之如何解釋，社會上一般人確實都把牠當作性病（花柳病）看，這就不可不辨。

花柳病發源於美洲，哥倫布的水手傳染上了，帶回歐洲，再由歐洲傳入中國。哥倫布發現美洲在西元一四九二即明孝宗弘治五年。韓文公時，中國尚無此病，任何人也無從染患。這是很多人都知道的醫學常識；但從此次報紙上的若干篇文章以及一般「街談巷議」，可以覺察出其雖為常識而不知道的人也不在少數。

花柳病有若干種類，中國醫書統稱之為「楊梅瘡」，直到現在還有人沿用這個名稱。關於此病的記載，最早見於明朝人方廣所撰《丹溪心法附餘》。其書卷十六載有治楊梅瘡的藥方十種，八種內服，兩種外薰。但只開列藥方，此病的症狀如何，起源如何，並沒有說明。書前有方廣自序，署嘉靖十五年（西元一五三六）。其體例以病名為綱，病名之下，首列元代名醫朱震亨的《丹溪心法》原文，《心法》之後附以主治藥方若干種。《心法》所沒有的病名，則於其下注「新增」二字。楊梅瘡即在新增之列，可知其在嘉靖初年乃是新起的病症。但藥方之一有標題云「專治年久楊梅頑瘡」，又可知此病流行已有若干年。

《心法附餘》只列病名及藥方，沒有說明，所以單憑此書還不夠充實詳盡，要進一步看看其他明代醫書。在最通行的李時珍《本草綱目》卷十八「土茯苓」項下有三條關於楊梅瘡的記載。其中之一是李時珍引錄汪機的話：

> 近有好淫之人，多病楊梅毒瘡。藥用輕粉（按：即水銀粉。），愈而復發。久則肢體拘攣，變為癱漏，延綿歲月，遂致廢篤。（以下論病理及治法，從略。）

汪機所著《外科理例》成書於嘉靖十年、《鍼灸問對》成於次年，見《四庫總目提要》卷一〇四。據他所說，楊梅瘡在嘉靖初年還是「近有」的。另外兩條是李時珍自己的話，說得最為肯定、具體，他說：

> 近時弘治正德間，因楊梅瘡盛行，率用輕粉藥取效，毒留筋骨，潰爛終身。至人用此（土茯苓），遂為要藥。」（以下論土茯苓名稱，從略。）

> 楊梅瘡古方不載，亦無病者；近時起于嶺表，傳及四方。蓋嶺表風土卑炎，嵐瘴熏蒸，飲啖辛熱，男女淫猥，溼熱之邪，積畜既深，發為毒瘡；遂致互相傳染，自南而北，遍及海宇。然皆淫邪之人病之，其類有數種，治之則一也。（以下論病理及治法，從略。）

《本草綱目》成書於萬曆初年，上面所說楊梅瘡「遍及海宇」，當時嘉靖後期至萬曆時情形。李時珍是中國最偉大醫藥學家之一，博覽古今醫書，楊梅瘡的流行，又是他親身聞見的事，佐以方廣的「新增」、汪機的「近有」，他所說一切，當然確實可信。

綜合以上方、汪、李三家之說，可得如下結論：一、楊梅瘡在中國，起於明孝宗弘治、武宗正德之間，以前無此病例。弘治共十八年，正德共十六年，正德之後即是嘉靖，故方云新增，汪云近有。二、弘正之間，時當十六世紀開始，上距哥倫布發現美洲還不到二十年，此病即已由歐入亞，其傳染可謂快速。三、李時珍說此病起於嶺表，即今廣東，可知此病是由南洋海道傳進來的，不是由歐洲經中央亞細亞而入中國。

有一件事「關係匪淺」，必須特為辨明。上述朱震亨《丹溪心法》卷三及卷四載有「淋病」、「赤白濁」、「下疳」的治法，此外很多醫書都有關於這三種病的記載；而現在的花柳病也有這些名稱。因此，在誹韓案諸文中，已經發生了誤解的情形。有人據《丹溪心法》懷疑花柳病在中國古已有之，至晚在元代中葉朱震亨行醫著書時已經有了，其時代遠早於弘治。此說如能成立，豈不推翻了花柳病傳入東半球始於哥倫布發現美洲的成說。實則，明中葉以前醫書上的淋病、赤白濁、下疳，此三者包括生殖泌尿系統的各種疾病，內外科都有，病源不一，有少數症狀還應屬於消化系統，但全都與傳染而來的花柳病無關。花柳病之所以也有這些名稱，是因為明代中葉有了花柳病之後，一般醫生觀念不清，只見症狀有若干類似而不辨病源，乃借舊名以呼新病，沿用既久，遂成固定名詞，其本症本義反為若干人所不了解。明末李中梓所著《醫宗必讀》卷九已將泌尿系統疾病的赤白濁與花柳病的白濁混為一事。清．乾隆敕撰《醫宗金鑑外科》卷十三論楊梅瘡已用下疳之名。只有淋病被借用最晚，總在同治末年以後。清代詞人周之琦卒於同治元年，八十一歲，他的兒子周汝筠在他卒後不久給他編年譜，說他「忽得淋症，漸發益劇」，又說他逝世前「淋症復發」（俱《年譜》原文）。這多半是攝護腺肥大，很普通的老人病，中醫稱為氣淋；或者是膀胱結石或腎結石，中醫稱為石淋。如果淋病之名在當時已被借用，周汝筠不會公然再三的敘入他父親的年譜。以上所說，是我閱讀十幾種醫書中有關部門後所得結論，限於篇幅，不能詳細引述。但理解方面自信沒有錯誤，因為這並不需要高深的醫學知識。醫學文獻之外，也還另有歷史文獻足以證明「即使」唐朝時中國已有此病，韓文公也未曾染患。王讜《唐語林》卷三方正門有一條云：

韓愈病將卒，召羣僧曰：「吾不藥，今將病死矣。汝詳視吾手足支（肢）體，無誑人云『韓愈癩死』也。」

癩就是痲風，現在臺灣還有專收痲風病人的隔離醫院。這種病傳染上了就很難治好，發展到末期，病人都是很痛苦而樣子很狼狽，古人認為這是上天對於其人的懲罰，所以管牠作叫「天刑病」。佛教中人認為凡人謗佛毀法者必得惡報，《法苑珠林》卷二十六「謗罪部」記載得很詳細。唐朝時一定有種傳說，認為謗佛者可能得癩病遭受天刑而死；所以文公病危時特別把一羣和尚找來，要他們看看，他雖一生排佛卻是死得好好的。這段故事表示出文公的倔強，對於佛教至死不信，所以《唐語林》列之於方正門。花柳病之有特效藥，不過是近幾十年的事，唐時「如果」真有此病的話，一旦染上了就不會治好，只有任其發展直到末期。這時，病人身上以及臉上就會現出若干症狀，而這些症狀（尤其是梅毒末期）與痲風很相像。文公如真染此病，他怎麼肯令羣僧「詳視手足支體」？那豈不是證明了「韓愈癩死」嗎？

這一段《唐語林》是證明文公未染惡疾的很好資料，但被錢基博引用，錯了一個重要的字，弄得意義全失。錢撰《韓愈志》是部近來頗為流行的書，其第二章引錄了這段《唐語林》，文云：

將卒，告羣僚曰：「吾不藥，今將病死矣。汝詳視吾手足支體，無誑人云『韓愈癩死』也。」

我查過《唐語林》的六種版本：《四庫全書》、《聚珍版叢書》、《歷代小史》、《守山閣叢書》（原附校勘記即世界書局據以排印者）、《墨海金壺》、《惜陰軒叢書》，俱作「羣僧」，只有《韓愈志》所引作「羣僚」。這一字之差，關係全文。文公本無惡疾，為甚麼無緣無故而請同僚「詳視手足支體」？這是情理上講不通的事。這一差別，乍看好像是僧、僚二字排印時行近致誤，細讀就會發現是錢氏所改。錢氏引書往往改動原文以遷就他自己的意思，像竄改《清異錄》即是一例，見後附論二。他認為文公一生排佛，臨終如何肯把一羣和尚找來「詳視手足支體」；於是改僧為僚，以求符合文公的思想言行。他把事情完全想反了。從此一事，我們要知道：利用他人現成著作寫文章，一定要把他所引用的資料與原書核對，看有沒有不妥當的增、刪、改，以及斷章取義、望文曲解等等，以免為他人所誤，跟著錯下去，甚至根據他所竄改的文字強作解釋。這次誹韓案的文章裏就有這樣一兩篇。

五、兩篇重要的原始文獻

以下幾節要討論服硫黃及所謂金石藥問題。此問題起因於白居易的一首詩及文公的一篇墓誌，即我所謂原始文獻。白詩題目是〈思舊〉，這次討論誹韓案的若干篇文章都曾引用。但他們只引直接有關的幾句；我想一定有些人想看到全詩，詩並不長，現在全錄於下，以省讀者翻檢之勞。

閑日一思舊，舊游如目前；再思今何在？零落歸下泉。退之服硫黃，一病訖不痊。微之鍊秋石，未老身溘然。杜子得丹訣，終日斷腥膻。崔君誇藥力，經冬不衣綿。或疾或暴夭，悉不過中年。惟余不服食，老命反遲延。況在少壯時，亦為嗜欲牽；但躭葷與血，不識汞與鉛。飢來吞熱麪，渴來飲寒泉，詩役五藏（臟）神，酒汩三丹田。隨日合破壞，至今粗完全，齒牙未缺落，肢體尚輕便。已開第七秩，飽食仍安眠，且進杯中物，其餘皆付天。

（《白氏長慶集》卷六十二，《四部叢刊》本。）

《古詩十九首》云：「服食求神仙，多為藥所誤；不如飲美酒，被服紈與素。」這本是道教中人用來強身延年甚至妄求不死的方術。其風始於東漢，經魏晉南北朝，直到唐朝仍頗為盛行。他們所服食的藥物有草藥（植物性），有金石藥（礦物性），而以金石藥為主，硫黃即為金石藥之一種。但道教方士服食的金石藥都要經過爐火燒鍊，故稱燒丹鍊藥，與普通用以治病的礦物性藥，包括《本草綱目》的金、玉、石、鹵石等部，品目雖同，服法及作用則異。讀者可看余嘉錫撰〈寒食散考〉（余嘉錫《論學雜著》第一八一至二二六頁，河洛出版社。），再看《抱朴子·內篇》卷四〈金丹〉、卷十一〈仙藥〉兩篇，《雲笈七籤》卷六十七至六十九「金丹部」，還有不知何時人號稱「楚澤先生」者所撰《太清石壁記》（在《正統道藏·洞神部·眾術門》，藝文印書館影印。）；關於金石藥的種類名目及其燒鍊方法服食方法等都有詳細說明。

這種燒鍊服食的金石藥，雖偶有強身保健的作用，但大多數有猛烈的毒性，服用而致病致死者很多，余氏〈寒食散考〉敘之甚詳。韓文公時，服食風氣仍盛，他早年時對之也許將信將疑，到了晚年卻深知其害而勸人不要再信這套邪說。他所撰〈太學博士李君墓誌銘〉說的非常詳細清楚。李博士名叫李干，《韓集》一本作李于，故簡稱「李干墓誌」、或「李于墓誌」。這篇文章為宋以來討論「退之服硫黃」問題者所必須引用，篇幅不算長，而全篇都很重要，現在也把牠全錄於下。

太學博士頓丘李干，余兄孫女壻也，年四十八，長慶三年正月五日卒。其月二十六日，穿其妻墓而合葬之，在某縣某地，子三人，皆幼。初，干以進士為鄂岳從事，遇方士柳泌，從受藥法，服之，往往下血。比四年，病益急，乃死。其法以鉛滿一鼎，按中為空，實以水銀，蓋封四際，燒為丹砂云。余不知服食說自何世起，殺人不可計，而世慕尚之益至，此其惑也。在文書所記，及耳聞相傳者不說；今直取目見親與之游而以藥敗者六七公，以為世誡。工部尚書歸登、殿中御史李虛中、刑部尚書李遜、遜弟刑部侍郎建、襄陽節度使工部尚書孟簡、東川節度御史大夫盧坦、金吾將軍李道古：此其人皆有名位，世所共識。工部既食水銀得病，自說若有燒鐵杖自顛貫其下者，摧而為火，射竅節以出，狂痛號呼乞絕。其茵席常得水銀，發且止，唾血十數年以斃。（年字諸本俱同，疑當作斗，此種病情似不容延至十數年也。）殿中疽發其背死。刑部且死，謂余曰：「我為藥誤」。其季建，一旦無病死。襄陽黜為吉州司馬。余自袁州還京師，襄陽乘舸邀我於蕭洲，屏人曰：「我得秘藥，不可獨不死，今遺子一器，可用棗肉為丸服之。」別一年而病。其家人至，訊之，曰：「前所服藥誤，方且下之，下則平矣。」病二歲，竟卒。盧大夫死時，溺出血肉，痛不可忍，乞死乃死。金吾以柳泌得罪；食泌藥，五十死海上。此可以為誡者也。蘄不死乃速得死，謂之智，可不可也？五穀三牲，鹽醯果蔬，人所常御，人相厚勉，必曰「彊食」。今惑者皆曰：「五穀令人夭，不能無食，當務減節。」鹽醯以濟百味，豚、魚、雞三者，古以養老。反曰：「是皆殺人，不可食。」一筵之饌，禁忌十常不食二三。不信常道而務鬼怪，臨死乃悔。後之好者又曰：「彼死者皆不得其道也；我則不然。」始病，曰：「藥動故病，病去藥行，乃不死矣。」及且死，又悔。嗚呼！可哀也已！可哀也已！（《文集校注》卷七）

從這篇墓誌，可以看出唐人服食金石藥的概況，及金石藥為害之烈。韓文公反對服食金石藥，在此文中表示得明白肯定；但白詩卻說「退之服硫黃，一病訖不痊」，似乎證明了文公曾服金石藥而且身受其害。宋人對於文公的誤解與訛傳就出在這一詩一文的矛盾上，下面三節即將詳細討論此一問題。

六、宋金人對於退之服硫黃的指摘與辯護

服食金石藥在唐朝是普遍流行的風氣，正如同現代人吃補藥打補針一樣，沒有甚麼神祕，不值得驚怪。白居易的〈思舊〉詩，只是舉韓元杜崔四人為例，證明金石藥之無益，毫無指摘或責怪之意。在唐五代及北宋前期，也沒有人對「退之服硫黃」問題注意討論。韓文公的麻煩是在北宋後期至南渡初年才發生的。現在先把有關資料鈔在下面並酌附我自己的按語。

陳師道《後山詩話》：「退之詩云：『長安眾富兒，盤饌羅羶葷，不解文字飲，惟能醉紅裙。』然此老有二妓，號絳桃、柳枝，故張文昌云：『為出二侍女，合彈琵琶箏』也。又為李于志，敘當世名貴服金石藥欲生而死者數輩，著之石，藏之地下，豈為一世戒耶？而竟以藥死。故白傳云『退之服硫黃，一病竟不痊』也。」

按：諸本《白香山集》俱作「訖不痊」，僅《後山詩話》與《苕溪漁隱叢話前集》卷十六所引孔毅夫《雜說》作「竟不痊」，自應從白集。訖竟兩字，口氣輕重大有分別，不可不辨。孔毅夫《雜說》即《珩璜新論》之別名，其文見下。任淵注本《後山詩集》卷九〈嗟哉行〉亦有「韓子作志還自屠」之語，與詩話此條語意相同，而「自屠」二字口氣更重。葛立方《韻語陽秋》卷六「韓退之作〈李干墓誌〉」云云，與《後山詩話》意思相同，不再引錄。

孔平仲《珩璜新論》（又名孔毅夫《雜說》）：「韓退之晚年遂有聲樂，而服金石藥。張籍〈祭文〉云：『乃出二侍女，〔合彈琵琶箏。臨風聽繁絃，忽遽聞再更。顧我數來過，是

夜涼難忘。公疾浸日加，孺人視〕藥湯。』白樂天〈思舊〉詩云：『退之服硫黃，一病訖不痊。微之鍊秋石，未老身溘然。』退之嘗譏人『不解文字飲』，而自敗於女妓乎？作李博士墓志，切戒人服金石藥，而自餌硫黃乎？」

按：右錄《珩璜新論》，據《墨海金壺》本。胡仔《苕溪漁隱叢話前集》卷十六所引與此小異，無關弘旨，不具校。張籍所作是〈祭詩〉，不是〈祭文〉，其全篇見《張司業詩集》卷七，本文第八節有節錄，讀者可參閱。《墨海金壺》於「侍女」至「藥湯」之間脫去三十三字，今據原詩補足，用方括弧識出。

又按：孔平仲與陳師道是同時人。《珩璜新論》這一段與《後山詩話》大致相同而語氣更重。所云「自敗於女妓」，武斷無據，這句話是《後山詩話》所沒有的。

朱翌《猗覺寮雜記》上卷「陸孟丘楊」云云。

按：此條全文及其討論見後第八節。

（舊題）陶穀《清異錄》卷二「火靈庫」條：「昌黎公愈，晚年頗親脂粉，故事服食。用硫黃末攪粥飯啖雞男，不使交，千日烹庖，名火靈庫。公間日進一隻焉。始亦見功，終致絕命。」

按：《清異錄》諸本卷數不同，內容次第則一。今從較為通行之寶顏堂秘笈本。此書舊題五代末北宋初人陶穀撰，實為北宋中葉或稍後人託名偽造，右所引錄一條尤不可信，此外還有若干問題，後文附論二將以專節討論此書。

綜觀上面所引諸條，宋人對於文公的指摘可分為兩點。第一，說他言行不符，大聲疾呼戒人服金石藥而自己卻又服食。古人最重言行相符，否則其人的品格就要打折扣；何況又因此致病而死，當然更堪「惋惜」。第二，說他服金石藥是為了晚年「有聲妓」、「頗親脂粉」，這個比言行不符還要嚴重。實則都是誤解與訛傳，詳見後文第七八兩節。（南宋人陳善《捫蝨新話》下集有一段涉及韓文公，但只論到有二妾事，與服硫黃無關，所以此處從略未引。）

孔平仲、陳師道，及《清異錄》的偽撰者，都是北宋人，朱翌、葛立方，是南宋初年人，他們都對於韓文公有所指摘；與朱翌、葛立方同時而稍晚的方崧卿及金末人王若虛，則為文公辯護。方崧卿說：白詩所謂服硫黃的人姓衛，名中立，字也叫退之，根本不是韓退之。王若虛說：服硫黃是為了治病，並不算是服金石藥。清人崔述《考信錄・釋例篇》、錢大昕《十駕齋養新錄》卷十六，都曾主張方說。今人陳寅恪《元白詩箋證稿》附論〈乙〉則認為一定是韓退之。

按：方說牽強附會，絕難成立。陳說「持之有故，言之成理」。應當是韓非衛。方陳兩說所持理由及其評定，見後附論一。

王若虛之說見於他所撰《滹南遺老詩話》卷一（即《滹南遺老集》卷三十八），原文云：

> 孔毅父（夫）《雜說》譏退之笑長安富兒「不解文字飲」，而晚年有聲伎；罪李于輩諸人服金石，而自餌硫黃。（按：硫黃亦可書作流黃）。陳後山亦有此論。甚矣其妄議人也！紅裙之誚，亦曰惟知彼而不知此；蓋詞人一時之戲言，非遂以近婦人為諱也。且詩詞豈當如是論，而遽以為口實耶？其罪李于輩，特斥其燒煉丹砂而祈長生耳。病而服藥，豈所禁哉！樂天固云「退之服硫黃，一病訖不全（痊）」；則公亦因病而出于不得已，初不如于輩有所冀幸以致斃也。抑前詩復有「盤饌羅羶葷」之句，以二子繩之，則又當不敢食肉矣。

他這段話，駁斥孔陳之說，議論通達，見解正確，比方崧卿的硬拉出一個衛退之，高明多了。我寫此文，得到他很大啟示。但他對「病而服藥」未作詳細解釋，似乎也只是「想當然耳」，所以其說起不了多大作用，不為人所注意。下節即將根據我淺薄的醫藥知識，就「病而服藥」這一要點作進一步的發揮。至於「不解文字飲」云云，王說也極為有理，但與本文主題無關，從略不談。

七、韓文公為治病而服硫黃

文公為甚麼要服硫黃？上一節引《滹南遺老詩話》所云「病而服藥」是最正確的答案。想證明此一答案，要從文公最後的病情說起。《詩集繫年》卷十二有〈南溪始泛〉三首，經繫年考定是文公卒前三個多月因病辭官以後所作，其第三首開始四句云：

> 足弱不能步，自宜收朝蹟；羸形可輿致，佳觀安可擲？

可知他所患的是「足弱」，足弱又稱「腳弱」，並非泛言腰疼（酸）腿軟，而是病名，此病就是他的姪子十二郎所患的「軟腳病」（見〈祭十二郎文〉），也就是醫學上所謂「腳氣」。據孫思邈《千金要方》卷七〈論風毒腳氣篇〉，參以〈祭十二郎文〉，足弱、腳弱、軟腳病、腳氣，四者是同病異名。腳氣是末梢神經病之一種，初起時並無大苦，日久不愈，便會膝腿痲痺，身體浮腫，尿量減少，心跳氣喘，最後導致心臟病而死亡，中醫謂之「腳氣攻心」，又稱「腳氣衝心」。上述《千金要方》卷七全卷專論此病的症狀、歷史，及其治法方劑，讀者可以參閱。文公與他的姪兒同患此病，可能是所謂「家族性」，與血統體質有關。（香港腳俗亦稱腳氣，與此完全不同，此病可以致命，香港腳是皮膚病，不會致命。）

自晉至唐，硫黃曾被認為是治腳氣的內服特效藥，可獨用，也可與其他藥品合用。現在依先後次序，彙錄此一時期三位著名醫藥學者之說如下。

葛洪《肘後備急方》卷三載有「治風毒腳弱痺滿上氣方」共十一種，其中有兩種獨用硫黃，方云：

好硫黃三兩，末之。牛乳五升，先煮乳；水五升，仍內（納）硫黃，煎取三升，一服三合。亦可直以乳煎硫黃，不用水也。卒無牛乳，羊乳亦得。先煎牛乳三升，令減半，以五合輒服硫黃末一兩。服畢厚蓋取汗，勿令得風。中間更一服，暮又一服。若已得汗，不復更取，但好將息將護之。若未差愈，後數日中亦可更作。若長將，亦可煎為丸。北人服此治腳多效，但須極好硫黃耳，可預備之。

按：長將謂長期將息，亦即長期治療。「痺滿上氣」是腳氣病加重後的症狀，孫思邈《千金要方》卷七論之甚詳。腳氣主要病因是食物中缺少維他命B；久坐缺少運動，氣候潮濕，亦有關係。葛洪、孫思邈都以為是起於「風毒」，是古人的錯誤說法。我們討論的是韓文公的病及其治療，當然要以古代醫學為準，不能用現代醫學眼光去看。

陶弘景《名醫別錄》云：

（硫黃）治腳冷疼弱無力。

又云：

「俗方用（石硫黃）治腳弱及痼冷，甚效。」

按：陶撰《名醫別錄》七卷，原書未見傳本，右兩條據李時珍《本草綱目》卷十一石硫黃注文轉引。古代醫書及道家鍊丹書多稱硫黃為石硫黃，以別於另一種土硫黃。土硫黃只能作外科治皮膚病用。弘景所謂「俗方」，對道教之「仙方」而言，非俗陋之意。

孫思邈《千金翼方》卷二〈本草〉上云：

石硫黃：味酸溫、大熱、有毒，治腳冷疼弱無力。

同書卷十七〈腳氣〉第二載有「治腳氣方」二十一種，其最後兩種云：

硫黃圓：主膈淡滯澼、逐腳中風水方。

硫黃 伍兩

右一味，細粉，以牛乳三升煮令可圓，如梧子大，曝令乾。酒服三十圓，日三；不知，漸加至百圓。

石硫黃圓：主腳風弱、胸腹中冷結方。

石硫黃 半兩 桂心 四兩 礬石 燒 附子 炮去皮 天雄 炮去皮 烏頭 各二兩 炮去皮

右六味，擣篩為末，鍊蜜和圓如梧子大。空腹酒服五圓，日三服。

按：第一方獨用硫黃，以牛乳煮，與《肘後方》同。《千金要方》卷七載有「治腳氣方」三十八種，則皆不用硫黃而以草藥為主。

葛洪晉朝人，陶弘景齊梁間人，孫思邈唐初人，都在韓文公之前。文公時，用硫黃治腳氣的方劑一定已是普遍流行，他服硫黃，乃是採用相傳舊方，對症下藥。這種病都是逐漸發展，不是突然來的，也不易短期治愈，他服硫黃劑的時期可能相當長，即《肘後方》所謂「長將」：這就是白詩所謂「退之服硫黃」。但因身體積弱，此方並未見效，而且病勢越來越重，再服其他藥劑也無起色，終至逝世：這就是白詩所謂「一病訖不痊」。所以：韓文公是為了治病而服硫黃，不是因為服硫黃而得病。這樣服硫黃以治病，跟服金石藥以求延年長生，服法與目的都不同，是兩件事。金石藥必須經過爐火燒鍊，而且以鉛汞二物為主，硫黃是輔佐。汞即是水銀，是從丹砂中提煉出來的。丹砂的成分是一硫化汞，水銀加硫黃，加熱（燒鍊）以後，就又變成了丹砂。所以道教方士稱他們燒鍊出來的藥為「丹藥」，又稱「金丹」。金即是他們所謂黃金液，丹即是丹砂。（見《抱朴子·金丹篇》、《雲笈七籤·金丹部》、魏伯陽《大丹記》、楚澤先生《太清石壁記》等書。）單服末經燒鍊的硫黃與服金石藥不能混為一談，這一點，宋以來直到現代都似乎沒弄清楚，只有王若虛給了我們一些提示。

孔平仲、陳師道的時代，去韓白已遠，他們不知道，至少是忽略了，文公晚年患的是足弱病及硫黃可治此病的古方，遂誤以為白詩所謂「服硫黃」是服食燒鍊過的硫黃，亦即所謂金石藥，而且因此致病致死。於是就寫筆記、寫詩話、作詩，指摘文公言行不符，欲求長生而反速其死。又因為文公有姬妾二人，而金石藥多具「興奮」作用，於是有些人「思有邪」，輾轉傳說，越說越遠，就變成了《清異錄》的「頗親脂粉，故事服食。」我懷疑：「頗親脂粉故事服食」是從「晚年有聲妓而服金石藥」轉變來的；而用硫黃攪粥飯啖雞男以親脂粉，則是從用牛乳煮硫黃以治足弱轉變來的。

八、韓文公並非死於金石藥中毒

依上節所說，文公既只是「病而服藥」，不是服食燒鍊過的硫黃或鉛汞之類，自然無所謂金石藥中毒。此外還有兩事足以證明文公之死與金石藥無關。第一：文公作〈李干墓誌〉，把服金石藥的害處說得那樣深切著明，他當然不會再去服食，言行不符還在其次，任何人也不會傻得明知其害而還冒著生命危險及死亡時的痛苦去以身試藥。這一點，宋人李季可已提到了，見後文附論一。第二：中金石藥毒的人，不是暴卒就是死亡時非常痛苦，往往是二者兼而有之。讀者看余氏《寒食散考》及文公〈李干墓誌〉即可明瞭。文公則既非暴卒，而患病以至臨終，一直從容安詳，毫無急性或慢性中毒現象。

關於文公從生病到逝世的經過情形，張籍有〈祭退之詩〉五古長篇，敘述十分詳細，見《張司業詩集》卷七（《四部叢刊》本），是極好的史料，節鈔於下。

(上略)去夏公請告，養疾城南莊；籍時官休罷，兩月同游翔。(中略)公為游溪詩(按即〈南溪始泛〉)，唱詠多慨慷。自期此可老，結社於其鄉。籍受新官詔，拜恩當入城；公因同歸還，居處隔一坊。中秋十六夜，魄圓天差晴，公既相邀留，坐語於堦楹，乃出二侍女，合彈琵琶箏。臨風聽繁絃，忽遽聞再更。顧我數來過，是夜涼難忘。公疾浸日加，孺人視藥湯；來候不得宿，出門每迴遑。自是將重危，車馬候縱橫；門僕皆逆遣，獨我到寢房。公有曠達識，生死為一綱；及當臨終晨，意色亦不荒。贈我珍重言，傲然委衾裳。公比欲為書，遺約有修章；令我署其末，以為後事程。家人號於前，其書不果成；子符奉其言，甚於親使令。(下略)

此外，皇甫湜《皇甫持正文集》卷六〈韓文公神道碑〉(《四部叢刊》本)、同書同卷〈韓文公墓銘〉、李翺《李文公集》卷十一〈韓吏部行狀〉(《四部叢刊》本)、同書卷十六〈祭吏部韓侍郎文〉，於文公生病到去世的經過時間及臨終時的情形，都有所記載。合觀以上諸篇詩文，參以《唐語林》「韓愈病將卒召羣僧曰」云云(見前第四節)，可知文公開始生病在長慶四年四五月間，卒於十二月初二日，從夏到冬，病了半年多才死。得病初期還能出門游山玩水，在家招待朋友，聽音樂，作詩；後來病勢漸重，才杜門謝客；但直到臨終，還是不慌不亂，從容分付後事，並招集羣僧，叫他們詳視支體。中金石藥毒而死者那能如此從容安詳？

一切都已澄清了！最後只剩下一個疑問，是文公自己的一首詩，見於《詩集繫年》卷十二，題為〈又寄周隨州(一作循州)員外〉，詩云：

陸、孟、丘、楊久作塵，同時存者更誰人？金丹別後知傳得，乞取刀圭救病身。

南宋初年人朱翌撰《猗覺寮雜記》上卷，對此曾有所評論，其文云：

> 陸、孟、丘、楊四人皆董晉幕中同官：陸長源、孟叔度、丘穎、楊凝。退之戒人服丹，其言甚切，乃乞丹於循州。樂天云：「退之服硫黃」，信矣！

據方崧卿《昌黎年譜增考》，周員外名君巢，其人晚年確曾「留意丹藥」。他曾想分贈一些丹藥給柳宗元，為柳所拒，見於《柳集》（《四部叢刊》本）卷三十二〈答周君巢書〉。事實具在，此詩豈非文公自己證明了他於服丹一事言行矛盾？我以為此問題有兩種解釋。第一：這首詩重點在衰年多病，感舊懷人，「既痛逝者，行自念也。」乞丹云云，只是順著上文隨口說出的一句話：「你的金丹應該已經鍊好了，分給我一點治病吧！」如果由此認定文公真有乞丹之意，並以之與樂天詩互證，就近於穿鑿支離，正如王若虛所說：「詩詞豈當如是論，而遽以為口實耶？」（見前第六節）。第二：此詩作於元和十五年文公五十三歲時，考證見《詩集繫年》。服食丹藥是當時的普偏風氣，文公起初對之也可能是將信將疑，我在前文已說過了。戒人服丹的〈李干墓誌〉則作於長慶三年文公五十六歲時，這時他因至親晚輩李干之死，引起從前的種種見聞，對於金石藥之無益有害已澈底了解，所以大聲疾呼，勸人不要服食這種東西。〈寄周詩〉在前，〈李干墓誌〉在後，相去三年，這種情形，當然只是思想見解的轉變，也可以說是改進，不能謂之為言行不符，自相矛盾，更不能執之以證明他確曾服食金丹。以上兩種解釋都講得通。乍看好像第二種解釋較為近情合理；若依我的主觀見解，毋寧說第一種更為切合實際。

附論一、韓退之與衛退之

宋人方崧卿說：白居易詩所說服硫黃的退之是衛中立，其人亦字退之，後人遂以為是韓文公。此說在本文第六節已大略提及。方氏的論據是文公所撰〈唐故監察御史衛府君墓誌銘〉，此誌全文約有一半與考證本題有關，先把它節錄於下。

君諱之玄，字造微，中書舍人、御史中丞諱晏之子，贈太子洗馬諱璿之孫。……昆弟三人，俱傳父祖業，從進士舉。君獨不與俗為事，樂施置自便。父中丞薨，既三年，與其弟中行別，曰：「……我聞南方多水銀丹砂，雜他奇藥，爊為黃金，可餌以不死。今於若丐我，我即去。」遂踰嶺阨南出。藥貴不可得，以干容帥。帥且曰：「若能從事於我，可一日具。」許之。得藥，試如方，不效。曰：「方良是，我治之未至耳。」留三年，藥終不能為黃金。……南海馬大夫使謂君曰：「幸尚可成，兩濟其利。」君雖益厭，然不能無萬一冀。至南海，未幾，竟死，年五十三。……時中行為尚書兵部郎中，號名人而與余善，請銘。……」（見《文集校注》卷七及影宋慶元本《五百家注韓昌黎集》卷三十。字句小有異同，今參酌兩本。爊即燒錬之意。）

方說原文的全部，見於洪興祖撰《韓子年譜》附錄的〈方氏增考〉，錄之如下。

衛府君墓誌，今本皆作衛之玄，故洪從之。閣本、舊本只作「君諱某、字某，葬某處某所」；蓋公〈誌〉初成本文也。及質之善本，則「君諱某」者實中立也，非之玄也。衛晏三子：長之玄、字造微，次中立、字退之，末中行、字大受。中行於時為兵部郎中，為中立乞銘於公者。〈墓誌〉首云「兄弟三人」，後只云「與中行別」，則其為中立誌無疑矣。中立餌奇藥求不死，而卒死，故白樂天詩謂「退之服硫黃，一病訖不痊」，乃中立也。孔毅夫、陳無己之徒，皆指以為公晚年惑金石藥，獨近世李季可謂公長慶三年作〈李干墓誌〉，力詆六七公皆以藥敗，明年則公卒，豈咫尺之間身試其禍哉？或前人文字之同，或傳寫之繆，使賢者蒙污，然實無所考證也。按公屬纊之言，謂：「愈踈愚，食不擇禁忌，位為侍郎，年出伯兄十五歲，且獲終牖下，如又不足，於何而足？」是公豈服藥以求長年者？況白氏所紀，退之、微之、杜子、崔君三四公，蓋非皆有聞於時者。適以中立字之偶同，遂歸過於公。千載之誣，庶自茲一洗，故敢併及之。（見粵雅堂叢書第十四集《韓文類譜》卷六「元和十年六月」條下附錄。之玄，原書俱作之元，清人避聖祖諱所改。宋本《韓集》作之玄。）

按：《韓文類譜》共七卷，收宋人撰文公年譜三種。卷一為呂大防《韓吏部文公集年譜》，卷二為程俱《韓文公歷官記》，卷三至七為洪興祖《韓子年譜》。方崧卿《韓文公年譜增考》無單行本，散附洪譜各條之後。

朱熹《韓文考異》卷八〈衛府君墓誌篇〉下云：

「方云：按《元和姓纂》，晏三子，長之玄，次中立，次中行。汪彥章云：王仲仏本謂此〈衛中立墓誌〉，中立字退之，非之玄也。」（陳景雲《韓集》點勘王仲作王仲信，今從影宋慶元本五百家注《韓集》作王仲。）

《考異》所引方云，即方崧卿，他是南宋時研究《韓集》專家之一，《考異》多引其說，但朱方所持意見往往不同。方氏所謂「質之善本」，當即汪彥章（藻）所稱王仲仏本。《考異》此條可補充方說原文，故並錄於此。

方說大部分全是空話，而且牽強支離，可分三點說明。第一：南宋時，《韓集》盛行，版本甚多。〈衛府君誌〉墓主的名字，一本作諱某、字某，一本作諱之玄、字造微，汪彥章所稱王仲仏本作諱中立、字退之。方氏即據王仲本立說，但並無任何憑據足以證明王本確較其他兩本可靠。他惟一的理由是：「墓誌首云兄弟三人，後只云與中行別，則其為中立誌無疑矣。」這是標準的穿鑿附會。可能之玄告別時只有中行，中立並不在旁；也可能因為中行是向文公求作墓誌者，故只是「與中行別」。第二：衛府君所求的是「貴不可得」的水銀丹砂及其他奇藥而不是硫黃。硫黃是普通礦物，產地很多，價廉易得，用不著到嶺南南海費大力氣去求。第三：衛府君始終是在求藥、試鍊，丹並沒有鍊成，自然無從服餌。所以：他所求者既非「硫黃」，又始終不曾「服」，墓誌更沒有說他因服藥而死，這個衛府君即使是衛退之，也與白詩所謂「服硫黃」云云拉不上關係。此外，學生書局最近出版羅聯添著《韓愈研究》第二章十八節又舉出一點，理由也很充足。他說：

白詩題稱「思舊」，詩又云：「閒日一思舊，舊游如目前」。則退之必為白之舊交。考居易此詩作於唐武宗會昌元年（八四一）；長慶二、三年間（八二二——八二三），居易與韓愈交游，並有詩篇來往，則此退之自指韓愈而言。若「退之」為指衛中立，則白居易當有與中立唱和之作，今《白集》未見有與衛中立來往篇什，則中立絕非白之舊交。

綜觀以上四點，可以斷言方說不能成立。陳寅恪主張其為韓退之，則持之有故，言之成理，其說見於《元白詩箋證稿》附論〈乙〉，文云：

樂天之舊友至交，而見於此詩之諸人，如元稹、杜元穎、崔羣，皆當時宰相藩鎮大臣，且為文學詞科之高選，所謂第一流人物也。若衛中立，則既非由進士出身，位止邊帥幕僚之末職，復非當日文壇之健者，斷無與微之諸人並述之理，然則此詩中之退之，固舍昌黎莫屬矣。

今按：方氏云「白氏所紀，退之、微之、杜子、崔君三四公，蓋非皆有聞於時者。適以中立字之偶同，遂歸過於公。」他的意思是說：這四個不一定全是名人，所以衛中立不妨與元杜崔並列。其意與陳氏所持理由相反，而遠不及陳之自然合理。我們取方陳兩說比較觀之，當然只能承認陳說而無法相信方說。

正因其牽強支離，所以方說在南宋元明三朝並未受人注意。直到清乾隆時，崔述（東壁）、錢大昕（竹汀）才轉述其說。

崔述《考信錄・釋例篇》：「唐衛退之餌金石藥而死，故白居易詩云：『退之服硫黃，一病訖不痊。』而宋人雜說遂謂韓退之作〈李千墓誌〉戒人服金石藥而自餌硫黃。無他，彼但知有韓昌黎字退之，而不知唐人之字退之者尚多也。」

錢大昕《十駕齋養新錄》卷十六：「白樂天詩：『退之服硫黃，一病訖不痊。』後人因以為昌黎晚年惑金石藥之證。頃閱洪慶善（按：洪興祖字慶善。）《韓子年譜》，有方崧卿辨證一條云：『衛府君墓誌，今本作衛之玄（按：原作之元，下同。）其實中立也。衛晏三子，長之玄、字造微，次中立、字退之，次中行、字大受。誌首云兄弟三人，後只云與弟中行別，則其為中立誌無疑。中立餌奇藥求不死，而卒死；樂天詩謂「退之服硫黃」者，乃中立也。近世李季可，謂公長慶三年作〈李千墓誌〉，力詆六七公皆以藥敗，明年則公卒，豈咫尺之間身試其禍哉？』」

崔、錢只是因襲或節錄方說，並未提出新資料，新證據。錢氏對此似尚持保留態度，崔則深信不疑。兩人都是著名學者，經過他們一提，一般人才理會到原來還有此一說。於是，服硫黃的到底是韓是衛？遂成了「存疑待考」的問題。今綜合陳說、羅說，及我在上文提出的三點，是韓非衛，已無可疑。方崧卿為文立說，原是為了不使「賢者蒙污」，清朝及近代有些人信從方說，除了好奇之外，也都有回護韓文公之意。現在我們既有理由證明服硫黃並非服所謂金石藥，實不足以污文公，也就用不著硬往衛中立身上推了。

附論二、《清異錄》四考

第六節所引《清異錄》，關係最重要，問題又多，所以專節討論。全節共分四段：一、《清異錄》辨偽。二、錢基博《韓愈志》竄改《清異錄》。三、陳寅恪及一般學人誤信《清異錄》。四、《清異錄》「火靈庫」之說尤不可信。故題為「四考」。

《清異錄》這部書，舊題陶穀撰；南宋時陳振孫已對之懷疑。《直齋書錄解題》卷十一云：

> 《清異錄》二卷：稱翰林學士陶穀撰。凡天文、地理、花木、飲食、器物，每事皆制為異名新說。其為書殆似《雲仙散錄》，而語不類國初人，蓋假託也。

按：《雲仙散錄》又名《雲仙雜記》為偽託之書，已有定論，見《四庫總目提要》卷一百四十。

明・胡應麟《少室山房筆叢》卷三十二又為此書辯護云：

> 《清異錄》二卷，陶穀撰。或以文不類宋初者；恐未然。此書命名造語，皆頗入工，恐非穀不能。

他連用兩個「恐」字，純是猜測之詞，毫無佐證；而且何以知道「非穀不能」？這個說法當然不足採信。《四庫總目提要》卷一四二此書提要則既信又疑，摸（亦可作模）稜兩可。王國維撰〈庚辛之間讀書記〉（《王觀堂先生全集》第四冊）始斷定其不是陶穀所作。他說：

> 今以本書證之，陳說良是。按《宋史・陶穀傳》，穀以開寶三年卒。（原注：〈學士年表〉亦云開寶三年十二月卒。）而南唐之亡在開寶八年。今此書第一條即云：「李煜在國時作祈雨文」云云，明明作於煜入宋之後，去穀之卒已五年餘。如書中稱宋太祖之諡，違命侯之封，及鄭文寶、陳喬、張佖之子等，皆在南唐亡國之後，或更遠在太宗時，則陳氏假託之說不誤，胡辨妄也。

按：余嘉錫《四庫提要辨證》卷十八曾引錄王說全文。

王說證據確鑿，考訂甚精，此書之為偽託，已不成問題。但南宋中葉樓鑰《攻媿集》卷三〈白醉軒詩〉已使用此書中的典故，並云出《清異錄》，可知偽造此書者應是北宋中葉或稍晚時人。也許有人認為此書可能是陶穀所作，其中有他死後的事情，乃是後人竄入。這種看法，似是而非。因為，全書六百餘條，其筆墨風格始終一致。《四庫提要》也曾說：「所記諸事，如出一手，大抵即穀所造。」如此書是穀一人所造，就不可能有許多他死後的事；如有後人竄入，就不會「如出一手」。所以：此書定是全部由一人偽撰，託名陶穀，而不是真偽間雜。

近人錢基博撰《韓愈志》第二章云：

愈逮老，喜服食養生。故事，用硫黃攪粥飯啖雞男，不使交，千日烹庖，名火靈庫；云可以長氣益精。愈間日進一隻焉。始亦見功，終遂嬰疾。（以上錢書原注云：陶穀《清異錄》。）顧頗以自諱。

他引用《清異錄》，增刪改三者俱全，弄得面目全非。（《清異錄》原文見前第六節）他改「頗親脂粉」為「喜服食養生」，改「終致絕命」為「終遂嬰疾」，顯然是「為賢者諱」。但下文緊接又來了一句他自己的話：「顧頗以自諱」。這句話真令人莫名其妙。韓文公何嘗自諱？曾在那篇詩或文中自諱？難道錢氏的意思是說〈李干墓誌〉中戒人服金石藥的話是文公的掩飾之詞麼？他這樣隱隱約約，吞吞吐吐，就是因為他也跟宋以來許多人一樣，不了解服硫黃並非服所謂金石藥。結果似是為賢者諱反而無端使賢者的嫌疑更加重了。

《清異錄》所記〈火靈庫〉之說，民國以前未見有人引用或討論過。民國以後，錢基博曾經引用而大加竄改，已見上文。陳寅恪則信以為真而加以發揮，他說：

陶穀為五代時人，距元和長慶時代不甚遠，其說當有所據。至昌黎何以如此言行自相矛盾，則疑當時士大夫為聲色所累，即自號超脫，亦終不可免。（《元白詩箋證稿・附論乙》）《元白詩箋證稿》是陳先生的名著，所以這次為誹韓案寫文章的人均信其說，輾轉引錄，本來除專家學者之外很少人知道的事情，遂變成很多人都知道了。實則此書既偽，此說尤不可信。

凡是託名偽撰的書，其內容多不可靠，不是道聽塗說以訛傳訛，就是捕風捉影嚮壁虛造。「火靈庫」之說即非常可疑而令人無從置信。鷄男即所謂童子鷄，據說有「清補」作用。硫黃有一種怪味道，而其性大熱、有毒，見於前文第七節所引《千金翼方》、《政和證類本草》卷四，及李時珍《本草綱目》卷十一。這種東西拌在粥飯裏，小鷄是否肯吃？即使用北平填鴨的辦法硬填下去，他是否等不到烹庖就中毒而死？死了的鷄還能吃麼？「千日烹庖」一句尤其不合事理。一千天將近三年，一隻鷄連吃了三年硫黃拌粥，早就被熱毒燒死了！而且吃這種鷄要準備三年，「俟河之清，人壽幾何？」《大陸雜誌》五十五卷第一期，嚴靈峰〈白居易〈思舊詩〉與崔述《考信錄・釋例》〉引用了這一段《清異錄》，嚴先生按語云：「千疑當作十」，在他另一篇文章〈郭壽華誹韓的文字獄平議〉中，則逕自改為「十日」。可見他雖認為這是一條重要資料，卻也理會到「千日烹庖」之不合事理。但我查過現存五種版本：明萬曆時陶元柱校刊、《寶顏堂秘笈》、《說郛》（包括各種鈔本刻本）、《唐宋叢書》、《惜陰軒叢書》，都作「千日」，（石印本《寶顏堂秘笈》千字上面一撇很細小模糊，不似原刻本之清楚，但可仍看出是千非十。）《清異錄》原文是「千日烹庖」，更無可疑。即此一句，已足證明其說之荒唐無稽。

餘話

民國初年，新文學運動興起，主張文字平易，思想自由。從此以後，韓文公遂處於不利地位，往往遭受某些人士的譏評嘲笑。但僅眼於他的文章，以及性情、思想、胸襟、識度；這次卻無端遭此誣衊，並引發從宋以來就已存在的問題。香港一位朋友來信，說誹韓案是一幕鬧劇，事實確屬如此。但願經此一鬧之後，文公「否極泰來」，若干學者不再停滯於五四時代的觀念，能重估他詩文的評價，了解他對後代文壇的深遠影響，進而承認他在文學史上的崇高地位。學問文章之外，並須多了解他的為人，包括長處與短處，認清他的思想，包括精闢處與偏激處，這才是尚論古人之道。以上所說關於文學方面的話，乃是客觀的意見。若說到我個人，我很喜歡韓詩的五七言古風，散文則我寧願多讀柳、歐、蘇（東坡）三家之作。

我近半年來健康欠佳，精神很難集中，寫作時間不能連續持久，再加參考羣書頗費時日，這篇文章斷斷續續拖了兩個月才寫完。雖已再易其稿，在詞句及組織上，自己還是很不滿意。好在還算有一些新資料、新意見，可供學者參考，姑且照原稿發表出來，敬希各方惠予指教。

（《書目季刊》十一卷第四期，民國六十七年三月）

陸、《韓昌黎集》刊注本提要

(一)原本《昌黎先生集》四十卷，唐·李漢編。李〈序〉云：「長慶四年冬，先生歿，門人隴西李漢辱知最厚且親，遂收拾遺文，無所失墜。得賦四、古詩二百一十、聯句十一、律詩一百六十、雜著六十五、書啟序九十六、哀詞祭文三十九、碑誌七十六、筆硯鱷魚文三、表狀五十二，總七百，并目錄合為四十一卷，目為《昌黎先生集》，傳於代。又有《注論語》十卷，傳學者，《順宗實錄》五卷，列於史書，不在集中。」

案：「總七百」，《校注》云：「或作七百一十六、或作七百三十八。方氏（崧卿）考其數皆不合。」據前文數字當作七百一十六。陳沆《韓集點勘》云：「張籍祭公詩云：『魯論訖未注，手跡今微茫。』此所云十卷者，未成之書也。今所傳《論語筆解》，出後人偽託。」

案：故宮博物院藏為宋版蜀本《論語筆解》二卷，題唐·韓愈李翱同注。中間所注以「韓曰」、「李曰」為別。《四庫提要》云：「疑愈注《論語》時，或先於簡端有所紀錄，翱亦間相討論，附書其間。迨書成之後，後人得其稿本，採注中所未載者，別錄為二卷行之。」此說殆可取，偽託云云，未可遽信。又《順宗實錄》五卷，今入《外集》。

(二)宋本《昌黎先生集》四十卷，《集外文》十卷、附錄一卷。南宋孝宗淳熙元年（一一七四）

刊，民國七十一年故宮博物院景印。

案：此本為清・大興朱錫庚、吳興潘祖蔭（字伯寅，有《滂喜齋藏書記》著錄此本）所傳。對日抗戰期間，潘氏舊物散出，山陰沈仲濤氏於京滬搜購而得，民國六十九年底沈氏將善本珍籍捐贈故宮，隔年故宮影印流傳。此本視《五百家注》本早二十六年，為中土最早刊本，正集四十卷、集外文十卷，次第內容大致與《五百家注》本合，惟卷首冠以本卷目次，下連正文，尾題隔行刊本刻，猶存唐世卷子本之遺式。其中六卷（十、十九、二十一——二十三，集外文卷一）、二葉（李漢〈序〉首頁、卷九第四頁）缺佚，係據朱熹校本鈔補。

此本宋・方崧卿作《韓集舉正》，朱熹作《韓文考異》，俱未參考。

(三)《五百家注昌黎先生集》四十卷、《外集》十卷、《類譜》十卷、《考異》十卷，南宋建安魏仲舉編，涵芬樓景印。宋寧宗慶元六年（一二〇〇）刊本，商務景印《四庫全書》本。

案：此本采唐人注十一家，宋人注百三十七家，無名氏注二百三十家，總為三百七十八家。所謂五百家，實嫌誇大。其中採宋・孫良臣、樊汝霖、韓醇諸家注為多，餘皆片言隻語，不足名家。《外集》十卷：一、四、五卷為雜文，二卷為書，三卷為序，六至十卷為《順宗實錄》。《類譜》十卷，包括呂大防《韓吏部文公集年譜》、程致道《韓文公歷官記》、洪興祖《韓子年譜》、方崧卿《韓文年表》。其中以《洪譜》最詳細。《韓文考異》十卷，朱熹撰。《考異》最後一卷為《新唐書》本傳，朱熹據《洪譜》及方崧卿《韓譜增考》以辨證《新唐書》傳。

(四)宋・朱熹校《韓昌黎先生集》四十卷，《外集》十卷，《集傳》、《遺文》各一卷。南宋王伯大改編，又經坊賈再改編，《四部叢刊》景印元明宗天曆（一三二八——一三二九）刊本。

案：朱熹校定《昌黎集》，附以考異，王伯大據校本更定音訓，采洪氏《韓譜》、方氏《增考》、朱熹《考異》、樊、孫、韓各家注解，成此一書。方氏《韓譜增考》，今已不傳，賴此本多所稱引得見其崖略。

(五)世綵堂本《韓昌黎集注》四十卷，《外集》十卷，《遺文》、《集傳》各一卷。宋末廖瑩中輯注，民國十七年上海蟫隱廬景印聊城楊氏海源閣藏宋世綵堂刊本。

案：世綵堂本《昌黎集》刊於宋度宗咸淳（一二六五——一二七四）年間，與《柳河東集》同時，二集皆有敘說、凡例。此本以朱校本《考異》為主，刪取魏本《五百家注》要語，益以方氏《韓集舉正考異》之文上加小圈並有「今按」字，可資辨別，其餘凡引舊注，皆刪去注家之名，用之不便。

(六)東雅堂本《昌黎先生集》四十卷，《外集》十卷，《遺文》、《集傳》各一卷，明萬曆徐世泰刊，臺灣中華書局《四部備要》排校本。

案：徐世泰，吳中人，此本乃明神宗萬曆（一五七三——一六二〇）據世綵堂本覆雕。

(七)《韓昌黎文集校注》八卷，《外集》二卷，《遺文》一卷，《集外文》一卷，《集傳》一卷，馬其昶校注，民國四十九年世界書局景印，七十二年漢京文化事業公司景印。

馬其昶（一八五五——一九三〇），近代桐城派古文家。以東雅堂本《昌黎集》，雖多存宋以前舊注，而遴選失當，文義多乖，因據以批校，復博采明清諸家（前後列二十七家）之說，補苴舊注，增益其未備。凡所甄錄，皆刊落浮辭，存其粹語。前後歷十三載（一八九四——一九〇七）。以工力精深，遠較舊本充實完善。原稿包括《韓集》全部，民國四十六年其子茂元據原稿重加勘校，編次文集，成此一書。觀敘言，知其體例，其要點如下：(一)《文集》八卷，

《外集》二卷為據東雅堂本四十卷，《外集》十卷，去詩存文，合併而成。《遺文》、《集外文》、《集傳》，悉依舊本。㈡舊注悉依東雅堂本，增輯各家之說，概標〔補注〕字，並列舉姓氏，以資識別。㈢舊注人名、地名、年月時序及文字脫誤，皆核對有關書籍，悉予訂正。

案：採舊注未補人名，增輯明清各家只舉姓名，未列引文出處，研讀不便，是其缺點，有待增補。

(八)《韓昌黎詩繫年集釋》十二卷，錢仲聯撰，民國五十年，世界書局景印本。

是書初版於民國四十八年，撰者以舊本《昌黎詩注》簡編浩繁，未有同歸，因於鑽研諷誦之餘，采唐至近代二百一十家，集校勘、箋注、評論為一編，繫年排比，間附己見。其體例如下：㈠校：首列方崧卿《韓集舉正》及朱熹《韓文考異》全文，下及清人考訂，更以祝（允）魏（仲舉）廖（瑩中）王（伯大）四本《韓集》為主，參比同異，擇善而從。㈡箋：於各詩之歲月背景，本知人論世之旨以推求。㈢注：凡用事之來源，文字之詁訓，奇辭奧旨，務期昭晰，無有所隱。㈣評：采古今詩話批點以賞析辭章之精微，窺古人文心之所在。其評論屬通論者，別為《詩話》一卷置於卷首。民國七十四年撰者修訂增刪，並補近代各家注釋。又於書前增繫年目錄，注文移置各篇之後，閱覽檢索視舊本方便，全書體大思精，為研讀韓詩之傑構。今有學海出版社景印本。

(九)《韓昌黎集》，河洛圖書出版社

合《校注》、《集釋》為一集，民國六十四年據原本景印。

柒、李賀詩「無理」詮釋

(一)五代·孫光憲《北夢瑣言》卷七「高蟾」條：「……予嘗覽李賀歌篇，慕其逸才奇險。雖然，嘗疑其無理，未敢言於時輩。後於《奇章集》中見杜紫薇牧有言：長吉若使稍加以理，即奴僕命《騷》可也。」

(二)鄭騫《永嘉室札記》：「按理謂條理、組織，前人或有以為道理之理者，非是。長吉詩少長篇，多轉韻或換韻，句子散碎，意思飄忽，變易不定，此即所謂『無理』，是長吉短處，但亦是其特點。與才分及體質有關。此其所以卓然名家而不能長壽也。」（《書目季刊》七卷一期，一九七二年九月）

(三)唐·杜牧〈李長吉詩序〉：「蓋《騷》之苗裔，理雖不及，辭或過之。《騷》有感怨刺懟，言及君臣理亂，時有以激發人意，乃賀所為，無得有是。……世皆曰：使賀且未死，少加以理，奴僕命《騷》可也。」（《樊川文集》卷十）

(四)宋·張戒《歲寒堂詩話》卷上：「……元、白、張籍以意為主，而失于少文；賀以詞為主，而失于少理。各得其一偏，故曰：『文質彬彬，然後君子。』」

(五)宋·范希文《對牀夜語》卷二：「或問放翁曰：李賀樂府極今古之工，巨眼或未許之，何也？翁云：賀詞如百家錦衲，五色炫耀，光奪眼目，使人不敢熟視。求其補於用，無有也。杜牧之謂稍加以理，奴僕命《騷》可也。豈亦惜其詞勝？……」

案：李賀歌詩部分「無理」（無條理）誠或有之。然詳觀杜〈序〉，辭理相對成文，「理」乃指歌詩之內容，即「有以激發人意」之理，非謂「條理」之理。張戒、陸游以「詞」、「理」並論，亦以「理」為指內容。錢鍾書《談藝錄》七〈李長吉詩〉謂：「李長吉穿幽入仄，慘淡經營，都在修辭設色，舉凡謀篇命意，均落第二義。」。辭色、篇意對舉，篇意即指理而言。「理落第二義」，即「無理」之意。

捌、白居易詩文集版本流傳

一、詩文集構成

（一）《白氏詩集》十五卷，約八百首，元和十年（八一五）冬自編。

《集》卷二十八〈與元九書〉：「僕數月來，檢討囊袠中，得新舊詩，各以類分，分為卷首。自拾遺來，凡所適所感，關於美刺興比者，又自武德訖元和，因事立題，題為〈新樂府〉者，共一百五十首，謂之諷諭詩。又或退公獨處、或移病閑居，知足保和，吟翫情性者一百首，謂之閒適詩。又有事物牽於外，情理動於內，隨感遇而形於歎詠者一百首，謂之感傷詩。又有五言、七言、長句、絕句，自一百韻至兩韻者四百餘首，謂之雜律詩，凡為十五卷，約八百首。異時相見，當盡致於執事。微之，古人云：『窮則獨善其身，達則兼濟天下』，僕雖不肖，常師此語。……故僕志在兼濟，行在獨善，奉而始終之則為道，言而發明之則為詩。謂之諷諭詩，兼濟之志也，謂之閒適詩，獨善之義也。……其餘雜律詩，或誘於一時一物，發於一笑一吟，率然成章，非平生所尚者，但以親朋合散之際，取其釋恨佐歡。今銓次之間，未能刪去，他日有為我編集斯文者，略之可也。」

《集》卷十六〈編集拙詩成一十五卷因題卷末戲贈元九李二十〉：「莫怪氣粗言語大，新排十五卷詩成。」

案：白居易〈與元九書〉作於元和十年（八一五）冬，編詩亦當在此時。

（二）《白氏長慶集》五十卷，二一九一首，長慶四年（八二四）元稹編作序。

《長慶集・序》云：「長慶四年，樂天自杭州刺史以右庶子召還，予時刺郡會稽，因得盡徵其文，手自排纘，成五十卷，凡二千一百九十一首。……因號曰《白氏長慶集》。……長慶四年冬十二月十日微之詩序。」

案：《全唐文》卷六五三作二千二百五十一首，兩者相差六十。

（三）《白氏文集》六十卷，二九六四首，大和九年（八三五）自編，納於廬山東林寺。

《集》卷六十一〈東林寺白氏文集記〉：「昔余為江州司馬時，常與廬山長老於東林寺經藏中，披閱遠大師與諸文士唱和集卷，時諸長老請余文集亦置經藏，唯然心許他日致之，迨茲餘二十年矣。今余前後所著文合二千九百六十四首，勒成六十卷，編次既畢，納於藏中。……仍請本寺長老及主藏僧依遠公文集例，不借外客，不出寺門。……大和九年夏太子賓客……太原白居易樂天記。」

案：前集詩文二一九一首，自寶曆元年初至大和九年夏十一年中，增詩文七七三首。若依《全唐文》計，則得七一三首。

（四）《白氏文集》六十五卷，三二五五首，開成元年（八三六）自編，納洛陽聖善寺鉢塔院。

《集》卷六十一〈聖善寺白氏文集記〉：「太原白居易字樂天，與東都聖善寺鉢塔院故長老如滿太（大）師有齋戒之因，與今長老振大士為香火之社……故以斯文置於是院。其集七帙六十五卷，凡三千二百五十五首，題為《白氏文集》，納於律疏庫樓。仍請不出院門，不借官客，有好事者，任就觀之，開成元年五月十三日樂天記。」《全唐詩》卷四八三李紳〈題白樂天文集〉，注云：「樂天藏書東都聖善寺，號《白氏文集》，紳作詩以美之。」

案：此本視去年夏所定者增五卷，詩文多二九一首。

(五)《白氏文集》六十七卷，三四八七首，開成四年（八三九）自編，納蘇州南禪院千佛堂。

《集》卷六十一〈蘇州南禪院白氏文集記〉：「太原白居易字樂天，有文集七袠，合六十七卷，凡三千四百八十七首。……故其集家藏之外，別錄三本：一本置於東都聖善寺鉢塔院律庫中，一本置於廬山東林寺經藏中，一本置於蘇州南禪院千佛堂內。……開成四年二月二日樂天記。」

案：此集視開成元年夏所編，三年中計增二卷詩文多二三二首。所謂別錄三本：除蘇州南禪院為六十七卷本外，置於廬山東林寺者當為大和九年之六十卷本；置於洛陽聖善寺者當為開成元年之六十五卷本，未必換回改定，或另送六十七卷本。

(六)《洛中集》十卷，八〇〇首，開成五年（八四〇）置龍門香山寺。

《集》卷七十〈香山寺白氏洛中集記〉：「白氏《洛中集》者，樂天在洛所著書也。大和三年春樂天始以太子賓客分司東都及茲十有二年矣。其間賦格律詩，凡八百首，合為十卷，今納于龍門香山寺經藏堂，……開成五年十一月二日……白居易樂天記。」

案：此集之編成上距開成四年二月二日所編之六十七卷本為時一年又九個月，其中大部分作品必見於六十七卷本。又《集》卷六十一〈序洛詩序〉云：「〈序洛詩〉，樂天自序在洛之詩也。自三年春至八年夏在洛凡五周歲，作詩四百三十二首，……集而序之。甲寅歲七月十曰云爾。」

案：甲寅為元和八年。《洛中集》蓋由此擴充。

(七)《後集》二十卷，會昌二年（八二四）送廬山東林寺。

《集·長慶集後序》：「白氏前著《長慶集》五十卷，元微之為之序。《後集》二十卷，自為序。」

《集》卷六十九〈送後集往廬山東林寺兼寄雲皋上人詩〉云：「後集寄將何處去，故山迢遞在匡廬，來生緣會應非遠，彼此年過七十餘。」

案：《後集》二十卷為包括寶曆元年至會昌二年作品。前此大和九年已有文集六十卷送東林寺，共為八十卷，其中十卷重複。

(八)《續後集》五卷，合前、後集編為《白氏長慶集》七十五卷，三八四〇首，會昌五年（八四五）自編。

《集》卷七十一〈白氏集後記〉：「白氏前著《長慶集》五十卷，元微之為之序，《後集》二十卷，自為序。今又《續後集》五卷，前後七十五卷，詩筆大小凡三千八百四十首。集有五本：一本在廬山東林寺經藏院，一本在蘇州南禪寺經藏內，一本在東都聖善寺鉢塔院律庫樓，一本付姪龜郎，一本付外孫談閣童，各藏於家傳于後。其日本新羅諸國及兩京人家傳寫者不在此記。……會昌五年夏五月一日樂天重記。」

清·汪立名云：「按今本七十一卷凡三千六百八十八首。約亡失詩文一百十餘首。然此記公作於會昌五年，公七十四歲，明年八月始卒。《集》中如〈六年春〉及〈自詠老身〉等詩，皆七十五歲所作，不在此記內，是公集不止七十五卷矣！」

案：據日本京都人文科學研究所編《唐代の詩人》一書統計，白詩共二千八百五十四首，〈醉吟先生墓誌銘序〉：「前後著文集七十卷，合三千七百二十首，傳於家。」未包括《續後集》五卷。

二、唱和集

（一）《元白唱和因繼集》十七卷，千餘首，會昌五年。

1.《集》卷七十一〈白氏集後記〉：「又有《元白唱和因繼集》共十七卷……其文留在大集內錄出。」

2.《集》卷五十二〈和微之詩二十三首序〉云：「……況曩者唱酬，近來因繼，已十六卷，凡千餘首矣！」

3.〈因繼集重序〉：「去年微之取予《長慶集》中詩未對答者五十七首追和之，合一百一十四首寄來，題為《因繼集》卷之一。今年予復以近詩五十首寄去，微之不踰月，依韻盡和，合一百首，又寄來題為《因繼集》卷之二。卷末批云：『更揀好者寄來。』……即日又收拾新作格律詩共五十首寄去，雖不得好，且以供命。……二年十月十五日樂天重序。」

案：〈重序〉、〈和微之二十三首序〉并為大和二年作。微之，大和五年卒。日本花房英樹教授《白氏文集の批判的研究》一書，有「《元白唱和集》復原」一節（頁三二五——三四○）。

（二）《劉白唱和集》五卷

《集》卷七十一〈白氏集後記〉：「《劉白唱和集》五卷，《洛下游賞集》十卷，其文盡在六集內錄出，別行於時。」

《集》卷六十〈劉白唱和集解〉：「彭城劉夢得詩豪者也，其鋒森然，少敢當者，予不量力，往往犯之。……一二年來，日尋筆硯，同和贈答，不覺滋多，至大和三年春以前，紙墨所存者，凡一百三十八首，其餘乘興扶醉，率然口號者，不在此數，因命小姪龜兒編錄，勒成兩卷，仍寫二本，一付龜兒，一授夢得小兒崙郎，各令收藏附兩家集。……乙酉歲三月五日樂天解。」

案：乙酉為大和三年，又三年，大和六年，再續一卷，名曰《劉白吳洛寄和集卷》。共為上、中、下三卷（見〈與劉蘇州書〉）。開成元年劉禹錫編白居易唱和篇什為《汝洛集》一卷（見《劉夢得文集·外集》卷九）作集引，是為《劉白唱和集》第四卷。〈後記〉稱五卷，蓋增益開成二年至五年唱和詩一卷。

三、宋以後《白氏長慶集》鈔刻流傳

(一)敦煌《白香山詩集》唐人鈔寫殘本，十七篇（王重民《巴黎敦煌殘卷敘錄第二輯》，影印宋紹興本附錄）

(1)〈寄元微之〉（和樂天韻同前微之）(2)〈上陽人〉(3)〈百鍊鏡〉(4)〈兩珠閣〉(5)〈華原磬〉(6)〈道州民〉(7)〈別母子〉(8)〈草茫茫〉(9)〈天可度〉(10)〈時勢粧〉(11)〈司天台〉(12)〈胡旋女〉(13)〈昆明春〉(14)〈繚綾歌〉(15)〈賣炭翁〉(16)〈折臂翁〉(17)〈鹽商婦〉

(二)《白氏文集》七十一卷，南宋紹興本。

1. 宋紹興年間（一一三一——一一六二）刊刻。
2. 先詩後文，採統編法，前三十七卷詩，後三十四卷為文，前有帙卷類目。
3. 北宋·宋敏求《春明退朝錄》：「白公自勒《文集》成五十卷，《後集》二十卷，皆寫本，寄藏廬山東林寺，又藏龍門香山寺。高駢鎮淮南，寄語江西廉使，取東林集而有之，《香山集》經亂亦不復存。其後履道宅為普明僧院，後唐明宗子從榮又寫本置之經藏院，今本是也。後人亦補東林所藏，皆篇目次第未真，與今吳、蜀本無異。」

案：北宋《續後集》五卷散逸，得律詩百首編為一卷，合李從榮鈔本七十卷（九二六——九三三），當即紹興本七十一卷之來源。

4. 清道光時（一八二〇——一八五〇）瞿鏞鐵琴銅劍樓藏紹興本七十一卷，民國後藏於北平圖書館，民四十四年文學古籍刊行社據以影印，六十年臺灣藝文印書館又據影印本翻印，精裝三冊，七十年左右，大陸學者顧學頡據紹興本參宋、明、清各本校勘標點，排印出版，七十三年臺灣漢京文化公司影印精裝二冊。標點本除七十一卷外，又收清·汪立名《白香山詩集》補遺詩五十三首及《全唐詩》、《文苑英華》、筆記石刻等共百餘首，編為《外集》上下二卷。另附傳記序跋凡七篇及〈白居易年譜簡編〉一種。

(三)《白氏文集》七十一卷，明正德活字本。

1. 明武宗正德八年（一五一三）華堅蘭雪堂活字印。
2. 刊落原注。

(四)正德十四年（一五一九）郭勛刻本，即郭武定本。

(五)《白氏文集》七十一卷，錢刻本。

1. 明嘉靖十七年（一五三八）姑蘇錢應龍刻。
2. 國家圖書館有藏本。

㈥《白氏長慶集》七十一卷，合刻本（與《元氏長慶集》合刻）。
1. 明萬曆三十四年（一六〇六）松江馬元調刊本。
2. 以《元集》為主，《白集》附行。
3. 前後紊雜，既非分體又非編年。
4. 清・汪立名《白香山詩集・凡例》評錢、馬刻本云：「二本略同，而錢為甚。目與卷不合，卷首所標與卷內不合，有律詩卷而雜入古體者，有一題小序而冠作通卷之序者，有失去詩題，竟以小序作題者，有本是他人作，因公唱和附見者，輒易題中字，扭為公作。甚至刪落字句，顛倒前後，未易枚數。」

㈦一隅草堂本《白香山詩集》四十卷，清・汪立名編。
1. 康熙四十一年壬午（一七〇二）汪立名自序。
2. 內分《長慶集》二十卷，《後集》十七卷，《別集》一卷，《補遺》二卷，共四十卷。前二十卷分為諷諭、閑適、感傷、律詩四類，後十七卷分格、律二類，應制及試作編為《別集》。另附〈年譜〉二卷、〈目錄〉一卷，《四庫全書提要》卷一五一稱其「考證編排，特為精密……諸刻之中，特為善本。」盧文弨評云：「汪本是處多，但次第多移易。」岑仲勉云：「汪氏之本係抽刊白詩，非具刊全集，正不必以次第相繩，其移易者適著彼整理之功。」（《中央研究院史語所集刊》九本〈論白氏長慶集源流并評東洋本白集〉）
3. 除原注外，又增箋釋。

4.今有世界書局排印本、《四庫全書》本。

(八)《白居易詩》四十卷　《全唐詩》本

1.康熙四十六年(一七〇七)序。

2.詩三十九卷自四二四至四六二卷，聯句一卷見七九〇卷，補遺三首見八八三卷，詞九首見八九〇卷。

3.清光緒十三年(一八八一)上海同文書局石印本，今有標點本。

(九)《白氏長慶集》七十一卷　《四庫全書》

1.卷次同紹興本。

2.有原注。

3.清高宗乾隆四十七年(一七八二)。

4.民國七十六年臺灣商務印書館景印《四庫全書》本。

(十)《白氏長慶集》七十一卷　《四部叢刊》

1.民國十一年上海商務印書館景印江南圖書館藏日本那波道圓活字本。

2.日本後水尾元和四年(明萬曆四十六年，一六一八)那波道圓序。此本據狩谷掖齋所藏覆宋本《白氏集》重刻，宋諱缺匡、貞等字。「構」字則注：「今上御名。」祖本當南宋以後刻。

3.總目七十卷，稱：「總三千五百九十四首。」全集分三單元：《前集》五十卷，先詩後文為一單元，保留元稹編次面目。《後集》二十卷，五十一至六十一卷，共十一卷，先詩後文編為一單元，自六十二卷至七十卷共九卷，先詩後文編為另一單元，七十一卷律詩一百首，不立總目中。

4.第三十一卷闕七十三行，吳縣姜殿揚據明錫山華堅活字本補於集後。

5.此本刊落原注，總目所列詩文篇數與實際多不合。

6.此本前五十卷為《前集》，後二十卷為《後集》，七十一卷為《續集》，較接近原本次第。

(十二)《白居易集箋校》

1.朱金城撰　一九八八年　上海古籍出版社。

2.凡例十一則云：

(1)白居易集版本歷來流傳系統有二：①先詩後筆本（以宋紹興本為代表，明刊本如馬元調本等均屬此一系統）。②前後續集本（以日本那波道圓翻宋本為代表）。本書校勘以明萬曆三十四年馬元調刊本《白氏長慶集》（為當時最通行之刊本，簡稱馬本）為底本，校以下列各刊本：

①文學古籍刊行社影印敦煌殘本《白氏詩集》（簡稱敦煌本）。

②文學古籍刊行社影印宋紹興本《白氏文集》（簡稱宋本）。

③《四部叢刊》影印日本那波道圓翻宋本《白氏長慶集》（簡稱那波本）。

④清康熙四十三年汪立名一隅草堂刊本《白香山詩集》（簡稱汪本）。

⑤北京中華書局影印清・武進費氏覆宋本《白氏諷諫》（簡稱《諷諫》）。

⑥北京圖書館藏失名臨何焯校一隅草堂刊本《白香山詩集》（簡稱何校）。

⑦清・查慎行《白香山詩評校語》（簡稱查校）。

⑧清・盧文弨《羣書拾補》校《白氏文集》（簡稱盧校）。

⑨岑仲勉〈論《白氏長慶集》源流並評東洋本《白集》〉文中校記（簡稱岑校）。
⑩清嘉慶十九年刊本《全唐文》。
⑪清康熙四十六年揚州詩局刊本《全唐詩》。

(2)除上列刊本及校記外，並以唐、宋兩代重要總集及選本進行校勘：
①《四部叢刊》影印述古堂鈔本《才調集》（簡稱《才調》）。
②明隆慶刊本《文苑英華》（簡稱《英華》）。
③《四部叢刊》影印明嘉靖本《唐文粹》（簡稱《文粹》）。
④明嘉靖談愷刊本《太平廣記》（簡稱《廣記》）。
⑤文學古籍刊行社影印宋本《樂府詩集》（簡稱《樂府》）。
⑥文學古籍刊行社影印明嘉靖本《萬首唐人絕句》（簡稱《萬首》）。
⑦涵芬樓影印選印《宛委別藏》本《分門纂類唐歌詩》殘（簡稱《唐歌詩》）。

(3)本書共分七十一卷。每篇詩文後均附有繫年，編次仍依馬元調本及宋紹興本，以存其舊。那波道圓本之編次較近於白氏自編寫本，近世《四部叢刊》影印本最為通行，其佳處固不可沒，唯原注悉被刪去，實所不取。此外，汪立名本編次出入亦較大。凡與馬本、宋本卷次有異者，均注明其卷次於後。凡馬本、宋本未收之佚詩、佚文，另輯詩文補遺《外集》三卷。

(4)本書蒐求佚詩、佚文，務求完備，故雖已經辨明之偽作，如：〈李德裕相公貶崖州〉三首，《全唐文》署名李虞仲作〈授賈餗等中書舍人制〉、〈授李渤給事中鄭涵中書舍人等制〉兩文，暨罕見之〈遊紫霄宮〉（見宋·桑世昌《回文類聚》）、〈遊橫龍寺〉（見《南岳志》）等詩，旁及日本所保存之吉光片羽，即使未能遽定為白氏之作，俱加以輯錄，俾供研究者參考。

(5)白氏詩文數量之多，為唐人之冠。本書之箋釋盡量採用前後互證方法，并注明所徵引白氏詩文卷數，以便研究者查考。

(6)白氏之〈長恨歌〉、〈琵琶行〉、〈新樂府〉諸篇，已有陳寅恪《元白詩箋證稿》詳加箋釋，考證精博。凡陳氏之有所發明者，本書大都徵引，未敢掠美，一一注明出處。

(7)白氏年譜，現存最早者為宋・陳振孫《白文公年譜》，其次為清・汪立名《白香山年譜》，兩譜既失之簡陋，復多謬誤。據陳振孫《直齋書錄解題》所載，陳氏之前尚有李璜及何友諒所編兩種白氏年譜，俱已失傳。此外宋・計有功《唐詩紀事》所載白氏繫年，則尤為鄙陋。本書所附〈白居易年譜簡編〉，雖為簡編，然敘事已遠較陳、汪兩氏為詳，凡足以繫年之白氏詩文俱編次於後，至於陳、汪兩氏及近人研究中之紕謬，亦悉加訂正。

(8)本書附錄共分三部分：①碑傳，②序跋，③〈白居易年譜簡編〉。

(9)本書除以上所列各種校本用簡稱外，其餘引用較多之書，如陳振孫《白文公年譜》（簡稱《陳譜》）、汪立名《白香山年譜》（簡稱《汪譜》）、《元稹集》（簡稱《元集》）、《劉禹錫集》（簡稱《劉集》）等，不一一列舉。

(10)本書所採用底本馬元調刊本中附加之注音，一概自正文下刪去，而在校記中逐條注明，以免與原注混淆不清。

(11)本書後附有所編白氏詩文篇目索引，以便查檢。

四、日韓《白氏文集》鈔刻本

(一)那波道圓《白氏長慶集》七十一卷，陽明文庫藏。

(二)金澤文庫本，十六卷。

1.今存六、九、十二、十七、二十一、二十二、二十四、二十八、三十一、三十三、三十八、四十一、五十二、五十四、六十五、六十八各卷係日本後堀河寬喜三年（一二三一），寂有奉重等寫本，大東急紀念文庫藏。

2.唐武宗會昌四年（八四四）日僧惠萼至蘇州南禪院鈔寫《白氏文集》。

(三)《白氏文集》校定本　三冊二十一卷。

1.一九七一年日本京都人文科學研究所出版。

2.平岡武夫、今井清等校定。

3.以那波道圓本為底本，參稽金澤文庫本及中日韓各種古本，校定卷三、四、六、九、十二、十七、二十一、二十二、二十三、二十四、二十七、二十八、三十一、三十三、三十八、四十一、五十二、五十四、六十五、六十八、七十共二十一卷。其中詩十一卷（三、四、六、九、十二、十七、二一、五二、五四、六五、六八），文十卷（二二、二三、二四、二七、二八、三一、三三、三八、四一、七〇）。

4.古鈔本保存原注，足以解決校勘問題，甚有價值，然頗多臆斷處，并過於迷信古本，是為不足。

(四)活字本《香山集》七十一卷

朝鮮活字本　日本宮內廳書陵部藏。

(五)麗本《香山集》七十一卷

朝鮮刊本　日本天理大學圖書館藏。

五、偽文

(一)叢刊本《白氏長慶集》卷二十載〈李德裕相公貶崖州〉三首：

1. 胡仔《苕溪漁隱叢話·後集》卷十三引蘇轍云：「樂天少年知讀佛書，習禪定，既涉世履憂患，胸中了然照諸幻之空，故其還朝為從官，小不合即捨去，分司東洛，優游終老，蓋唐世士大夫達者如白樂天寡矣。……會昌之初，李文饒用事，樂天適已七十，遂致仕，不三年而歿。……至其聞文饒謫朱崖三絕句，刻覈尤甚，樂天雖陋，蓋不至此也。且樂天死於會昌之初，而文饒之竄在會昌末年，此決非樂天之詩。」

2. 胡氏附加按語云：「……余以《新唐書》二人本傳考之，會昌初居易以刑部尚書致政，六年卒，李德裕大中二年貶崖州司戶參軍，會昌盡六年，距大中正隔三年，則此三詩，非樂天所作明甚。但蘇子由以謂樂天死於會昌之初，而文饒竄於會昌之末，偶一時所記之誤耳。」

案：宋·陳振孫《白文公年譜》、晁公武《郡齋讀書志》、葛立方《韻語陽秋》卷二十及岑仲勉〈會昌伐叛集編證上〉（《中山大學史學專刊》二卷一期）皆謂其為偽託之作。

(二)〈醉吟先生墓誌銘〉

《四部叢刊》本未收，見紹興本、馬本《白集》卷七十一、《全唐文》卷六七九，岑仲勉

〈《白集·醉吟先生墓誌銘》存疑〉舉十證以明此篇未必出樂天之手，應存疑。（見《中央研究院史語所集刊》九本）

案：誌云：「以會昌六年月日終于東都履道里第」，明為他人之作竄入《白集》者。

(三)翰林制詔四十九篇

卷三十一（紹興本卷四十八）〈劉縱秘書郎制〉一首、卷三十七（紹興本卷五十四）〈除張弘靖門下侍郎平章事制〉等十八首、卷三十八（紹興本卷五十五）〈杜佑致仕制〉等三十首，共四十九首，岑仲勉〈《白氏長慶集》偽文〉考定為偽文（詳《中央研究院史語所集刊》九本）。

案：白居易以元和二年（八〇七）十一月六日入翰林院，六年（八一一）四月丁憂出翰林院，凡不在此期內撰寫之制誥，皆為贗品，原作者為誰，待考。

玖、〈長恨歌〉結構與主題

綱 要

一、〈長恨歌〉構成

二、〈歌〉與〈歌傳〉主旨探討

㈠羅聯添〈〈長恨歌〉與〈長恨歌傳〉「共同機構」問題及其主題探討〉。

㈡王夢鷗〈「〈長恨歌〉的結構與主題」補說〉。

三、〈長恨歌〉神話故事來源

㈠陳寅恪以為由漢武李夫人故事轉化而來，情節為白居易獨創。

㈡王夢鷗以為據〈歌傳〉，得之王質夫。

㈢俞平伯傳疑觀點　一九二七

附錄俞平伯〈與周煦良書〉，原載《晉陽學刊》一九八一年第六期。

㈣陳允吉以為受變文影響，來自〈國王歡喜緣〉。

四、〈長恨歌〉校釋問題

(一)傅如一〈「宛轉蛾眉馬前死」箋注指誤〉
(二)〈長恨歌〉校勘問題
(三)〈長恨歌傳〉校勘問題
(四)〈長恨歌〉校勘箋釋
(五)〈歌傳〉與〈歌〉對照箋釋

五、作法探討與評價
(一)夏承燾〈讀〈長恨歌〉——兼評陳寅恪教授之《箋證》〉

六、〈長恨歌〉及〈歌傳〉相關作品
(一)〈歌傳〉通行本及《麗情集》本
(二)唐人詠華清宮及馬嵬坡舉隅
1. 杜牧〈過華清宮絕句〉
2. 吳融〈華清宮〉
3. 劉禹錫〈馬嵬行〉
4. 李商隱〈馬嵬〉
5. 鄭畋（台文）〈馬嵬坡〉
(三)白居易〈李夫人〉

一、〈長恨歌〉構成

八百四十字，百二十句，構成三章六段二十九節。

(一)楊妃得寵與馬嵬之變　三十八句

1. 入宮得寵　三十句。(1)至(7)節，每節四句，第五節六句。

2. 馬嵬之變　八句。(8)──(9)二節。

(二)明皇哀思　三十六句

3. 夜雨聞鈴　十二句。(10)──(12)三節，每節四句。

4. 龍馭迴旋　二十四句。(13)──(18)六節，每節四句。

(三)神話故事　四十六句

5. 道士招魂　二十六句。(19)──(24)六節，每節四句，第二十節六句。

6. 楊妃長恨　二十句。(25)──(29)五節，每節四句。

(一)楊妃得寵與馬嵬之變三十八句

1. 入宮得寵三十句

(1)漢皇重色思傾國，御宇多年求不得，楊家有女初長成，養在深閨人未識。

(2)天生麗質難自棄，一朝選在君王側，回眸一笑百媚生，六宮粉黛無顏色。

(3)春寒賜浴華清池，溫泉水滑洗凝脂，侍兒扶起嬌無力，始是新承恩澤時。

(4)雲鬢花顏金步搖，芙蓉帳暖度春宵，春宵苦短日高起，從此君王不早朝。

(5)承歡侍宴無閒暇，春從春遊夜專夜，後宮佳麗三千人，三千寵愛在一身。

金屋妝成嬌侍夜，玉樓宴罷醉和春。
(6)姊妹弟兄皆列土，可憐光彩生門戶，遂令天下父母心，不重生男重生女。
(7)驪宮高處入青雲，仙樂飄飄處處聞，緩歌慢舞凝絲竹，盡日君王看不足。

2. 馬嵬之變八句

(8)漁陽鼙鼓動地來，驚破霓裳羽衣曲，九重城闕煙塵生，千乘萬騎西南行。
(9)翠華搖搖行復止，西出都門百餘里，六軍不發無奈何，宛轉蛾眉馬前死。

(二)明皇哀思三十六句

3. 夜雨聞鈴十二句

(10)花鈿委地無人收，翠翹金雀玉搔頭，君王掩面救不得，回看血淚相和流。
(11)黃埃散漫風蕭索，雲棧縈紆登劍閣，峨嵋山下少行人，旌旗無光日色薄。
(12)蜀江水碧蜀山青，聖主朝朝暮暮情，行宮見月傷心色，夜雨聞鈴腸斷聲。

4. 龍馭迴旋二十四句

(13)天旋日轉迴龍馭，到此躊躇不能去，馬嵬坡下泥土中，不見玉顏空死處。
(14)君臣相顧盡沾衣，東望都門信馬歸，歸來池苑皆依舊，太掖芙蓉未央柳。
(15)芙蓉如面柳如眉，對此如何不淚垂，春風桃李花開日，秋雨梧桐葉落時。
(16)西宮南內多秋草，落葉滿階紅不掃，梨園弟子白髮新，椒房阿監青娥老。
(17)夕殿螢飛思悄然，孤燈挑盡未成眠，遲遲鐘鼓初長夜，耿耿星河欲曙天。
(18)鴛鴦瓦冷霜華重，翡翠衾寒誰與共？悠悠生死別經年，魂魄不曾來入夢。

(三)神話故事四十六句

5. 道士招魂二十六句

(19)臨邛道士鴻都客，能以精誠致魂魄，為感君王展轉思，遂教方士殷勤覓。

(20)排空馭氣奔如電，升天入地求之徧，上窮碧落下黃泉，兩處茫茫皆不見。

忽聞海上有仙山，山在虛無縹緲間。

(21)樓閣玲瓏五雲起，其中綽約多仙子，中有一人字太真，雪膚花貌參差是。

(22)金闕西廂叩玉扃，轉教小玉報雙成，聞道漢家天子使，九華帳裏夢魂驚。

(23)攬衣推枕起徘徊，珠箔銀屏迤邐開，雲髻半偏新睡覺，花冠不整下堂來。

(24)風吹仙袂飄颻舉，猶似霓裳羽衣舞，玉容寂寞淚闌干，梨花一枝春帶雨。

6. 楊妃長恨二十句

(25)含情凝睇謝君王，一別音容兩渺茫，昭陽殿裏恩愛絕，蓬萊宮中日月長。

(26)回頭下望人寰處，不見長安見塵霧，唯將舊物表深情，鈿盒金釵寄將去。

(27)釵留一股合一扇，釵擘黃金合分鈿，但教心似金鈿堅，天上人間會相見。

(28)臨別殷勤重寄詞，詞中有誓兩心知，七月七日長生殿，夜半無人私語時。

(29)在天願作比翼鳥，在地願為連理枝，天長地久有時盡，此恨綿綿無絕期。

二、〈歌〉與〈歌傳〉主旨探討

(一)羅聯添〈《長恨歌》與《長恨歌傳》「共同機構」問題及其主題探討〉

（刊《傅樂成教授紀念論文集——中國史論集》，一九八五年八月，收入羅聯添著《唐代文學論集》，臺灣學生書局，一九八九年五月。）

(二)王夢鷗〈「〈長恨歌〉的結構與主題」補說〉

中西文學史上，有許多膾炙人口的掌故，也有許多隱微的、聚訟紛紜的公案，透過學者博雅矜慎的考證、辨偽、索隱索微，讓我們認識文學的諸種變貌。

白居易〈長恨歌〉與陳鴻〈長恨歌傳〉間的關係，長久以來，啟人疑竇，本文有新的解析。

目前得讀羅聯添先生新寫的一篇論文，題目是〈〈長恨歌〉與〈長恨歌傳〉一體結構問題及其主題的探討〉（註），那裡面雖似包涵有文章的結構，與二者的主題是否相同兩問題，但是後者顯更重要。因為〈歌〉與〈傳〉的命意倘顯有差別，則二者便不是必須結合為一的文體了。羅先生於此看得十分準確，他列舉許多有力的證據說明〈長恨歌〉的主題與〈長恨歌傳〉並不相同，因此前人或認為二者「必須合併讀之，賞之，評之」的說法是不切實際的。這意見，湊巧和我以前編寫《唐人小說校釋．長恨傳》時的看法相合，除了感謝羅先生無意中給我這同調的支持，同時也重新勾起我閱讀〈長恨歌〉與〈長恨傳〉的興趣。當我編寫《唐人小說校釋》時，為著篇幅有限，有些枝節的問題未及提出的，趁著此刻的興趣，想在羅先生的論文之後作一些補說，藉表微弱的響應。

〈長恨歌〉與〈長恨傳〉的來歷，陳鴻在其作品篇末原有很清楚的交代，他說：「元和元年冬十二月二日，太原白樂天自校書郎尉于盩厔，鴻與琅耶王質夫家于是邑，暇日，相攜遊仙遊寺，語及『此事』，相與感嘆。質夫舉酒於樂天前曰：夫『希代之事』，非遇出世之才潤色之，則與時消沒，不聞於世。樂天深於詩，多於『情』者也，試為歌之，如何？樂天因為〈長恨

歌〉。意者不但感其『事』，亦欲懲尤物，窒亂階，垂於將來也。歌既成，使鴻傳焉。」（此據平岡武夫教授校本《白氏文集》抄錄）

這一段文字對於〈長恨歌〉、〈長恨傳〉之寫作緣起、時間、地點、關係人物，作品製作次第，寫作的內容以及其主題等等，可說是都已交代得一清二白。第一是緣起的時間是元和元年（八〇六）十二月二日；地點是盩厔縣的仙遊寺；關係人物有王質夫、白居易、陳鴻三人；製作次第：〈長恨歌〉先成，〈長恨傳〉後作；寫的內容是「此事」亦即「希代之事」；而其主題：一者紀其可感之「情」，一者述其可嘆之「事」；一為詩人的風謠，一為史家的作業。這都是原作者自己表明於篇中的，但因後來這兩篇作品被抄在一起，讀者常把自己對史家張揚可嘆之事的觀感，混合於詩人抒寫的長恨中，乃發生〈長恨歌〉的主題之不定性，或以為那是抒情的，或以為那是諷刺的；又或以為是諷刺兼抒情，而各持之有故，言之成理，討論了若干年。現在羅先生找到了白居易本人自始即未把〈長恨歌〉看作諷諭詩類的證據；本來僅以這證據就已夠解答那許多不必要的猜疑；倘益以陳鴻的自白：「意者不但感其事，亦欲懲尤物，窒亂階。歌既成，使鴻傳焉」，更可瞭然〈長恨歌〉中尚欠「懲尤物，窒亂階」之意，乃「使鴻」補傳以明之。所以關於二者之主題問題，可說是原作者各已表示過了，翻因一些過分敏感的讀者循著比興的理路，或怪〈長恨歌〉沒頭沒尾，便以為這〈歌〉與〈傳〉必須合為一體。雖然，用「傳」解「詩」，自古有之，白居易於歌成之後「使鴻傳焉」，或亦本有此意。然而韻語與散文併在一起，即使如墓誌銘，畢竟「誌」之與「銘」亦不屬一體。何況這兩篇作品，從來即無礙其獨立流傳，各有千秋。

文體與主題的討論既得羅先生作了總結，茲可無贅；不過，我們細讀陳鴻所作緣起的記述，其中仍還有一些引人注意的：如同關係人中，歷來學者都祇注意作〈歌〉的白居易與作〈傳〉的陳鴻，而在當時實際發動作歌的王質夫，卻被人拋在腦後。其實中國文學史上會有這樣的兩篇作品，王質夫該居於第一功。因為當時倘若沒有他的建議，也許他們閒聊一陣之後便各自散歸，不會在文學史上留下絲毫痕跡。現在如果注意到王質夫，將會連帶注意到他們當時「語及此事」的事。尤其是此事之「事」被王質夫稱為「希代」的。關於這一點，倘就〈長恨歌〉與〈傳〉文加以檢討，二者至多是敘述女寵誤國。然而女寵誤國像褒姒、楊貴妃直害得天子蒙塵，國脈不絕如線的情形，固可稱為「希代」的；祇不過女寵之事，幾乎是無代無之，像這樣太多的史實，而且如同李商隱所譏為「未免被他褒女笑，祇教天子暫蒙塵」（見其〈華清宮〉詩）的往事，是否即能引起王質夫的興趣而要求多情的詩人為之發揮？再者，陳鴻為〈長恨歌〉作〈傳〉之後，還特別聲明：「世所不聞者，予非開元遺民，不得知；世所知者，有《玄宗本紀》在；今但傳〈長恨歌〉云爾」。這說得很明白：凡是世人沒聽過的故事，他沒有資格寫，至於世人所知道，也不須他來重述；然則他所傳的顯然祇是〈長恨歌〉裡提到的某種希奇的故事了。

現在再行檢查一下〈長恨歌〉，其全篇七言一百二十句，從隱喻楊貴妃之出現「楊家有女初長成」起至她生命結束「宛轉蛾眉馬前死」止，共三十六句，僅佔全詩三分之一弱，但那裡包括了開元、天寶時代，白居易把許多國家大事都濃縮成片言隻語輕輕帶過。其次是楊妃死後，唐明皇悼念的心情描寫。如果說前一段是按照史實而作的簡述，這一段則是純為詩人想像的渲染。因為渲染唐明皇極度的哀思，好引出四川道士的神話。這神話共寫了四十八句（應為四十六句），在全篇的分量比重上居於第一。就此，約略可以看出〈長恨歌〉的作者對於開元、天寶時代的史事並沒有什麼興趣，而全力要渲染的除一些心理的描寫外，就是著重那一段神話。倘若回頭再把陳鴻的〈長恨傳〉來比較，他自謂「今但傳〈長恨歌〉云爾」者，可真是說到做到，〈長恨傳〉中用以敘述那神話的篇幅比歌辭還多，幾佔全文之大半，據此更可肯定他們當時並非為著《玄宗本紀》而感嘆，而所感嘆的乃在於四川道士的一段神話。因此亦可知他們當時「語及此事」的事，並不是說的開元、天寶的史事，而是由四川道士帶來「此恨綿綿無絕期」的神話，才似是「希代之事」。誠然，從此事透露出「雖九死其猶未悔」的愛情之執著，是可感動的，但改就現實的立場看來，一個身繫天下安危的天子，竟為女寵而召致亂亡，就得為之嘆恨不已了。

四川道士的神話：是敘述楊妃死後，那道士為唐明皇上天入地，窮極宇宙內外尋訪楊妃的蹤影，最後乃在蓬萊山頂上找到了她。不過由他帶回來了信物以及唐明皇當年和楊妃所作的密誓，這才使這神話深具真實性，不特傳說中的唐明皇信以為真，就連接觸過這傳說的人也莫不感動。如同仙遊寺裡的陳鴻、王質夫、白居易一樣。因他們不惜筆墨為這神話作義務宣傳，即可知其受感動的程度，所不同者是三人感動的取向稍異：白居易是多於情者，陳鴻則出之以理性的批判態度，至於王質夫，今從其促請白居易作歌的動機推測，則他似曾深信那神話是史實，是真有神仙的見證，倘非加以宣揚，即恐與世消沒了。

王質夫之為人，不僅史傳不載，連及許多熱心討論〈長恨歌〉的文章，也沒有人給提上一筆。不過他與白居易的交情相當深厚，在《白氏文集》裡，前前後後可以找到有關於他的詩不下十四、五首。從那些清楚的詩句上不難考見王質夫的性格、生平事略以及他們二人的交情。他們的交情似是開始於元和元年（八〇六）四月二十八日以後。因為白居易從校書郎考上制科，四月十三日放榜，二十八日即派為盩厔縣尉，而王質夫與陳鴻正好都住在當地的仙遊山。他們二人都不是盩厔縣人，現在可知的是：陳鴻已中過進士，據其在一篇〈大統紀序〉中自言，那時正隱居山上趕寫那部通史綱要。至於王質夫，今所得知者：他的原籍琅琊郡，在家排行第十八，那時沒有考上進士，對於仕道很灰心，乃隱居仙遊山修道求仙。

關於王質夫在仙遊山修道求仙的事，可從《白氏文集》中找到證據。但是探尋這證據，須先瞭解白居易當時對他們的稱呼。例如《文集》卷九，有一首題名〈早朝賀雪寄陳山人〉，而在詩句上卻又說是「忽思仙遊谷，闇謝陳居士」。陳山人陳居士，當然都是對陳鴻的稱呼了。同例，（並見《文集》卷九）〈翰林院中感秋懷王質夫〉，題下自注云：「王居仙遊山」，而詩句上卻也說「唯有王居士，知予懷白雲」。另一首，題名〈贈王山人〉，這首詩雖編在《文集》卷五，但題下自注云「為翰林時」，可知也是他為翰林時（依年譜當在元和三、四年間）稱呼陳鴻、王質夫為「山人」又或「居士」的。因此可知那首〈贈王山人〉的詩，即是贈王質夫的詩。今按其所「贈」，猶如古人「贈言」之意，是為著王質夫過度迷信修道求仙，故有此贈言。其詩云：「聞君減寢食，日聽神仙說。暗待非常人，潛求長生訣。言長本對短，未離生死轍，假使得長生，才能勝夭折。松樹千年老，槿花一日歇，畢竟共虛空，何須誇歲月。彭殤徒自異，生死終無別。不如學無生，無生即無滅。」

讀此詩，可見白居易三十多歲時的思想即已趨向空門而不喜道術，反之，他的朋友王質夫恰是著迷於此道的人。今以時間來衡量，此詩之製作時間，至多不晚於王質夫請他寫〈長恨歌〉之後一、二年。王質夫的思想倘不是突變的，應該可信他之隱居仙遊山正為著修煉之故，一邊在研讀神仙之說，一邊在等待異人之降臨指點。如果這推論不甚離譜，還可信如《麗情集》所載他們三人在仙遊山上聊天的當日，是由王質夫談起四川道士遊蓬萊晤見楊妃的神話，然後乃有〈長恨歌〉、〈長恨傳〉著名作品流傳下來。因為唯有他在「日聽神仙說」，所以有的是這一類的資料。

四川道士神話的原形如何，實難測度，正如楊貴妃葬處遺留下的香囊，這點小物，竟傳說是「繡鞋」或「兜肚」，五花八門，無從按實。不過到了唐末，杜光庭抄得道士楊通幽的故事，似乎也是這傳說中的一種。其文本來編在杜撰的《仙傳拾遺》中，唯原書失傳，靠有宋、元人的傳抄，今存楊通幽的故事見於《太平廣記》卷二十、《三洞群仙錄》卷十八、《歷世真仙通鑑》卷四三、《說郛》卷七等書中，以《太平廣記》為較早。今節錄其有關部分如下：

楊通幽，本名什伍，廣漢什邡人。幼遇道士教以檄召之術，受三皇天文，役命鬼神，無不立應……玄宗幸蜀，自馬嵬之後，屬念楊妃，往往輟食忘寐，近侍之臣，密令求訪士，冀少安聖慮。或云楊什伍有考召之法。徵至行朝，上問其事，對曰：「雖天上地下，冥冥之中，鬼神之內，皆可歷而求之。」上大悅，於內置場，以行其術。是夕奏曰：「已於九地之下，鬼神之中，遍加搜訪，不知其所。」上曰：「妃子當不墜於鬼神之伍矣。」二日之夜，又奏曰：「九天之上，星辰日月之間，虛空杳冥之際，亦遍訪而不知其處。」上悄然曰：「未歸天，復何之矣？炷香冥燭，彌加懇至。」三日夜，又奏曰：「於人寰之中，山川岳瀆之內，十洲三島江海之間，亦遍求訪，莫知其所，後於東海之上，蓬萊之頂，南宮西廡，有群仙所居，上元女仙太真者，即貴妃也，謂什伍曰：『我太上侍女，隸上元宮，聖上，太陽朱宮真人。偶以宿緣世念，其願頗重。聖上降居於世，我謫於人間以為侍衛耳。此後一紀，自當相見，願善保聖體，無復意念也。』乃取開元中所賜金釵鈿合各半，玉龜子一，寄以為信，曰：『聖上見此自當醒憶也。』言訖流涕而別。」什伍以此物進之。上潸然良久……（此文，樂史〈楊太真外傳〉嘗以之與〈長恨傳〉相混為說。）

實則這段記載與白居易、陳鴻所寫的頗有一些出入，其最不同處：〈長恨歌〉、〈傳〉，共以為此事出在唐明皇返京之後，而杜光庭所抄的卻是唐明皇避難在四川之時。如果斟酌此道士必出自四川，便可疑這傳說亦發源於四川。四川是道教的溫牀，也成為神仙窟宅。後來王質夫離開盩厔出來充任幕僚，可考的，是十年後，他死於四川的梓潼，正鄰近於楊通幽的鄉里。這有白居易〈哭王質夫〉的詩為證，《白氏文集》卷十一：

> 仙遊寺前別，別來十年餘。生別猶怏怏，死別復何如。客從梓潼來，道君死不虛，驚疑心未信，欲哭復踟躕……衣上今日淚，篋中前月書。憐君古人風，重有君子儒。篇詠陶、謝輩，風流嵇、阮徒，出身既蹇屯，生世仍須臾。誠知天至高，安得不一哽？江南有毒蟒，江北有妖狐，皆享千年壽，多於王質夫。不知彼何德，不知此何辜！

這首詩雖然取類有些不倫，但哀慟之情卻躍然紙上，而且這悲悼之意，他還以之寄給元宗簡，如其所作〈哭諸故人因寄元八〉的詩。

王質夫熱心於追求神仙長生的奇蹟，當然由於他個人的信仰，即使後來那長生的願望沒有達到，但他早年相信道術，相信道士的傳說，並由他提供白居易這樣的題材，卻不料這題材消化到詩人的腦子裡卻褪下了神秘的色彩，僅剩一種對愛情的執著感。這點感情，他不僅以之表現於〈長恨歌〉，即到了他寫〈新樂府〉的時候，仍獨對「此事」持著唯情的觀點，如同他在〈李夫人〉篇中所表示的「……傷心不獨漢武帝，自古及今皆若斯！君不見穆王三日哭，重璧臺前傷盛姬，又不見泰陵一掬淚，馬嵬坡下念楊妃。縱令妍姿豔質化為土，此恨長在無銷期……」亦即他對這「希代之事」，始終祇感著人生之無奈而不含諷刺，讀此亦差可以自明。

以上所述，雖僅關係於〈長恨歌〉、〈傳〉題材的出處，但亦可從而推見貞元、元和之間一般文士之好事與好奇。從前胡應麟說唐人小說所以突出前古，是由於作意好奇，不僅能抓到小小事情以渲染為悽惋欲絕的故事，更能夠變化六朝人志怪的閒談成為種種感人的篇章。如果仔細考察他們的「作意」，許多都是巧借前人的酒杯以澆自己的塊壘；亦即為了有那塊壘的溶入，乃使原來的傳說得到生人的氣息，因而無論從感情的或理性的觀點加以觀察，都不會使人失望的。〈長恨歌〉、〈傳〉，寫成的時代正在這小說史上化臭腐為神奇的「交替時代」，文士們雖仍承襲六朝人志怪之餘風而廣搜異聞，但更有接受異聞而發抒其觀感的著作。倘依前文的檢討，〈長恨歌〉、〈傳〉，應屬此類作品中之一環，是從已有的傳說中作意好奇，也就同時把生人的氣息吹進死板的文字裡，縱使仍然說的是些詭怪的事情，但都能扣動讀者的心弦，以人情味的描述博取人情味的嘆賞。這是多情者的作業，是小說史上一大蛻變，而〈長恨歌傳〉應屬那蛻變群中之一例。換言之，在創作實例上看，無論〈歌〉之與〈傳〉，似仍同出於傳奇，纂異或述異的舊習。

註　羅聯添先生的論文見《傅樂成教授紀念論文集》

案：王氏〈補說〉收入王夢鷗著《傳統文學論衡》，時報文化出版公司，一九八七年六月。此文最大創發在指出神話來源，乃來自四川道士，由白居易朋友王質夫加以轉述。此故事今見晚唐杜光庭〈仙傳拾遺〉，宋《太平廣記》卷二十引。

三、〈長恨歌〉神話故事來源（前後另二說）

(一)陳寅恪以為由漢武李夫人故事轉化而來，情節為白居易獨創。

(二)王夢鷗以為據〈歌傳〉，得之王質夫。

(三)俞平伯傳疑觀點　一九二七
附錄俞平伯〈與周煦良書〉　一九八一
(四)陳允吉以為受變文影響，來自〈國王歡喜緣〉。

俞平伯〈〈長恨歌〉及〈長恨歌傳〉的傳疑〉

嘗讀元人〈秋夜梧桐雨〉雜劇，寫馬嵬之變，玉環之屍被軍馬踐踏，不復收葬，其言頗閃爍牽強。至洪昉思〈長生殿〉則以尸解了之，而改葬之時，便曰：「慘悽悽一匡空墓，杳冥冥玉人何去。」兩劇寫至此處，均作曲筆。而〈長生殿・雨夢〉一折更有新說，惟託之於夢，其詞曰：「只為當日箇亂軍中禍殃慘遭，悄地向人叢裏換妝隱逃，因此上流落久蓬飄。」而評者則曰：「才情竭處，忽生幻想，真有水窮山盡，坐看雲起之妙。」洪君此作自為文章狡獪，以波折弄姿，別無深意。但以予觀之，此說殆得〈長恨歌〉及〈長恨歌傳〉之本旨。茲述其所見於後，佐證缺少，難成定論，姑妄言之，姑妄聽之，亦所不廢乎？

若率意讀之，〈長恨歌〉既已乏味，而〈傳〉尤為蛇足。〈歌〉中平鋪直敘，婉曲之思與淒艷之筆並少，視〈琵琶行〉、〈連昌宮詞〉且有遜色。至陳鴻作〈傳〉，殆全與〈歌〉重複，似一言再言不嫌其多者然，其故殊難索解。夫以一代之名手抒寫一代之劇跡，必有奇思壯采流布文壇，而今乃平庸拖沓如此，不稱所期許，抑又何耶？

其間更有可注意者，馬嵬之變，實為此故事之中心，玉環縊死，以後皆餘文也。以今日吾人行文之法言之，則先排敘其寵盛，中出力寫其慘苦後更抒以感歎，或諷刺，如〈長生殿彈詞〉之作法，稱合作矣。而觀此〈歌〉及〈傳〉卻全不如此，寫至馬嵬坡僅當全篇之半，此後則大敘特敘臨邛道士，海山樓閣諸跡，皆子虛烏有之事耳，而言之鑿鑿焉，且以釵盒之重還與密誓之見訴，證方士之曾見太真。夫太真已死於馬嵬，方士何得而見之？神仙之事，十九寓言，香山一老豈真信其實有耶？其不然明矣。明知其必不然，而故意以文實之，抑又何耶？

即此可窺〈歌〉、〈傳〉之本意，蓋另有所在也。一篇必有其警策，如〈琵琶行〉以「同是天涯淪落人，相逢何必曾相識」為主意；〈秦婦吟〉以「一身苦兮何足嗟，山中更有千萬家」為主意；獨此篇之主恉，屢讀之竟不可得。必不得已，只以「天長地久有時盡，此恨緜緜無絕期」當之。既以「長恨」名篇，此兩語自當為點睛之筆。惟僅觀乎此，仍苦不明白，曰「此恨緜緜」，曰「長恨」，究何所恨耶？若以倉卒慘變為恨，則寫至馬嵬已足，何必假設臨邛道士，玉妃太真耶？更何必假設分釵寄語諸艷跡耶？似馬嵬之事不足為恨，而天人修阻為可恨者，抑又何耶？

在〈長恨歌傳〉之末曰：「『夫希代之事，非遇出世之才潤色之，則與時消沒，不聞於世。樂天深於詩，多於情者也，試為歌之，如何？』樂天因為〈長恨歌〉。意者不但感其事，亦欲懲尤物，窒亂階，垂於將來也。歌既成，使鴻傳焉。世所不聞者，予非開元遺民，不得知；世所知者，有《玄宗本紀》在；今但傳〈長恨歌〉云爾。」

在此明點此〈歌〉之作意，主要是感事，次要是諷諫。夫事既非真，感之何為？則其間必明有一事在焉，非寓言假託之匹。云將引為後人之大戒，則其事殆醜惡，非風流佳話也。樂天為有唐之詩史，所謂以出世之才記希代之事，豈以欣羨豪奢，描畫燕昵為能事哉？遇其平鋪直敘處，俱不宜正看，所謂繁華其淫縱也，所謂風流其醜惡也。按而不斷，其意自明。陳鴻作〈傳〉，惟恐後人不明，故點破之。

至作〈傳〉之故，在此亦已明言。若非甚珍奇之事，則只作一〈歌〉可矣，只作一〈傳〉亦可矣，初不必作歌之傳，屋上架屋，牀上疊牀也。使事雖珍奇而〈歌〉意能盡且易知者，則〈傳〉雖不作亦可也。惟其兩不然，此〈傳〉之所以作也。可分三層述之：〈歌〉之作意，非〈傳〉將不明，一也；事既隱曲，以散文敘述較為明白，二也；傳奇之文體，其時正流行，便於傳布，三也。其尤可注意者為「世所不聞者」以下數語，其意若曰當時之秘密，我未親見親聞，自不得知；若人人皆知，明皇、貴妃之事，則載在正史，又不待我言，我只傳〈長恨歌〉中所述這一段異聞而已。總之，白、陳二氏僅記其所聞，究竟是否真碻，二君自言非開元遺民不得知，遑論今日我輩也，予亦只釋〈長恨歌〉云爾。究竟〈歌〉中本意，是否如此，亦無從取證他書，予只自述其所見云爾。

〈長恨歌〉立意於第一句，已點明，所謂「漢皇重色思傾國」是明皇不負楊妃，負國家耳。開門見山，斷語老辣。至所敘述，若華清宮、馬嵬坡皆陪襯之筆。因既載《明皇本紀》（即《玄宗本紀》），為世所知，所感者必另有所在而非僅此等事，陳鴻之言本至明白。結語所謂「此恨緜緜」，標題所謂「長恨」，乃家國之恨，非僅明皇、太真燕私之恨也。否則太真已仙去，而「天上人間會相見」，是有情之美滿，何恨之有，何長恨之有？論其描畫，敘繁華則近荒，記姝麗則近褻，非無雅筆也，乃故意貶斥耳。〈傳〉所謂樂天深於詩，觀此良確。綜觀此篇，其結搆似疏而實密，似拙而實巧；其詞筆似笨重而實空虛；其事蹟似可喜而實可醜；家弦戶誦已千年矣，而皆被古人瞞過了，至為可惜。

旁證缺乏，茲姑以本文明之。此篇起首四句即是史筆。「漢皇重色思傾國」，自取滅亡也。「楊家有女初長成，養在深閨人未識」，明明真人面前打謊語。史稱開元二十三年冬十二月冊壽王妃楊氏，至天寶四載秋七月冊壽王妃韋氏，八月以楊太真為貴妃。太真為壽王妃十餘年之久，始嬪於明皇，乃曰「初長成」、「人未識」，非惡斥而何？若曰迴護，則上諱尊者方宜含糊掩飾，何必申申作反語哉？今既云云，則惟恐後人忽視耳。且其言與〈傳〉意枘鑿。〈傳〉云：「詔高力士潛搜外宮，得弘農楊玄琰女於壽邸，既笄矣。」其中亦有曲筆，如不曰壽王妃而曰楊女，不曰既嬪而曰既笄；然外宮與深閨其不同亦甚矣。讀者或以「宛轉蛾眉」之句，疑玉環若未死於馬嵬，則於文義為牴牾，請以此喻之。試觀此兩語，亦可如字解否？

可知〈長恨歌〉中本有些微詞曲筆，非由一二人之私見傅會而云然，以下所言殆不病其穿鑿，上半節鋪排處均內含諷刺，人所習知，惟關係尚少，最先宜觀其敘述馬嵬之變，〈歌〉曰：「六軍不發可奈何，宛轉蛾眉馬前死，花鈿委地無人收，翠翹金雀玉搔頭。君王掩面救不得，回看血淚相和流。」〈傳〉曰：「上知不免，而不忍見其死，反袂掩面，使牽之而去。蒼黃展轉，竟就死於尺組之下。」其所敘述有兩點相同，可注意：㈠〈傳〉稱不忍見其死，反袂掩面，使牽之去，是玉環之死，明皇未見也。〈歌〉中有「君王掩面」之言，是白、陳二氏說同。㈡〈歌〉稱「宛轉蛾眉馬前死」，即〈傳〉之「蒼黃展轉，竟就死於尺組之下」也。宛轉即展轉，而〈傳〉意尤明白。蒼黃展轉，似極其匆忙搗亂，而竟就死於尺組之下者，與夫死於馬前之蛾眉，究竟是否貴妃，其孰知之哉？而明皇固掩面反袂，未見其死也。〈歌〉中「花鈿」句，似有微意。此兩句就文法言，當云花鈿、翠翹、金雀、玉搔頭，委地無人收，詩中云云，叶律倒置耳。諸飾物狼藉滿地，似人蟬蛻而去者然。〈太真外傳〉云：「妃之死日，馬嵬媼得錦袎襪一隻，相逢過客一玩百錢，前後獲錢無數。」不特諸飾物紛墮，並錦襪亦失其一，豈不異哉？使如正史所記，命力士縊殺貴妃於佛堂，輿屍置驛庭，召玄禮等入觀之，其境況殆不至如此也。

竊以為當時六軍譁潰，玉環直被劫辱，掙扎委頓，故釵鈿委地，錦襪脫落也。明皇則掩面反抉，有所不忍見，其為生為死，均不及知之。詩中明言「救不得」，則賜死之詔旨當時殆決無之。〈傳〉言「使牽之而去」，大約牽之去則有之，使乎使乎？未可知也。後人每以馬嵬事訾三郎之負玉環，寃矣。其人既杳，自不得不覓一替死鬼，於是「蛾眉」苦矣，既可上覆君王，又可下安六軍，驛庭之屍俾眾入觀者，疑即此君也。或謂玄禮當識貴妃，何能指鹿為馬？然玄禮既身預此變而又不能約束亂兵，則裝聾做啞，含糊了局，亦在意中，故陳屍入視，即確有其事，亦不足破此說。至〈太真外傳〉述其死狀甚悉，樂史宋人，其說固後起，殆演正史而為之。

玉環以死聞，明皇自無力根究，至迴鑾改葬，始證實其未死。改葬之事，〈傳〉中一字不提，〈歌〉中卻說得明明白白：「馬嵬坡下泥土中，不見玉顏空死處。」夫僅言馬嵬坡下不見玉顏，似通常憑弔口氣，今言泥土中不見玉顏，是屍竟烏有矣，可怪孰甚焉？後人求其說而不得，從而為之辭，曰肌膚消釋（〈太真外傳〉），曰亂軍踐踏，曰尸解（均見上），其實皆牽強不合。予謂〈長恨歌〉分兩大段，自首至「東望都門信馬歸」為前段，自「歸來池苑皆依舊」至尾為後段，而此兩句實為前後段之大關鍵。覓屍既不得，則臨邛道士之上天下地為題中應有之義矣。其實明皇密遣使者訪問太真，臨邛道士鴻都客則託辭耳；〈歌〉言：「漢家天子使」，〈傳〉言「使者」，可證此意。

觀其訪問之跡又極其奇詭。〈傳〉曰：「方士乃竭其術以索之，不至。又能遊神馭氣，出天界，沒地府以求之，不見。又旁求四虛上下，東極大海，跨蓬壺。見最高仙山，上多樓闕，西廂下有洞戶，東向，闔其門，署曰：『玉妃太真院。』」〈歌〉曰：「排空馭氣奔如電，升天入地求之徧，上窮碧落下黃泉，兩處茫茫皆不見。忽聞海上有仙山，山在虛無縹渺間。樓閣玲瓏五雲起，其中綽約多仙子，中有一人字太真，雪膚花貌參差是。」最不可解者，為碧落黃泉皆無蹤跡，而乃得之海山。人死為鬼，宜居黃泉，即詩人之筆，不忍以絕代麗質付之沈淪，升之碧落可矣，奚必海山哉？且〈歌〉、〈傳〉之旨俱至明晰，〈傳〉云「旁求四虛」，明未曾升仙作鬼，仍居人間也；〈歌〉云「兩處茫茫皆不見」，意亦正同。「忽聞」以下尤可注意，自「海上有仙山」至「花貌參差是」，皆方士所聞也。使玉妃真居仙山，則孰見之而孰言之，孰言之而孰聞之耶？豈如〈長生殿〉所言天孫告楊通幽耶？夫「馬嵬坡下泥土中」既失其屍矣，碧落黃泉既不得其魂魄矣，則羈身海山之太真，仙乎、鬼乎、人乎？明眼人必能辨之。且〈歌〉中此節，多狡獪語。「山在虛無縹渺間」，是言此亦人間一境耳，非必真有如此之海上仙山也。「其中綽約多仙子」，似羣雌粥粥，太真蓋非清淨獨居，唐之女道士院跡近倡家，非佳語也。「中有一人字太真」，上甫云「多仙子」，而此偏曰「中有一人」，明明點出「人」字。「雪膚花貌參差是」，是方士未去以前，且有人見太真矣，其境界如何，不難想見。

寫方士之見太真，正值其睡起之時。〈傳〉曰：「碧衣云：『玉妃方寢，請少待之。』於是雲海沈沈，洞天日晚，瓊戶重闔，悄然無聲，方士屏息斂足，拱手門下。久之，而碧衣延入。」〈歌〉曰：「聞道漢家天子使，九華帳裏夢魂驚。攬衣推枕起徘徊，珠箔銀屏迤邐開。雲髻半偏新睡覺，花冠不整下堂來。」依〈傳〉言，方士待之良久，依〈歌〉言，玉妃起得極倉皇，既曰：「夢魂驚」，而「雲髻」、「花冠」兩句又似釵橫鬢亂矣。其間有無弦外微音，不敢妄說。

〈傳〉為傳奇體，小說家言或非信史，而白氏之歌行實詩史之巨擘。若所聞非實，又有關礙本朝，烏得而妄記耶？至少，宜信白氏之確有所聞，而所聞又愜合乎情理；否則，於尚論古人有所難通。吾輩既謂方士覓魂之說為非全然無稽，則可進一步考察其曾見楊妃與否；因使覓楊妃是一事，而覓著與否又是一事。依〈歌〉、〈傳〉所描寫，委宛詳盡明畫如斯，似真見楊妃矣，然姑置不論。方士（姑以方士名之）持回之鐵證有二，一為鈿盒金釵，二為天寶十載密誓之語。夫釵盒或可偷盜拾取，（近人有以「翠鈿委地」句為釵盒之來源，亦未必然。）而密誓殊難臆造。觀〈傳〉曰：「時夜殆半，休侍衛於東西廂，獨侍上。上憑肩而立，因仰天感牛女事，密相誓心，願世世為夫婦。……此獨君王知之耳。」〈歌〉曰：「七月七日長生殿，夜半無人私語時。」曰「獨侍」，曰「憑肩」，曰「無人私語」，是非方士所能竊聽也。竊聽既不得，臆造又不能，是方士確已見太真也。鈿盒、金釵人間之物，今分擘而返，是且於人世見太真也。至於「天上人間會相見」，則以空言結再生之緣耳，正如玉溪生所云：「海外徒聞更九州，他生未卜此生休。」非有其他深意。「昭陽殿裏恩愛絕，蓬萊宮中日月長」，明謂生離，不謂死別；況太真以貴妃之尊乃不免風塵之刼，貽闈壺之玷，可恨孰甚焉。故結之曰：「天長地久有時盡，此恨緜緜無絕期。」言其恥辱終古不泯也。否則，馬嵬之變，死一婦人耳，以「長恨」名篇，果何謂耶？

明皇知太真之在人間而不能收覆水，史乘之事勢甚明，不成問題。況〈傳〉曰：「使者還奏太上皇，皇心震悼，日日不豫，其年夏四月，南宮宴駕。」是明皇所聞本非佳訊，即卒於是年（肅宗寶應元年），而太真之死或且後於明皇也，按依章實齋氏所考，則其時太真亦一媼矣，而猶搖曳風情如此，亦異聞矣，吾以為其人大似清末之賽金花，而〈彩雲曲〉實〈長恨歌〉之嫡系也。惟此等說法，大有焚琴煮鶴之誚耳。

爬梳本文，實頗明白而鮮疑滯，惟缺旁證為可憾耳。杜少陵之〈哀江頭〉亦傳太真事，曰：「明眸皓齒今何在？血污遊魂歸不得，清渭東流劍閣深，去住彼此無消息。」曰「去住」，曰「彼此」，不知何指。若以此說解之，則上兩句疑其已死，下兩句又疑其或未死，兩說並存歟？惟舊注以上指妃子遊魂，下指明皇幸蜀，其說可通，故不宜曲為比附，取作佐證。且此事隱祕，事後漸流布於世，若樂天時聞之，在少陵時未必即有所聞也。他日如於其他記載續有所得，更當補訂，以成信說。

今日既僅有本文之直證，而無他書之旁證，只可傳疑，未能取信。要之，當年之實事如何是一事，所傳聞如何另是一事；故即使以此新說解釋〈長恨歌傳〉十分圓滿，亦不過自圓其說而已，至多亦不過揣得作〈歌〉、〈傳〉之本旨而已。（即此已頗誇大。）若求當年之祕事，則當以陳鴻語答之曰：「世所不聞者，予非開元遺民不得知。」

〔附記一〕明皇與肅宗先後卒於同年，肅宗先病而明皇之卒甚驟，疑李輔國懼其復辟而弒之。觀史稱輔國猜忌明皇，逼遷之於西內，流放高力士，不無蛛絲馬跡。唐人亦有疑之者，韋絢《戎幕閑談》曰：「時肅宗大漸，輔國專朝，意西內之復有變故也。」此事與清季德宗西后之卒極相似，亦珍聞也。

〔附記二〕又宋·王銍《默記》上：「元獻（晏殊）因為僚屬言唐小說：唐玄宗為上皇，遷西內，李輔國令刺客夜攜鐵槌擊其腦，玄宗臥未起，中其腦，皆作磬聲，上皇驚謂刺者曰：『我固知命盡於汝手，然葉法善曾勸我服玉，今我腦骨皆成玉，且法善勸我服金丹，今有丹在首，固自難死。汝可破腦取丹，我乃可死矣。』刺客如其言，取丹乃死。」孫光憲《續道錄》云：「玄宗將死云：『上帝命我作孔昇真人。』爆然有聲，視之崩矣。亦微意也。」此亦可與上節參看。

一九二七年十一月十五日

（原載《小說月報》一九二九年第二十卷第二期）

俞平伯〈與周煦良書〉（節錄）

首先要明瞭〈長恨歌〉的寫法。它和新樂府〈琵琶行〉不同，是婉諷，非直說，卻當認識他的微言。在開首一段就有兩點。

㈠「傾國」。傾國原義並非美稱，從《詩經》「哲婦傾城」來，以周代言之，則褒姒也。李延年歌，亦非完全贊美。後來轉為美人之代語，不復有貶斥之意，白詩云「思傾國」自只可譯為「他想找一個極美的美人」，決不能說他想亡國。下文還有「御宇多年求不得」，意更明顯。——但是，「傾國」決非好事，頭一句就這樣說，字面非常刺眼，豈無深意，實雙關語也。此即「長恨」的根源，所謂「入手擒題」。

㈡「養在深閨人未識」。不僅違反史事，且與陳〈傳〉壽邸之言亦相矛盾，其為微隱無疑，所謂「諱國惡」，春秋之義也。如依文章作法，卻另有意義。壽王事，唐人並未深諱，如李義山詩中即兩見。但如在〈長恨歌〉開首即點明之，以後的種種戀愛故事都說不下去了，即說來亦覺很乏味。諷刺而用微詞曲筆，是此詩的特點。這種寫法通貫於全篇。其寫馬嵬之死閃閃爍爍，仙山樓閣飄飄渺渺，都是同樣的筆法。本意固是懲尤物，窒亂階，卻又不能揚家醜，顯國惡，故褒貶互用，美中有刺。

何謂「長恨」？來書言末兩句乃詩人結語，不接楊妃，極是，詩人之意如何呢？我意已見前文，恐說的亦不夠。尊說在天不能作比翼鳥，在地不能為連理枝，所以為長恨，雖非楊妃之語，仍從李、楊兩人姻緣來說，鄙意卻不盡然。就文氣說自然只可如此，否則不連貫了；就作意言殆非局限於兩人姻緣也。夫男女離合，何關大體，況李、楊情戀，於開首，於中間（安祿山）皆非圓滿，詩人胡為如此至感珍重惋惜？蓋有深意存焉。竊謂實遙應篇首，宛轉回環，所謂「傾國」

也，此處當照字面直解，即其本義。由開元至天寶，由極盛而頓衰，在唐代實是翻天覆地的局面。安史之亂，繼以藩鎮，唐朝從此不振，與南渡不同，卻頗似周室之東遷，特留於關中耳。則楊妃可比褒姒，安史有似犬戎，華清賜浴，驪山烽火，同在一處，宜乎古人謂之凶地也。家國之恨，較宮壺之辱更甚，則謂之「長恨」也亦宜。

自有〈長生殿〉一劇，文辭音律並工，卻全不解〈歌〉意，曰「補恨」、「重圓」，又何長恨之有？此劇廣傳，歌意愈晦；宜乎鄙說之不受歡迎，而兄不棄，獨申其說，誠為幸事。

一九八一年六月二十日

（原載《晉陽學刊》一九八一年第六期，收入俞著：《論詩詞曲雜著》，上海古籍出版社）

陳允吉〈長恨歌受歡喜國王緣的影響〉（收入《唐詩中的佛教思想》，商鼎文化，一九九三年）

(一)〈長恨歌〉構成
(二)〈長恨歌〉與〈歌傳〉共同機構問題
(三)〈歌〉與〈歌傳〉主旨探討
(四)〈長恨歌〉神話故事來源
(五)〈長恨歌〉校釋問題
(六)作法探討
(七)評價問題
(八)〈長恨歌〉及〈歌傳〉相傳作品

四、〈長恨歌〉校釋問題

(一)傳如一〈「宛轉蛾眉馬前死」箋注指誤〉

白居易〈長恨歌〉有一名句：「六軍不發無奈何，宛轉蛾眉馬前死。」其中「宛轉」一詞，歷來的箋注未得甚解。

陶金雁《唐詩三百首譯注》（江西人民出版社，一九八〇年十二月版）釋「宛轉」：「纏綿悱惻的樣子。」《中國古代文學作品選》（北京大學出版社，一九八四年四月版）箋注「宛轉」，也作如是解。為什麼「宛轉」一定要解為「纏綿悱惻的樣子」呢？究其訛誤之源，很可能與〈長恨歌傳〉有關。

陳鴻〈長恨歌傳〉是這樣傳記「宛轉蛾眉馬前死」的：「時當敢言者，請以貴妃塞天下怨，上知不免，而不忍見其死，反袂掩面，使牽之而去。倉皇展轉，竟就死於尺組之下。」這裡說的「展轉」亦作「輾轉」，始見於《詩經·陳風》：「悠哉悠哉，輾轉反側。」是心緒不寧、臥不安席的意思，和「纏綿悱惻」有些接近。《楚辭》劉向《九歎·惜賢》云：「憂心展轉，愁怫鬱兮。」這裡的「展轉」和「纏綿悱惻」就更為接近了。

但是，〈長恨歌傳〉並不等於〈長恨歌〉，這兩個詞在〈傳〉與〈歌〉中所派的用場也不同，這是不能劃等號的。

「宛轉」一詞，最早見於《莊子·天下篇》：「椎拍輐斷，與物宛轉。」唐·成玄英疏：「宛轉，變化也。」這裡說的變化，是指線條的宛延曲折的變化。繩子纏物體時，也隨物宛延曲折，所以繩子也叫「宛轉」。例如《爾雅·釋器》：「弓有緣者謂之弓。」郭璞注曰：「緣者繳纏之，即今宛轉也。」清代郝懿引《義疏》云：「宛轉，繩也。」也正是由於「宛轉」有宛延曲折這一含義，所以人們又用來形容歌聲的抑揚起伏和委宛悠揚。晉·劉妙容等人有〈宛轉歌〉，唐代張籍有〈宛轉引〉，今摘句如下：

「歌宛轉，宛轉凄以哀。」（晉·劉妙容〈宛轉歌〉）

「歌宛轉，宛轉情復悲。」（同上）

「歌宛轉，宛轉和且長。」（唐·郎大家宋氏〈宛轉歌〉）

「歌宛轉，宛轉恨無窮。」（唐·劉方平〈宛轉歌〉）

「歌宛轉，宛轉傷別離。」（同上）

「女郎歌宛轉，宛轉怨如何？」（唐·李端〈王敬伯歌〉）

以上各句中的「歌宛轉」，譯成現代漢語是「唱〈宛轉歌〉」的意思。至於「宛轉凄以哀」云云，是說「委宛悠揚的歌聲凄楚而悲哀」。第一個「宛轉」是名詞，指歌名。第二個「宛轉」是形容詞，形容歌聲委宛悠揚。至於「凄以哀」、「情復悲」等等，是指〈宛轉歌〉的內容和唱歌人的感情，不是「宛轉」一詞本身的含義，不能作為釋作「纏綿悱惻」的依據。這是明白不過而不容置疑的。

綜上所述，我們可知「宛轉」一詞的本義是指線條的宛延曲折，是形容曲線美的，常見的引申義是指歌聲的委宛悠揚，形容音樂美。當然，線條曲折，還可派生出一些其他的含義，這就不一一列舉了。

南北朝·范靜妻沈氏的〈當壚曲〉：

「逶迤飛塵唱，宛轉繞梁聲。調弦可以進，蛾眉畫不成。」

毫無疑異地，「宛轉」是形容歌聲的委宛悠揚。

唐·張籍的〈白頭吟〉：

「憶昔君前嬌笑語，兩情宛轉為縈素。」

最明顯不過地，「宛轉」的含義是形容愛情為縈素，宛延曲折，交互纏繞。

白居易本人的詩歌，將「宛轉」一詞也同樣分派兩個用場：

《白氏長慶集》中〈臥聽法曲霓裳詩〉有句：

宛轉柔聲入破時

無獨有偶，《白氏長慶集》中元稹的〈琵琶歌〉有句：

霓裳羽衣偏宛轉

二者都是形容歌聲。

而在〈井底引銀瓶〉中，白居易這樣寫道：

「嬋娟兩鬢秋蟬翼，宛轉雙蛾遠山色。」

「宛轉雙蛾」不就是「宛轉蛾眉」嗎？「宛轉」不正是形容蛾眉的細長而彎、呈現出一種曲線美嗎？如果我們再進一步溯本求源，還可找到「宛轉蛾眉」的直接出處。試讀盛唐劉希夷的〈白頭吟〉中最後四句：

「宛轉蛾眉能幾時？須臾白髮亂為絲。但看舊來歌舞地，唯有黃昏鳥雀悲。」

行文至此，讀者當可釋然：原來「宛轉蛾眉」本此！和「纏綿悱惻的樣子」了不相涉。

古人常說，作詩難。其實，注詩亦難。清人趙殿成箋注《王右丞集》，十年乃成，其中尚有謬誤，一般人更是難以企及了。所以，注釋中出現少量的錯誤是在所難免的。上文提到的《唐詩三百首譯注》和《中國古代文學作品選》都是功力甚深的注本。但是，在注家百出的今天，有些選注本實在錯誤太多，令人不忍卒讀。長此以往，勢必謬種流傳，誤及後世。注釋的質量問題是當今古籍整理中一個很突出亟待重視的大問題。我主張：遇到實在弄不懂的地方，寧可闕疑不注，也不能強作解人。就拿「宛轉蛾眉馬前死」這一句來說，「宛轉」一詞，陳寅恪《元白詩箋證稿》、王青菁《白居易詩選》、朱東潤《中國古代文學作品選》、季鎮淮、陳貽焮等《歷代詩歌選》均無注。我贊成這種謹慎的態度。謹慎作注、不懂不注、注必有據，這應當成為注釋古籍的一條重要原則。

（錄自《唐代文學研究》，山西人民出版社，一九八八年）

(二)〈長恨歌〉校勘問題

1. 金澤本義勝

(1)回眸一笑百媚生

宋本、那波本、金澤本同，馬本、《文苑英華》本「眸」作「頭」，義遜。

(2)金屋粧成嬌侍夜

侍，金澤本「侍」作「待」，義似勝。

(3)峨嵋山下少人行

人行，金澤本作「行人」。

(4)孤燈挑盡未成眠

金澤本「孤」作「秋」。

(5)遲遲鐘鼓初長夜

金澤本「鐘鼓」作「鐘漏」。

《白氏長慶集》卷十四〈禁中夜作書與元九〉：「五聲鐘漏初鳴後，一點窗燈欲滅時。」卷九〈思歸〉：「夏至一陰生，稍稍夕漏遲。」

2.金澤本義遜

(1)養在深閨人未識

金澤本「閨」作「窓」，似非。

(2)承歡侍宴無閑暇

金澤本「宴」作「寢」。

(3)君王掩面救不得，迴看血淚相和流

金澤本「面」作「眼」，〈傳〉云：「上知不免，而不忍見其死，反袂掩面，使牽之而去。」作「眼」非。

血淚，金澤本作「淚血」。

(4)夜雨聞鈴腸斷聲

鈴，金澤本作「猿」，案唐・段安節《樂府雜錄》：「雨淋鈴者，因唐明皇駕迴至駱谷，聞雨淋鑾鈴，因令張野狐撰為曲名。」

(5)芙蓉如面柳如眉，對此如何不淚垂

金澤本互倒。

(6)鴛鴦瓦冷霜華重，翡翠衾寒誰與共

金澤本「翡翠衾寒」作「舊枕故衾」。

(三)〈長恨歌傳〉校勘問題

1.〈長恨歌傳〉

(1)驪山雪夜上陽春朝，與上行同室，宴專席，寢專房

金澤本、《文苑英華》行下有「同輦，止」三字，各本脫，今通行本已改正。

(2)叔父昆弟……出入禁門，不問，京師長吏為之側目

通行本《文苑英華》無，金澤本不問下有「名姓」二字。

(3)俄有碧衣侍女又至，詰其所從，方士因稱唐天子使者

通行本《文苑英華》無，金澤本、《太平廣記》「從」下有「來」字。

(四)〈長恨歌〉校勘箋釋

1.漢皇重色……

洪邁，略無隱遜。

2.楊家有女……

作史之繩祖：春秋為尊者諱。

太真入宮始末：開元二十三年十二月冊封為壽王妃，二十五年十二月七日武惠妃卒，二十八年貴妃入道，變為女道士，天寶三載由道入宮，天寶四載八月立為貴妃。〈傳〉：「潛搜外宮，得之於壽邸。」

3.回眸

一作「回頭」：清·龔自珍以為惡詩之祖。

《箋說》：用《詩經·衛風·碩人》詩：「巧笑倩兮，美目盼兮。」

4. 溫泉水滑洗凝脂

溫泉為療疾之用，治病去風寒。

北朝貴族盛行溫泉療病風氣，唐世溫泉宮承，時節在冬季春初季節，長生殿七夕私誓為後來增飾，非當時真事。杜牧《箋證》：「纖艷不逞淫言媟語」之譏或指此。

5. 姊妹弟兄皆列土……不重生男重生女

《箋證》二十二：刺陰陽失倫。

《箋說》六十四張祜〈虢國夫人〉詩：「澹掃蛾眉朝至尊」，行為不檢，不避人耳目。

杜甫〈麗人行〉：「賜名大國虢與秦，……賓從雜遝實要津。」

6. 驪宮高……羽衣曲，緩歌慢舞

《箋說》六十六、六十七：

(1)白居易新樂府有〈驪宮高〉：批評唐明皇？

(2)杜甫：〈自京赴奉先詠懷五百字〉（《杜詩詳注》卷四）。

(3)《白集》卷五十一〈羽衣舞歌和微之〉。

(4)看不足，一本作「聽不足」。

(5)霓裳舞來源：出天竺，經中亞，開元年間傳入中國，宋以後舞不傳，霓裳舞沒

7. 九重城闕……西出都門百餘里，六軍不發無奈何，宛轉蛾眉馬前死

《箋證》二十八：

(1)馬嵬故城在興平縣西北。

(2)〈貴妃傳〉：「六軍不散。」六軍沿天子舊制，史傳《通鑑》亦以六軍為言。

(3)《玄宗紀》：「賜貴妃自盡。」《舊唐書·貴妃傳》：「遂縊死于佛室。」參見前引劉禹錫〈馬嵬行〉。

8.峨嵋山下少人行……

(1)與幸蜀路無涉。

(2)泛用典故，出自《史記·李將軍傳》、《漢書·匈奴傳》「龍城飛將」故事。

9.夕殿……孤燈

富貴人燒蠟燭，不點油燈。

10.西宮南內

馬本、《全唐詩》本、宋本作「南苑」，就養南宮于迁西內，即「西宮南內」，南苑是西內之南苑。

11.風吹仙袂……

楊妃起舞霓裳。

12.七月七日長生殿……夜半無人私語時

(1)七月七日不在驪山：天寶十載七月七日在華清宮。

(2)長生殿祀神處為齋殿，白居易誤為寢殿。

(3)唐寢殿習稱長生殿，唯華清宮為祀神之齋宮，白居易不識典故。

(五)〈歌傳〉與〈歌〉對照箋釋

五、作法探討與評價

(一)夏承燾〈讀〈長恨歌〉——兼評陳寅恪教授之《箋證》〉

〈長恨歌〉乃自來傳誦最廣之長篇紀事詩，亦樂天平生文事之極作，雖其自述尚有歉詞，然百世公評有時反勝於作者寸心也。推其致盛之由，約有二事：其一，關於故事者。明皇、楊妃之一生，極人世榮華旖旎之享樂，復有一哀怨動人之結局，相形益彰，為我國最酣恣浪漫之情場故事。(〈孔雀東南飛〉但具其陰暗之一面，以此點言，美善猶憾。)其一，關於文術者。白氏以其輕揚流利之筆，寫此纏綿哀怨之情，風華蕃豔之中，無一艱難奧澀之詞，既能文情相生，又恰與一般綺年兒女之心口相應。集此二因，故流照藝林，光景常新。評家高論，即間有致不滿之詞者，(如趙次公註杜詩，引蘇子由語，以詩法繁簡不同，謂此歌不如杜之〈哀江頭〉。)然一二學人老宿之偏見，不能奪千百載文家之深嗜也。

近見《清華學報》十四卷一期載陳寅恪教授〈長恨歌箋證〉，為其《元白詩箋證》之一。陳君著書，精於用思。鉅著如《隋唐制度源流》，小品如〈讀鶯鶯傳〉，皆以多所創見，騰聲學苑。茲篇以其隋唐制度專家之學績，考此婦孺皆知之名歌，尤為生新可喜。如其考「春寒賜浴華清池」句云：

> 溫泉之浴，其旨在治瘳疾病，除寒袪風，非若今世習俗以為消夏逭暑之用者也。中唐以後以至宋代之文人，似已不甚瞭解斯義。

文引北周惠遠《溫室經義疏》、《魏書·源賀傳》、《北齊書·楊愔傳》、《魏書·常爽傳》及《水經注·漯水條》，證明「溫泉療疾之風氣，本盛行於北朝貴族間。」(承燾案：《全唐詩》卷一載玄宗〈詠溫泉詩序〉云：「惟此溫泉，是稱愈疾，豈獨予受其福，思與兆人共之，乘暇巡遊，乃言其志。」〈詩〉有云：「績為蠲邪著，功因養正宣。」又〈幸鳳泉湯詩〉云：「益齡仙井合，愈疾醴源通。」又敦煌千佛洞所出唐太宗〈溫泉銘序〉有曰：「朕以憂勞積慮，風疾屢嬰，每濯惠於斯源，不移時而獲損。」「永濟民之沈疾，長決施於無窮。」〈銘〉有曰：「蠲痾蕩瘵，療俗醫民。」此皆陳君所未引，可為補證。後者陸微昭君告予。）因是連牽考定「七月七日長生殿，夜半無人私語時」二語為不合事實，謂「玄宗臨幸華清池，必在冬季或春初寒冷之時節，而長生殿七夕私誓之為後來增飾之物語，並非當時真確事實之一點，亦易證明矣。」此證之唐史確鑿無疑，尤為發前人所未發者。

惟陳君考證之文，往往亦不免過深過瑣之失，如此文引清·岑建功〈《舊唐書》校勘記·玄宗、楊妃傳〉「既而四軍不散」之語，謂「至德以前，有四軍而無六軍」，指白詩「六軍不發無奈何」之句為失實。夫天子六軍，沿用已久，文人習語，何必過事吹求，此失之過深；又如〈考霓裳舞〉一章，文繁不殺，可裁篇別出，則失之過瑣；然此在全文，猶為枝節，不關大旨。詳繹陳君此文，蓋專欲證成其〈唐代小說與古文運動之關係〉之一創說，為其舊作〈韓愈與唐代小說〉一文作例證，楊妃故事之考據，餘義旁及而已，可勿深論也。

陳君〈韓愈與唐代小說〉一文，舊載《哈佛亞細亞學報》，近由程君會昌譯載《國文月刊》第五十七期。文引張籍〈致韓愈書〉，誚愈「多尚駁雜無實之說」，又引趙彥衛《雲麓漫鈔》，記唐代舉子以所業投獻主司，謂之「溫卷」，如《幽怪錄》、《傳奇》等皆「文備眾體，可見史才、詩筆、議論」，因定愈所好「駁雜無實之說」，即是此等小說；其後來為〈毛穎傳〉，即是其以古文為小說之嘗試。其全文結論，謂「貞元、元和為古文之黃金時代，亦為小說之黃金時代。」「韓愈實與唐代小說之傳播具有密切關係。」茲文考〈長恨歌〉，開首亦曰：

唐代小說亦起於貞元、元和之世，與古文運動同時；其時最佳小說之作者，實亦即古文運動之中堅人物。

後文亦舉《雲麓漫鈔》記唐代舉子溫卷「文備眾體，可以見史才、詩筆、議論」一條，因決定白氏〈長恨歌〉與陳鴻之〈長恨歌傳〉「非通常序文與本詩之關係，而為一不可分離之共同機構。」以白氏之〈歌〉為「見詩筆」，陳鴻之〈傳〉為「見史才、議論」。結論云：

總括論之：〈長恨歌〉為具備眾體體裁之唐代小說中之歌詩部分，與〈長恨歌傳〉之為不可分離獨立之作品，故必須合併讀之、賞之、評之。明皇與楊妃之關係，雖為唐世文人公開共同習作詩文之題目，而增入漢武帝、李夫人故事，乃白、陳之所特創，詩句、傳文之佳勝，職是之故。此論〈長恨歌〉者不可不知也。

此結論約舉二事：一論此〈歌〉不能離〈傳〉獨立，乃關係文體者；二論此〈歌〉後半寫楊妃死後，乃白、陳特創，乃關係故事者。予於前者不無懷疑，後者亦略有補充，茲陳謬見，求教通學。

陳君於論文體一事，尚有詳細之說明：

就文章體裁演進之點言之，則〈長恨歌〉者，雖從一完整機構之小說即〈長恨歌〉及〈傳〉中分出別行，為世人所習誦，久已忘其與〈傳〉文本屬一體，然其本身無真正收結，無作詩緣起，實不能脫離〈傳〉文而獨立也。至若元微之之〈連昌宮詞〉，則雖深受〈長恨歌〉之影響，然已更進一步，脫離具備眾體詩文合併之當日小說體裁而成一新體，俾史才、詩筆、議論諸體皆匯集融貫於一詩之中，使之自成一獨立完整之機構矣。此固微之天才學力之所致，實亦受樂天〈新樂府〉體裁之暗示而有所摹仿。……世之治文學史

> 者，可無疑矣。

《唐詩別裁》嘗評白氏此詩云：「迷離恍忽，不用收結，此正作法之妙。」《唐宋詩醇》亦云：「結處點清長恨，為一詩結穴，戛然而止，全勢已足，不必另作收束。」陳君所謂「其本身無真正收結，無作詩緣起」者，似為此兩評而發，兩評見解本甚平穩，陳君不以為然，謂「白氏此〈歌〉乃與〈傳〉文為一體者，其真正收結與夫作詩之緣起乃見於陳氏〈傳〉文中。」案陳鴻〈傳〉云：

> 樂天因為〈長恨歌〉，意者不但感其事，亦欲懲尤物，窒亂階，垂於將來也。〈歌〉既成，使鴻傳焉。

陳君必欲合〈歌〉、〈傳〉為一，以符《雲麓漫鈔》舉子溫卷「文備史才、詩筆、議論」之說，予以為實有不可強通者，試舉數疑如下：

一、鴻〈傳〉明云：「歌既成，使鴻傳焉。」是陳〈傳〉成於白〈歌〉之後，即陳不作〈傳〉，白〈歌〉亦已成為獨立之體。

二、白〈歌〉作於憲宗元和元年，在其第進士之後，非欲以此為溫卷之用者，似不應繩以溫卷體裁。（此點陳君亦曾提及，而仍不能自守其說。）

三、即使白〈歌〉、陳〈傳〉乃效當時小說體裁而作，然唐人小說亦有不備具「詩筆」、「議論」，而為但有「見史才」之故事而已者，趙彥衛偶爾涉筆，非以為小說法程，為作家所必須依準，似不應執趙氏一家之聊爾之言以繩唐代一切小說。

夫所謂〈歌〉、〈傳〉不能分離獨立者，必讀此〈歌〉者非兼讀〈傳〉不可；今人能誦白〈歌〉者眾矣，有從來未見陳〈傳〉者，何嘗不能了解此〈歌〉之好處；即吾人已見陳〈傳〉

矣，似亦未嘗有所增益於對此〈歌〉之了解；〈歌〉與〈傳〉之可以分離獨立，此即為最自然、最了當之解答。元和間人雖好為小說，然白氏此〈歌〉，只是一篇故事詩而已，陳君必牽率以入小說之林，又強繩以趙彥衛溫卷之體，求之過深，反成失實，是亦不可以已乎！

我國詩歌，夙重含蓄，以不下議論為尚。唐人詠楊妃名篇，白〈歌〉之外，如杜甫〈哀江頭〉、鄭嵎〈津陽門詩〉，抒情敘事之外，皆不著長語。白氏平生為詩好議論，其〈新樂府〉即以此減低其文學價值；〈長恨歌〉「無真正收束，（即議論）無作詩緣起」，而對玄宗不滿之情，若陳〈傳〉所云「懲尤物、窒亂階」者，故已隱藏於故事之背後，不必拋頭露面而出，此正其涵渾高妙處。元稹詩才本不能望白氏，其〈連昌宮詞〉末篇大段議論，正蹈白氏〈新樂府〉之失，坐此遠遜〈長恨歌〉，此自來評家之公論。陳君乃反以此疑〈長恨歌〉為不完整，而稱〈連昌宮詞〉「俾史才、詩筆、議論諸體皆匯集融貫於一詩之中」為「微之天才學力之所致」。雖云新論，得非偏見耶？

且不尚議論，不但詩歌為然，唐人上乘小說亦無不如此。陳鴻〈傳〉著「懲尤物、窒亂階」數語，在小說中已為礙眼，安可以入詩歌？今若如陳君之意，取〈連昌宮詞〉末段「姚崇、宋璟作相公」諸語羼入此詩，不知讀者將作何感想。陳君嘗為〈讀鶯鶯傳〉一文，（載《中央研究院歷史語言研究所集刊》十卷二分。〈鶯鶯傳〉即元稹之〈會真記〉。）謂〈傳〉中「張生忍情之說一節，今人視之最為可厭，亦不能解其真意所在。夫微之善於為文者，何為著此一段迂激議論耶？」云云，既知「迂激議論」入文尚為「可厭」，顧欣賞此以議論入詩之〈連昌宮詞〉，是亦自相矛盾矣！

總之：陳君著述，長處在多創見，其流弊亦復在是。元和古文與小說有關係之說，誠治文史者未有之妙諦，而必以元、白風人之詩，附合趙彥衛溫卷之體，求之象外，反失環中：此陳君論白〈歌〉文體之一事，予所期期以為不可者也。

次論〈長恨歌〉故事，陳文有云：

> 在白〈歌〉、陳〈傳〉之前，故事大抵尚局於人世，而不及於靈界。其暢述人天生死形魂離合之關係，似以〈長恨歌〉及〈傳〉為創始。此故事既不限於現實之人世，遂更延長而優美，然則，增加太真死後天上一段故事之作者，即是白、陳諸人，洵為富於天才之文士矣。雖然，此節物語之增加，亦極自然容易，即從漢武、李夫人故事附益之耳。陳〈傳〉所云「如漢武、李夫人」者，是其證也。故人世上半段開宗明義之「漢皇重色」一句，已暗啟天上下半段之全部情事，文思貫澈鉤結如是精妙，特標出以供讀者之參考。

陳文此段，予最所歎賞。吾人曩讀白〈歌〉，於開首「漢皇重色」云云，雖知為諱唐言漢，然終嫌「漢」字無著落，得陳君疏通證明，乃圓滿無礙。細讀陳鴻〈傳〉前文既云高力士潛搜外宮，得楊妃「舉止閒冶如漢武李夫人。」後文又云：「適有道士自蜀來，知上心念楊妃如是，自言有李少君之術云云。」其疊言李夫人、李少君，蓋有意點明白氏〈歌〉中所不欲顯言者也。（以情理論，力士安得知楊妃舉止似漢武李夫人，其必著此不合理之一語，純為解說白〈歌〉作法設耳。）

後人之豔稱楊妃故事者，皆最欣賞白氏所虛構延長之後半篇，元人、清人為楊妃劇曲，推演白氏此意，尤淋漓盡致。（如洪昇《長生殿傳奇》於白〈詩〉、陳〈傳〉外又添上「冥追」、「情悔」、「哭像」、「仙憶」、「覓魂」、「補恨」、「重圓」等十餘折，冥界故事愈演愈繁矣。）南宋·吳文英有〈宴清都〉詠「連理海棠」一詞，其下半首云：

> 人間萬感幽單，華清慣浴，春盎風露。連鬟並煥，同心共結，向承恩處。憑誰為歌「長恨」，暗殿鎖秋燈夜語。敘舊期不負春盟，紅朝翠暮。

辭也。

人即謂後世之豔稱楊妃故事，實只是欣賞白氏虛構之故事，而非欣賞此真實故事之本身，亦非過

構之身後靈界一大段，即無餘韻遠神，只是歷史故事而非詩，白氏始提高此故事而詩化之。故吾

「一篇〈長恨〉有風情」，以「風情」二字自贊此詩，最為確當。蓋楊妃故事，若無白〈歌〉虛

詠花小題，而亦全用白氏創構之故事，可見其沾溉詞林之廣。白氏〈贈元九、李十二詩〉云：

惟陳君於此，但限於說此故事之延展，未嘗詳申其在文藝上之價值。予謂以文事論，此後半虛事之延長，實是此歌所以不朽之由來，是不可不稍稍詳述之：

宋人詩云：「野水多於地，春山半是雲。」此語可移贊白〈歌〉之布局，「半是雲」者謂半非真山也。可喻白〈歌〉文事之妙全在其下半段之全非實事。蓋此歌自開首至「東望都門信馬歸」，敘楊妃自入宮而得寵，而慘死，皆是實敘；間有警語，尚非全詩精彩處。自「歸來池館皆依舊」至「孤燈挑盡未成眠」，描寫明皇還京後之孤單生活，雖純出作者想像，而尚在情理之中，此可謂虛實參半，其目的在為後文「臨邛道士鴻都客」以下完全虛構之一大段作過渡。前純實，後全虛，而以此半虛實者聯繫其中，此雖見其布局搭配之巧，猶能手所易到者。

其最妙者，在下半篇純虛之中，復有虛實之別；如鈿盒金釵之事，出於道士偽造，此讀者所能意會者，而白氏不肯道破，但於前文著「花鈿委地無人收，翠翹金雀玉搔頭」二語，使明眼者自能覷破此釵盒之由來，此其意匠，已費經營。（此點前人已說）後文又於釵盒之外，添出七夕私誓一事；夫私誓非道士所得知，似乎實有其事。此為虛中之實，前文釵盒則成虛中之虛。（兩事大抵皆流俗相傳，或純出白氏虛構，故敘秋幸華清之事，致乖史實。此猶前人說「峨嵋山下少行人」句不合玄宗入蜀行程，文人虛詞，不必深詰也。）蓋純實固不活，而全虛亦是死法，如此虛實相生，煙波氎疊，乃令

人迷離惝怳，神情不匱。昔魏禧論文，嘗設喻云：「譬如作屋，左砂高聳，右砂低卸，以須培高右砂方稱；拙者壘土填石，人一見知其補右砂之闕；巧者只栽竹樹，令高與土齊，人一見只歎賞林木幽茂之妙，而不知其意實補右砂之低卸也。」此論虛實，誠具妙理，然持說白〈歌〉，猶僅得半；即予前文所引宋人「野水春山」之詩，亦未為確喻。白氏他詩，理勝於詞，多近質實，惟此〈歌〉靈心妙緒，直可謂自來紀事詩中所罕覯；吳梅村仿此為〈圓圓曲〉，雖藻飾紛披，幾乎驂靳，實止能做到白〈歌〉之前半篇而已；至若〈連昌宮詞〉以直率迂滯之史論作結，高下之別，更不待細論矣。

最後，此詩在文學史之價值地位，亦有可得而言者：

漢、魏、六朝以來之古詩，可分二派：其一沈鬱頓挫，至杜甫集大成，〈北征〉為其代表作。其一婉轉輕揚，流為初唐四傑，如盧照鄰〈長安古意〉、駱賓王〈帝京篇〉、劉希夷〈代悲白頭翁〉等皆是，白氏可謂集此派之大成，〈長恨歌〉殆可為代表作。後人且有以此派為得風人之正，杜甫沈鬱頓挫之作反為變調者：此明代何景明〈明月篇〉之說，雖近偏詞，亦見深解也。

語云：「好詩如彈丸」，王士禛謂「白詩好處，在轉折處省力。」清・翁方綱亦稱其七古「鉤心鬭角，接榫合縫處，殆於無法不備。」皆謂其能圓。白〈歌〉全篇無一艱難幽澀語，真所謂「到口即消」：此為句圓。以布局論，自開首至「不重生男重生女」，極寫楊妃恩愛榮華，此後轉至死別，若徑接「漁陽鼙鼓動地來」，未免突兀，故於其間插入「驪歌高處入青雲，仙樂風飄處處聞」四句為過渡，以音樂歌舞拍到「漁陽鼙鼓」，接榫合縫乃無痕跡：此為章圓。此與杜甫〈哀江頭〉之寫哀樂過變，可謂異曲同工已。（〈哀江頭〉寫楊妃由樂至哀，「昭陽殿裏第一人，同輦隨君侍君側」與「明眸皓齒今何在，血汙遊魂歸不得」之間，插入「輦前才人帶弓箭，白馬嚼齧黃金勒，翻身向天仰射雲，一笑正墜雙飛翼」四句，象徵兩人命運，亦過渡好例。）

虛實相生，乃造靈活；章句俱圓，方臻流轉。如雲幻峯，如水納輨，兼斯二美，此歌乃極輕揚旖旎之致，為膾炙百代之名作。陳君謂「欲解此詩，第一須知當時文體之關係。」鄙見則以為知此詩為集六朝、初唐一派之大成，乃知其在文學史之真價，觀點不同，義無軒輊。以陳君側重考覈，未遑細論文事，爰略為補闕，以便初學。逞肊而談，定多謬誤，非云品藻淵流，庶亦無乖商榷耳。

寫於西湖羅苑

後記

客夏，在永嘉專科以上學校聯合會講「〈長恨歌〉與〈琵琶行〉」，茲增刪說〈長恨歌〉者寫為此文。脫稿後，陳君雁迅過談，謂「陳鴻作〈傳〉，出於樂天之囑；樂天〈歌〉成，而必囑鴻為補〈傳〉，似乎〈歌〉與〈傳〉實有不可相離之故，此與清人陸次雲作〈圓圓傳〉不同。」予謂樂天中年，好以政治意見為詩，其〈新樂府〉及〈與元九書〉可見。此〈歌〉作於樂天三十五歲，顧獨不著政見一語，此在樂天或有所未愜意者，其囑鴻作〈傳〉，著「懲尤物、窒亂階」諸語，似即欲以彌此欠缺。如謂〈歌〉、〈傳〉必不可離，亦只能引申至此為止。竊以為陳氏此文，如但留其考證部分，則與其〈韓愈與唐代小說〉，離之雙美，各成茂製；惜其過求幼眇，欲證甚深，反成未諦矣。書以雁迅，何以起予。

跋

夏師此文，辨證陳寅恪教授論〈長恨歌〉與陳〈傳〉不可分離之說，并闡發〈長恨歌〉在文藝上及文學史上之價值，其推論歌中虛實相生之妙，尤為精微。惟〈歌〉、〈傳〉分離之說，鄙見仍有疑而未判者：蓋樂天為〈秦中吟〉、〈新樂府〉諸詩，往往直陳其事，獨此歌恍惚迷離，不著議論，在白詩中實為別具風格；苟繩以樂天生平「為事而作，為時而著」之詩文義例，則〈長恨歌〉容有為樂天作意所未盡者；故〈歌〉成後，復使陳鴻〈傳〉之。今案〈歌〉、〈傳〉記事，互有詳略，〈歌〉多隱諱，〈傳〉則直書；如〈歌〉稱「漢皇」，〈傳〉著「玄宗」；〈歌〉云「養在深閨」，〈傳〉則明言「得於壽邸」；此〈歌〉、〈傳〉隱顯詳略之殊，或即詩文體製之別也。師謂「今人能誦白〈歌〉者眾矣，有從來未見陳〈傳〉者，何嘗不能了解此〈歌〉之妙處；即吾人已見陳〈傳〉矣，似亦未嘗有所增益於對此〈歌〉之了解。」然〈傳〉中漢武李夫人云云，師固謂白詩不欲自言者，陳〈傳〉代為點明矣。是亦〈歌〉、〈傳〉不分離有助讀者了解之一事也。昔陶淵明為〈桃花源記〉及〈詩〉，後人讀其〈記〉者，往往涉想仙界；若一誦其詩，則「嬴氏亂天紀，賢者避其世；願言躡輕風，高舉尋吾契」云云，淵明固已自道其心事矣。〈長恨歌〉與陳〈傳〉之不可分離，亦視此矣。夏師後記文中，謬承齒及，爰陳鄙陋，以俟裁成。

陳光漢謹記

（錄自《國文月刊》第七十八期，民國三十八年四月）

六、〈長恨歌〉及〈歌傳〉相關作品

（一）〈歌傳〉通行本及《麗情集》本

1. 陳寅恪以為《麗情本》為原作，通行本為白居易改作。
2. 詹鍈以為《麗情本》為原本，通行本為古文家改作。

3.王夢鷗以為通行本為原作，《麗情本》為宋駢文家增飾。

(二)唐人詠華清宮及馬嵬坡舉隅

1.杜牧〈過華清宮絕句〉

長安回望繡成堆，山頂千門次第開，一騎紅塵妃子笑，無人知是荔枝來。

新豐綠樹起黃埃，數騎漁陽探使回，霓裳一曲千峰上，舞破中原始下來。

萬國笙歌罷太平，倚天樓殿月分明，雲中亂拍祿山舞，風過重巒下笑聲。

2.吳融〈華清宮〉四首之二

漁陽烽火照函關，玉輦匆匆下此山，一曲羽衣聽不盡，至今遺恨水潺湲。

3.劉禹錫〈馬嵬行〉

綠野扶風道，黃塵馬嵬驛，路邊楊貴人，墳高三四尺。乃問里中兒，皆言幸蜀時，軍家誅佞倖(一本云：戚族)，天子捨妖姬。羣吏伏門屏，貴人牽帝衣，低迴轉美目，風日為天暉。貴人飲金屑，倏忽舜英暮，平生服杏丹，顏色真如故。……不見巖畔人，空見凌波襪。郵童愛蹤跡，私手解鞶結，傳看千萬眼，縷絕香不歇。指環照骨明，首飾敵連城，將入咸陽市，猶得賈胡驚。(《劉集》卷二十六)

4.李商隱〈馬嵬〉二首之二

海外徒聞更九州，他生未卜此生休。空聞虎旅傳宵柝，無復雞人報曉籌。此日六軍同駐馬，當時七夕笑牽牛。如何四紀為天子，不及盧家有莫愁。

5.鄭畋(台文)〈馬嵬坡〉

玄宗回馬楊妃死，雲雨雖亡日月新。終是聖明天子事，景陽宮井又何人。

案：尚有杜牧〈華清宮三十韻〉、〈華清宮〉、〈經古行宮〉、吳融〈華清宮〉二首、〈華清宮〉四首、以及崔國輔、儲光羲、張繼、皇甫冉、盧綸、王建、李約、劉禹錫、張籍、李賀、薛存誠、姚合、李甘、張祜、李商隱、趙嘏、薛能、崔櫓、溫庭筠、林寬、司空圖、羅隱、徐夤、杜常、柴宿、無名氏、許渾等人詠「華清宮」諸作。又有王灣、李益、張祜、李遠、賈島、溫庭筠、高駢、于濆、羅隱、狄歸昌、黃滔、徐夤、崔道融、蘇拯、唐求、貞元文士等人詠「馬嵬坡」諸作。詳見《全唐詩》。

(三)白居易〈李夫人〉(鑒嬖惑也)

漢武帝初喪李夫人，夫人病時不肯別，死後留得生前恩。君恩不盡念未已，甘泉殿裡令寫真，丹青畫出竟何益，不言不笑愁殺人。又令方士合靈藥，玉釜煎鍊金爐焚。九華帳深夜悄悄，反魂香降夫人魂。夫人之魂在何許，香煙引到焚香處，既來何苦不須臾，縹緲悠揚還滅去……背燈隔帳不得語，安用暫來還見違。傷心不獨漢武帝，自古及今皆若斯！君不見穆王三日哭，重璧臺前傷盛姬，又不見泰陵一掬淚，馬嵬坡下念楊妃。縱令妍姿豔質化為土，此恨長在無銷期，生亦惑，死亦惑，尤物惑人忘不得。人非木石皆有情，不如不遇傾城色。(《白集》卷四)

案：陳寅恪以為〈長恨歌〉據漢武帝李夫人故事轉化而來，而新樂府〈李夫人〉據〈歌〉、〈傳〉縮寫而成。

拾、朱金城《白居易年譜》商榷

一、燕子樓

（一）〈燕子樓三首〉（卷十五），《朱譜》繫德宗貞元二十年（八〇四），三十三歲作，箋證云：

〈燕子樓三首〉詩序云：「徐州故張尚書有愛妓曰眄眄，善歌舞，雅多風態。予為校書郎時，遊徐、泗間，張尚書宴予。酒酣，出眄眄以佐歡，歡甚。予因贈詩云：『醉嬌勝不得，風嫋牡丹花。』盡歡而去。邇後絕不相聞，迨茲僅一紀矣。昨日司勳員外郎張仲素繢之訪予，因吟新詩，有〈燕子樓三首〉，詞甚婉麗。詰其由，為眄眄作也。繢之從事武寧軍累年，頗知眄眄始末。云尚書既歿，歸葬東洛，而彭城有張氏舊第，第中有小樓名燕子。眄眄念舊愛而不嫁，居是樓十餘年，幽獨塊然，於今尚在。予愛繢之新詠，感彭城舊遊，因同其題作三絕句。」詩云：「滿窗明月滿簾霜，被冷燈殘拂臥牀。燕子樓中霜月夜，秋來只為一人長。」「鈿暈羅衫色似煙，幾迴欲著即潸然。自從不舞〈霓裳曲〉，疊在空箱十一年。」「今春有客洛陽迴，曾到尚書墓上來。見說白楊堪作柱，爭教紅粉不成灰？」按：《明統志·徐州府》：「燕子樓在州城西北隅。唐貞元中，尚書張建封鎮徐州，有妾曰盼盼，為築此樓以居之。建封既卒，盼盼樓居十餘年不嫁。」《清統志·徐州府二》：「燕子樓在銅山縣西北隅。」歷來記載謂盼盼為建封家妓之誤沿襲已久。宋皇都風月主人《綠窗新話》引〈麗媚記〉，宋曾慥《類說》引《麗情集》均誤盼盼為張建封僕射家妓。《全唐詩話》卷六載此詩及序，題曰張建封妓。《施注蘇詩》卷十二〈和趙郎中見戲〉詩注引白氏〈燕子樓詩序〉亦誤作張建封。郎瑛《七修類稿》卷三六亦謂「今始知樓在徐州西北水滸，至今猶有迹焉。盼盼念建封而不下樓者十年」，此與《明統志》及《清統志》均係歷來相傳之誤。《全唐詩》卷八〇二關盼盼小傳云：「徐州妓也，張建封納之。」其誤亦同。考此誤，宋・陳振孫《白文公年譜》早已辨正云：「燕子樓事，世傳為張建封。按建封死在貞元十六年，且其官為司空，非尚書也。尚書乃其子愔，《麗情集》誤以為建封耳。此雖細事，亦可以正千載傳聞之謬。」陳氏之說良是。故乾隆《江南通志》卷三三〈古蹟・徐州府〉亦據以正《明統志》及《清統志》之謬云：「燕子樓，《明一統志》云在城西北隅。《南畿志》云在州廨中，唐貞元中徐州節度使張愔妾關盼盼所居。」清・張宗泰《質疑刪存》亦云：「汪立名《白公年譜》辨《麗情集》以為張建封有誤，良是。然謂建封未為尚書，亦非。《唐書・張建封傳》，建封於貞元七年進位檢校禮部尚書，十二年加檢校右僕射，不過加僕射後不可仍稱尚書耳。不若據貞元二十年斷之，建封卒於貞元十六年，則二十年非愔而何？」張氏所云之「汪立名《白公年譜》」，實即陳振孫《白文公年譜》，而非汪氏新譜，似亦微誤。又按：張仲素〈燕子樓詩三首〉原作云：「樓上殘燈伴曉霜，獨眠人起合歡牀。相思一夜情多少？地角天涯不是長。」「北邙松柏鎖愁煙，燕子樓人思悄然。自埋劍履歌塵散，紅袖香銷已十年。」「適看鴻雁岳陽回。又覩玄禽逼社來。瑤瑟玉簫無意緒，任從蛛網任從灰。」汪立名《白香山詩集》卷十五承郎瑛《七修類稿》之誤，引此詩謂係關盼盼作，《全唐詩》卷八〇二誤同。白氏和詩原序云：「昨日司勳員外郎張仲素績之訪予，因吟新詩，有〈燕子樓三首〉，詞甚婉麗，詰其由，為盼盼作也。」據此則可斷言必非盼盼之作。又考《七修類稿》所引盼盼和詩云：「自守空樓斂恨眉，形同春後牡丹枝。舍人不會人深意，訝道泉臺不去隨。」又云：「兒童不識沖天物，謾把青泥污雪毫。」（《全唐詩》卷八〇二亦誤載為盼盼作）此兩詩當係出於明人偽作。故《質疑刪存》復辨正云：「世所傳盼盼所答之詩，其第三句云：『舍人不會人深意』，按：白公之為中書舍人在長慶元年。今按〈燕子樓詩序〉云：『予為校書郎時，遊徐、泗間，張尚書宴予。酒酣，出盼盼以佐歡，因贈詩云云。邇後絕不相聞，迨茲僅一紀矣。』又考白公〈泛渭賦序〉，白公於高郢『掌貢舉，以鄉貢進士舉及第；鄭珣瑜領選部，以書判拔萃登科。十九年，天子命二公對掌鈞軸。明年予為校書郎。』證之兩《唐書》，高、鄭並以貞元十九年同中書門下平章事，與賦序同。白公之為校書郎在二公作相之明年，則貞元二十年矣。是年歲在甲申，迨長慶元年則歲在辛丑，相距前後十八年。按：張愔於元和二年被疾請代，徵為兵部尚書，未出界而卒。〈燕子樓〉詩云：『自從不舞〈霓裳曲〉，疊在空箱十一年。』則所謂『十一年』，當從愔卒之元和二年起算，白公因佐歡贈盼盼詩在貞元二十年，亦與詩序所云『迨茲僅一紀』相合，大約在元和十二三年間。元和終十六年，次年方為長慶元年，是白之為中書舍人尚有五年，盼盼不得即豫稱為舍人，此作偽顯然之迹一也。然此詩語猶和平，至若更有句云：『兒童不識沖天物』，則是有憾於白公而死，不得為從容就義矣。其所以表揚盼盼者淺矣。又況白生大曆七年壬子，至長慶元年辛丑年五十矣，焉有杖家之年之人尚謂之兒童耶？且以貞元二十年計之，壬子生者當年三十三，其年盼盼方以舞妓佐歡，度其年不得太長，不過十三四耳。是盼盼少於樂天將二十歲，以少二十年之人而指長二十年之人為兒童，此又自貢其偽之迹者二也。大抵此等不足徵信之詩多出前明。」張氏所考頗精審，故詳錄之。惟元和終十五年，非十六年。張愔被疾請代在元和元年十一月，見《新唐書》卷一五八本傳及《舊唐書·憲宗紀》，非元和二年。居易授校書郎在貞元十九年，非二十年，其〈養竹記〉一文可證。張氏亦微誤。又按：「眄眄」，宋紹興本、那波道圓本、《容齋隨筆》俱同馬元調本。汪立名本、《全唐詩》俱作「盼盼」，此二字宋本多混用。「張仲素續之」，新、舊《唐書》俱無傳。《郎官考》卷八「司動員外郎」有張仲素名。《舊唐書》卷一六四〈楊於陵傳〉：「(元和)七年，吏部尚書鄭餘慶以疾請告，乃復置考判官，以兵部員外郎韋顗、屯田員外郎張仲素、太學(常)博士陸亘等為之。」〈重修承旨學士壁記〉：「張仲素，元和十一年八月十五日，自禮部郎中充翰林學士。」據此，可知仲素為司勳員外郎必在屯田員外郎之後、禮部郎中之前。《唐才子傳》卷五謂仲素貞元二十年遷司勳員外郎，除翰林學士，大誤。「繢之」，馬元調本、汪立名本俱訛作「績之」，考《論語·八佾》：「繪事後素。」「繪」同「繢」，當以「繢之」為正。

案：《朱譜》辨張尚書非張建封，張仲素〈燕子樓詩三首〉非關盼盼作，張仲素字「繢之」非「績之」，又辨《才子傳》載張仲素仕歷之誤，凡此諸端均精確不移，惟作年應在元和十年(八一五)白居易時年四十四。

(二)《白樂天年譜》元和十年繫〈燕子樓三首〉，考證云：

序云：「徐州故張尚書有愛妓曰盼盼，善歌舞，雅多風態。予為校書郎時，遊徐、泗間，張尚書宴予，酒酣，出盼盼以佐歡。歡甚，予因贈詩云：……邇後絕不相聞，迨茲僅一紀矣。昨日司動員外郎張仲素繢(一作績)之訪予，因吟新詩，有〈燕子樓三首〉，詞甚婉麗，詰其由，為盼盼作也。繢之從事武寧軍（即徐州，永貞元年三月改徐州為武寧，見《通鑑》卷二三五）累年，頗知盼盼始末，云：『尚書既沒，歸葬東洛，而彭城有張氏舊第，第中有小樓，名燕子。盼盼念舊愛而不嫁，居是樓十餘年，幽獨塊然，於今尚在。』予愛繢之新詠，感彭城舊遊，因同其題作三絕句。」陳振孫《白譜》貞元二十年下：「燕子樓事，世傳為張建封，按建封死在貞元十六年。且其官為司空，非尚書也。尚書乃其子愔，《麗情集》誤以為建封爾。……」

案：《唐詩紀事》卷七十八、《全唐詩話》卷六亦都誤為張建封。張愔，《舊唐書》卷一四○、《新唐書》卷一五八有傳。據《舊唐書．本紀》卷十三、十四，張愔以貞元十六年五月為徐州團練使，九月為節度留後，不久授節度使。元和元年十一月入朝拜工部尚書，十二月死。貞元二十年，樂天為校書郎時遊徐、泗，張愔適在徐州節度使任上。《陳譜》以張尚書為張愔絕無可疑。張仲素兩《唐書》無傳。丁居晦《翰林學士壁記》云：「元和十一年八月十五日張仲素自禮部郎中充翰林學士，十三年正月十二日加司封郎中知制誥，十四年三月二十八日遷中書舍人，卒官贈禮部侍郎。」

又案：樂天以貞元二十年遊徐、泗，序稱：「迨茲一紀（十二年）」，知為元和十年作品，詩第三首云：「今春有客洛陽回」，又知時節在春日。

(三)宋．蘇東坡〈永遇樂〉題下原注：「彭城夜宿燕子樓，夢盼盼，因作此詞。」其中云：「燕子樓空，佳人何在，空鎖樓中燕。古今如夢，何曾夢覺，但有舊歡新怨。異時對，黃樓夜景，為余浩歎。」宋．嚴有翼《藝苑雌黃》云：「東坡問少游別作何詞，秦舉『小樓連苑橫空，下窺繡轂雕鞍驟。』坡云：『十三個字，只說得一個人騎馬樓前過。』秦問先生近著，坡云：『亦有一詞說樓上事。』乃舉『燕子樓空，佳人何在，空鎖樓中燕。』晁無咎在座曰：『三句說盡張建封燕子樓一段事，奇哉！』」

案：宋・嚴有翼，南渡前後人，今本《藝苑雌黃》，非原書，又清・王文誥《蘇詩總案》卷十七：題下注應作「戊午（一〇七八）十月，夢登燕子樓，翌日往尋其地作。」

二、〈同李十一醉憶元九〉寫作日期

(一)〈同李十一醉憶元九〉（卷十四）《朱譜》繫元和四年（八〇九）三十八歲作，箋證云：

〈同李十一醉憶元九〉詩：「花時同醉破春愁，醉折花枝作酒籌。忽憶故人天際去，計程今日到梁州。」按：孟棨《本事詩》：「元相公稹為御史，鞫獄梓潼。時白尚書在京，與名輩遊慈恩寺，小酌花下，為詩寄元曰：『花時同醉破春愁，醉折花枝當酒籌。忽憶故人天際去，計程今日到梁州。』（〈徵異〉第五）時元果及褒城，亦寄〈夢遊詩〉曰：『夢君兄弟曲江頭，也向慈恩院裏遊。驛吏喚人排馬去，忽驚身在古梁州。』千里神交，合若符契。」白行簡〈三夢記〉：「元和四年，河南元微之為監察御史，奉使劍外，去踰旬。予與仲兄樂天、隴西李杓直同遊曲江，詣慈恩佛舍，徧歷僧院，淹留移時。日已晚，同詣杓直修行里第，命酒對酬，甚懽暢。兄停杯久之曰：『微之當達梁矣。』命題一篇於屋壁，其詞曰：『春來無計破春愁，醉折花枝作酒籌。忽憶故人天際去，計程今日到梁州。』實二月二十一日也。十許日，會梁州使適至，獲微之書一函，後寄〈紀夢詩〉一篇，其詞曰：『夢君兄弟曲江頭，也向慈恩院裏游。驛吏喚人排馬去，忽驚身在古梁州。』日月與遊寺題詩日月率同，蓋所謂此有所為而彼夢之者矣。」其說殊荒誕不經，蓋文人故弄狡獪而已。「李十一」為李建。字杓直，舉進士，授秘書省校書郎。德宗聞其名，擢為左拾遺、翰林學士。長慶元年卒，贈工部尚書。見《舊唐書》卷一五五、《新唐書》卷一六二本傳及白氏〈有唐善人墓碑銘〉（卷四一）、元稹〈唐故中大夫尚書刑部侍郎上柱國隴西縣開國男贈工部尚書李公墓誌銘〉。白氏又有〈別李十一後重寄〉（卷十）、〈還李十一馬〉（卷十四）、〈聞李十一出牧澧州崔二十二出牧果州因寄絕句〉（卷十六）、〈曲江憶李十一〉（卷十九）等詩，俱係酬李建之作。又按：此詩中之「梁州」，宋紹興本、那波道圓本、馬元調本、汪立名本、《全唐詩》俱訛作「涼州」，據《才調集》、《本事詩》改正。

(二)詩當作於元和四年三月中旬，《白樂天年譜》考證云：

唐．孟棨《本事詩》：「元相公稹為御史，鞫獄梓潼。時白尚書在京，與名輩遊慈恩，小酌花下，為詩寄元曰：『花時同醉破春愁，醉折花枝當酒籌。忽憶故人天際去，計程今日到梁州。』時元果及褒城，亦寄〈夢遊詩〉曰：『夢君兄弟曲江頭，也向慈恩院裏遊。驛吏喚人排馬去，忽驚身在古梁州。』千里神交，合若符契。」又《唐詩紀事》卷三七云：「積元和四年為御史，鞫獄梓潼，樂天昆仲送至城西而別。後旬日，昆仲與李侍郎建閑遊曲江及慈恩寺，飲酣作詩曰：……」

案：李十一指李建，已見前考。《本事詩》及《唐詩紀事》所引樂天詩即此詩。微之詩見《元集》卷十七，題作〈梁州夢〉，「兄弟」作「同遶」，「院裏遊」作「院院遊」，「驛吏喚人排馬去」作「亭吏呼人排去馬」，題下注：「是夜宿漢川驛，夢與杓直、樂天同遊曲江兼入慈恩寺諸院，倏然而寤，則遞乘及階，郵吏已傳呼報曉矣。」又微之出使東川，是取道梁州（即興元，今陝西南部）、褒城，入嘉陵江，而後到梓潼。梁州距離長安七百六十里；

褒城在梁州西三十里（《元和志》卷二十二，作三百三十里，嚴耕望《唐代交通圖考》，以為當作三十里或三十三里）。褒城距長安八百里。微之以元和四年三月七日自長安動身（《元集》卷十七〈使東川序〉），約十五日到達褒城（《元集》卷十四〈褒城驛〉詩），為時九日，據此推算，微之到達梁州應當在三月十四、五日。樂天詩云「計程今日到梁州」，其作詩時間亦當不出其時。

白行簡〈三夢記〉云：「元和四年，河南元微之為監察御史，奉使劍外，去踰旬。予與仲兄樂天、隴西李杓直同遊曲江，詣慈恩佛舍，徧歷僧院，淹留移時。日已晚，同詣杓直修行里第，命酒對酬，甚懽暢。兄停杯久之曰：『微之當達梁矣。』命題一篇於屋壁，其詞曰：『春來無計破春愁，醉折花枝作酒籌。忽憶故人天際去，計程今日到梁州。』實二月二十一日也。十許日，會梁州使適至，獲微之書一函，後寄〈紀夢詩〉一篇，其詞曰：『夢君兄弟曲江頭，也向慈恩院裏遊。屬吏喚人排馬去，覺來身在古梁州。』日月與遊寺題詩日月率同，蓋所謂此有所為而彼夢之者矣。」（《全唐文》卷六九二）

案：《元集》卷十〈黃明府詩序〉：「元和四年三月，予奉使東川，十六日至褒城東數里。」又卷十四〈褒城驛〉云：「四年三月半，新筍晚花時，悵望東川去，等閒題此詩。」卷十七〈使東川序〉：「元和四年三月七日，予以監察御史使川。」本集卷五〈臺中鞫獄憶開元觀舊事〉云：「二月除御史，三月使巴蠻。」白行簡〈三夢記〉稱「二月二十一日」，當有誤。

三、〈琵琶行〉相關討論

（一）〈夜聞歌者〉（卷十）《朱譜》繫元和十年（八一五）四十四歲作，箋證云：

〈夜聞歌者〉詩：「夜泊鸚鵡洲，秋江月澄澈。鄰船有歌者，發調堪愁絕。歌罷繼以泣，泣聲通復咽。尋聲見其人，有婦顏如雪。獨倚帆檣立，娉婷十七八。夜淚如真珠，雙雙墮明月。借問誰家婦？歌泣何淒切？一問一霑襟，低眉終不說。」按：《容齋三筆》卷六云：「白樂天〈琵琶行〉，蓋在潯陽江上，為商人婦所作。而商乃買茶於浮梁，婦對客奏曲，樂天移船，夜登其舟與飲，了無所忌。豈非以其長安故倡女，不以為嫌邪？集中又有一篇題云〈夜聞歌者〉，時自京城謫潯陽，宿於鄂州，又在〈琵琶〉之前。其詞曰……。陳鴻〈長恨傳〉序云：『樂天深於詩，多於情者也。』故所遇必寄之吟詠，非有意於漁色。然鄂州所見，亦一女子獨處，夫不在焉，瓜田李下之疑，唐人不譏也。今詩人罕談此章，聊復表出。」何義門云：「亦自謂耳，容齋之語真癡絕。」何氏之言，亦非無見。

(二)陳寅恪〈琵琶引〉云：

《容齋三筆》卷六，〈白公夜聞歌者〉條云：……

又《容齋五筆》卷七〈琵琶行海棠詩〉條云：

白樂天〈琵琶行〉一篇，讀者但羨其風致，敬其詞章，至形於樂府，詠歌之不足，遂以謂真為長安故倡所作，予竊疑之。唐世法綱雖於此為寬，然樂天嘗居禁密，且謫官未久，必不肯乘夜入獨處婦人船中，相從飲酒，至於極絲彈之樂，中夕方去，豈不虞商人者它日議其後乎？樂天之意，直欲攄寫天涯淪落之恨爾。東坡謫黃州，賦〈定惠院海棠〉詩，有「陋邦何處得此花，無乃好事移西蜀。天涯流落俱可念，為飲一尊歌此曲」之句，其意亦爾也。或謂殊無一話一言與之相似，是不然。此真能用樂天之意者，何必效常人章摹句寫而後已哉。

寅恪案：容齋之論，有兩點可商，一為文字敘述問題，一為唐代風俗問題。洪氏謂「樂天夜登其舟與飲，了無顧忌。」及「乘夜入獨處婦人船中，相從飲酒，至於極絲彈之樂，中夕方去。」然詩云：

移船相近邀相見，添酒回燈重開宴。千呼萬喚始出來，猶抱琵琶半遮面。

則「移船相近邀相見」之「船」，乃「主人下馬客在船」之「船」，非「去來江口守空船」之「船」，蓋江州司馬移其客之船以就浮梁茶商外婦之船，而邀此長安故倡從其所乘之船出來，進入江州司馬所送客之船中，故能添酒重宴。否則江口茶商外婦之空船中，恐無如此預設之盛筵也。且樂天詩中亦未言及其何時從商婦船中出去，洪氏何故臆加「中夕方去」之語？蓋其意以為樂天賢者，既夜入商婦船中，若不中夕出去，豈非此夕逕留止于其中耶？讀此詩而作此解，未免可驚可笑。此文字敘述商題也。夫此詩所敘情事，既不如洪氏之詮解，則洪氏抵觸法禁之疑問可以消釋，即本無其事之假設，亦為贅賸矣。然容齋所論禮法問題，實涉及吾國社會風俗古今不同之大限，故不能不置一言。攷吾國社會風習，如關于男女禮法等問題，唐宋兩代實有不同，此可取今日日本為例，蓋日本往日雖曾效則中國無所不至，如其近世之于德國及最近之于美國者然，但其所受影響最深者，多為華夏唐代之文化，故其社會風俗，與中國今日社會風氣經受宋以後文化之影響者，自有差別。斯事顯淺易見，不待詳論也。惟其關于樂天此詩者有二事可以注意：一即此茶商之娶此長安故倡，特不過一尋常之外婦，其關係本在可離可合之間，以今日通行語言之，直「同居」而已。元微之于〈鶯鶯傳〉極誇其自身始亂終棄之事，而不以為慚疚，其友朋亦視其為當然而不非議。此即唐代當時士大夫風習，極輕賤社會階級低下之女子，視其去留離合，所關至小之證。是知樂天之於此故倡，茶商之于此外婦，皆當日社會輿論所視為無足重輕，不必顧忌者也。此點已于拙著

〈讀鶯鶯傳〉文中論及之矣；二即唐代自高宗武則天以後，由文詞科舉進身之新興階級，大抵放蕩而不拘守禮法，與山東舊日士族甚異，寅恪于拙著《唐代政治史述論稿》中篇論黨派分野時已言之。樂天亦此新興階級之一人，其所為如此，固不足怪也。

四、楊巨源相關事蹟討論

（一）〈贈楊秘書巨源〉（卷十五）《朱譜》繫元和十年（八一五）四十四歲作，箋證云：

〈贈楊秘書巨源〉詩：「早聞一箭取遼城，相識雖新有故情。清句三朝誰是敵？白鬚四海半為兄。貧家薙草時時入，瘦馬尋花處處行。不用更教詩過好，折君官職是聲名。」按：楊巨源，兩《唐書》俱無傳。《新唐書·藝文志》：「楊巨源詩一卷。字景山，大和河中少尹。」《唐才子傳》卷五：「巨源，字景山，蒲中人。貞元五年，劉太真下第二人及第。初為張弘靖從事，拜虞部員外郎，後遷太常博士，國子祭酒。大和中為河中少尹，入拜禮部郎中。」白氏〈贈楊秘書巨源〉詩作於元和十年，元稹亦有〈和樂天贈楊秘書〉詩，可知巨源元和十年已為秘書郎，是時年事已長，至少當為五十左右，故張籍〈題楊秘書新居〉詩云：「愛閑不向爭名地，宅在街西最靜坊。卷裏詩過一千首，白頭新受秘書郎。」其遷太常博士在元和十年後。巨源有〈同太常尉遲博士闕下待漏〉詩，即為太常博士時所作。尉遲博士即尉遲汾。考《舊唐書》卷一七一〈張仲方傳〉：「時太常定（李）吉甫謚為『恭懿』，博士尉遲汾請『敬憲』。」（《新傳》同）李吉甫卒於元和九年十月。《寰宇訪碑錄》卷四：「洛陽令尉遲汾題名，正書，元和十四年，河南濟源。」則尉遲汾元和十一、二年間猶為太常博士，得與巨源同官，今以楊詩證之，時間亦合。白氏又有

〈答元八郎中楊十二博士〉詩（卷十七）作於元和十三年，是年又有〈聞楊十二新拜省郎遙以詩賀〉詩（卷十七），則元和十三年巨源復自太常博士遷虞部員外郎。《全唐詩》卷三〇〇有王建〈賀楊巨源博士拜虞部員外〉詩。蓋唐制員外郎為從六品，太常博士為從七品，巨源當自太常博士遷虞部員外郎，不當自虞部員外郎遷太常博士，《唐才子傳》所記誤。《全唐詩》楊巨源小傳云：「由秘書郎擢太常博士，禮部員外郎。」「禮部」疑當作「虞部」。又按：「早聞一箭取遼城」當作「早聞一箭取聊城」，各本俱誤。《全唐詩話》卷二：「楊巨源以『三刀夢益州，一箭取遼城』得名，故樂天詩云：『早聞一箭取遼城，……折君官職是聲名。』『空』字集作『聲』。」此蓋本之白氏此詩自注云：「楊嘗有〈贈盧洺州〉詩云：『三刀夢益州，一箭取遼城。』由是知名。」《唐詩紀事》卷三五所記略同。考唐人「一箭」典故多用魯仲連事。《史記・魯仲連傳》：「齊田單攻聊城歲餘，士卒多死而聊城不下。魯連乃為書，約之矢以射城中，遺燕將。……燕將見魯連書，泣三日，猶豫不能自決。欲歸燕，已有隙，恐誅，欲降齊，所殺虜於齊甚眾，恐已降而後見辱，喟然歎曰：『與人刃我，寧自刃。』乃自殺。聊城亂，田單遂屠聊城。歸而言魯連，欲爵之。」李白〈五月東魯行答汶上翁〉詩云：「我以一箭書，能取聊城功。」李商隱〈街西池館〉詩云：「太守三刀夢，將軍一箭歌。」俱指此。

(二一)《韓昌黎文集校注》卷四〈送楊少尹序〉：

國子司業楊君巨源方以能詩訓後進，一旦以年滿七十，亦白丞相去歸其鄉。

案：序作於穆宗長慶四年（八二四），是年楊巨源年七十，元和十年（八一五）為秘書郎當為六十，又長慶四年以國子司業致仕，是巨源為虞部員外郎後，又遷為國子司業。

拾壹、白居易〈琵琶行〉校勘二例

一、「琵琶行」與「琵琶引」

(一)《白氏長慶集》各本：四部叢刊本卷十二，宋紹興本、日本金澤文庫本（一二三一）、管見抄本（一二五九）及清・汪立名《白香山詩集》卷十二，標題俱作〈琵琶引〉。

(二)《文苑英華》卷三三四、《全唐詩》卷十六亦作〈琵琶引〉。

(三)日本歌行詩解本（一六八四），標題作〈琵琶行〉。

(四)宋以後詩話、筆記暨唐詩選本俱作〈琵琶行〉。

1. 宋・張戒《歲寒堂詩話》卷上：「……謫江州十一年，作〈琵琶行〉。……如〈琵琶行〉，雖未免于煩悉，然其語意甚當。」

2. 宋・洪邁《容齋三筆》卷六〈白公夜聞歌者〉條：「白樂天〈琵琶行〉，蓋在潯陽江上，為商人婦所作。……集中又有一篇題云〈夜聞歌者〉……又在〈琵琶〉之前。」又《五筆》卷七〈琵琶行海棠詩〉條：「白樂天〈琵琶行〉一篇，讀者但羨其風致……遂以謂真為長安故倡所作。」

3.《唐詩紀事》卷三十九〈白居易〉小傳：「十一年秋，賦〈琵琶行〉。」

4.宋·樂史《太平寰宇記》：「江州琵琶亭在州西江邊，白司馬送客溢浦口，夜聞鄰舟琵琶聲，問之是長安倡女嫁于商人，乃為作〈琵琶行〉，因名亭。」（清《一統志》同。）

5.明·楊慎《升菴詩話》卷十一：「白樂天〈琵琶行〉：『楓葉荻花秋瑟瑟』，此句絕妙。楓葉紅，荻花白，映秋色碧也。瑟瑟，珍寶名，其色碧，故以瑟瑟影指『碧』字……」

6.明·瞿佑《歸田詩話》卷上「琵琶行」條：「樂天〈琵琶行〉云：……」

7.清·黃子雲《野鴻詩的》：「香山〈琵琶行〉，婉折周詳，有意到筆隨之妙。……」

8.清·趙翼《甌北詩話》卷四：「蓋其得名在〈長恨歌〉一篇……又有〈琵琶行〉一首助之。」又：「〈琵琶行〉，亦是絕作。」又：「香山詩，不惟記俸，兼記品服。……〈琵琶行〉所云『江州司馬青衫濕』是也。」

9.清·孫洙（蘅塘退士）《唐詩三百首》，民國高步瀛《唐宋詩舉要》卷二、許文雨《唐詩集解》標題皆作〈琵琶行〉。

(五)日本·平岡武夫《白氏文集》校本，標題從「那波道圓本」（即四部叢刊本所據底本）作「琵琶引」序：「命曰〈琵琶行〉。」「行」改「引」。校云：「引，各本作行，摺本、長慶本、歌行本同。今從金澤本、管見抄本、英華本。」惟詩：「為君翻作〈琵琶行〉」，「行」，仍舊不改。

(六)陳寅恪《元白詩箋證稿》「〈琵琶引〉箋證」，標題從四部叢刊本作「引」。

(七)案語：

1.宋·鄭樵《通志·樂略·正聲序論》：「凡律其辭則謂之詩，聲其詩則謂之歌。……主於人之聲者，則有行、有曲，散歌謂之行，入樂謂之曲。主於絲竹之音者，則有引、有操、有吟、有弄，各有調以主之。攝其音謂之調，總其調亦謂之曲。」

2. 宋・郭茂倩《樂府詩集》卷六十一「雜曲歌辭」序：「漢魏之世，歌詠雜興，而詩之流乃有八名：曰行、曰引、曰歌、曰謠、曰吟、曰詠、曰怨、曰歎，皆詩人六義之餘也。」

3. 《樂府詩集》錄以「引」為標題名篇者，共二十五篇。其與音樂有關者：有〈箜篌引〉、〈徵引〉、〈角引〉、〈宮引〉、〈羽引〉、〈商引〉等，與地有關者，有〈龍丘引〉、〈鄴都引〉，其與人物有關者：有〈貞女引〉、〈天馬引〉、〈走馬引〉、〈秋風引〉、〈明月引〉等。

4. 〈琵琶行〉序云：「凡六百一十六言，命曰〈琵琶行〉。」除《文苑英華》、金澤本、管見抄本外，各本暨選本皆作「行」。

5. 〈琵琶行〉詩云：「莫辭更坐彈一曲，為君翻作〈琵琶行〉。」

6. 《文苑英華》卷三三四有牛殳〈琵琶行〉一首。

7. 《元氏長慶集》卷二十六有〈琵琶歌〉一首。據陳寅恪考證謂白居易〈琵琶引〉「依其同時才士即元微之所作同一性質題目之詩，即〈琵琶歌〉加以改進。」

二、「切切」與「竊竊」

(一)《白氏長慶集》卷十二〈琵琶行(引)〉：「大絃嘈嘈如急雨，小絃切切如私語，嘈嘈切切錯雜彈，大珠小珠落玉盤。」

(二)「切切」各本(叢刊本、紹興本、汪立名《白香山詩集》)、《文苑英華》並同。惟日本金澤文庫本（一二三一）、管見抄本（一二九五）作「竊竊」。

(三)平岡武夫《白氏文集》校定本據金澤本、管見抄本改為「竊竊」。

(四)《白氏長慶集》卷二〈秦中吟〉十首之八〈五絃〉：「小聲細欲絕，切切鬼神語。」

(五)同前，卷三新樂府〈五絃彈〉：「五絃並奏君試聽，淒淒切切復錚錚。」

(六)唐·韓愈《順宗實錄》五：「叔文……日引其黨，屏人切切細語。」

(七)宋·蘇軾〈次韻景文山堂聽箏三首〉之三：「荻花楓葉憶秦姝，切切么絃細欲無。」（《東坡全集》卷二十九）

(八)《說文》：「切，刌也。」《廣韻》：「刌，細切也。」又《廣雅·釋詁一》：「切，割也。」《玉篇》：「切，斷也。」

(九)《詩·衛風·淇奧》：「如切如磋。」傳：「治骨曰切。」

(十)《文選》傅毅〈舞賦〉：「經營切儗。」唐·李善注：「切，相摩切也。」

拾貳、白居易父母甥舅婚配

綱要

一、〈陳夫人白氏墓誌〉「季庚之姑」的討論
二、陳寅恪肯定
(一)「延安」為「鞏縣」之誤。(資料三)
(二)據羅振玉說，「姑」為「妹」之誤。(資料二)
三、陳寅恪結論
從羅振玉「季庚所取乃妹女」之說，認定樂天父季庚實與甥女婚配。(資料三)
四、推論
(一)不合禮律。(資料四)
(二)白為西域胡人之後。(資料五)
(三)白居易母發狂落井而死，根本原因由於反常婚配。(資料七)
(四)白居易父母婚配年齡懸殊，疑有難言之隱。(資料六)

㈤白居易成為牛黨，見惡於李黨（重禮法），歷史背景根源於此。（資料五）

㈥消極知足思想，受父母不法婚姻影響。

五、平岡武夫辨證

㈠陳夫人白氏非白鍠女，據〈白鍠事狀〉（〈故鞏縣令白府君事狀〉，《白氏長慶集》卷四十六），鍠夫人為河東薛氏，而陳夫人母為韓氏。

㈡白鍠為鞏縣令（見〈白鍠事狀〉），延安令非白鍠，而是另一白某。陳氏疑「延安」為「鞏縣」之誤，無版本依據。

㈢延安令「鍠」字係誤加，延安令之名為金字偏旁之白釒□。

㈣據〈白鍠事狀〉，鍠有子五人，白季庚無姊妹，陳夫人白氏非季庚妹。

㈤金澤文庫本「姑」上有「外姑」，陳潤夫人白氏為白季庚之外姑，即白季庚妻之母。

㈥白季庚生開元十七年，陳夫人生開元十九年。白季庚生，父年二十四，母年二十二，蓬左文庫本作「第五女」。季庚母二十二歲前已有四女，不自然。

六、王夢鷗補證

據《爾雅》，證外姑之稱正確。

七、補充申論

白季庚所娶為堂妹女，仍為舅甥婚配，關係非同尋常。

白居易父母甥舅婚配相關資料

(一)《白氏長慶集》卷二十五〈唐故坊州鄜城縣陳府君夫人白氏墓誌銘〉：「夫人太原白氏，其出昌黎韓氏，其適潁川陳氏，享年七十……。都官郎中諱溫之孫，延安令諱鍠之第五女，韓城令諱欽之外孫，故鄜城尉諱潤之夫人，故潁川縣君之母，故大理少卿、襄州別駕諱季庚（庚）之姑，前京兆府戶曹參軍、翰林學士白居易，前秘書省校書郎行簡之外祖母也。」（宋紹興本卷四十二同）

(二)羅振玉《貞松老人遺稿・甲集・後丁戊稿》〈白氏長慶集書後〉條：「季庚所取乃妹女，樂天稱陳夫人為季庚之姑，乃諱言而非其實矣！」（據《陳寅恪先生論文集》九七九頁引）

(三)陳寅恪《元白詩箋證稿》附錄〈白樂天之先祖及後嗣〉篇：「寅恪案，古人文字傳於今世者，轉寫多有偽誤……『延安』之疑當作『鞏縣』……即是其例。……茲據上引樂天所自述者，作一世系親屬表以明之如下：（溫以前世系此從略）

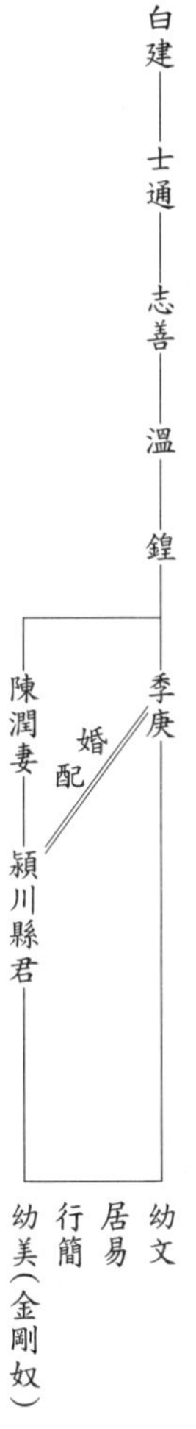

樂天文中，歷敘其外祖母之尊卑先後，諸親族血統聯繫，其間關係，互相制限，一定而不可移，則樂天之外祖母乃其祖之女，與其父為同產。易言之，即樂天之父季庚實與親甥女相為婚配也明矣。至樂天於其外祖母之墓誌銘以『襄州別駕諱季庚之姑』（白居易〈襄州別駕白府君（季庚）事狀〉）為言者，此『姑』字必不可通。初視之似是『妹』字之譌寫，但細思之，則樂天屬文之際，若直書其事，似覺太難為情。羅貞松謂『季庚所取乃妹女……』……洵確論也。」（《陳寅恪先生論文集》九七八——九七九頁）

(四)同前：「在唐代崇尚禮教之士大夫家族，此種婚配則非所容許。……綜前所引〈戶婚律〉之條文及《疏議》，與此〈雜律．姦條〉之條文及《疏議》觀之，則甥舅為婚，於《唐律》應科以滿徒，並使離異，固甚明也。」（同前書九七九——九八一頁）

(五)同前：「總之，樂天先世本由淄青李氏胡化藩鎮之部屬歸向中朝，其家風自與崇尚禮法之山東士族迴異，如其父母之婚配與當日現行之禮制（開元禮）及法典極相違戾，即其例也。後來樂天之成為牛黨而見惡於李贊皇，其歷史背景，由來遠矣。……」（同前書九八三頁）

(六)同前：「復次，樂天之父季庚歿於貞元十年，年六十六，其母潁川縣君陳夫人歿於元和六年，年五十七。據此推計，則陳夫人年十五歲結婚，時季庚年已四十一歲矣。……以唐代社會一般風習論之，斷無已仕宦之男子踰四十尚未結婚之理。若其父果已結婚，樂天於季庚事狀中何以絕不言及其前母為何人？其故殊不可解。疑其婚配之間，當有難言之隱。」（同前書九八三頁）

(七)同前：「陳振孫《白文公年譜》元和十年下云：『……獨高彥休《闕史》言之甚詳：公母有心疾，因悍妬得之。及嫠，家苦貧，公與弟不獲安居，常索米丐衣於鄰郡邑，母晝夜念之，病益甚。公隨計宣州，母因憂憤發狂，以葦刀自剄，人救之得免。……』寅恪案，高氏所述……樂天母以悍妬致心疾發狂自殺一點，則似不能絕無所依據而偽造斯說。……夫此事實，必有內在之遠因。此遠因即其父母之婚配不合當時社會之禮法人情，致其母以悍妬著聞，卒發狂自殺是也。」（前書九八三——九八五頁）

(八)同前：「常疑李文饒能稱賞家法優美之柳仲郢，而不能寬容文才冠代之白居易，亦由於此。以樂天父母之婚配，既違反禮律，己身又以得罪名教獲譴，遂與矜尚禮法家風之黨魁，其氣

類有所不相容許者也。」（同前書九八五頁）

（九）同前：「其（白居易）消極知足之思想，或亦因經此事（指其父母婚配違反禮律）之打擊，而加深其程度邪？」（同前書九八五頁）

（十）日本平岡武夫〈白居易之家庭環境〉（王夢鷗譯）：

1.「墓誌銘之首三句稱夫人之父姓白，母姓韓，丈夫姓陳。……倘依陳寅恪的看法，『陳夫人白氏』乃白鍠之女，則其母當為『薛氏』而不應是『韓氏』。因白居易所作〈白鍠事狀〉，明記云：『夫人，河東薛氏，夫人之父諱傚，河南縣尉。』」（《國立政治大學學報》第十期，一五〇頁）

2.「茲認定白鍠以外尚有白氏之人某，曾以韓氏之女為妻。惟其如此，墓誌銘中『其出昌黎韓氏』與『韓城令諱欽之外孫』二句始得通貫而可理解。亦即『白某』娶韓欽之女為妻，而生一女，故此女即韓欽之外孫，而此外孫即陳夫人白氏。」

3.「其次，陳夫人白氏之父白某，墓誌銘中前後凡三見，皆稱為『延安令』。然而白鍠明係鞏縣令而非延安令，唯陳寅恪反謂『延安令』乃『鞏縣令』之訛。但本文揭櫫其人之官職用作實際的代名詞，且前後使用三次。如此重要的標誌文字，必謂其前後皆誤，且無任何證據而擅為更改，則殊欠校勘之常識了。故『延安令』三字必不可移易，而此人亦必為延安令白某，但非白鍠。……」

4.「各本所作『延安令諱鍠之第某女』之『鍠』字，必是誤加。蓋白鍠同輩，如白敏中祖父白鏻，亦是偏旁字金，而此延安令白某之名亦當為金偏旁字，白鍠為白溫之第六子，則於鍠、鏻之外必尚有其他以金偏旁字為名之人。……」

5.「據蓬左文庫，尤其金澤文庫本所據會昌四年鈔本，此處原文作『外姑』。據此不特可以判決陳氏之錯誤，且可以確定陳夫人之地位。此一夫人實為季庚之外姑。亦即季庚之妻之母，並非季庚之妹。」

6.「季庚本無姊妹。據白居易所作〈白鍠事狀〉，明謂『公有子五人。』季庚、季般、季軫、季寧、季平，而未言其有女子。倘若白鍠有女，則當如其所作白季庚墓誌銘之例，而謂『先夫人薛氏二子一女，後夫人敬氏一子二女。』再如白居易兄弟四人，而無姊妹，故其為季庚事狀，但記『有子四人』。此例正如白鍠之『有子五人』，皆明示其未嘗有女。」

7.「再者，以夫人當作季庚之妹，從年齡上亦足證其可疑。蓋陳夫人白氏死於貞元十六年享年七十歲，其生年當為開元十九年，所謂『第某女』者，顯非長女，而在其上尚有姊若干人。然而，季庚生當開元十七年，若使陳夫人確是白鍠之女，則此夫人當為少於季庚兩歲之妹。且在季庚出世前已有長姊在。然而，季庚生時，白鍠二十四歲，妻薛氏二十二歲。雖則白鍠之妻於二十二歲前生女，非不可能之事，但終覺其不自然。倘更據《蓬左文庫》本所據以校定之古本，此文原作『第五女』，而謂白鍠之妻二十二歲前即已生女四人，則益見其不自然了。」

8.陳氏圖表之外，另作一圖如下：

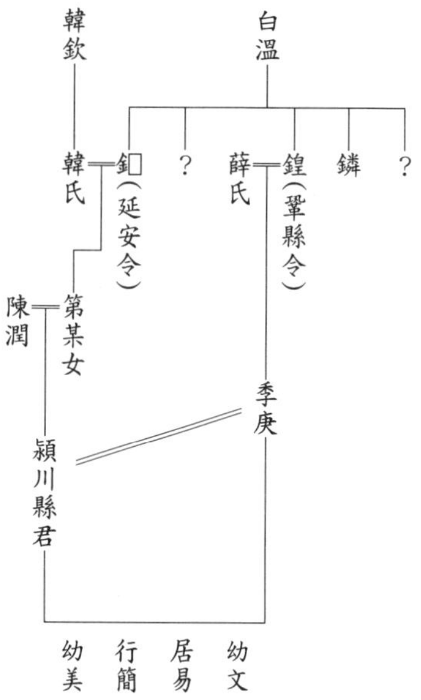

（十二）王夢鷗譯注：「作者此一發現，極具價值。不特可杜悠悠之口，亦且可以解羅、陳二氏之惑。案《爾雅・釋親》，於母黨云：『妻之父為外舅，妻之母為外姑。』白居易稱其外祖母為其父『季庚之外姑』正用此文。典據確實，無可更換；特因俗本，於此處脫一『外』字，乃生疑竇。陳氏又欲臆改『姑』字為『妹』字，遂造成白居易父母為親舅甥相配之奇譚，且引為白居易本出於西域胡人之孤證。」（《國立政治大學學報》十期，一五八頁，譯注三。）

案：《白氏長慶集》卷二十五〈唐太原白氏之殤墓誌〉：「鍠，河南府鞏縣令。」又〈故鞏縣令白府君事狀〉敘白鍠一生事歷至詳，但不及延安，則此延安令必非白鍠。「延安」二字不誤，則誤必在「鍠」字，平岡武夫謂與白鍠同輩兄弟之名皆為金字偏旁，因推想此白某係另一以金旁為名人物，而「鍠」字係誤加，可謂稱情合理。又季庚所娶雖非親妹女，但為堂妹之女，仍為舅甥婚配，其關係亦不尋常。

國家圖書館出版品預行編目資料

唐代文學研究綱要

羅聯添編著. – 初版. – 臺北市：臺灣學生，2014.12
面；公分

ISBN 978-957-15-1553-3 (平裝)

1. 中國文學 2. 文學評論 3. 唐代

820.904　　　　100023065

唐代文學研究綱要

編著者：羅聯添
出版者：臺灣學生書局有限公司
發行人：楊雲龍
發行所：臺灣學生書局有限公司
臺北市和平東路一段七十五巷十一號
郵政劃撥戶：〇〇〇二四六六八號
電話：（〇二）二三九二八一八五
傳真：（〇二）二三九二八一〇五
E-mail：student.book@msa.hinet.net
http://www.studentbook.com.tw
本書局登記證字號：行政院新聞局局版北市業字第玖捌壹號
印刷所：長欣印刷企業社
新北市中和區中正路九八八巷十七號
電話：（〇二）二二二六八八五三

定價：新臺幣六〇〇元

二〇一四年十二月初版

82039

ISBN 978-957-15-1553-3 (平裝)